Nachtschade

D1668131

KARIN SLAUGHTER

Zoenoffer
Een lichte koude huivering
Vervloekt geluk (red.)
Onzichtbaar

DE BEZIGE BIJ

KARIN SLAUGHTER

Nachtschade

Vertaling Ineke Lenting

2005
DE BEZIGE BIJ
AMSTERDAM

Cargo is een imprint van uitgeverij De Bezige Bij, Amsterdam

Copyright © 2001 Karin Slaughter
Copyright Nederlandse vertaling © 2002 Ineke Lenting
Eerste druk april 2002
Eenentwintigste druk oktober 2005
Oorspronkelijke titel *Blindsighted*
Oorspronkelijke uitgever William Morrow / Harper Collins
Omslagontwerp Marry van Baar
Omslagillustratie Getty Images / Jonathan Storey
Foto auteur Alison Rosa
Vormgeving binnenwerk CeevanWee, Amsterdam
Druk Hooiberg, Epe
ISBN 90 234 1338 5
NUR 305

www.debezigebij.nl

Voor mijn pappie, die me heeft geleerd van het Zuiden te houden, en voor Billie Bennett, die me heeft aangemoedigd erover te schrijven.

Maandag

Een

Sara Linton leunde achterover in haar stoel en zei zachtjes 'Ja, mama,' in de hoorn van de telefoon. Even vroeg ze zich af of er ooit een moment zou komen waarop ze te oud zou zijn om nog over haar moeders knie te worden gelegd.

'Ja, mama,' herhaalde Sara, terwijl ze met haar pen op het bureau tikte. Ze merkte dat haar wangen gloeiden, en ze werd door gêne overmand.

Er werd zachtjes op de deur van haar spreekkamer geklopt, en vervolgens klonk er een aarzelend 'Dokter Linton?'

Sara liet niet merken hoe opgelucht ze was. 'Ik moet ophangen,' zei ze tegen haar moeder, die nog een laatste berisping op haar afvuurde voor ze de verbinding verbrak.

Nelly Morgan duwde de deur open en keek Sara doordringend aan. Nelly was bureauchef van de Kinderkliniek van Heartsdale en min of meer Sara's secretaresse. Zolang Sara zich kon herinneren had Nelly de scepter over de kliniek gezwaaid, ook toen Sara hier zelf nog als patiëntje kwam.

Nelly zei: 'De vlammen slaan van je wangen.'

'Mijn moeder heeft net tegen me staan schreeuwen.'

Nelly trok een wenkbrauw op. 'Daar zal ze dan wel een goede reden voor gehad hebben.'

'Tja,' zei Sara, in de hoop er een punt achter te kunnen zetten.

'Jimmy Powells laboratoriumuitslag is binnen,' zei Nelly, terwijl ze Sara nog steeds aandachtig opnam. 'En de post,' voegde ze eraan toe, en ze dumpte een stapel brieven boven op de mand met ingekomen stukken. Het plastic bezweek bijna onder het extra gewicht.

Met een zucht nam Sara de fax door. Op een doorsneedag onderzocht ze oorpijn en zere kelen. Vandaag zou ze de ouders van een twaalfjarige jongen moeten vertellen dat hij acute myeloblastische leukemie had.

'Niet goed,' raadde Nelly. Ze had lang genoeg in de kliniek gewerkt om te weten hoe ze een laboratoriumverslag moest lezen.

'Nee,' beaamde Sara terwijl ze in haar ogen wreef. 'Helemaal niet goed.' Ze leunde achterover en vroeg: 'De Powells zijn toch naar Disney World?'

'Voor zijn verjaardag,' zei Nelly. 'Ze zouden vanavond terugkomen.'

Sara voelde verdriet opkomen. Ze zou er nooit aan wennen dat ze dergelijke berichten moest overbrengen.

'Ik kan ze morgenochtend wel als eersten inplannen,' bood Nelly aan.

'Bedankt,' antwoordde Sara, en ze stopte het rapport in Jimmy Powells status. Ondertussen wierp ze een blik op de klok aan de muur en hapte hoorbaar naar adem. 'Klopt dat?' vroeg ze, terwijl ze de tijd vergeleek met die op haar horloge. 'Ik had een kwartier geleden een lunchafspraak met Tessa.'

Nelly keek op haar eigen horloge. 'Zo laat nog? Het is al bijna tijd voor het avondeten.'

'Het was het enige moment waarop ik kon,' zei Sara terwijl ze statussen bij elkaar schoof. Ze stootte tegen de bak met ingekomen post. De papieren vielen in één grote hoop op de grond, waarbij het plastic barstte.

'Klotezooi!' siste Sara.

Nelly wilde helpen, maar Sara hield haar tegen. Ze vond het niet prettig als anderen haar troep opruimden, en bovendien betwijfelde ze of Nelly er, als ze eenmaal op haar knieën zat, in zou slagen zonder behoorlijk wat hulp weer overeind te komen.

'Het is alweer in orde,' zei Sara tegen haar, en ze graaide

de hele stapel bij elkaar en dumpte het zaakje op haar bureau. 'Was er verder nog iets?'

Nelly glimlachte vluchtig. 'Commissaris Tolliver wacht op lijn drie.'

Sara ging op haar hurken zitten en een gevoel van ontzetting overspoelde haar. Ze bekleedde in het stadje een dubbelfunctie als kinderarts en lijkschouwer. Jeffrey Tolliver, haar ex-man, was commissaris van politie. Er waren maar twee redenen waarom hij Sara midden op de dag zou willen spreken, en ze waren geen van beide erg aangenaam.

Sara kwam overeind, nam de hoorn van de haak en schonk hem het voordeel van de twijfel. 'Hopelijk is er iemand dood.'

Jeffreys stem klonk vervormd, en ze vermoedde dat hij met zijn mobiele telefoon belde. 'Sorry dat ik je moet teleurstellen,' zei hij, en toen: 'Ik sta al tien minuten in de wacht. En als dit nou eens een spoedgeval was?'

Sara stouwde haar aktetas vol papieren. In de kliniek gold de ongeschreven regel dat Jeffrey eerst het vuur na aan de schenen werd gelegd voor hij met Sara werd doorverbonden. Ze vond het trouwens toch nog verbazend dat Nelly eraan had gedacht haar te vertellen dat hij aan de telefoon was.

'Sara?'

Ze wierp een vluchtige blik op de deur en mompelde: 'Was ik toch maar weggegaan.'

'Wat?' vroeg hij, met een door de mobiele telefoon echoende stem.

'Ik zei dat je altijd iemand stuurt als het een spoedgeval is,' loog ze. 'Waar zit je?'

'Op de hogeschool,' antwoordde hij. 'Ik wacht op de hulphonden.'

Zo noemden ze de beveiligingsbeambten van Grant Tech, de staatshogeschool in het centrum van de stad.

Ze vroeg: 'Wat is er aan de hand?'

'Ik wilde alleen maar even weten hoe het met je ging.'

'Prima,' zei ze, en terwijl ze de papieren weer uit haar aktetas haalde, vroeg ze zich af waarom ze ze er eigenlijk had ingestopt. Ze bladerde door een aantal statussen en duwde ze toen in het zijvak.

Ze zei: 'Ik ben al laat voor een lunchafspraak met Tess. Waarom belde je eigenlijk?'

Hij leek te schrikken van haar afgemeten toon. 'Ik vond je er gisteren nogal afwezig uitzien,' zei hij. 'In de kerk.'

'Ik was niet afwezig,' mompelde ze terwijl ze de post doornam. Ze stopte toen ze op een ansichtkaart stuitte, en haar hele lichaam verstijfde. Op de voorkant van de kaart stond een foto van Emory University in Atlanta, Sara's alma mater. Op de achterkant, naast haar adres in de kinderkliniek, stonden in keurig getypte letters de volgende woorden: 'Waarom hebt Gij Mij verlaten?'

'Sara?'

Het zweet brak haar uit. 'Ik moet gaan.'

'Sara, ik –'

Ze hing op voor Jeffrey zijn zin kon afmaken en duwde nog drie statussen en de ansichtkaart in haar tas. Onopgemerkt glipte ze door de zij-ingang naar buiten.

Toen ze de straat opliep, viel het zonlicht in dichte bundels om Sara heen. Er hing een kilte in de lucht die er die ochtend nog niet was geweest, en te oordelen naar de donkere wolken zou het later op de avond weleens kunnen gaan regenen.

Een rode Thunderbird reed voorbij, en een klein armpje stak uit het raam.

'Hoi, dokter Linton,' klonk een kinderstem.

Sara zwaaide en riep op haar beurt 'Hoi!' toen ze de straat overstak. Ze nam de aktetas in haar andere hand en sneed een stuk af over het gazon voor de hogeschool. Ze sloeg rechtsaf, liep het trottoir op, zette koers naar Main Street en kwam nog geen vijf minuten later bij het restaurant aan.

In een nis helemaal achter in het lege restaurant zat Tessa een hamburger te eten. Ze keek niet erg gelukkig.

'Sorry dat ik zo laat ben,' verontschuldigde Sara zich terwijl ze op haar zus afliep. Ze glimlachte aarzelend, maar Tessa glimlachte niet terug.

'Je had twee uur gezegd. Nu is het bijna halfdrie.'

'Ik moest nog een heleboel administratie doen,' legde Sara uit terwijl ze haar aktetas in de nis neerzette. Tessa was loodgieter, evenals hun vader. Hoewel verstopte afvoerbuizen geen pretje zijn, hadden Linton en Dochters maar zelden het soort spoedgevallen waar Sara dagelijks mee te maken kreeg. Haar familie had geen idee wat een drukke dag voor Sara inhield, en ergerde zich voortdurend aan het feit dat Sara altijd te laat kwam.

'Ik heb om twee uur het mortuarium nog gebeld,' deelde Tessa haar mee terwijl ze een frietje at. 'Je was er niet.'

Kreunend ging Sara zitten. Ze streek met haar vingers door haar haren. 'Ik ben even bij de kliniek langsgegaan en mama belde en de tijd vloog voorbij.' Ze zweeg en zei toen wat ze in dergelijke gevallen altijd zei: 'Het spijt me. Ik had moeten bellen.' Toen Tessa niet reageerde, vervolgde Sara: 'Je kunt de rest van de lunch kwaad op me blijven, en je kunt het me ook vergeven en dan koop ik een stuk chocoladeroomtaart voor je.'

'Frambozen,' zei Tessa.

'Akkoord,' antwoordde Sara, en ze voelde zich buitengewoon opgelucht. Het was al erg genoeg dat haar moeder kwaad op haar was.

'Nu we het toch over telefoontjes hebben,' begon Tessa, en Sara wist nog voor ze de vraag had gesteld waar ze op aanstuurde. 'Nog iets van Jeffrey gehoord?'

Sara kwam half overeind en stak haar hand in haar broekzak. Ze trok er twee vijfdollarbiljetten uit. 'Hij belde net voor ik wilde weggaan.'

Tessa stootte een blaffende lach uit die het hele restaurant vulde. 'Wat zei hij?'

'Ik heb de verbinding verbroken voor hij iets kon zeggen,' antwoordde Sara terwijl ze haar zus het geld overhandigde.

Tessa stopte de vijfjes in de achterzak van haar spijkerbroek. 'Dus mama heeft gebeld? Ze was behoorlijk pissig op je.'

'Ik ben ook behoorlijk pissig op mezelf,' zei Sara. Hoewel

ze al twee jaar was gescheiden, kon ze haar ex-man nog steeds niet uit haar hoofd zetten. Sara wist nooit of ze vanwege deze hele geschiedenis nou een hekel moest hebben aan Jeffrey Tolliver of aan zichzelf. Ging er maar eens een dag voorbij waarop ze niet aan hem dacht, waarop hij geen deel uitmaakte van haar leven. Gisteren was dat niet gelukt, en vandaag ook niet.

Eerste paasdag was belangrijk voor haar moeder. Hoewel Sara niet echt godsdienstig was, was het een kleine moeite om die ene zondag per jaar een panty aan te trekken en haar moeder een gelukkige dag te bezorgen. Sara had er niet op gerekend dat Jeffrey ook in de kerk zou zitten. Vlak na het eerste gezang had ze vanuit haar ooghoek een glimp van hem opgevangen. Hij zat drie rijen achter haar, iets naar rechts, en ze schenen elkaar op hetzelfde moment op te merken. Sara had zichzelf moeten dwingen haar blik als eerste af te wenden.

Toen ze daar in de kerk zat en haar ogen op de dominee gericht hield zonder dat er iets van wat hij zei tot haar doordrong, voelde Sara voortdurend Jeffreys blik in haar nek. De intensiteit waarmee hij naar haar staarde was zo fel dat ze een warme gloed voelde. Hoewel ze in de kerk zat met aan de ene kant haar moeder en aan de andere kant Tessa en haar vader, voelde Sara hoe haar lichaam reageerde op Jeffreys blik. Er was iets in deze tijd van het jaar waardoor ze een volkomen ander mens werd.

Ze zat op haar stoel heen en weer te schuiven terwijl Jeffrey haar in gedachten aanraakte en ze zijn handen op haar huid voelde, toen Cathy Linton met haar elleboog in Sara's ribben porde. Haar moeder gaf met haar blik te kennen dat ze maar al te goed wist waar Sara zich op dat moment mee bezighield, en dat het haar bepaald niet aanstond. Woedend sloeg Cathy haar armen over elkaar, en uit haar houding viel op te maken dat ze zich had neergelegd bij het feit dat Sara naar de hel zou gaan omdat ze op eerste paasdag in de Primitive Baptist-kerk aan seks zat te denken.

Het gebed volgde, en daarna een gezang. Nadat er een volgens haar gepaste hoeveelheid tijd was verstreken, wierp Sara een blik over haar schouder om nog eens naar Jeffrey te kijken, die op dat moment echter met zijn kin op zijn borst zat te slapen. Dat was het probleem met Jeffrey Tolliver, de gedachte aan hem was stukken beter dan de werkelijkheid.

Tessa tikte met haar vingers op de tafel om Sara's aandacht te trekken. 'Sara?'

Sara legde haar hand op haar borst, en was zich ervan bewust dat haar hart net zo tekeerging als de vorige ochtend in de kerk. 'Wat?'

Tessa keek haar veelbetekenend aan, maar tot Sara's opluchting liet ze het onderwerp verder rusten. 'Wat zei Jeb?'

'Wat bedoel je?'

'Ik zag dat je na de dienst met hem stond te praten,' zei Tessa. 'Wat zei hij?'

Sara overwoog of ze zou liegen. Ten slotte antwoordde ze: 'Hij vroeg of ik vandaag met hem ging lunchen, maar ik zei dat ik al een afspraak met jou had.'

'Die had je kunnen afzeggen.'

Sara haalde haar schouders op. 'Nu gaan we woensdagavond uit.'

Tessa moest moeite doen niet in haar handen te klappen.

'O, god,' kreunde Sara. 'Waar was ik met mijn gedachten?'

'Niet bij Jeffrey, voor de verandering,' luidde Tessa's antwoord. 'Of wel soms?'

Sara haalde de menukaart achter de servettenhouder vandaan, hoewel dit eigenlijk overbodig was. Vanaf haar derde had zij of een lid van haar familie minstens één keer per week in het Grant Filling Station gegeten, en het enige wat er in al die tijd aan de menukaart was veranderd, was dat Pete Wayne, de eigenaar, er pindarotsjes als nagerecht aan had toegevoegd ter ere van de toenmalige president, Jimmy Carter.

Tessa reikte met haar hand over de tafel en duwde de menukaart zachtjes naar beneden. 'Gaat het?'

'Het is weer de tijd van het jaar,' zei Sara, en ze zocht in haar aktetas. Ze vond de ansichtkaart en hield hem omhoog.

Tessa pakte de kaart niet aan, en daarom las Sara hardop voor wat er op de achterkant stond: 'Waarom hebt Gij Mij verlaten?' Ze legde de kaart op tafel, tussen hen in, en wachtte op Tessa's reactie.

'Uit de bijbel?' vroeg Tessa, hoewel ze dat maar al te goed wist.

Sara wierp een blik uit het raam en probeerde weer rustig te worden. Plotseling stond ze van tafel op en zei: 'Ik moet even naar het toilet.'

'Sara?'

Ze wuifde Tessa's bezorgdheid weg en liep naar het achterste gedeelte van het restaurant. Ze deed haar best zich goed te houden tot ze het toilet had bereikt. De deur van het damestoilet klemde al sinds mensenheugenis, en daarom gaf Sara een harde ruk aan de deurknop. In de kleine, zwart-wit betegelde toiletruimte was het koel en dat voelde bijna troostend. Ze leunde achterover tegen de muur, haar handen voor haar gezicht, en probeerde de laatste paar uren uit te wissen. Jimmy Powells laboratoriumuitslag achtervolgde haar nog steeds. Twaalf jaar geleden, toen ze als co-assistent in het Grady Hospital in Atlanta werkte, was Sara vertrouwd geraakt met de dood, maar ze zou er nooit aan wennen. Grady had de beste eerstehulpafdeling van het zuidoosten, en Sara had meer zware verwondingen gezien dan haar lief was – van een joch dat een pakje scheermesjes had ingeslikt tot een tienermeisje dat geaborteerd was met een kleerhanger. Het waren gruwelijke gevallen, maar dat kon je verwachten in zo'n grote stad.

Telkens als zich in de kinderkliniek een geval voordeed zoals dat van Jimmy Powell, raakte het Sara met de kracht van een sloopkogel. Dit zou een van de zeldzame keren worden dat Sara's twee functies samenvielen. Jimmy Powell, die graag naar basketbal keek en een van de grootste verzamelingen speelgoedautootjes bezat die Sara ooit had gezien, zou hoogstwaarschijnlijk binnen een jaar dood zijn.

Sara bond haar haren in een paardenstaart terwijl ze wachtte tot de wasbak zich met koud water had gevuld. Ze boog zich eroverheen en stopte even toen ze de weeë lucht rook die uit het putje opsteeg. Pete had waarschijnlijk azijn in de afvoer gegooid om de ranzige stank tegen te gaan. Het was een oude loodgieterstruc, maar Sara haatte de geur van azijn.

Ze hield haar adem in toen ze weer vooroverboog en het water in haar gezicht plensde in een poging wakker te worden. Toen ze vervolgens een blik in de spiegel wierp, bleek het er niet beter op te zijn geworden. Wel had het water een natte plek achtergelaten, net onder de kraag van haar blouse.

'Fantastisch,' mompelde Sara.

Ze droogde haar handen af aan haar broek en liep naar een van de toiletten. Toen ze de inhoud van de wc-pot had gezien, ging ze naar het volgende hokje – het gehandicaptentoilet – en deed de deur open.

'O.' Sara hapte naar adem en deed snel een paar passen achteruit tot ze de wasbak tegen de achterkant van haar benen voelde drukken. Ze greep met haar handen achter zich en zette zich schrap. Ze kreeg een metalige smaak in haar mond en moest zich ertoe zetten de lucht met grote happen in te ademen om niet flauw te vallen. Ze liet haar hoofd zakken, sloot haar ogen, en pas toen ze langzaam tot vijf had geteld, keek ze weer op.

Sibyl Adams, een docente van de hogeschool, zat op het toilet. Haar hoofd hing naar achteren tegen de betegelde muur, haar ogen waren gesloten. Haar broek hing rond haar enkels, en haar benen waren gespreid. Ze was met een mes in de buik gestoken. Bloed vulde het toilet en druppelde op de tegelvloer.

Sara dwong zichzelf het toilet te betreden en voor de jonge vrouw neer te hurken. Sibyls blouse was omhooggetrokken en Sara zag een grote, verticale snee die over haar buik liep, haar navel in tweeën kliefde en boven het schaambeen ophield. Een tweede snee, veel dieper, liep horizontaal onder haar borsten door. Hier kwam het meeste bloed uit. Het liep nog steeds gestaag in een stroompje langs haar lichaam naar beneden. Sara legde haar hand op de wond, in een poging het bloeden te stelpen, maar het bloed sijpelde tussen haar vingers door alsof ze in een spons kneep.

Sara veegde haar handen af aan de voorkant van haar blouse en hield toen Sibyls hoofd schuin naar voren. Er ontsnapte een zacht gekreun aan de lippen van de vrouw, maar Sara wist niet of dit slechts weglopende lucht uit een lijk was of de hulpkreet van een levende vrouw. 'Sibyl?' fluisterde Sara, nauwelijks in staat het woord over haar lippen te krijgen. Angst huisde als een zomerverkoudheid achter in haar keel.

'Sibyl?' herhaalde ze, en met haar duim duwde ze Sibyls ooglid omhoog. De huid van de vrouw voelde warm aan, alsof ze te lang in de zon had gezeten. Een grote blauwe plek bedekte de rechterkant van haar gezicht. Sara zag de afdruk van een vuist onder het oog. Bot bewoog onder haar hand toen ze de plek aanraakte, en er klonk geklik alsof twee knikkers elkaar raakten.

Sara's hand beefde toen ze haar vingers tegen Sibyls halsslagader drukte. Er klopte iets onder haar vingertoppen, maar ze wist niet zeker of dat het beven van haar eigen hand was of dat ze leven voelde. Ze sloot haar ogen om zich te concentreren, om te proberen de twee waarnemingen van elkaar te scheiden.

Zonder waarschuwing vooraf ging er een heftige schok door het lichaam heen, dat vervolgens naar voren schoot en Sara tegen de vloer sloeg. Bloed verspreidde zich rond hen beiden, en Sara klauwde instinctief om zich heen om onder de stuiptrekkende vrouw vandaan te komen. Met handen en voeten tastte ze naar een houvast op de glibberige vloer van het toilet. Uiteindelijk slaagde Sara erin zich onder het lichaam uit te wurmen. Ze draaide Sibyl om en hield haar hoofd in haar handen in een poging haar tijdens de stuipen te ondersteunen. Plotseling hield het geschok op. Sara legde haar oor tegen Sibyls mond om te horen of ze nog ademde. Ze hoorde niets.

Ze ging op haar knieën zitten en begon op Sibyls borstkas te drukken in een poging weer leven in haar hart te pompen.

Ze kneep de neus van de jongere vrouw dicht en blies lucht in haar mond. Sibyls borst ging heel even omhoog, maar dat was alles. Sara probeerde het nog een keer, kokhalzend toen ze het opsputterende bloed in haar mond kreeg. Ze spuugde een aantal keren tot haar mond weer leeg was en wilde verdergaan, maar zag toen dat het te laat was. Sibyls ogen rolden naar achteren en met een lichte huivering liet ze haar adem sissend ontsnappen. Een stroompje urine sijpelde tussen haar benen.

Ze was dood.

Twee

Grant County was vernoemd naar de goede Grant, niet Ulysses, maar Lemuel Pratt Grant, een spoorwegbouwer die in het midden van de negentiende eeuw de Atlantalijn doortrok tot diep in South Georgia en vandaar naar de zee. Over Grants spoor vervoerden treinen katoen en andere grondstoffen naar alle hoeken van Georgia. Dankzij deze spoorbaan kwamen steden als Heartsdale, Madison en Avondale op de kaart te staan, en een niet gering aantal plaatsen in Georgia was naar Grant vernoemd. Aan het begin van de Burgeroorlog ontwikkelde kolonel Grant tevens een defensieplan voor het geval Atlanta ooit belegerd zou worden. Helaas had hij meer verstand van spoorbanen dan van frontlinies.

Tijdens de crisis van de jaren dertig besloten de burgers van Avondale, Heartsdale en Madison hun politie- en brandweerkorpsen en ook hun scholen samen te voegen. Zo bezuinigden ze op broodnodige voorzieningen en voorzagen ze de spoorwegmaatschappij tevens van een goede reden om de Grantlijn open te houden: als geheel kon het district een veel grotere vuist maken dan elk stadje afzonderlijk. In 1928 kreeg Madison een legerbasis, zodat gezinnen vanuit het hele land naar het nietige Grant County kwamen. Een paar jaar later werd Avondale een pleisterplaats voor het onderhoud aan de Atlanta-Savannahlijn. Na nog een aantal jaren werd in Heartsdale het Grant College opgericht. Bijna zestig jaar lang was Grant County een bloeiend district, tot de legerbases werden opgedoekt en fusies en Reaganomics ook hier doordrongen en de economie van achtereenvolgens Madison en Avondale binnen een periode van drie jaar totaal te gronde richtten. Als het Grant College er niet was geweest, dat in 1946 een in landbouwindustrie gespecialiseerde technische hogeschool werd, dan zou Heartsdale dezelfde neerwaartse trend hebben gevolgd als de andere steden.

Zoals de zaken er nu voor stonden, vormde de hogeschool de levensader van de stad, en de belangrijkste richtlijn die politiecommissaris Jeffrey Tolliver van de burgemeester van Heartsdale had ontvangen, kwam erop neer dat hij de hogeschool te vriend moest houden als hij zijn baan niet wilde verliezen. En dat deed Jeffrey dan ook. Hij was juist met de campuspolitie aan het vergaderen over een actieplan om een recente golf fietsendiefstallen te bestrijden, toen zijn mobiele telefoon overging. Eerst herkende hij Sara's stem niet en hij dacht dat het telefoontje een of ander flauw geintje was. In al die acht jaar dat hij haar kende, had Sara nog nooit zo wanhopig geklonken. Haar stem beefde toen ze vier woorden uitsprak die hij nooit uit haar mond had verwacht: ik heb je nodig.

Nadat hij de poort van de hogeschool achter zich had gelaten, sloeg Jeffrey linksaf en reed in zijn Lincoln Town Car via Main Street naar het restaurant. Het voorjaar was dit jaar vroeg en de kornoeljebomen aan weerszijden van de straat stonden al in bloei en weefden een wit gordijn over het wegdek. De vrouwen van de tuinclub hadden tulpen geplant in kleine bloembakken langs de trottoirs, en een stel middelbare-scholieren was de straat aan het vegen in plaats van een week lang te moeten nablijven. De eigenaar van de kledingwinkel had een rek met kleren op het trottoir gezet, en de ijzerwinkel had buiten een tuinhuisje compleet met schommel geïnstalleerd. Jeffrey besefte dat dit alles scherp contrasteerde met wat hem in het restaurant te wachten stond.

Hij draaide het raampje naar beneden en frisse lucht stroomde de bedompte auto binnen. Zijn das zat strak om zijn hals en hij merkte dat hij hem zonder erbij na te denken afdeed. In gedachten hoorde hij Sara's telefoontje telkens weer in een poging er meer uit te halen dan de onmiskenbare feiten: Sibyl Adams was in het restaurant neergestoken en vermoord.

Twintig jaar bij de politie hadden Jeffrey niet voorbereid op dit soort bericht. De helft van zijn loopbaan had hij in Birmingham, Alabama, doorgebracht, waar men niet opkeek van een moord. Er ging geen week voorbij zonder dat hij opdracht kreeg ten minste één moordzaak te onderzoeken. Die moorden waren meestal het gevolg van de bittere armoe die in Birmingham heerste: van drugshandeltjes die verkeerd afliepen, van huiselijke ruzies beslecht met wapens die te gemakkelijk verkrijgbaar waren. Als Sara's telefoontje uit Madison was gekomen, of zelfs uit Avondale, dan zou het Jeffrey niet hebben verbaasd. Drugs en geweld tussen bendes waren een snel groeiend probleem in de omringende stadjes. Heartsdale was de parel van de drie steden. In tien jaar was het enige verdachte sterfgeval dat van een oude vrouw geweest die een hartaanval had gekregen toen ze haar kleinzoon betrapte op het stelen van haar tv-toestel.

'Chef?'

Jeffrey liet zijn hand zakken en pakte de radiomicrofoon. 'Ja?'

Marla Simms, de receptioniste van het politiebureau, zei: 'Ik heb geregeld wat u me net heeft gevraagd.'

'Goed,' zei hij, en toen: 'Tot nader order radiostilte.'

Marla zweeg, zonder de voor de hand liggende vraag te stellen. Grant was nog steeds een klein stadje, en zelfs op het politiebureau waren mensen die hun mond voorbijpraatten. Jeffrey wilde het zo lang mogelijk uit de publiciteit houden.

'Akkoord?' vroeg Jeffrey.

Na enige aarzeling antwoordde ze: 'Ja, meneer.'

Jeffrey stopte zijn mobiele telefoon in zijn jaszak en stapte uit de auto. Frank Wallace, de hoofdrechercheur van het team, stond al buiten het restaurant op wacht.

'Is er iemand naar binnen of naar buiten gegaan?' wilde Jeffrey weten.

Hij schudde zijn hoofd. 'Brad staat bij de achterdeur,' zei

hij. 'De alarminstallatie is uitgeschakeld. Ik heb zo'n vermoeden dat de dader daarlangs naar binnen en naar buiten is gegaan.'

Jeffrey keek de straat nog eens in. Betty Reynolds, de eigenares van het warenhuis, was het trottoir aan het vegen en wierp af en toe een achterdochtige blik op het restaurant. Spoedig zouden er mensen komen – uit nieuwsgierigheid of anders voor hun avondeten.

Jeffrey wendde zich weer tot Frank. 'Niemand heeft iets gezien?'

'Helemaal niks,' bevestigde Frank. 'Ze is hier van haar huis naartoe komen lopen. Pete zegt dat ze hier elke maandag komt, na de lunchdrukte.'

Jeffrey knikte afgemeten en liep het restaurant binnen. Het Grant Filling Station was niet uit Main Street weg te denken. Met zijn grote rode nissen en gespikkelde witte bladen, chromen leuningen en rietjeshouders zag het er waarschijnlijk niet veel anders uit dan op de dag dat Petes vader de zaak had geopend. Zelfs de degelijke witte linoleumtegels op de vloer, die op sommige plekken zo versleten waren dat de zwarte lijm erdoorheen kwam, hadden vanaf het begin in het restaurant gelegen. Jeffrey had hier de afgelopen tien jaar bijna dagelijks zijn lunch gebruikt. Het restaurant was een bron van troost geweest, iets vertrouwds na het uitschot van de maatschappij waaronder hij verkeerde. Hij keek de open ruimte rond en besefte dat deze voor hem nooit meer dezelfde zou zijn.

Tessa Linton zat aan de bar, met haar hoofd in haar handen. Pete Wayne zat tegenover haar en staarde met een lege blik uit het raam. Met uitzondering van de dag waarop de spaceshuttle Challenger was ontploft, was dit de eerste keer dat Jeffrey hem in het restaurant zonder zijn papieren hoedje had gezien. Maar Petes haar eindigde nog steeds in een punt boven op zijn hoofd, waardoor zijn gezicht nog langer leek dan het al was.

'Tess?' vroeg Jeffrey, en hij legde zijn hand op haar schouder. Ze drukte zich huilend tegen hem aan. Jeffrey streek haar haar glad en gaf Pete een knikje.

Gewoonlijk was Pete Wayne een opgewekte man, maar nu lag er een uitdrukking van totale verbijstering op zijn gezicht. Hij gaf er nauwelijks blijk van dat hij Jeffreys komst had opgemerkt en staarde onafgebroken uit de ramen in de voorgevel van het restaurant, terwijl zijn lippen bijna onmerkbaar bewogen zonder dat er geluid uitkwam.

Een tijd lang werd er niets gezegd, en toen ging Tessa overeind zitten. Ze frunnikte wat aan de servethouder tot Jeffrey haar zijn zakdoek aanbood. Hij wachtte tot ze haar neus had gesnoten en vroeg toen: 'Waar is Sara?'

Tessa vouwde de zakdoek dubbel. 'Ze is nog steeds op het toilet. Ik weet niet –' Tessa's stem stokte. 'Er was zoveel bloed. Ik mocht niet naar binnen van haar.'

Hij knikte en streek haar haar uit het gezicht. Sara was erg beschermend waar het haar zus betrof, en Jeffrey had dit van haar overgenomen toen ze nog getrouwd waren. Zelfs na de scheiding had Jeffrey ergens nog steeds het gevoel dat Tessa en de Lintons familie van hem waren.

'Gaat het?' vroeg hij.

Ze knikte. 'Ga maar. Ze heeft je nodig.'

Jeffrey probeerde hier niet op te reageren. Als Sara niet de districtslijkschouwer was geweest, zou hij haar nooit meer zien. Het zei veel over hun relatie dat er eerst iemand moest doodgaan voor ze samen met hem in één vertrek wilde zijn.

Terwijl hij door het restaurant naar achteren liep, werd Jeffrey door afgrijzen overmand. Hij wist dat er iets gewelddadigs was gebeurd. Hij wist dat Sibyl Adams was vermoord. Behalve die twee gegevens had hij geen idee wat hij kon verwachten toen hij de deur naar het damestoilet openrukte. Wat hij zag, benam hem letterlijk de adem.

Sara zat in het midden van het vertrek met het hoofd van Sibyl Adams op haar schoot. Overal was bloed, het lijk zat eronder en ook Sara, wier blouse en broek aan de voorkant doordrenkt waren, alsof iemand een slang had gepakt en haar had ondergespoten. De hele vloer was bedekt met bloederige schoen- en handafdrukken, alsof er hevig was gevochten.

Jeffrey bleef in de deuropening staan en terwijl hij het tafereel in zich opnam, probeerde hij zijn ademhaling weer in bedwang te krijgen.

'Doe de deur dicht,' fluisterde Sara, met haar hand op Sibyls voorhoofd.

Hij volgde haar bevel op en liep toen langs de muur het vertrek rond. Zijn mond ging open, maar er kwam geen geluid uit. Er moesten allerlei voor de hand liggende vragen worden gesteld, maar er was een deel van Jeffrey dat de antwoorden niet wilde horen. Een deel van hem wilde Sara uit deze ruimte wegvoeren, haar in zijn auto zetten en wegrijden tot ze zich niet meer konden herinneren hoe dit kleine toilet eruitzag en hoe het rook. De smaak van geweld hing in de lucht en bleef ziek en kleverig achter in zijn keel steken. Alleen al door daar te staan voelde hij zich smerig.

'Ze lijkt op Lena,' zei hij ten slotte, doelend op Sibyl Adams' tweelingzus, een van zijn rechercheurs. 'Heel even dacht ik...' Hij schudde zijn hoofd, niet in staat zijn zin af te maken.

'Lena heeft langer haar.'

'Ja,' zei hij, en het lukte hem niet zijn blik van het slachtoffer los te maken. Jeffrey had in de loop der tijd heel veel verschrikkelijke dingen gezien, maar hij had nog nooit een slachtoffer van een geweldsmisdrijf persoonlijk gekend. Niet dat hij Sibyl Adams goed kende, maar in een stadje ter grootte van Heartsdale waren alle mensen je buren.

Sara schraapte haar keel. 'Heb je het Lena al verteld?'

Haar vraag trof hem als een mokerslag. Toen hij nog maar twee weken politiecommissaris was, had hij Lena Adams aangenomen, rechtstreeks van de academie in Macon. Gedurende die eerste jaren was ze een buitenstaander geweest, net als Jeffrey. Acht jaar later had hij haar tot rechercheur bevorderd. Met haar drieëndertig jaar was ze de jongste rechercheur en de enige vrouw in het team. En nu was haar zus op nog geen tweehonderd meter van het politiebureau vermoord. Hij voelde zich persoonlijk verantwoordelijk, een besef dat hem bijna verstikte.

'Jeffrey?'

Jeffrey ademde diep in en liet de lucht heel langzaam weer ontsnappen. 'Ze is met bewijsmateriaal naar Macon,' antwoordde hij ten slotte. 'Ik heb de verkeerspolitie gebeld en gevraagd of ze haar hiernaartoe willen brengen.'

Sara keek hem aan. Haar ogen waren roodomrand, maar ze had niet gehuild. Dat was iets waar Jeffrey blij om was, want hij had Sara nog nooit zien huilen. Als hij haar zou zien huilen, dacht hij, zou er iets in hem breken.

'Wist je dat ze blind was?' vroeg ze.

Jeffrey leunde tegen de muur. Op de een of andere manier was hij dat vergeten.

'Ze zag het niet eens gebeuren,' fluisterde Sara. Ze boog haar hoofd en keek naar Sibyl. Zoals gewoonlijk had Jeffrey geen idee wat er door Sara heen ging. Hij besloot te wachten tot zij iets zou zeggen. Ze had duidelijk enige tijd nodig om haar gedachten te ordenen.

Hij stak zijn handen in zijn zakken en nam de ruimte in zich op. Er waren twee hokjes met houten deuren, en daartegenover bevond zich een wastafel die zo oud was dat de warme en de koude kraan aan weerszijden van de wasbak zaten. Boven de wastafel hing een goudgevlekte spiegel die aan de randen helemaal was doorgesleten. Alles bij elkaar was het vertrek niet veel groter dan negen vierkante meter, maar door de zwart-witte tegeltjes op de vloer leek het nog kleiner. Het donkere bloed dat een plas rond het lichaam vormde, maakte het er niet beter op. Jeffrey had nooit last van claustrofobie gehad, maar Sara's zwijgen was als een vierde aanwezigheid in het vertrek. In een poging wat afstand te scheppen sloeg hij zijn blik op naar het witte plafond.

Ten slotte nam Sara het woord. Haar stem klonk nu krachtiger, zelfverzekerder. 'Ze zat op het toilet toen ik haar vond.'

Omdat hij niets beters wist te doen, haalde Jeffrey een aantekenboekje met een spiraalband te voorschijn. Hij pakte een pen uit zijn borstzakje en begon te schrijven terwijl Sara verslag deed van de gebeurtenissen tot op dat moment. Met monotone stem beschreef ze Sibyls dood tot in de klinische details.

'Toen vroeg ik Tess of ze me mijn mobiele telefoon wilde brengen.' Sara zweeg en Jeffrey beantwoordde haar vraag nog voor ze hem kon uitspreken.

'Het gaat wel goed met haar,' liet hij haar weten. 'Ik heb Eddie gebeld toen ik hiernaartoe reed.'

'Heb je hem verteld wat er is gebeurd?'

Jeffrey probeerde te glimlachen. Sara's vader was niet een van zijn grootste fans. 'Ik was blij dat hij de verbinding niet meteen verbrak.'

Sara glimlachte niet, maar wel kruiste haar blik die van Jeffrey. Haar ogen hadden iets zachts dat hij al in een eeuwigheid niet had gezien. 'Ik moet het voorlopig onderzoek nog doen. Daarna kunnen we haar naar het mortuarium overbrengen.'

Jeffrey stopte het notitieboekje weer in zijn jaszak, en Sara liet Sibyls hoofd voorzichtig op de vloer zakken. Ze ging op haar hurken zitten en veegde haar handen af aan de achterkant van haar broek.

Ze zei: 'Ik wil dat ze schoon is voor Lena haar ziet.'

Jeffrey knikte. 'Het duurt nog minstens twee uur voor Lena hier is. Tegen die tijd zijn wij wel klaar met de plaats van het misdrijf.' Hij wees naar de deur van het hokje. Het slot was er uitgebroken. 'Was dat slot al zo toen je haar vond?'

'Dat slot is al zo sinds mijn zevende,' zei Sara, waarna ze naar haar aktetas wees die naast de deur stond. 'Geef me eens een paar handschoenen.'

Jeffrey maakte de tas open en deed zijn best het bloed op de handvatten niet aan te raken. Hij trok een paar rubberhandschoenen uit een binnenvak. Toen hij zich omkeerde, stond Sara bij de voeten van het lijk. Haar gezichtsuitdrukking had een verandering ondergaan, en ondanks de bloedvlekken op de voorkant van haar kleren leek ze de zaak weer onder controle te hebben.

Toch moest hij het vragen: 'Weet je zeker dat je dit wilt doen? We kunnen iemand uit Atlanta laten komen.'

Sara schudde haar hoofd terwijl ze met een geroutineerd gebaar de handschoenen aantrok. 'Ik wil niet dat een onbekende haar aanraakt.'

Jeffrey begreep wat ze bedoelde. Dit was een zaak die door het district zelf moest worden afgehandeld. Haar eigen mensen zouden voor haar zorgen.

Met haar handen in de zij liep Sara om het lichaam heen. Hij wist dat ze het geheel vanuit een bepaald perspectief wilde bekijken, dat ze haar eigen gevoelens buiten beschouwing wilde laten. Jeffrey merkte dat hij zijn ex-vrouw aandachtig bestudeerde. Sara was lang, net geen één meter tachtig, met diepgroene ogen en donkerrood haar. Zijn gedachten dwaalden af, en net toen hij zich weer herinnerde hoe heerlijk het was geweest om bij haar te zijn, voerde de scherpe klank van haar stem hem terug naar de werkelijkheid.

'Jeffrey?' beet Sara hem toe terwijl ze hem strak aankeek.

Hij staarde terug, zich ervan bewust dat hij in gedachten vertrokken was naar een schijnbaar veiliger plek.

Ze hield zijn blik nog een seconde langer vast en toen draaide ze zich om naar het hokje. Jeffrey haalde een tweede paar handschoenen uit haar aktetas en trok ze aan terwijl zij sprak.

'Zoals ik al zei,' begon Sara, 'zat ze op het toilet toen ik haar vond. We kwamen op de vloer terecht en ik draaide haar op haar rug.'

Sara tilde Sibyls handen op en keek onder haar nagels. 'Niks te zien. Ik neem aan dat ze volkomen overrompeld werd, dat ze niet wist wat er gebeurde tot het te laat was.'

'Denk je dat het snel is gegaan?'

'Niet al te snel. Wat hij ook heeft uitgehaald, op mij maakt het een goed voorbereide indruk. Het zag er hier heel schoon uit tot ik verscheen. Ze zou op de wc zijn leeggebloed als ik niet naar het toilet had gemoeten.' Sara wendde haar blik af. 'Of misschien ook wel niet, als ik hier niet te laat was aangekomen.'

Jeffrey probeerde haar te troosten. 'Dat weet je niet.'

Schouderophalend legde ze dit naast zich neer. 'Er zitten

wat kneuzingen op haar polsen waar ze met haar armen de handsteunen heeft geraakt. Bovendien' – ze trok Sibyls benen iets van elkaar – 'zie je dit hier?'

Jeffrey volgde haar aanwijzingen. De huid aan de binnenkant van beide knieën was weggeschraapt. 'Wat is dat?' vroeg hij.

'De wc-bril,' zei ze. 'De rand is aan de onderkant behoorlijk scherp. Volgens mij heeft ze haar benen samengeknepen toen ze zich probeerde te verzetten. Als je goed kijkt, zie je nog wat huid aan de bril zitten.'

Jeffrey wierp een blik op de wc, en vervolgens keek hij weer naar Sara. 'Denk je dat hij haar weer op de wc heeft geduwd en haar toen heeft gestoken?'

Sara gaf geen antwoord. In plaats daarvan wees ze naar Sibyls naakte romp. 'De snee wordt pas diep bij het midden van het kruis,' legde ze uit, en ze drukte tegen de buik zodat de wond openging en hij het goed kon zien. 'Ik vermoed dat het een tweesnijdend lemmet is geweest. Je kunt de v-vorm aan weerszijden van de messteek duidelijk zien.' Sara liet haar wijsvinger moeiteloos in de wond verdwijnen. De huid maakte een zuigend geluid toen ze dit deed, en Jeffrey klemde zijn kiezen op elkaar en keek de andere kant op. Toen hij zijn hoofd weer omdraaide, keek Sara hem onderzoekend aan.

Ze vroeg: 'Gaat het?'

Hij knikte, bang om zijn mond open te doen.

Ze liet haar vinger rondgaan in het gat in Sibyl Adams' borstkas. Bloed sijpelde uit de wond. 'Ik hou het op een lemmet van minstens tien centimeter,' stelde ze vast terwijl ze haar blik op hem hield gericht. 'Vind je dit naar om te zien?'

Hij schudde ontkennend zijn hoofd, ook al draaide zijn maag om bij het geluid.

Sara trok haar vinger er weer uit en vervolgde: 'Het was een uiterst scherp lemmet. De snee heeft niets aarzelends, dus hij wist zoals ik al zei wat hij deed.'

'Wat deed hij dan?'

Ze klonk uitermate zakelijk. 'Hij sneed haar maag open. Hij deed dit met een paar trefzekere halen, eentje naar beneden, eentje overdwars en toen nog een stoot in de bovenste helft van de romp. Dat was volgens mij de doodsteek. Bloedverlies is de waarschijnlijke doodsoorzaak.'

'Is ze doodgebloed?'

Sara haalde haar schouders op. 'Als ik er nu een gok naar moest doen, ja. Ze is doodgebloed. Het heeft waarschijnlijk zo'n tien minuten geduurd. De stuipen waren het gevolg van shock.'

Jeffrey kon een huivering niet onderdrukken. Hij wees naar de wond. 'Het is een kruis, hè?'

Sara bestudeerde de messteken. 'Zo te zien wel. Ik bedoel, het kan moeilijk iets anders zijn, toch?'

'Denk je dat het een of andere religieuze actie is?'

'Dat weet je nooit bij een verkrachting.' antwoordde ze, en ze zweeg toen ze de uitdrukking op zijn gezicht zag. 'Wat is er?'

'Is ze verkracht?' vroeg hij, en hij wierp een onderzoekende blik op Sibyl Adams om te zien of hij de voor de hand liggende beschadigingen kon ontdekken. Hij zag geen blauwe plekken op haar dijen of schrammen in het gebied rond haar bekken. 'Heb je iets gevonden?'

Sara zweeg. Na een tijdje zei ze: 'Nee. Ik bedoel, ik weet het niet.'

'Wat heb je gevonden?'

'Niets.' Ze trok met een ruk haar handschoenen uit. 'Precies wat ik je heb verteld. De rest doe ik wel in het mortuarium.'

'Ik –'

'Ik zal Carlos bellen om te zeggen dat hij haar kan ophalen,' zei ze, doelend op haar assistent in het mortuarium. 'Kom je daarnaartoe als je hier klaar bent?' Toen hij niet antwoordde, zei ze: 'Ik weet niet zeker of het verkrachting is, Jeff. Echt. Het was maar een vermoeden.'

Jeffrey wist niet wat hij moest zeggen. Eén ding wist hij wel wat zijn ex-vrouw betrof: als het om haar werk ging, hield ze zich niet bezig met vermoedens. 'Sara?' vroeg hij. Toen: 'Gaat het wel goed met je?'

Ze schonk hem een vreugdeloos lachje. 'Of het wel goed met me gaat?' herhaalde ze. 'Jezus, Jeffrey, wat een stomme vraag.' Ze liep naar de deur, maar deed hem niet open. Toen ze het woord weer nam, klonken haar woorden helder en bondig: 'Je móet degene vinden die dit gedaan heeft.'

'Ik weet het.'

'Nee, Jeffrey.' Sara draaide zich om en keek hem doordringend aan. 'Dit is een rituele moord, dit is niet eenmalig. Kijk maar naar haar lichaam. Kijk maar naar de wijze waarop ze hier is achtergelaten.' Sara zweeg even, en zei toen: 'Wie Sibyl Adams ook heeft vermoord, hij heeft het nauwgezet voorbereid. Hij wist waar hij haar kon vinden. Hij volgde haar naar het toilet. Dit is een methodische moord, gepleegd door iemand die iets duidelijk wil maken.'

Hij voelde zich duizelig worden toen hij besefte dat ze de waarheid sprak. Hij was een dergelijke moord al eens eerder tegengekomen. Hij wist precies waarover ze het had. Dit was geen amateurswerk. Degene die dit op zijn geweten had, werkte op dit moment waarschijnlijk aan iets wat nog veel dramatischer zou zijn.

Sara scheen nog steeds te denken dat hij het niet begreep. 'Denk je echt dat hij het bij één zal laten?'

Deze keer aarzelde Jeffrey niet. 'Nee.'

Drie

Lena Adams fronste haar voorhoofd en seinde met haar koplampen naar de blauwe Honda Civic voor haar. De maximumsnelheid op dit stuk van de I-20 was honderd kilometer per uur, maar zoals bijna iedereen op het platteland van Georgia beschouwde Lena de borden als niet veel meer dan een aanwijzing voor toeristen op weg naar en uit Florida. De Civic kwam volgens het nummerbord dan ook uit Ohio.

'Kom op nou,' kreunde ze met een blik op de snelheidsmeter. Ze zat vast. Rechts van haar reed een truck met oplegger en vóór haar de yank in de Civic, die zo te zien vastbesloten was haar net iets boven de maximumsnelheid te houden. Heel even wenste Lena dat ze een van de patrouillewagens van Grant County had genomen. Die reden niet alleen lekkerder dan haar Celica, maar je kon er de mensen die te hard reden bovendien de stuipen mee op het lijf jagen.

Wonder boven wonder minderde de truck vaart zodat de Civic naar rechts kon. Lena wuifde vrolijk naar de chauffeur, die zijn middelvinger naar haar opstak. Ze hoopte dat hij zijn lesje had geleerd. Autorijden hier in het Zuiden was darwinisme op zijn best.

De snelheidsmeter van de Celica klom op naar honderdveertig toen ze met een noodvaart de gemeentegrens van Macon achter zich liet. Lena haalde een cassettebandje uit het hoesje. Sibyl had wat automuziek voor haar opgenomen voor de terugrit. Lena duwde het bandje in de cassetterecorder en glimlachte toen de muziek begon en ze de eerste tonen van Joan Jetts 'Bad Reputation' herkende. Dat was het lijflied van de zusjes geweest toen ze nog op de middelbare school zaten, en menige nacht hadden ze over achterafweggetjes gescheurd terwijl ze uit volle borst 'I don't give a damn about my bad reputation' zongen. Vanwege een oom die niet deugde werden de meisjes als uitschot beschouwd, hoewel ze toch niet echt arm waren en, met dank aan hun half-Spaanse moeder, ook niet helemaal blank.

In het licht van de eeuwigheid was het afleveren van bewijsmateriaal bij het FBI-lab in Macon niet veel meer dan koerierswerk, maar Lena was blij met de opdracht. Jeffrey had gezegd dat ze het maar moest zien als een gelegenheid om wat af te koelen – zijn eufemistische definitie voor het onder controle krijgen van haar opvliegende karakter. Frank Wallace en Lena hadden elkaar weer eens in de haren gezeten over het probleem dat hun partnerschap al vanaf het begin had achtervolgd. Frank was achtenvijftig en niet bepaald verrukt van het feit dat er een vrouw in het team zat, laat staan dat hij haar als partner had. Als een zaak onderzocht moest worden, hield hij Lena er voortdurend buiten, terwijl zij telkens weer probeerde zich ermee te bemoeien. Er moest iets gebeuren. Aangezien Frank over twee jaar met pensioen zou gaan, wist Lena dat zij niet degene zou zijn die het eerst moest wijken.

Eigenlijk was Frank helemaal geen slechte kerel. Hoewel hij leed aan het soort knorrigheid dat de oude dag met zich meebrengt, leek hij toch zijn best te doen. Doorgaans begreep ze heel goed dat zijn aanmatigende houding voortkwam uit iets wat dieper ging dan zijn ego. Hij was het soort man dat deuren openhield voor vrouwen en binnenshuis zijn pet afnam. Frank was zelfs lid van de plaatselijke vrijmetselaarsloge. Hij was niet van het soort dat zijn vrouwelijke partner een verhoor liet afnemen, laat staan dat hij haar bij een inval voor zou laten gaan. Maar er waren dagen dat Lena hem het liefst zou opsluiten in zijn garage met de motor van de auto aan.

Jeffrey had goed ingeschat dat het uitstapje haar weer tot

bedaren zou brengen. De rit naar Macon verliep voorspoedig en Lena slaagde erin de reistijd met een halfuur te bekorten, dankzij de v-6 van de Celica. Ze mocht haar baas wel, hij was in alle opzichten de tegenpool van Frank Wallace. Frank ging altijd op zijn intuïtie af, terwijl Jeffrey eerder rationeel was. Jeffrey was bovendien het soort man dat zich in het gezelschap van vrouwen op zijn gemak voelde en het niet erg vond als ze voor hun mening uitkwamen. Het feit dat hij haar vanaf het allereerste begin had voorbereid op de functie van rechercheur was haar niet ontgaan. Jeffrey had haar niet bevorderd om te voldoen aan een of ander districtsquotum of om een betere indruk te maken dan zijn voorganger; dit was per slot van rekening Grant County, een district dat tot vijftig jaar geleden niet eens op de kaart had gestaan. Jeffrey had Lena de baan gegeven omdat hij respect had voor haar werk en voor haar verstand. Het feit dat ze een vrouw was, had hier niets mee te maken.

'Shit,' siste Lena toen ze achter zich een blauw flitslicht opving. Ze minderde vaart en liet de Civic passeren terwijl ze zelf naar de kant reed. De yank claxonneerde en zwaaide. Nu was het Lena's beurt om haar middelvinger op te steken.

De verkeersagent uit Georgia kwam op zijn dooie gemak de auto uit. Lena draaide zich om en zocht in haar tas op de achterbank naar haar politiepenning. Toen ze zich weer omkeerde, zag ze tot haar verbazing dat de smeris een eindje achter haar auto was blijven staan. Hij had zijn hand aan zijn pistool en ze kon zichzelf wel voor het hoofd slaan omdat ze niet had gewacht tot hij haar auto had bereikt. Waarschijnlijk dacht hij dat ze naar een wapen zocht.

Lena liet de penning in haar schoot vallen en stak haar handen omhoog, terwijl ze door het open raampje 'Sorry' tegen hem zei.

De agent deed voorzichtig een stap naar voren, en zijn vierkante kaak bewoog op en neer toen hij de auto naderde. Hij nam zijn zonnebril af en keek haar aandachtig aan.

'Hoor eens,' zei ze, haar handen nog steeds in de lucht. 'Ik heb dienst.'

Hij onderbrak haar. 'Bent u rechercheur Salena Adams?'

Ze liet haar handen zakken en wierp de agent een vragende blik toe. Hij was aan de kleine kant, maar zijn bovenlichaam was gespierd, zoals dat vaker het geval is bij kleine mannen die hun gebrek aan lengte willen compenseren. Zijn armen waren zo dik dat ze niet ontspannen langs zijn zij konden hangen. Zijn uniform spande om zijn borstkas.

'Ik heet Lena,' liet ze hem weten, en ze keek even naar zijn naamplaatje. 'Kennen we elkaar?'

'Nee, mevrouw,' was zijn antwoord, en hij schoof zijn zonnebril weer voor zijn ogen. 'We hebben een telefoontje ontvangen van uw chef. Ik moet u weer terug naar Grant County begeleiden.'

'Sorry?' vroeg Lena, in de veronderstelling dat ze het niet goed had verstaan. 'Mijn chef? Jeffrey Tolliver?'

Hij gaf een kort knikje. 'Ja, mevrouw.' Voor ze hem nog iets kon vragen, liep hij terug naar zijn auto. Lena wachtte tot de agent wegreed, en ging toen achter hem aan. Hij gaf gas en binnen enkele minuten klom de snelheidsmeter naar honderdvijftig. Ze passeerden de blauwe Civic, maar Lena schonk er niet veel aandacht aan. Het enige wat ze dacht was: Wat heb ik nu weer gedaan?

Vier

Hoewel het Medisch Centrum van Heartsdale als een baken aan het eind van Main Street lag, zag het er in de verste verte niet zo belangrijk uit als de naam deed vermoeden. Het kliniekje telde slechts twee verdiepingen en was op niet veel meer berekend dan het behandelen van schaafwonden en buikklachten die niet konden wachten tot de huisarts spreekuur hield. Op ongeveer een halfuur afstand, in Augusta, bevond zich een groter ziekenhuis, waar de ernstige gevallen werden behandeld. Als het districtsmortuarium niet in de kelder was gehuisvest, dan zou het medisch centrum al lang geleden zijn afgebroken om plaats te maken voor studentenflats.

Evenals de rest van de stad was de kliniek gebouwd in de jaren dertig, toen het Heartsdale voor de wind ging. De bovengrondse verdiepingen waren al eens gerenoveerd, maar het was duidelijk dat het mortuarium niet meetelde in de ogen van het ziekenhuisbestuur. De muren waren bedekt met lichtblauwe tegels die zo oud waren dat ze bijna weer modern leken. De vloeren hadden een ruitpatroon van groen en lichtbruin linoleum. Het plafond had menigmaal waterschade geleden, maar was grotendeels weer opgelapt. De apparatuur was verouderd, maar nog goed bruikbaar.

Sara's kantoor bevond zich achterin, van de rest van het mortuarium gescheiden door een groot glazen raam. Ze zat achter haar bureau en keek uit het raam, terwijl ze haar gedachten probeerde te ordenen. Ze concentreerde zich op het kleurloze geluid van het mortuarium: de compressor van de koelinstallatie, het geruis van de waterslang waarmee Carlos de vloer schoonspoot. Aangezien ze zich onder de grond bevonden, werden de geluiden door de muren van het mortuarium geabsorbeerd in plaats van afgebogen, en Sara voelde zich merkwaardig getroost door het vertrouwde gezoem en gesuis. Het schelle gerinkel van de telefoon verbrak de stilte.

'Sara Linton,' zei ze, in de veronderstelling dat het Jeffrey was. Maar het was haar vader.

'Hoi, schatje.'

Sara glimlachte, en ze voelde zich meteen wat lichter worden bij het horen van Eddie Lintons stem. 'Hoi, pappie.'

'Ik weet nog een mop.'

'O ja?' Ze probeerde haar toon luchtig te houden, want ze wist dat humor haar vaders manier was om met spanning om te gaan. 'Vertel.'

'Een kinderarts, een advocaat en een priester zaten op de Titanic toen die begon te zinken,' begon hij. 'De kinderarts zegt: "We moeten de kinderen redden." De advocaat zegt: "Die kinderen kunnen de rampetamp krijgen!" Waarop de priester zegt: "Hebben we daar dan nog tijd voor?"'

Sara lachte, meer om haar vader een plezier te doen dan om iets anders. Hij zweeg, in afwachting van wat zij ging zeggen. 'Hoe gaat het met Tessie?' vroeg ze.

'Ze ligt nu even te slapen,' liet hij haar weten. 'En hoe is het met jou?'

'O, met mij gaat het wel goed.' Sara begon rondjes op haar bureaukalender te tekenen. Dat was niet haar gewoonte, maar ze moest iets met haar handen doen. Aan de ene kant wilde ze in haar aktetas kijken, om te zien of Tessa niet vergeten was de ansichtkaart er weer in te stoppen. Aan de andere kant wilde ze helemaal niet weten waar hij was.

Eddie onderbrak haar gedachten. 'Mama zegt dat je morgen moet komen ontbijten.'

'O ja?' vroeg Sara, en nu tekende ze vierkantjes om de rondjes heen.

'Wafels en grutten en geroosterd brood en spek,' dreunde hij op.

'Hallo,' zei Jeffrey.

Met een ruk ging Sara's hoofd omhoog en ze liet de pen vallen. 'Ik schrok me dood,' zei ze, en toen, tegen haar vader: 'Pap, Jeffrey is hier –'

Eddie Linton stootte een serie onverstaanbare klanken uit. Wat hem betrof mankeerde er niks aan Jeffrey Tolliver wat niet met een stevige baksteen tegen zijn hoofd kon worden opgelost.

'Oké,' zei Sara in de hoorn terwijl ze Jeffrey een afgemeten lachje schonk. Hij keek naar de tekst die op het glas in de deur was geëtst en naar het stuk afplakband dat haar vader over de naam TOLLIVER had geplakt, waarna hij er met een zwarte viltstift LINTON op had geschreven. Aangezien Jeffrey Sara had bedrogen met de enige naambordenmaakster van de stad, was het de vraag of de aanduiding binnen afzienbare tijd op professionelere wijze veranderd zou worden.

'Pappie,' onderbrak Sara hem, 'ik zie je morgenochtend wel.' Ze hing op voor hij nog iets kon zeggen.

Jeffrey vroeg: 'Laat eens raden: hij doet me de hartelijke groeten.'

Sara negeerde de vraag, want ze had helemaal geen zin in een persoonlijk gesprek met Jeffrey. Zo zoog hij haar weer naar zich toe: hij wekte de indruk dat hij normaal was en dat hij eerlijk kon zijn en haar kon steunen, terwijl hij in werkelijkheid, zodra hij het gevoel kreeg dat hij weer bij Sara in een goed blaadje stond, waarschijnlijk niet wist hoe snel hij dekking moest zoeken. Of, om precies te zijn, hoe snel hij onder de dekens moest duiken.

Hij vroeg: 'Hoe gaat het met Tessa?'

'Prima,' zei Sara, terwijl ze haar bril uit de koker haalde. Ze zette hem op en vroeg: 'Waar is Lena?'

Hij wierp een blik op de klok aan de muur. 'Op ongeveer een uur afstand. Frank piept me op zodra ze hier tien minuten vandaan is.'

Sara ging staan en trok haar operatieoverall recht. Ze had zich gedoucht in de hal van het ziekenhuis en had haar bebloede kleren in een plastic zak gestopt, voor het geval ze nodig waren voor het gerechtelijk onderzoek.

Ze vroeg: 'Heb je al bedacht wat je tegen haar gaat zeggen?'

Hij schudde ontkennend zijn hoofd. 'Ik hoop dat we iets concreets vinden voor ik met haar ga praten. Lena is een politievrouw. Ze wil antwoord op haar vragen.'

Sara boog zich over het bureau heen en tikte op het glas. Carlos keek op. 'Je kunt nu wel gaan,' zei ze. En toen ter verduidelijking tegen Jeffrey: 'Hij brengt bloed en urine naar het gerechtelijk laboratorium. Ze gaan het vanavond nog onderzoeken.'

'Mooi.'

Sara ging weer op haar stoel zitten. 'Ben je verder nog iets op het toilet tegengekomen?'

'We hebben haar stok en haar bril achter de wc gevonden. Ze waren schoongeveegd.'

'En de wc-deur?'

'Niks,' zei hij. 'Ik bedoel, niet niks, maar zo'n beetje alle vrouwen van de hele stad zijn daar geweest. Bij de laatste telling had Matt meer dan vijftig verschillende vingerafdrukken.' Hij haalde een stel polaroidfoto's uit zijn zak en gooide ze op het bureau. Er waren close-ups bij van het lichaam op de vloer, en ook foto's van Sara's bloederige schoen- en handafdrukken.

Sara pakte er eentje op en zei: 'Ik neem aan dat het er niet duidelijker op is geworden nadat ik alles vol bloed had gesmeerd.'

'Je had niet echt een andere keus.'

Ze hield haar gedachten voor zich en legde de foto's in een logische volgorde.

Hij herhaalde haar eerdere evaluatie. 'Degene die dit heeft gedaan, wist wat hij deed. Hij wist dat ze alleen naar het restaurant zou gaan. Hij wist dat ze niet kon zien. Hij wist dat de tent op dat uur van de dag verlaten zou zijn.'

'Denk je dat hij haar heeft opgewacht?'

Jeffrey haalde zijn schouders op. 'Het lijkt er wel op. Hij is waarschijnlijk door de achterdeur naar binnen en naar buiten gegaan. Pete had de alarminstallatie uitgeschakeld zodat ze de deur open konden laten staan om de zaak te luchten.'

'Ja,' zei ze, en ze bedacht dat de achterdeur van het restaurant negen van de tien keer openstond.

'We zijn dus op zoek naar iemand die op de hoogte was van haar activiteiten, dat klopt toch? Iemand die wist hoe het restaurant er vanbinnen uitzag.'

Sara wilde geen antwoord geven op deze vraag, die inhield dat de moordenaar iemand uit Grant was, iemand die de mensen en de omgeving kende zoals alleen inwoners ze kenden. In plaats daarvan kwam ze overeind en liep naar de metalen archiefkast aan de andere kant van haar bureau. Ze haalde er een schone laboratoriumjas uit en schoot hem aan, terwijl ze zei: 'Ik heb al röntgenfoto's gemaakt en haar kleren onderzocht. Verder ligt ze klaar.'

Jeffrey draaide zich om en staarde uit het raam naar de tafel in het midden van het mortuarium. Sara volgde zijn blik, en ze bedacht dat de dode Sibyl Adams veel kleiner was dan toen ze nog leefde. Zelfs Sara kon niet wennen aan de manier waarop de dood mensen deed krimpen.

Jeffrey vroeg: 'Kende je haar goed?'

Sara moest over zijn vraag nadenken. Ten slotte zei ze: 'Ja, eigenlijk wel. We hebben vorig jaar allebei meegedaan aan de beroepsvoorlichtingsdag op de middelbare school. En verder kwam ik haar weleens tegen in de bibliotheek.'

'De bibliotheek?' vroeg Jeffrey. 'Ik dacht dat ze blind was.'

'Ik neem aan dat ze daar ook boeken op cassette hebben.' Ze bleef pal voor hem stilstaan en sloeg haar armen over elkaar. 'Hoor eens, ik moet je iets vertellen. Lena en ik hebben het een paar weken geleden met elkaar aan de stok gehad.'

Hij was duidelijk verbaasd. Sara was zelf ook verbaasd. Er waren niet veel mensen in de stad met wie ze niet kon opschieten. Maar Lena Adams was er absoluut één van.

Sara legde uit: 'Ze belde Nick Shelton op het GBI en vroeg of ze het toxicologisch rapport van een zaak kon krijgen.'

Niet-begrijpend schudde Jeffrey zijn hoofd. 'Waarom?'

Sara haalde haar schouders op. Ze snapte nog steeds niet

waarom Lena had geprobeerd haar te passeren, vooral niet als je bedacht dat het algemeen bekend was dat Sara een heel goede werkrelatie had met Nick Shelton, die op het Georgia Bureau of Investigation verantwoordelijk was voor Grant County.

'En?' drong Jeffrey aan.

'Ik weet niet wat Lena dacht te bereiken door Nick rechtstreeks te bellen. We hebben er een hartig woordje over gewisseld. Er is geen bloed gevloeid, maar ik kan ook niet zeggen dat we als vriendinnen uit elkaar zijn gegaan.'

Jeffrey haalde zijn schouders op, alsof hij wilde zeggen: En wat dan nog? Lena kon als geen ander mensen op de kast jagen. Toen Sara en Jeffrey nog getrouwd waren, had Jeffrey meer dan eens zijn bezorgdheid geuit over Lena's impulsieve gedrag.

'Als ze' – hij zweeg, en zei toen: 'als ze verkracht is, Sara, dan weet ik het niet.'

'Laten we maar beginnen,' antwoordde Sara snel, en ze liep langs hem heen naar het mortuarium. Ze bleef bij de voorraadkast staan om een wegwerpschort te pakken. Even stond ze roerloos, haar handen aan de deurtjes, en nam in gedachten hun gesprek weer door. Ze vroeg zich af hoe een forensische evaluatie kon overgaan in een discussie over Jeffreys potentiële verontwaardiging als Sibyl niet alleen vermoord bleek te zijn, maar ook nog eens verkracht.

'Sara?' vroeg hij. 'Wat is er aan de hand?'

Sara voelde woede in zich opvlammen bij het horen van zijn stomme vraag. 'Wat er aan de hand is?' Ze haalde het schort te voorschijn en smeet de deurtjes dicht. De klap deed het metalen frame rammelen. Sara draaide zich om en scheurde de steriele verpakking open. 'Dit is er aan de hand: ik heb er genoeg van dat je de hele tijd vraagt wat er aan de hand is terwijl het verdomme maar al te duidelijk is wat er aan de hand is.' Ze zweeg en met een ruk trok ze het schort te voorschijn. 'Denk eens na, Jeffrey. Vandaag is een vrouw letterlijk in mijn armen gestorven. Niet zomaar een vreemde, maar iemand die ik kende. Ik zou op dit moment thuis moeten zijn en heel lang onder de douche moeten staan of de honden moeten uitlaten, maar in plaats daarvan moet ik haar gaan opensnijden, veel erger dan nu al het geval is, zodat ik je kan vertellen of je alle viezeriken van de stad kunt inrekenen.'

Haar handen beefden van woede toen ze probeerde het schort aan te trekken. De mouw was net buiten haar bereik, en ze wilde zich omdraaien om er beter bij te kunnen toen Jeffrey een stap naar voren deed om haar te helpen.

Op hatelijke toon beet ze hem toe: 'Ik heb hem al.'

Hij stak zijn handen in de lucht, met de palmen naar haar toe alsof hij zich overgaf. 'Sorry.'

Sara stond te prutsen met de banden van het schort tot de touwtjes helemaal in de knoop zaten. 'Shit,' siste ze, en ze probeerde ze weer uit elkaar te halen.

'Ik zou Brad kunnen vragen de honden uit te laten,' bood Jeffrey aan.

Sara liet haar handen in wanhoop zakken. 'Daar gaat het helemaal niet om, Jeffrey.'

'Dat weet ik,' antwoordde hij, en hij liep voorzichtig naar haar toe alsof ze een dolle hond was. Hij pakte de touwtjes en met neergeslagen ogen keek ze hoe hij de knoop ontwarde. Toen liet ze haar blik naar de bovenkant van zijn hoofd gaan, waar ze een paar grijze plukken tussen het zwart ontdekte. Ze zou hem wel willen dwingen haar te troosten in plaats van alles met een grap af te doen. Ze zou willen dat hij als bij toverslag over empathie beschikte. Na tien jaar zou ze beter moeten weten.

Met een glimlach trok hij de knoop los, alsof hij met deze simpele handeling alles in orde had gemaakt. 'Alsjeblieft,' zei hij.

Sara nam het weer over en bond de touwtjes in een strik samen.

Hij legde zijn hand onder haar kin. 'Je redt het wel,' zei hij, en deze keer was het geen vraag.

'Ja,' beaamde ze en ze liep bij hem weg. 'Ik red het wel.' Ze pakte een paar rubberhandschoenen en richtte zich op de taak die voor haar lag. 'Laten we zorgen dat we het voorlopig onderzoek hebben afgerond voor Lena terugkomt.'

Sara liep naar de porseleinen autopsietafel, die in het midden van de ruimte met bouten aan de vloer was bevestigd. De gewelfde witte tafel met de hoge zijkanten omsloot Sibyls kleine lichaam. Carlos had haar hoofd op een zwart rubberen blok gelegd en een wit laken over haar heen gedrapeerd. Als je niet naar de zwarte plek boven haar oog keek, was het net alsof ze sliep.

'Jezus,' mompelde Sara toen ze het laken terugvouwde. Het verwijderen van het lijk van de plaats van het misdrijf had de schade alleen maar verergerd. Onder de felle lampen van het mortuarium viel elk detail van de wond op. De messteken over de buik waren lang en scherp en vormden een bijna volmaakt kruis. Op sommige plekken was de huid rimpelig en dit leidde haar aandacht af van de diepe steek op het snijpunt van het kruis. Postmortaal kregen wonden een donker, bijna zwart aanzien. De spleten in Sibyl Adams' huid stonden wijdopen, als kleine natte mondjes.

'Ze had niet veel lichaamsvet,' verklaarde Sara. Ze wees naar de buik, waar de wond net boven de navel iets verder openstond. De snee was hier dieper, en de huid was uit elkaar getrokken als een strak overhemd dat een knoop miste. 'Er zit fecaal materiaal in de onderbuik, waar de darmen door het lemmet kapot zijn gestoken. Ik weet niet of het met opzet zo diep ging of dat het per ongeluk gebeurde. De wond ziet er opgerekt uit.'

Ze wees op de randen van de wond. 'Je kunt de striae hier zien, aan het uiteinde van de wond. Misschien heeft hij het mes heen en weer bewogen, rondgedraaid. Bovendien...' Ze zweeg en probeerde er al doende achter te komen wat er was gebeurd. 'Er zitten sporen van ontlasting op haar handen en ook op de stangen in de wc, dus ik moet wel concluderen dat ze gestoken werd, vervolgens met haar handen naar haar buik ging en haar handen toen om de een of andere reden om de stangen sloeg.'

Ze keek even naar Jeffrey om te zien hoe hij zich hield.

Hij stond als aan de grond genageld, verlamd door de aanblik van Sibyls lichaam. Uit eigen ervaring wist Sara dat de geest soms trucjes uithaalde en de scherpe lijnen van geweld verdoezelde. Zelfs voor Sara was het zien van Sibyls lichaam nu misschien nog erger dan de eerste keer.

Sara legde haar handen op het lichaam, en tot haar verbazing was het nog steeds warm. De temperatuur in het mortuarium was altijd laag, zelfs 's zomers, want het vertrek bevond zich onder de grond. Sibyl had zo langzamerhand eigenlijk veel kouder moeten zijn.

'Sara?' vroeg Jeffrey.

'Niks,' antwoordde ze, niet tot gissen bereid. Ze drukte op de huid rond de wond, in het midden van het kruis. 'Het was een tweesnijdend mes,' begon ze. 'Daar zou je wel iets aan kunnen hebben. De meeste steekwonden zijn van gekartelde jachtmessen, toch?'

'Ja.'

Ze wees naar een geelbruine kneuzing rond de middelste wond. Toen ze het lichaam schoonmaakte, had Sara veel meer kunnen zien dan wat er tijdens het voorlopig onderzoek in het toilet aan het licht was gekomen. 'Dit is veroorzaakt door het heft van het mes, dus hij heeft het er helemaal ingestoken. Ik vermoed dat ik wel wat kerven in de ruggengraat zal tegenkomen als ik haar openmaak. Ik voelde al iets onregelmatigs toen ik met mijn vinger naar binnen ging. Er zitten waarschijnlijk nog losse stukjes bot.'

Jeffrey knikte om aan te geven dat ze door kon gaan.

'Als we geluk hebben, dan krijgen we wel een indruk van hoe het lemmet eruit moet hebben gezien. En als dat niet zo is, dan misschien van de kneuzing door het heft. Ik kan de huid verwijderen en prepareren nadat Lena haar heeft gezien.'

Ze wees naar de steekwond in het midden van het kruisteken. 'Dit was een harde stoot, dus ik vermoed dat de moordenaar hem toebracht vanuit een hogere positie. Zie je dat de wond een hoek van ongeveer vijfenveertig graden heeft?' Ze bestudeerde de snee in een poging er iets uit te kunnen opmaken. 'Ik zou bijna zeggen dat de buikwond verschilt van de borstwond. Het klopt niet.'

'Hoezo?'

'De steken hebben een verschillend patroon.'

'Hoe dan?'

'Ik weet het niet,' antwoordde ze naar waarheid. Ze liet het voorlopig rusten en concentreerde zich op de steekwond in het midden van het kruis. 'Dus hij staat waarschijnlijk voor haar, iets door de knieën gezakt, en hij brengt het mes weer naar zijn zij' – ze deed het voor en trok haar hand terug – 'om het vervolgens in haar borst te stoten.'

'Heeft hij misschien twee messen gebruikt?'

'Ik weet het niet,' bekende Sara, en ze richtte zich weer op de buikwond. Er klopte iets niet.

Jeffrey krabde aan zijn kin en keek naar de borstwond. Hij vroeg: 'Waarom heeft hij haar niet in het hart gestoken?'

'Nou, ten eerste zit het hart niet in het midden van de borstkas, en dat is de plek waar je zou moeten steken om het midden van het kruis te raken. Zijn keus heeft dus ook iets esthetisch. En verder wordt het hart omgeven door ribben en kraakbeen. Hij had haar meerdere keren moeten steken om daardoorheen te breken. Dan zou er niet veel overblijven van het kruis, snap je?' Sara zweeg. 'Ook zou er enorm veel bloed vrijkomen als het hart werd doorboord. Het zou er uitspuiten. Misschien wilde hij dat voorkomen.' Ze haalde haar schouders op en keek Jeffrey aan. 'Hij had ook onder de ribbenkast door kunnen gaan en dan naar boven als hij het hart had willen raken, maar dat zou een gok zijn geweest.'

'Wil je daarmee zeggen dat de aanvaller over enige medische kennis beschikte?'

Sara vroeg: 'Weet jij waar het hart zit?'

Hij legde zijn hand op de linkerkant van zijn borst.

'Klopt. Je weet ook dat je ribben niet overal in het midden samenkomen.'

Hij tikte met zijn hand tegen het midden van zijn borstkas. 'Wat zit hier?'

'Het borstbeen,' antwoordde ze. 'Maar de snee zit lager.

Hij zit in het zwaardvormig aanhangsel. Ik weet niet of dat puur geluk of opzet is.'

'Wat wil je daarmee zeggen?'

'Daarmee wil ik zeggen dat dat de beste plek is als je met alle geweld een kruis in iemands buik wilt kerven en in het midden ervan een mes wilt steken. Het borstbeen is in drie stukken verdeeld,' zei ze, en ze wees het aan op haar eigen borst. 'Eerst heb je het manubrium, dat is het bovenste gedeelte, dan het corpus, dat is het grootste gedeelte, en dan komt het zwaardvormig aanhangsel. Van die drie is het zwaardvormig aanhangsel het zachtst. Vooral bij iemand van haar leeftijd. Hoe oud is ze, begin dertig?'

'Drieëndertig.'

'Net zo oud als Tessa,' mompelde Sara, en even schoot het beeld van haar zus door haar heen. Ze schudde het van zich af en concentreerde zich weer op het lijk. 'Het zwaardvormig aanhangsel verkalkt als je ouder wordt. Het kraakbeen wordt harder. Dus als ik iemand in de borst wilde steken, dan is dit de plek waar ik dat zou doen.'

'Misschien wilde hij niet in haar borsten steken?'

Sara dacht hier even over na. 'Dit lijkt iets persoonlijkers te zijn.' Ze probeerde de juiste woorden te vinden. 'Ik weet het niet, je zou zeggen dat hij wel in haar borsten zou willen snijden. Begrijp je wat ik bedoel?'

'Vooral als er een seksueel motief in het spel is,' opperde hij. 'Ik bedoel, verkrachting heeft meestal met macht te maken, is het niet? Het heeft te maken met op vrouwen gerichte woede, met het verlangen ze in je macht te hebben. Waarom zou hij haar daar steken, in plaats van op een plek waar ze duidelijk vrouw is?'

'Verkrachting heeft ook met penetratie te maken,' bracht Sara hiertegen in. 'En dat is in dit geval zeker. Het is een krachtige steek, bijna helemaal door haar lichaam heen. Ik geloof niet –' Ze zweeg en staarde naar de wond, terwijl er een nieuwe gedachte in haar hoofd opkwam. 'Jezus,' mompelde ze.

'Wat is er?' vroeg Jeffrey.

Gedurende enkele ogenblikken was ze niet in staat iets te zeggen. Het was of haar keel werd dichtgesnoerd.

'Sara?'

Een pieptoon vulde het mortuarium. Jeffrey keek op zijn pieper. 'Dat kan Lena nog niet zijn,' zei hij. 'Mag ik je telefoon even gebruiken?'

'Ga je gang.' Sara sloeg haar armen over elkaar heen in de behoefte zich te beschermen tegen haar eigen gedachten. Ze wachtte tot Jeffrey achter haar bureau zat voor ze verderging met het onderzoek.

Sara reikte boven haar hoofd en verstelde de lamp zodat ze het gebied rond het bekken beter kon bekijken. Terwijl ze het metalen speculum bijstelde, mompelde ze een gebedje tot zichzelf, tot God, tot iedereen die wilde luisteren, zonder dat het iets hielp. Tegen de tijd dat Jeffrey terugkeerde, wist ze het zeker.

'En?' vroeg hij.

Sara's handen beefden toen ze haar handschoenen uittrok. 'Ze is aan het begin van de aanval seksueel misbruikt.' Ze zweeg, liet de besmeurde handschoenen op de tafel vallen en vormde zich in gedachten een beeld van Sibyl Adams die op het toilet zat, haar handen op de open wond in haar buik legde en zich vervolgens schrap zette tegen de stangen aan weerszijden van de wc, volkomen blind voor wat er met haar gebeurde.

Hij wachtte een paar tellen voor hij aandrong: 'En?'

Sara legde haar handen op de rand van de tafel. 'Er zat fecaal materiaal in haar vagina.'

Jeffrey scheen het niet te volgen. 'Is ze dan eerst anaal verkracht?'

'Er is niets wat op anale penetratie wijst.'

'Maar je hebt fecaal materiaal gevonden,' zei hij, en nog steeds begreep hij het niet.

'Diep in haar vagina,' zei Sara, die het niet voor hem wilde spellen, hoewel ze wist dat ze daar niet onderuit zou komen. Ze hoorde een ongebruikelijke hapering in haar stem toen ze het volgende zei: 'De snee in haar buik was opzettelijk zo diep, Jeffrey.' Ze stopte en zocht naar woorden waarmee ze het verschrikkelijke kon beschrijven dat ze had ontdekt.

'Hij heeft haar verkracht,' zei Jeffrey, en het klonk niet als een vraag. 'Er was sprake van vaginale penetratie.'

'Ja,' antwoordde Sara, nog steeds zoekend naar een manier om het te verduidelijken. Ten slotte zei ze: 'Er was vaginale penetratie nadat hij de wond had verkracht.'

Vijf

Het werd snel donker en met het ondergaan van de zon daalde ook de temperatuur. Jeffrey wilde net de straat oversteken toen Lena het parkeerterrein van het politiebureau opreed. Ze was de auto al uit voor hij bij haar was.

'Wat is er aan de hand?' wilde ze weten, maar hij zag dat ze al vermoedde dat er iets ergs was gebeurd. 'Is er iets met mijn oom?' vroeg ze, terwijl ze over haar armen wreef om de kilte te verdrijven. Ze droeg een dun T-shirt en een spijkerbroek, niet haar gebruikelijke dienstkleding, maar de rit naar Macon was dan ook een informeel uitstapje geweest.

Jeffrey trok zijn jack uit en gaf het haar. Wat Sara hem had verteld drukte als een loden last op zijn borst. Als het aan Jeffrey lag, zou Lena nooit te weten komen wat er precies met Sibyl Adams was gebeurd. Ze zou nooit te weten komen wat dat beest met haar zus had uitgespookt.

'Laten we naar binnen gaan,' zei hij, en hij legde zijn hand onder haar elleboog.

'Ik wil niet naar binnen,' antwoordde ze, en met een ruk trok ze haar arm weg. Zijn jas viel tussen hen in op de grond.

Jeffrey boog zich voorover om zijn jack weer op te rapen. Toen hij opkeek, stond Lena met haar handen in haar zij. Al zolang hij haar kende, sleepte Lena Adams een wrok ter grootte van Mount Everest met zich mee. Ergens in zijn achterhoofd had Jeffrey verwacht dat ze behoefte zou hebben aan een schouder om op uit te huilen of aan troostrijke woorden. Hij weigerde te accepteren dat Lena geen zachte kant had – misschien omdat ze een vrouw was. Misschien omdat hij slechts een paar minuten daarvoor haar zus opengereten in het mortuarium had zien liggen. Hij had moeten weten dat Lena Adams te hard was om te huilen. Hij had haar woede moeten voorvoelen.

Jeffrey schoot weer in zijn jack. 'Ik wil dit niet buiten afhandelen.'

'Wat ben je van plan te gaan zeggen?' wilde ze weten. 'Je gaat zeggen dat hij achter het stuur zat, klopt dat? En dat hij van de weg is geraakt, klopt dat?' Ze telde op haar vingers de stappen af en dreunde bijna woord voor woord de procedure uit het politiehandboek voor hem op die gevolgd werd om iemand te vertellen dat een familielid was gestorven. Werk ernaar toe, vermeldde de handleiding. Overval ze er niet mee. Laat het familielid of de geliefde aan het idee wennen.

Lena bleef aftellen, en bij elke volgende zin werd haar stem luider. 'Hij werd door een andere auto geraakt? Hè? En ze hebben hem toen naar het ziekenhuis gebracht? En ze hebben geprobeerd zijn leven te redden, maar dat is ze niet gelukt. Ze hebben hun uiterste best gedaan, hè?'

'Lena –'

Ze liep weer naar haar auto en draaide zich toen om. 'Waar is mijn zus? Heb je het haar al verteld?'

Jeffrey ademde in en liet de lucht langzaam ontsnappen.

'Moet je dat nou eens zien,' siste Lena, terwijl ze zich naar het bureau toekeerde en begon te zwaaien. Marla Simms stond uit een van de voorste ramen toe te kijken. 'Kom maar naar buiten, Marla,' schreeuwde Lena.

'Kom nou,' zei Jeffrey, in een poging haar tegen te houden.

Ze liep bij hem vandaan. 'Waar is mijn zus?'

Zijn mond weigerde dienst. Op louter wilskracht kreeg hij de woorden 'Ze was in het restaurant' uit zijn mond.

Lena draaide zich om en begon de straat op te lopen in de richting van het restaurant.

'Ze ging naar het toilet,' vervolgde Jeffrey.

Lena bleef als aan de grond genageld staan.

'Er was daar iemand. Hij heeft haar in de borst gestoken.'

Jeffrey wachtte tot ze zich weer om zou draaien, maar dat deed ze nog steeds niet. Lena's schouders waren recht, haar houding was roerloos. Hij vervolgde: 'Dokter Linton zat met haar zus te lunchen. Ze ging naar het toilet en daar heeft ze haar gevonden.'

Lena keerde zich langzaam om, haar lippen iets geopend.

'Sara heeft geprobeerd haar te redden.'

Lena keek hem recht in de ogen. Hij moest zich dwingen zijn blik niet af te wenden.

'Ze is dood.'

De woorden hingen in de lucht als motten rond een straatlantaarn.

Lena's hand ging naar haar mond. Ze liep een bijna dronken halve cirkel en keerde zich toen weer naar Jeffrey toe. Haar ogen boorden zich in de zijne, één grote vraag. Was dit een flauwe grap? Was hij tot een dergelijke wreedheid in staat?

'Ze is dood,' herhaalde hij.

In kort staccato haalde ze adem. Hij zág haar geest bijna in actie komen terwijl ze de informatie tot zich door liet dringen. Lena liep in de richting van het politiebureau en stond toen stil. Ze keerde zich naar Jeffrey toe, haar mond open, maar zei niets. Zonder een woord rende ze vervolgens op het restaurant af.

'Lena!' riep Jeffrey, en hij rende achter haar aan. Ze was snel voor haar lengte, en zijn uniformschoenen moesten het afleggen tegen haar gympen, die als razenden over het trottoir daverden. Hij trok zijn armen in, blies zich op en spande zich tot het uiterste in om haar in te halen voor ze het restaurant had bereikt.

Toen ze bijna bij het restaurant was, riep hij haar naam weer, maar ze vloog er voorbij, en sloeg rechtsaf naar het medisch centrum.

'Nee,' kreunde Jeffrey en hij probeerde nog harder te rennen. Ze zette koers naar het mortuarium. Hij riep haar naam nog een keer, maar Lena keek niet achterom toen ze overstak en de oprit van de kliniek inrende. Ze gooide zich met haar volle gewicht tegen de schuifdeuren, die uit hun sponningen schoten en het alarm deden afgaan.

Jeffrey arriveerde een paar seconden na haar. Hij rende de hoek om naar de trap en hoorde Lena's tennisschoenen tegen de rubberen treden slaan. Met een doffe dreun die door het smalle trappenhuis naar boven echode, gooide ze de deur naar het mortuarium open.

Op de vierde tree van beneden bleef Jeffrey staan. Hij hoorde Sara's verbaasde 'Lena', gevolgd door een gepijnigde kreun.

Hij moest zich dwingen de laatste paar treden naar beneden af te dalen, en het kostte hem moeite het mortuarium te betreden.

Lena boog zich over haar zuster heen en hield haar hand vast. Zo te zien had Sara geprobeerd de ergste schade met het laken te bedekken, maar Sibyls bovenlichaam was nog grotendeels ontbloot.

Lena stond naast haar zus. Ze ademde met korte stoten, en haar hele lichaam beefde alsof ze koud was tot op het bot.

Sara's blik sneed door Jeffrey heen. Het enige wat hij kon doen, was zijn handen opsteken. Hij had geprobeerd haar tegen te houden.

'Hoe laat is het gebeurd?' vroeg Lena met klapperende tanden. 'Hoe laat is ze gestorven?'

'Rond halfdrie,' antwoordde Sara. Er zat bloed op haar handschoenen, en ze stopte ze onder haar armen alsof ze het wilde verbergen.

'Ze voelt nog zo warm.'

'Ik weet het.'

Lena ging zachter praten. 'Ik was in Macon, Sibby,' zei ze tegen haar zus, terwijl ze Sibyls haar naar achteren streek. Jeffrey was blij dat Sara de tijd had genomen er een deel van het bloed uit te kammen.

Stilte vulde het mortuarium. Het was griezelig om Lena naast de dode vrouw te zien staan. Sibyl was haar tweelingzus, en in alle opzichten haar evenbeeld. Beiden waren tengere vrouwen, ongeveer één meter zestig lang en niet veel meer dan vijfenvijftig kilo zwaar. Hun huid had dezelfde olijfkleurige teint. Lena's donkerbruine haar was langer dan dat van haar zus, dat van Sibyl had meer krullen. De gezichten van de zusters stonden in groot contrast met elkaar, het ene plat en emotieloos, het andere vervuld van verdriet.

Sara deed een paar stappen opzij en trok haar handschoenen uit. 'Laten we naar boven gaan, oké?' stelde ze voor.

'Jij was erbij,' zei Lena op zachte toon. 'Wat heb je gedaan om haar te helpen?'

Sara sloeg haar blik neer en keek naar haar handen. 'Ik heb gedaan wat ik kon.'

Lena streelde de zijkant van het gezicht van haar zus, en haar toon klonk wat scherper toen ze vroeg: 'Wat heb je eigenlijk nog kunnen doen?'

Jeffrey deed een stap naar voren, maar een scherpe blik van Sara hield hem tegen, alsof ze wilde zeggen dat hij zijn kans om een positieve bijdrage aan de situatie te leveren ongeveer tien minuten geleden had verspeeld.

'Het ging erg snel,' zei Sara tegen Lena, met duidelijke aarzeling. 'Ze begon al stuiptrekkingen te krijgen.'

Lena legde Sibyls hand op de tafel. Ze trok het laken omhoog, en terwijl ze sprak, plooide ze het onder de kin van haar zus. 'Je bent toch kinderarts? Wat heb je nou precies gedaan om mijn zus te helpen?' Ze hield haar blik strak op Sara gericht. 'Waarom heb je geen echte arts gebeld?'

Sara liet een kort, ongelovig lachje horen. Ze ademde diep in voor ze antwoord gaf. 'Lena, ik denk dat je je nu maar beter door Jeffrey naar huis kunt laten brengen.'

'Ik wil niet naar huis,' antwoordde Lena op rustige, bijna gemoedelijke toon. 'Heb je een ambulance gebeld? Heb je je vriendje gebeld?' Met een ruk van haar hoofd wees ze naar Jeffrey.

Sara's handen verdwenen achter haar rug. Ze leek zich in bedwang te moeten houden. 'We gaan het daar nu niet over hebben. Je bent te erg overstuur.'

'Ik ben te erg overstuur,' herhaalde Lena, en ze balde haar handen tot vuisten. 'Vind je dat ik overstuur ben?' vroeg ze, en deze keer klonk haar stem luider. 'Vind je dat ik godverdomme te overstuur ben om met jou te bespreken waarom je godverdomme mijn zus niet kon helpen?'

Met dezelfde snelheid waarmee ze er op het parkeerterrein vandoor was gegaan, vloog Lena op Sara af.

'Je bent arts!' krijste Lena. 'Hoe kan ze godverdomme nou doodgaan als er een arts bij is?'

Sara gaf geen antwoord. Ze wendde haar blik af.

'Je durft me niet eens aan te kijken,' zei Lena. 'Of wel soms?'

Sara bleef naar dezelfde plek staren.

'Je hebt mijn zuster dood laten gaan en je durft me verdomme niet eens aan te kijken.'

'Lena,' zei Jeffrey, die zich er uiteindelijk toch inmengde. Hij legde zijn hand op haar arm en deed een poging haar een stap naar achteren te laten zetten.

'Laat me los,' schreeuwde ze terwijl ze hem met haar vuisten te lijf ging. Ze begon tegen zijn borstkas te stompen, maar hij greep haar handen en hield ze stevig vast. Ze bleef zich tegen hem verzetten, schreeuwend, spugend en schoppend. Hij liet haar handen niet los, maar het was alsof hij een stroomdraad vasthield. Hij bleef haar vasthouden, terwijl ze hem voor van alles en nog wat uitmaakte, en liet haar uitrazen tot ze in een hoopje op de vloer ineenzakte. Jeffrey ging naast haar zitten en hield haar vast terwijl ze het uitsnikte. Toen hij na een tijdje om zich heen keek, was Sara nergens te bekennen.

Jeffrey trok met één hand een zakdoek uit zijn bureau terwijl hij met de andere de telefoon tegen zijn oor hield. Hij drukte de zakdoek tegen zijn mond en depte het bloed op terwijl een metalige versie van Sara's stem hem vroeg op de pieptoon te wachten.

'Hallo,' zei hij, en hij trok de zakdoek weg. 'Ben je thuis?' Hij wachtte een paar seconden. 'Ik wil zeker weten dat het goed met je gaat, Sara.' Weer gingen seconden voorbij. 'Als je niet opneemt, kom ik naar je toe.' Hij verwachtte dat hij nu wel een reactie zou krijgen, maar er gebeurde niets. Hij hoorde het antwoordapparaat stoppen en hing op.

Frank klopte op de deur van zijn kantoor. 'Het meissie is op het toilet,' zei hij, doelend op Lena. Jeffrey wist dat Lena het vreselijk vond om 'meissie' genoemd te worden, maar dit was de enige manier die Frank Wallace kon bedenken om zijn partner te tonen dat hij met haar meeleefde.

Frank zei: 'Ze heeft een heel gemene linkse, hè?'

'Ja.' Jeffrey vouwde de zakdoek dubbel en nam een schoon hoekje. 'Weet ze dat ik op haar zit te wachten?'

'Ik zal er wel voor zorgen dat ze hier zonder omwegen naartoe komt,' bood Frank aan.

'Goed,' zei Jeffrey, en vervolgens: 'Bedankt.'

Hij zag Lena de brigadekamer doorlopen, haar kin uitdagend geheven. Nadat ze zijn kantoor was binnengegaan, trok ze uiterst bedaard de deur achter zich dicht en liet zich toen in een van de twee stoelen tegenover hem neervallen. Ze zag eruit als een tiener die bij de rector was ontboden.

'Het spijt me dat ik je geslagen heb,' mompelde ze.

'Ja,' was Jeffreys antwoord, en hij hield de zakdoek omhoog. 'Ik heb hardere klappen gehad toen Auburn tegen Alabama speelde.' Ze reageerde niet, en daarom voegde hij eraan toe: 'En toen zat ik nog wel op de tribune.'

Lena zette haar elleboog op de armleuning en liet haar hoofd op haar hand rusten. 'Wat heb je voor aanwijzingen?' vroeg ze. 'Zijn er verdachten?'

'We hebben de computer erop gezet,' zei hij. 'Morgenochtend moet er een lijst zijn.'

Ze legde haar hand over haar ogen. Hij vouwde de zakdoek op en wachtte tot zij het woord nam.

Ze fluisterde: 'Is ze verkracht?'

'Ja.'

'Hoe erg?'

'Ik weet het niet.'

'Ze is opengesneden,' zei Lena. 'Is het soms een jezusfreak?'

Hij antwoordde naar waarheid. 'Ik weet het niet.'

'Zo te horen weet je verdomd weinig,' zei ze ten slotte.

'Je hebt gelijk,' beaamde hij. 'Ik moet je een paar vragen stellen.'

Lena keek niet op, maar hij zag dat ze een bijna onmerkbaar knikje gaf.

'Had ze een vriendje?'

Na een tijdje sloeg ze haar blik op. 'Nee.'

'Oude vriendjes?'

Er flikkerde iets op in haar ogen, en ze antwoordde minder snel dan de vorige keer. 'Nee.'

'Weet je dat zeker?'

'Ja, dat weet ik zeker.'

'Zelfs niet iemand van een paar jaar geleden? Is Sibyl hier niet zo'n jaar of zes geleden komen wonen?'

'Dat klopt,' zei Lena, en haar stem klonk weer vijandig. 'Ze nam een baan op de hogeschool zodat ze bij mij in de buurt kon wonen.'

'Woonde ze met iemand samen?'

'Wat bedoel je daar nou weer mee?'

Jeffrey liet de zakdoek vallen. 'Daarmee bedoel ik precies wat ik zeg, Lena. Ze was blind. Ik neem aan dat ze hulp nodig had in haar dagelijkse leven. Woonde ze met iemand samen?'

Lena tuitte haar lippen, alsof ze overwoog of ze wel of niet zou antwoorden. 'Ze woonde in een huis aan Cooper, samen met Nan Thomas.'

'De bibliothecaresse?' Dit verklaarde waarom Sara haar in de bibliotheek had gezien.

Lena mompelde: 'Ik neem aan dat ik het aan Nan moet vertellen.'

Jeffrey ging ervan uit dat Nan Thomas het al wist. Je kon in Grant nooit lang een geheim bewaren. 'Ik wil het haar wel vertellen,' bood hij niettemin aan.

'Nee,' zei ze, en ze schonk hem een vernietigende blik. 'Ik denk dat het beter is als ze het van iemand hoort die haar kent.'

Jeffrey begreep de boodschap, maar besloot de zaak niet

op de spits te drijven. Lena zocht weer ruzie, dat was duidelijk. 'Ik ben ervan overtuigd dat ze al iets heeft gehoord. Maar ze zal het fijne van de zaak nog wel niet weten.'

'Bedoel je dat ze niet weet dat ze verkracht is?' Lena's been wipte met nerveuze rukjes op en neer. 'Zal ik haar maar niet over het kruis vertellen?'

'Het is waarschijnlijk beter van niet,' antwoordde hij. 'We moeten bepaalde details achterhouden voor het geval iemand een bekentenis aflegt.'

'Ik zou heel graag een valse bekentenis willen afhandelen,' mompelde Lena, en haar been schudde nog steeds.

'Je moet vanavond niet alleen blijven,' zei hij tegen haar. 'Zal ik je oom bellen?' Hij strekte zijn hand uit naar de telefoon, maar stopte toen ze 'Nee' zei.

'Ik red me wel,' zei ze terwijl ze overeind kwam. 'Ik zie je morgen waarschijnlijk wel weer.'

Jeffrey ging ook staan, blij dat hij het gesprek kon afronden. 'Ik bel je zodra we iets hebben.'

Ze schonk hem een merkwaardige blik. 'Hoe laat is de briefing?'

Hij zag waar ze op uit was. 'Ik zet jou niet op deze zaak, Lena. Dat begrijp je zelf ook wel.'

'Je snapt het niet,' zei ze. 'Als je me er niet aan laat werken, dan heb je straks nog een dooie voor je vriendinnetje in het mortuarium.'

Zes

Lena bonsde met haar vuist op de voordeur van het huis van haar zus. Ze stond op het punt naar haar auto terug te lopen en haar reservesleutels te halen, toen Nan Thomas de deur opendeed.

Nan was kleiner dan Lena en zo'n vier en een halve kilo zwaarder. Met haar korte muisbruine haar en dikke brillenglazen was ze het schoolvoorbeeld van een bibliothecaresse.

Nans ogen waren opgezwollen en dik, en verse tranen trokken nog steeds strepen over haar wangen. Ze had een samengepropt papieren zakdoekje in haar hand.

Lena zei: 'Ik neem aan dat je het al gehoord hebt.'

Nan draaide zich om en liep het huis weer in, waarbij ze de deur voor Lena open liet staan. De twee vrouwen hadden het nooit goed met elkaar kunnen vinden. Als Nan Thomas Sibyls minnares niet was geweest, zou Lena nog geen twee woorden met haar hebben gewisseld.

Het huis was een bungalow uit de jaren twintig. Veel van de oorspronkelijke architectuur was behouden gebleven, van de hardhouten vloeren tot de eenvoudige lijsten om de deuren. De voordeur gaf toegang tot een grote woonkamer met aan de ene kant een haard en aan de andere kant de eetkamer. De keuken grensde aan de eetkamer. Twee kleine slaapkamers en een badkamer maakten het simpele geheel af.

Lena liep met vastberaden stap de gang door. Ze opende de eerste deur rechts en betrad de slaapkamer die in een studeerkamer voor Sibyl was veranderd. Het vertrek was netjes en geordend, grotendeels uit noodzaak. Sibyl was blind, en de dingen moesten op hun plaats staan, want anders kon ze ze niet vinden. Brailleboeken stonden in nette stapels op de planken. Tijdschriften, ook in braille, lagen uitgestald op de koffietafel voor een oude futon. Op het bureau tegen de verst afgelegen muur stond een computer. Lena zette hem aan toen Nan de kamer binnenkwam.

'Waar ben jij mee bezig?'

'Ik moet haar spullen doornemen.'

'Waarom?' vroeg Nan terwijl ze naar het bureau liep. Ze legde haar hand op het toetsenbord, alsof ze Lena kon tegenhouden.

'Ik wil kijken of er iets vreemds aan de hand was, of iemand haar volgde.'

'Denk je dat je dat hier zult vinden?' wilde Nan weten, en ze pakte het toetsenbord op. 'Ze gebruikte dit alleen maar voor haar lessen. Je snapt de spraakherkenningssoftware niet eens.'

Lena graaide het toetsenbord weer uit haar handen. 'Ik kom er heus wel achter.'

'Nee, dat kom je niet,' wierp Nan tegen. 'Dit is ook mijn huis.'

Lena zette haar handen in haar zij en liep naar het midden van de kamer. Haar oog viel op een stapel papieren naast een oude brailletypemachine. Lena raapte ze op en wendde zich tot Nan. 'Wat is dit?'

Nan rende naar haar toe en greep de papieren. 'Het is haar dagboek.'

'Kun jij het lezen?'

'Het is haar persoonlijke dagboek,' herhaalde Nan verbijsterd. 'Dit zijn haar privé-gedachten.'

Lena beet op haar onderlip en besloot een mildere tactiek toe te passen. Dat ze Nan Thomas nooit had gemogen, was in dit huis bepaald geen geheim. 'Jij kunt toch braille lezen?'

'Een beetje.'

'Je moet me vertellen wat hier staat, Nan. Iemand heeft haar vermoord.' Lena tikte op de pagina's. 'Misschien werd ze gevolgd. Misschien was ze ergens bang voor en wilde ze het ons niet vertellen.'

Nan wendde zich af, haar hoofd schuin naar beneden op de pagina's gericht. Ze streek met haar vingers over de bovenste rij punten, maar Lena zag dat ze niet echt las. Het was alsof ze de pagina's aanraakte omdat Sibyl dat ook had gedaan, alsof ze het wezen van Sibyl in zich op kon nemen in plaats van alleen maar woorden.

Nan zei: 'Ze ging op maandag altijd naar het restaurant. Het was de enige keer dat ze in d'r eentje ergens naartoe ging.'

'Ik weet het.'

'We zouden vanavond burrito's maken.' Nan ordende de stapel papieren op het bureau. 'Ga je gang maar,' zei ze. 'Ik ben in de woonkamer.'

Lena wachtte tot ze weg was en ging toen verder met wat haar te doen stond. Nan had gelijk wat de computer betrof. Lena had geen idee hoe ze met de software moest omgaan, en Sibyl had hem alleen maar voor haar lessen gebruikt. Sibyl dicteerde de stof aan de computer en dan zorgde haar onderwijsassistent ervoor dat er kopieën van werden gemaakt.

De tweede slaapkamer was iets groter dan de eerste. Lena stond in de deuropening en liet haar blik over het keurig opgemaakte bed gaan. Een speelgoed Winnie de Poe lag ingestopt tussen de kussens. Poe was oud, en werd hier en daar kaal. Sibyl had hem in haar kinderjaren bijna altijd bij zich gehad, en hem weggooien had iets van heiligschennis. Lena leunde tegen de deurpost en het beeld van Sibyl als kind, met de beer in haar armen, flitste door haar heen. Lena sloot haar ogen en liet zich door de herinnering meeslepen. Er waren niet veel dingen uit haar jeugd waar Lena met plezier aan terugdacht, maar één dag sprong eruit. Een paar maanden na het ongeluk waarbij Sibyl blind was geworden, waren ze samen in de achtertuin, en Lena duwde haar zusje op de schommel heen en weer. Sibyl hield Poe stevig tegen haar borst geklemd, en met haar hoofd achterover en een brede glimlach op haar gezicht genoot ze van dit simpele pretje. Er ging zoveel vertrouwen uit van Sibyl, die op de schommel ging zitten en er volledig van uitging dat Lena haar niet te hard of te hoog zou opduwen. Lena voelde zich verantwoordelijk. Ze zwol van trots en ze bleef Sibyl duwen tot haar armen pijn gingen doen.

Lena wreef in haar ogen en sloot de deur van de slaapkamer. Ze liep naar de badkamer en opende het medicijnkastje. Met uitzondering van de vitaminen en kruiden die Sibyl altijd gebruikte, was het kastje leeg. Lena opende de opbergkast en zocht tussen het toiletpapier en de tampons, de haargel en handdoeken. Ze had geen idee waar ze naar zocht. Sibyl verstopte geen dingen. Ze zou zelf de laatste zijn die ze terug kon vinden als ze dat deed.

'Sibby,' zei Lena zachtjes, en ze draaide zich weer om naar de spiegel op het medicijnkastje. Ze zag Sibyl, niet zichzelf. Fluisterend zei Lena tegen haar spiegelbeeld: 'Vertel me dan iets. Alsjeblieft.'

Ze sloot haar ogen en probeerde zich een weg door de ruimte te zoeken zoals Sibyl dat zou hebben gedaan. Het vertrek was klein en als ze in het midden stond, kon Lena allebei de muren met haar handen aanraken. Met een vermoeide zucht opende ze haar ogen. Er was niets.

Nan Thomas zat op de bank in de woonkamer. Ze had Sibyls dagboek op schoot en keek niet op toen Lena binnenkwam. 'Ik heb alles van de laatste paar dagen gelezen,' zei ze op vlakke toon. 'Niets afwijkends. Ze maakte zich zorgen over een van haar studenten, die het examen niet had gehaald.'

'Een jongen?'

Nan schudde haar hoofd. 'Een meisje. Eerstejaars.'

Lena liet haar hand tegen de muur rusten. 'Hebben jullie de laatste maand nog werklui in of om het huis gehad?'

'Nee.'

'Altijd dezelfde postbode die de post bezorgde? Geen UPS of FedEx?'

'Niemand die we niet kenden. Dit is Grant County, Lee.'

Lena's haren gingen overeind staan bij het horen van die

vertrouwde naam. Ze probeerde haar woede weer in te slikken. 'Ze heeft niet gezegd dat ze het gevoel had dat iemand haar volgde of zo?'

'Nee, helemaal niet. Alles aan haar was volkomen normaal.' Nan klemde de papieren tegen haar borst. 'Met haar colleges ging het prima. Met ons ging het prima.' Een bijna onmerkbaar glimlachje verscheen op haar lippen. 'We zouden dit weekend een dagje naar Eufalla gaan.'

Lena pakte haar autosleutels uit haar zak. 'O ja?' zei ze schamper. 'Ik ga ervan uit dat je mij even belt als zich iets voordoet.'

'Lee –'

Lena stak haar hand op. 'Laat maar.'

Nan beantwoordde de waarschuwing met een frons. 'Ik zal je bellen als me iets te binnen schiet.'

Tegen middernacht maakte Lena haar derde fles bier soldaat terwijl ze even buiten Madison de grens van Grant County passeerde. Ze overwoog de lege fles uit het autoraampje te gooien, maar hield zich op het laatste moment in. Ze moest lachen om haar eigen verwrongen moraal: ze zat wel dronken achter het stuur, maar wilde geen rotzooi achterlaten. Er moest toch ergens een grens worden getrokken.

Angela Norton, Lena's moeder, had tijdens haar jeugd gezien hoe haar broer Hank steeds dieper wegzonk in een bodemloze put van alcohol en drugsmisbruik. Hank had Lena verteld dat haar moeder op het gebied van alcohol onvermurwbaar was geweest. Toen Angela met Calvin Adams trouwde, gold er in huis maar één regel, namelijk dat hij het niet met zijn collega-agenten op een zuipen mocht zetten. Het was bekend dat Cal er af en toe even tussenuit kneep, maar over het algemeen respecteerde hij de wens van zijn vrouw. Hij was nog maar drie maanden getrouwd toen de bestuurder van een auto die hij aanhield tijdens een gewone verkeerscontrole op een zandweg even buiten Reece, in Georgia, een pistool op hem richtte. Met twee kogels in zijn hoofd was Calvin Adams al dood voor zijn lichaam de grond raakte.

Op haar drieëntwintigste was Angela nog lang niet aan een leven als weduwe toe. Toen ze flauwviel tijdens de begrafenis van haar man weet haar familie dat aan de zenuwen. Nadat ze vier weken lang elke ochtend misselijk was geweest, stelde een dokter uiteindelijk de diagnose. Ze was zwanger.

Naarmate de zwangerschap vorderde, werd Angela steeds zwaarmoediger. Ze was toch al nooit een vrolijke vrouw geweest. Het leven in Reece was niet gemakkelijk, en de familie Norton was maar al te vertrouwd met tegenspoed. Hank Norton stond bekend om zijn opvliegende karakter en werd beschouwd als het type gevaarlijke zuiplap dat je niet in een donker steegje tegen het lijf moest lopen. Met hem als oudere broer had Angela al jong geleerd dat verzet nergens toe leidde. Twee weken nadat ze het leven had geschonken aan tweelingmeisjes bezweek Angela Adams aan een infectie. Ze was toen vierentwintig. Hank Norton was het enige familielid dat bereid was haar twee dochtertjes in huis te nemen.

Als je Hank moest geloven, hadden Sibyl en Lena zijn leven totaal veranderd. De dag dat hij hen mee naar huis nam, was de dag waarop hij besloot zijn lichaam niet langer te gronde te richten. Hij beweerde dat hij dankzij hun aanwezigheid God had gevonden en ook zei hij dat hij zich tot op de dag van vandaag elke minuut kon herinneren van de eerste keer dat hij Lena en Sibyl in zijn armen hield.

In werkelijkheid stopte Hank alleen maar met spuiten toen de meisjes bij hem kwamen wonen. Pas veel later stopte hij met drinken. De meisjes waren acht toen dit gebeurde. Na een slechte dag op zijn werk had Hank het op een zuipen gezet. Toen alle drank op was, besloot hij met de auto naar de winkel te gaan in plaats van te lopen. Zijn auto haalde de straat niet eens. Sibyl en Lena waren in de voortuin met een bal aan het spelen. Lena wist nog steeds niet wat Sibyl had bezield toen ze achter de bal aan de oprit oprende. De auto raakte haar aan de zijkant en de stalen bumper sloeg tegen haar slaap toen ze zich bukte om de bal te pakken.

De districtspolitie werd erbij gehaald, maar het onderzoek liep op niets uit. Het dichtstbijzijnde ziekenhuis lag op drie kwartier rijden van Reece. Hank had meer dan voldoende tijd om weer nuchter te worden en een overtuigend verhaal te bedenken. Lena herinnerde zich nog steeds dat ze bij hem in de auto zat en zijn mond zag bewegen terwijl hij in gedachten het verhaal uitwerkte. De achtjarige Lena wist niet goed hoe het gegaan was, en toen de politie haar ondervroeg, had ze Hanks verhaal bevestigd.

Soms droomde Lena nog van het ongeluk, en in die dromen stuiterde Sibyls lichaam over de grond, net zoals de bal dat had gedaan. Dat Hank naar verluidt sindsdien geen druppel alcohol meer had aangeraakt, kon Lena niets schelen. De schade kon niet meer hersteld worden.

Lena opende een nieuw flesje bier, waarbij ze haar handen van het stuur nam om de dop eraf te draaien. Ze nam een flinke teug en haar gezicht vertrok. Ze had nooit van alcohol gehouden. Lena vond het vreselijk om de controle over zichzelf te verliezen, ze haatte het gevoel van duizeligheid en verdoving. Dronken worden was iets voor slappelingen, voor mensen die niet sterk genoeg waren om hun leven in eigen hand te nemen, om op eigen benen te staan. Drinken betekende dat je ergens voor vluchtte. Lena nam nog een slok bier en bedacht dat dit het moment bij uitstek was om dat te doen.

De Celica begon te slingeren toen ze bij de afslag te snel door de bocht ging. Lena hield met één hand het stuur in bedwang terwijl ze met de andere de fles vastklemde. Aan het eind van de afslag kwam ze na een scherpte bocht naar rechts bij het enige pompstation dat Reece rijk was. Er brandde geen licht meer in de winkel. Net als de meeste zaken in het stadje ging het station om tien uur dicht. Hoewel, als haar herinnering haar niet in de steek liet, hoefde je maar om het gebouwtje heen te lopen om een groep rokende, drinkende tieners aan te treffen die van alles uitspookten waar hun ouders liever geen weet van hadden. Lena en Sibyl waren op donkere avonden menigmaal naar deze winkel gelopen, nadat ze vlak onder Hanks niet al te toeziend oog uit het huis waren geglipt.

Lena graaide de lege flessen bij elkaar en stapte de auto uit. Ze struikelde toen haar voet achter het portier bleef haken. Een van de flessen gleed uit haar handen en viel kapot op het beton. Vloekend schopte ze de scherven bij haar banden vandaan en vervolgens liep ze naar de afvalemmer. Terwijl ze de lege flessen er inwierp, staarde Lena naar haar spiegelbeeld in de winkelruit. Heel even was het alsof ze naar Sibyl keek. Ze stak haar hand uit naar het glas en raakte haar lippen en haar ogen aan.

'Jezus.' Lena zuchtte. Dit was een van de vele redenen waarom ze niet van drinken hield. Ze was een hopeloos geval aan het worden.

Muziek schetterde uit de bar aan de overkant van de straat. Hank beschouwde het als een uitdaging voor zijn wilskracht dat hij een bar had terwijl hij zelf nooit dronk. De Hut deed zijn naam eer aan, maar wel met een lokaal accent. Het dak was slechts met stro bedekt tot waar het nog iets uitmaakte, en daarna ging het hellende vlak over in roestig zink. Polynesische fakkels met oranje en rode lampjes in plaats van echt vuur stonden aan weerszijden van de ingang, en de deur was zo geschilderd dat het leek alsof hij van gras was gemaakt. Verf bladderde van de muren, maar op de meeste plekken kon je nog een soort bamboepatroon onderscheiden.

Ook al was ze nog zo dronken, Lena had voldoende tegenwoordigheid van geest om naar links en naar rechts te kijken voor ze de straat overstak. Haar voeten sleepten ongeveer tien seconden achter haar lichaam aan en ze hield haar armen uitgestrekt om haar evenwicht te bewaren toen ze over het met grind bedekte parkeerterrein liep. Er stonden ongeveer vijftig auto's geparkeerd, waaronder een stuk of veertig pick-ups. Dit was het nieuwe Zuiden, en in plaats van geweerrekken hadden ze verchroomde strips en gouden strepen op de zijkanten. De overige auto's waren jeeps en terreinwagens. Op de achterruiten waren autorodeonummers geschilderd. Hanks roomkleurige 1983 Mercedes was de enige personenwagen op het hele terrein.

De Hut stonk naar sigarettenrook en Lena moest een paar keer achtereen snel inademen om niet te stikken. Haar ogen prikten toen ze naar de bar liep. Er was de afgelopen twintig jaar niet veel veranderd. De vloer was nog steeds plakkerig van het bier en knerpte van de pindadoppen. Links waren nissen met waarschijnlijk meer DNA-materiaal dan in het hele FBI-laboratorium in Quantico. Rechts bevond zich een lange bar van tweehonderdliter-vaten en vurenhout. Tegen de achterste muur was een podium, met aan de ene kant het herentoilet en aan de andere kant het damestoilet. In het midden van de bar was een ruimte die volgens Hank een dansvloer moest voorstellen. De bar zat 's avonds meestal barstensvol mannen en vrouwen in uiteenlopende stadia van dronken opwinding. De Hut was een halfdriebar, een bar waar iedereen er om halfdrie 's ochtends fantastisch uitzag.

Hank was nergens te bekennen, maar Lena wist dat hij niet ver weg kon zijn, want het was amateursavond. Om de andere maandag werden de vaste klanten van de Hut op het podium genodigd zodat ze zichzelf ten overstaan van de rest van het stadje voor paal konden zetten. De gedachte alleen al deed Lena huiveren. Vergeleken met Reece was Heartsdale een bruisende wereldstad. Als de bandenfabriek er niet was geweest, zouden de meeste mannen in deze ruimte al lang geleden zijn vertrokken. Zoals de zaken er nu voorstonden, namen ze er genoegen mee zich dood te drinken en te doen alsof ze gelukkig waren.

Lena gleed op de eerste lege kruk die ze tegenkwam. De countrysong op de jukebox had een dreunende bas, en ze leunde met haar ellebogen op de bar en hield haar handen tegen haar oren gedrukt zodat ze zichzelf kon horen denken.

Ze voelde iets tegen haar arm stoten en keek net op tijd op om de spreekwoordelijke boerenpummel naast zich te zien plaatsnemen. Zijn gezicht was gebruind van zijn hals tot ongeveer twee centimeter van zijn haarlijn, waar hij ongetwijfeld een honkbalpet had zitten als hij buiten aan het werk was. Zijn overhemd barstte bijna uit elkaar van het stijfsel, en de manchetten spanden om zijn dikke polsen. De jukebox hield plotseling op en Lena maakte kauwbewegingen in een poging haar oren open te laten knallen om niet langer het gevoel te hebben dat ze in een tunnel zat.

Haar uiterst beschaafde buurman stootte weer tegen haar arm en zei glimlachend: 'Hallo, dame.'

Lena rolde met haar ogen en ving de blik van de barkeeper op. 'Een Jack Daniels met ijs,' bestelde ze.

'Da's dan 'n rondje van mij,' zei de man, en met een klap legde hij een tiendollarbiljet op de bar. Zijn gebrabbelde woorden liepen als een ontspoorde trein in elkaar over, en Lena besefte dat hij een stuk bezopener was dan zij ooit van plan was te worden.

De man schonk haar een weeë glimlach. 'Weet je, schatje, ik wil je heel graag leren kennen, in bijbelse zin.'

Ze boog zich naar hem toe, tot vlak bij zijn oor. 'Als ik daar ooit achter kom, dan snij ik je ballen eraf met mijn autosleutels.'

Hij deed zijn mond open om te antwoorden, maar werd van de barkruk gerukt voor hij een woord kon uitbrengen. Daar stond Hank, het overhemdboord van de man in zijn hand, en hij duwde hem de menigte in. De blik waarmee hij Lena aanstaarde, was even hard als die in haar eigen ogen wel zou zijn.

Lena had haar oom nooit gemogen. In tegenstelling tot Sibyl was ze geen vergevingsgezind type. Zelfs als Lena met Sibyl naar Reece reed om hem te bezoeken, bleef ze het grootste deel van de tijd in de auto zitten of op het trapje van de veranda – sleutels in de hand, klaar om te vertrekken zodra Sibyl de voordeur uit kwam lopen.

Hoewel Hank Norton als twintiger en dertiger met grote regelmaat speed in zijn aderen had gespoten, was hij niet gek. Dat Lena midden in de nacht op zijn stoep stond, kon slechts één ding betekenen.

Ze staarden elkaar nog steeds aan toen de muziek weer begon te schetteren en de muren deed schudden en vanaf de vloer door de barkruk vibreerde. Hoewel haar oren het lieten afweten, zag ze Hank de volgende woorden vormen: 'Waar is Sibyl?'

Hanks kantoor was een kleine houten keet met een zinken dak, verdekt opgesteld achter het bargebouw, meer een soort buiten-wc dan een kantoor. Een peertje hing aan een rafelig stuk elektriciteitsdraad dat waarschijnlijk nog tijdens de crisisjaren was aangelegd door iemand van de werkverschaffing. Posters van bier- en drankfabrikanten deden dienst als behang. Witte dozen met drankflessen stonden opgestapeld tegen de achtermuur, zodat er zo'n negen vierkante meter overbleef voor een bureau met aan weerskanten een stoel. Hieromheen stonden stapels dozen propvol kwitanties die Hank in al die jaren als kroegbaas had verzameld. Door een beekje dat achter de keet langs liep, was het er altijd schimmelig en vochtig. Lena bedacht dat Hank het vast prettig vond om in deze donkere, bedompte ruimte te werken en zijn dagen door te brengen in een omgeving die eigenlijk geschikter was voor een vis.

'Ik zie dat je een nieuw behangetje hebt,' zei Lena, en ze zette haar glas op een van de dozen. Ze wist niet of ze niet meer dronken was of te dronken om het zelf te beseffen.

Hank wierp een vluchtige blik op het glas en keek toen weer naar Lena. 'Jij drinkt nooit.'

Ze hief het glas om te proosten. 'Op de laatbloeier.'

Hank leunde achterover op zijn kantoorstoel, zijn handen over zijn buik gevouwen. Hij was groot en mager, met een huid die in de winter altijd wat schilferde. Hoewel zijn vader van Latijns-Amerikaanse afkomst was, leek Hank uiterlijk meer op zijn moeder, een ziekelijk bleke vrouw die even zuur was als haar huidskleur. Lena had het altijd heel toepasselijk gevonden dat Hank net een albino slang leek.

Hij vroeg: 'Wat kom je hier doen?'

'Ik kom gewoon even langs,' zei ze, met het glas aan de mond. De whisky smaakte bitter. Ze hield haar blik op Hank gericht terwijl ze het glas leegdronk en het daarna met een klap weer op de doos zette. Lena wist niet wat haar weerhield. Ze had jaren gewacht op een gelegenheid het Hank Norton betaald te zetten. Dit was haar kans hem evenveel pijn te doen als hij Sibyl had gedaan.

'Snuif je ook al coke of heb je gehuild?'

Lena veegde met de rug van haar hand over haar mond. 'Wat denk je?'

Hank staarde haar aan, terwijl hij zijn handen heen en weer bewoog. Dit was niet alleen een nerveuze gewoonte, wist Lena. Door de speed die Hank in de aderen van zijn handen had gespoten, had hij al op jonge leeftijd artritis gekregen. Doordat de meeste aderen in zijn armen verkalkt waren door het poeder waarmee de drug was versneden, circuleerde het bloed ook daar niet al te goed meer. Meestal waren zijn handen ijskoud en ze deden voortdurend pijn.

Het gewrijf stopte van het ene moment op het andere. 'Voor de draad ermee, Lee. Ik heb straks de show ook nog.'

Lena probeerde haar mond open te doen, maar er kwam niets uit. Ze was kwaad vanwege zijn spottende houding die hun relatie vanaf het begin had gekenmerkt, maar ze wist niet hoe ze het hem moest vertellen. Ook al had Lena nog zo'n hekel aan haar oom, hij was per slot van rekening een mens. Hank was altijd dol op Sibyl geweest. Toen ze op de middelbare school zaten, kon Lena haar zus niet overal mee naartoe nemen, en Sibyl had veel tijd thuis bij Hank doorgebracht. Ze hadden een band gehad, en Lena had het gevoel dat ze zich moest inhouden ook al wilde ze haar oom nog zo graag pijn doen. Lena had van Sibyl gehouden, Sibyl had van Hank gehouden.

Hank pakte een balpen en keerde hem een aantal keren om op het bureau voor hij uiteindelijk vroeg: 'Wat is er aan de hand, Lee? Heb je geld nodig?'

Was het maar zo eenvoudig, dacht Lena.

'Doet je auto het niet meer?'

Langzaam schudde ze haar hoofd.

'Het is iets met Sibyl,' stelde hij vast, en zijn stem stokte in zijn keel.

Toen Lena niet antwoordde, knikte hij langzaam in zichzelf en sloeg zijn handen in elkaar alsof hij wilde bidden. 'Is ze ziek?' vroeg hij, en zijn stem gaf aan dat hij het ergste vermoedde. In dit ene zinnetje lag meer emotie dan Lena ooit bij hem had waargenomen in al die jaren dat ze haar oom had gekend. Ze bekeek hem aandachtig, alsof ze hem voor het eerst zag. Zijn bleke huid had rode vlekken, zoals je vaak ziet bij oudere mannen met dezelfde ziekelijke gelaatskleur. Zijn haar, dat in haar herinnering altijd zilverwit was geweest, was op sommige plekken dofgeel in het licht van de zestigwattlamp. Zijn hawaïhemd was gekreukeld, wat niet bij hem paste, en zijn handen beefden licht toen hij ze zenuwachtig heen en weer bewoog.

Lena paste dezelfde methode toe als Jeffrey Tolliver. 'Ze ging naar het restaurant in het centrum,' begon ze. 'Je weet wel, tegenover de kledingwinkel.'

Hij gaf een bijna onmerkbaar knikje.

'Ze liep er vanaf haar huis naartoe,' ging Lena verder. 'Dat deed ze elke week, om ook eens iets in haar eentje te ondernemen.'

Hank vouwde zijn handen samen voor zijn gezicht zodat de zijkanten van zijn wijsvingers zijn voorhoofd raakten.

'Dus, hm.' Lena pakte het glas op omdat ze iets te doen moest hebben. Ze zoog het restje drank van de ijsblokjes en nam de draad van haar verhaal weer op. 'Ze ging naar het toilet en daar heeft iemand haar vermoord.'

Er was maar weinig geluid in het kleine kantoortje. Buiten tjilpten krekels. Het beekje klaterde. Vanuit de bar klonk vaag gedreun.

Van het ene moment op het andere draaide Hank zich om, begon in de dozen te zoeken en vroeg: 'Wat heb je vanavond gedronken?'

Lena werd door zijn vraag overrompeld, hoewel ze hem had kunnen verwachten. Ondanks de hersenspoeling die hij bij de AA had gekregen, was Hank Norton een meester in het vermijden van het onaangename. Zijn vluchtgedrag was de belangrijkste reden waarom Hank zijn heil in drugs en alcohol had gezocht. 'Bier in de auto,' zei ze, en ze speelde het spelletje mee, voor de verandering blij dat hij de gruwelijke details niet wilde weten. 'Hier whisky.'

Hij bleef even stil zitten, zijn hand om een fles Jack Daniels. 'Bier voor drank, dat geeft stank,' waarschuwde hij, en zijn stem haperde bij het laatste woord.

Lena stak hem haar glas toe en rinkelde met het ijs om zijn aandacht te trekken. Ze keek toe terwijl Hank de drank inschonk, en het verbaasde haar niet dat hij zijn lippen aflikte.

'Red je het op je werk?' vroeg Hank, met een stem die blikkerig klonk. Zijn onderlip beefde een beetje. Op zijn gezicht lag een uitdrukking van puur verdriet, volkomen tegengesteld aan de woorden die uit zijn mond kwamen. Hij zei: 'Gaat het goed?'

Lena knikte. Ze had het gevoel dat ze opeens midden in een auto-ongeluk verzeild was geraakt. Eindelijk begreep ze de betekenis van het woord 'surreëel'. Niets leek concreet in deze kleine ruimte. Het glas in haar hand voelde stroef aan. Hank was mijlenver weg. Ze bevond zich in een droom.

Lena probeerde zich eruit los te rukken, en snel sloeg ze haar whisky achterover. De alcohol was als een vlam achter in haar keel, brandend en vast, alsof ze heet asfalt had ingeslikt.

Hank keek ondertussen naar het glas en vermeed Lena's blik.

Dat was alles wat ze nodig had. Ze zei: 'Sibyl is dood, Hank.'

Zonder waarschuwing vooraf schoten zijn ogen vol tranen, en het enige wat Lena dacht, was dat hij er zo verschrikkelijk oud uitzag. Het was alsof ze een bloem zag verwelken. Hij haalde zijn zakdoek te voorschijn en veegde zijn neus af.

Lena herhaalde haar woorden op bijna dezelfde wijze als Jeffrey Tolliver dat eerder die avond had gedaan. 'Ze is dood.'

Zijn stem haperde toen hij vroeg: 'Weet je het zeker?'

Lena knikte kort. 'Ik heb haar gezien.' Toen: 'Iemand heeft haar verschrikkelijk toegetakeld.'

Zijn mond ging open en weer dicht, als de bek van een vis. Hij hield zijn blik strak op Lena gericht, zoals hij dat vroeger altijd deed als hij haar op een leugen probeerde te betrappen. Ten slotte keek hij de andere kant op en mompelde: 'Er klopt niks van.'

Ze had haar arm naar hem uit kunnen strekken om hem een klopje op zijn oude hand te geven, ze had misschien kunnen proberen hem te troosten, maar ze deed het niet. Lena had het gevoel dat ze als verlamd op haar stoel zat. In plaats van aan Sibyl te denken, wat haar eerste reactie was geweest, concentreerde ze zich op Hank, op zijn vochtige lippen, op zijn ogen, op de haren die uit zijn neus groeiden.

'O, Sibby.' Hij zuchtte en veegde zijn ogen af. Lena zag hoe zijn adamsappel op en neer wipte toen hij slikte. Hij stak zijn hand uit naar de fles en pakte de hals vast. Zonder te vragen schroefde hij de dop eraf en schonk Lena nog eens bij. Deze keer kwam het donkere vocht bijna tot aan de rand.

Weer ging er enige tijd voorbij, en toen snoot Hank luidruchtig zijn neus en depte met de zakdoek zijn ogen droog . 'Ik snap niet waarom iemand haar zou willen vermoorden.' Zijn handen begonnen nog heviger te beven toen hij de zakdoek telkens opnieuw opvouwde. 'Er klopt niks van,' mompelde hij. 'Als jij het was geweest, dan had ik het nog kunnen begrijpen.'

'Je wordt bedankt.'

Meer was er niet voor nodig om Hanks ergernis te wekken. 'Ik bedoel vanwege het werk dat je doet. Wees toch niet altijd zo verdomd lichtgeraakt.'

Lena reageerde niet. Zo ging het nou altijd.

Hij legde zijn handpalmen op het bureau en keek Lena strak aan. 'Waar was jij toen het gebeurde?'

Lena dronk de whisky in één teug op, en deze keer brandde de alcohol al minder erg in haar keel. Toen ze het glas op het bureau terugzette, zat Hank haar nog steeds aan te staren.

Ze mompelde: 'Macon.'

'Was het iemand die haar haatte?'

Lena stak haar hand uit naar de fles. 'Ik weet het niet. Misschien.' De whisky klokte in de fles terwijl ze schonk. 'Misschien had hij het op haar voorzien omdat ze lesbisch was. Misschien had hij het op haar voorzien omdat ze blind was.' Lena wierp een vluchtige blik opzij en zag hoe haar woorden hem troffen. Ze besloot haar vermoedens nader toe te lichten. 'Verkrachters kiezen vaak vrouwen uit over wie ze macht denken te hebben, Hank. Ze was een gemakkelijk doelwit.'

'Dus uiteindelijk is het allemaal mijn schuld?'

'Dat heb ik niet gezegd.'

Hij greep de fles. 'Oké,' snauwde hij, en hij liet de halflege fles in de doos vallen. Hij klonk nu kwaad en concentreerde zich weer op de hoofdzaken. Net zo min als Lena voelde Hank zich op zijn gemak als emoties om de hoek kwamen kijken. Sibyl had vaak gezegd dat Hank en Lena vooral niet met elkaar overweg konden omdat ze zo veel op elkaar leken. Toen ze daar zo zat met Hank, en ze het verdriet en de woede die de kleine keet vulden tot zich door liet dringen, besefte Lena dat Sibyl gelijk had gehad. Ze keek naar zichzelf zoals ze er over twintig jaar uit zou zien, en er was niets waarmee ze het proces kon stoppen.

Hank vroeg: 'Heb je al met Nan gesproken?'

'Ja.'

'We moeten de dienst regelen,' zei hij, en hij pakte de pen op en tekende een hokje op de bureaukalender. Bovenaan schreef hij het woord BEGRAFENIS, in hoofdletters. 'Is er iemand in Grant die het volgens jou goed zou doen?' Hij wachtte even op haar antwoord, en voegde er toen aan toe: 'Ik bedoel, daar woonden de meeste van haar vrienden.'

'Wat?' vroeg Lena, het glas aan haar lippen. 'Waar heb je het eigenlijk over?'

'Lee, we moeten dingen regelen. We moeten voor Sibby zorgen.'

Lena dronk het glas leeg. Toen ze weer naar Hank keek, waren zijn gelaatstrekken wazig. Eigenlijk was het hele vertrek wazig. Ze had het gevoel dat ze in een achtbaan zat, en haar maag draaide om. Lena sloeg haar hand voor haar mond en vocht tegen de aandrang over te geven.

Hank had de uitdrukking op haar gezicht waarschijnlijk

al heel vaak gezien, vooral in de spiegel. In een mum van tijd stond hij naast haar en hield een afvalemmer onder haar kin, net op het moment dat ze de strijd opgaf.

Dinsdag

Zeven

Sara boog zich over de spoelbak in de keuken van haar ouders en draaide met haar vaders moersleutel de kraan los. Ze had bijna de hele avond in het mortuarium doorgebracht waar ze sectie had verricht op het lichaam van Sibyl Adams. Thuiskomen in een donker huis en helemaal alleen naar bed gaan was wel het laatste wat ze wilde. Bovendien had Jeffrey via het antwoordapparaat gedreigd dat hij langs zou komen, zodat Sara weinig keus had wat betreft de plek waar ze die nacht zou slapen. Weliswaar was ze het huis even binnengeglipt om de honden op te halen, maar ze had niet eens de moeite genomen haar overall voor iets anders te verwisselen.

Ze veegde het zweet van haar voorhoofd en wierp een blik op het klokje van het koffiezetapparaat. Het was halfzeven 's ochtends en ze had precies twee uur geslapen. Telkens als ze haar ogen sloot, dacht ze weer aan Sibyl Adams op het toilet, die niet zag wat er met haar gebeurde, maar wel alles kon voelen wat haar verkrachter met haar deed.

Maar een familieramp buiten beschouwing gelaten, was het godsonmogelijk dat vandaag even erg zou zijn als gisteren.

Cathy Linton kwam de keuken binnenlopen, deed een kast open en nam er een koffiekop uit voor ze besefte dat haar oudste dochter naast haar stond. 'Wat ben jij aan het doen?'

Sara schoof een nieuw leertje over de schroefdraad. 'De kraan lekte.'

'Twee loodgieters in de familie,' klaagde Cathy terwijl ze zich koffie inschonk, 'en mijn dochter de arts moet de lekkende kraan repareren.'

Sara glimlachte en duwde met haar hele gewicht tegen de sleutel. De Lintons waren een loodgietersfamilie en toen Sara nog op school zat, had ze tijdens de zomervakanties haar vader altijd geholpen met het ontstoppen van afvoerpijpen en het lassen van buizen. Soms dacht ze dat de enige reden waarom ze een jaar korter dan de anderen over de middelbare school had gedaan en hele vakanties had doorgewerkt om haar studie af te maken, was dat ze dan niet langer samen met haar vader in kruipruimtes vol spinnen hoefde rond te snuffelen. Niet dat ze niet van haar vader hield, maar in tegenstelling tot Tessa was Sara er niet in geslaagd haar angst voor spinnen te overwinnen.

Cathy schoof op de keukenkruk. 'Heb je vannacht hier geslapen?'

'Ja,' antwoordde Sara terwijl ze haar handen waste. Ze draaide de kraan dicht en glimlachte toen hij niet meer lekte. Het gevoel dat ze iets nuttigs had gedaan, nam een deel van de zware last van haar schouders.

Met een glimlach gaf Cathy blijk van haar waardering. 'Als dat medische gedoe op niks uitloopt, kun je altijd weer loodgieter worden.'

'Weet je, dat is nou precies wat papa tegen me zei toen hij me die eerste dag naar de universiteit bracht.'

'Ik weet het,' zei Cathy, 'Ik had hem wel kunnen vermoorden.' Ze nam een slok van haar koffie en keek Sara over de rand van haar kopje aan. 'Waarom ben je niet naar huis gegaan?'

'Ik heb tot laat op de avond gewerkt en ik wilde gewoon hiernaartoe komen. Dat is toch wel goed?'

'Natuurlijk is dat goed,' zei Cathy, en ze wierp Sara een handdoek toe. 'Doe niet zo belachelijk.'

Sara droogde haar handen af. 'Ik hoop dat ik jullie niet wakker heb gemaakt toen ik thuiskwam.'

'Mij niet,' antwoordde Cathy. 'Waarom ben je niet bij Tess gaan slapen?'

Sara richtte al haar aandacht op de handdoek, die ze zo recht mogelijk over het rek legde. Tessa woonde in een driekamerappartement boven de garage. De afgelopen paar jaar waren er nachten geweest dat Sara niet alleen in haar eigen huis had willen slapen. Meestal ging ze dan naar haar zus, in plaats van het risico te lopen dat ze haar vader wakker maakte, die altijd tot in detail wilde bespreken wat haar dwarszat.

Sara antwoordde: 'Ik wilde haar niet lastigvallen.'

'O, neem jezelf in de maling.' Cathy lachte. 'Lieve hemel, Sara, we hebben bijna een kwart miljoen dollar in je studie gestoken, en dan hebben ze je niet eens goed leren liegen?'

Sara pakte haar lievelingsbeker en schonk zich koffie in. 'Misschien had je me beter rechten kunnen laten studeren.'

Cathy sloeg haar benen over elkaar. Ze was een kleine vrouw, die haar conditie met yoga op peil hield. Haar blonde haar en blauwe ogen hadden Sara overgeslagen en waren aan Tessa doorgegeven. Als ze niet hetzelfde temperament hadden gehad, zou je met geen mogelijkheid hebben kunnen raden dat Cathy en Sara moeder en dochter waren.

'Nou?' drong Cathy aan.

Sara slaagde er niet in haar gezicht in de plooi te houden. 'Laten we maar zeggen dat Tess het een beetje druk had toen ik binnenkwam, en dan doen we er verder het zwijgen toe.'

'Druk in haar eentje?'

'Nee.' Sara liet een ongemakkelijk lachje horen en ze voelde haar wangen rood worden. 'God, moeder.'

Na even gezwegen te hebben, vroeg Cathy op fluistertoon: 'Was het Devon Lockwood?'

'Devon?' Sara was verbaasd toen ze die naam hoorde. Ze had niet goed kunnen zien met wie Tessa lag te worstelen in bed, maar Devon Lockwood, de nieuwe loodgietershulp die Eddie Linton twee weken geleden in dienst had genomen, was wel de laatste wiens naam ze had verwacht.

Cathy maande haar tot stilte. 'Je vader kan je horen.'

'Wat kan ik horen?' vroeg Eddie, die de keuken binnen kwam sloffen. Zijn ogen begonnen te stralen toen hij Sara zag. 'Daar heb je mijn schatje,' zei hij, en hij gaf haar een luide zoen op de wang. 'Hoorde ik jou vannacht thuiskomen?'

'Dat was ik,' bekende Sara.

'Ik heb nog wat verfstaaltjes in de garage liggen,' bood hij aan. 'Misschien kunnen we na het eten even gaan kijken, dan kiezen we een mooie kleur uit voor je kamer.'

Sara nam een slokje van haar koffie. 'Ik kom niet weer thuis wonen, pap.'

Hij wees met zijn vinger naar de kop. 'Dat spul remt je groei.'

'Als dat zou kunnen,' bromde Sara. Sinds de brugklas was ze de langste van haar familie geweest, en ze stak net iets boven haar vader uit.

Sara schoof op de kruk die haar moeder had vrijgemaakt. Ze keek naar het ochtendritueel van haar ouders, zag hoe haar vader door de keuken scharrelde en haar moeder voor de voeten liep tot Cathy hem op een stoel duwde. Haar vader streek zijn haar naar achteren en boog zich over de ochtendkrant. Zijn peper-en-zoutkleurige haar stak alle kanten op, net als zijn wenkbrauwen. Het T-shirt dat hij droeg, was zo oud en versleten dat het gaten begon te vertonen bij zijn schouderbladen. Het patroon op zijn pyjamabroek was ruim vijf jaar geleden al vervaagd, en zijn pantoffels vielen bij de hielen uit elkaar. Dat ze haar moeders cynisme en haar vaders gevoel voor mode had geërfd, was iets wat Sara ze nooit zou vergeven.

Eddie zei: 'Ik zie dat de *Observer* het onderste uit de kan haalt wat die zaak betreft.'

Sara wierp een blik op de kop boven het hoofdartikel van de plaatselijke krant. Er stond: 'Universiteitsdocente op gruwelijke wijze vermoord.'

'Wat schrijven ze?' vroeg Sara voor ze er erg in had.

Hij ging met zijn vinger over de pagina terwijl hij voorlas. '"Sibyl Adams, docente aan het GIT, is gisteren op wrede wijze doodgeslagen in het Grant Filling Station. De plaatselijke politie tast in het duister. Politiecommissaris Jeffrey Tolliver"' – Eddie zweeg en mompelde toen zachtjes 'die klootzak' – '"deelt mee dat elke mogelijke aanwijzing onderzocht zal worden om de moordenaar van de jonge docente zijn straf niet te laten ontlopen."'

'Ze is niet doodgeslagen,' zei Sara, die wist dat de stomp in Sibyl Adams' gezicht haar niet had gedood. Onwillekeurig ging er een huivering door Sara heen toen ze zich weer voor de geest haalde wat er tijdens de sectie aan het licht was gekomen.

Eddie scheen haar reactie te hebben opgemerkt. Hij zei: 'Heeft-ie dan iets anders met haar gedaan?'

Sara was verbaasd dat haar vader dit vroeg. Gewoonlijk deden haar familieleden hun uiterste best geen vragen te stellen over die kant van Sara's leven. Vanaf het begin had ze het gevoel gehad dat ze geen van allen goed raad wisten met haar werk als lijkschouwer.

Sara vroeg: 'Zoals wat?' voor ze begreep waar haar vader op doelde. Cathy keek op van het pannenkoekenbeslag dat ze aan het mixen was, en haar gezicht stond angstig.

Tessa kwam de keuken binnenstormen en te oordelen naar de manier waarop ze de zwaaideur bijna van de scharnieren liet knallen, was het duidelijk dat ze alleen Sara verwachtte aan te treffen. Haar mond vormde zich tot een volmaakte O.

Cathy, die bij het fornuis pannenkoeken stond te bakken, zei over haar schouder: 'Goeiemorgen, zonnetje in huis.'

Tessa hield haar hoofd gebogen en koerste rechtstreeks op de koffie af.

'Lekker geslapen?' vroeg Eddie.

'Als een roos,' antwoordde Tessa, en ze kuste hem boven op zijn hoofd.

Cathy zwaaide met haar spatel in Sara's richting: 'Je kunt een voorbeeld nemen aan je zus.'

Tessa was zo verstandig deze opmerking te negeren. Ze opende de deur die naar de veranda leidde en gaf met een ruk van haar hoofd te kennen dat Sara haar moest volgen.

Sara gaf gehoor aan haar verzoek en hield haar adem in

tot de deur weer stevig achter haar dichtzat. Ze fluisterde: 'Devon Lockwood?'

'Ik heb ze nog steeds niks verteld over jouw afspraakje met Jeb,' pareerde Tessa.

Sara perste haar lippen op elkaar en stemde zwijgend in met de wapenstilstand.

Tessa ging op de schommelbank zitten en vouwde een van haar benen onder zich. 'Wat was je nog zo laat aan het doen?'

'Ik was in het mortuarium,' antwoordde Sara en ze ging naast haar zus zitten. Ze wreef over haar armen om de kou van de vroege ochtend te verdrijven. Sara droeg nog steeds haar overall en een dun wit T-shirt, nauwelijks toereikend bij deze temperatuur. 'Ik moest nog een paar dingen uitzoeken. Lena –' Ze zweeg, want ze wist niet zeker of ze Tessa wel kon vertellen wat er de vorige avond was gebeurd toen Lena Adams naar het mortuarium was gekomen. De verwijten knaagden nog steeds aan haar, ook al wist Sara dat het Lena's verdriet was geweest dat zich op die manier had geuit.

Ze zei: 'Ik wilde het afmaken, snap je?'

Alle opgewektheid trok weg uit Tessa's gezicht. 'Heb je iets gevonden?'

'Ik heb een rapport naar Jeffrey gefaxt. Ik denk dat het wel een paar betrouwbare aanwijzingen bevat.' Ze zweeg en keek even of ze Tessa's aandacht had. 'Hoor eens, Tessie. Je bent wel voorzichtig, hè? Ik bedoel, doe de deuren op slot. Ga niet in je eentje uit. Dat soort dingen.'

'Ja hoor.' Tessa kneep in haar hand. 'Oké. Afgesproken.'

'Ik bedoel –' Sara zweeg weer. Ze wilde haar zus niet bang maken, maar ze wilde ook niet dat ze gevaar liep. 'Jullie zijn even oud. Jij en Sibyl. Begrijp je wat ik bedoel?'

'Ja,' antwoordde Tessa, maar het was duidelijk dat ze er niet over wilde praten. Sara kon het haar zus niet kwalijk nemen. Nu ze tot in de intiemste details wist wat er met Sibyl Adams was gebeurd, zag ze zelf als een berg tegen de dag op.

'Ik heb de ansichtkaart –' begon Tessa, maar Sara legde haar het zwijgen op.

'Ik heb hem in mijn aktetas gevonden,' zei ze. 'Bedankt.'

'Ja,' zei Tessa, haar stem verstild.

Sara staarde over het meer, en even dacht ze niet aan de ansichtkaart, niet aan Sibyl Adams of aan Jeffrey of aan wat dan ook. Het water was zo vredig dat Sara zich voor het eerst in weken voelde ontspannen. Als ze haar ogen samenkneep, kon ze de aanlegsteiger achter haar eigen huis zien. Er hoorde een overdekt botenhuis bij, een klein, drijvend soort schuurtje, zoals bij de meeste aanlegsteigers aan het meer.

Ze zag zichzelf op een van de tuinstoelen zitten en aan een margarita nippen, terwijl ze een goedkoop romannetje las. Waarom dit beeld bij haar opkwam, was Sara een raadsel. Ze was de laatste tijd zelden in de gelegenheid even te gaan zitten, ze hield niet van alcohol, en aan het einde van de dag zag ze bijna scheel van het lezen van patiëntendossiers, publicaties op het gebied van de kindergeneeskunde en forensische handboeken.

Tessa onderbrak haar gedachten. 'Je zult vannacht wel niet veel hebben geslapen.'

Sara schudde haar hoofd en leunde tegen de schouder van haar zus.

'Hoe was het om gisteren weer met Jeffrey op te trekken?'

'Ik wou dat er een pil was waarmee ik hem voorgoed uit mijn hoofd kon zetten.'

Tessa sloeg haar arm om Sara's schouders. 'Kon je daarom niet slapen?'

Sara zuchtte en sloot haar ogen. 'Ik weet het niet. Ik moest gewoon aan Sibyl denken. En aan Jeffrey.'

'Twee jaar is wel heel lang om nog steeds verliefd op iemand te zijn,' zei Tessa. 'Als je hem echt wilt vergeten, dan moet je met anderen uitgaan.' Ze snoerde Sara de mond toen ze wilde protesteren. 'Ik bedoel serieuze afspraakjes, zonder dat je zo'n vent laat stikken zodra hij te dicht bij je in de buurt komt.'

Sara kwam overeind en trok haar knieën op tot aan haar borst. Ze wist waar haar zus op doelde. 'Ik ben niet zoals jij. Ik kan niet met iedereen het bed induiken.' Tessa voelde zich niet beledigd. Dat had Sara ook niet verwacht. Dat Tessa Linton er een actief seksleven op na hield, was voor bijna niemand in het stadje een geheim, behalve dan voor hun vader.

'Ik was pas zestien toen Steve en ik iets kregen,' begon Sara, doelend op haar eerste serieuze vriendje. 'En toen, nou ja, je weet wat er in Atlanta gebeurde.' Tessa knikte. 'Jeffrey leerde me plezier beleven aan seks. Ik bedoel, voor het eerst in mijn leven voelde ik me compleet.' Ze balde haar vuisten, alsof ze dat gevoel wilde vasthouden. 'Je hebt geen idee wat dat voor me betekende, om opeens te ontwaken na al die jaren waarin ik me alleen maar op mijn studie en mijn werk had gericht en met niemand uitging of op een of andere manier van mijn leven genoot.'

Tessa zei niets en liet Sara praten.

'Ik herinner me de eerste keer nog dat we uitgingen,' vervolgde ze. 'Hij bracht me in de regen naar huis, en opeens ging hij op de rem staan. Ik dacht dat het een grapje was, want een paar minuten daarvoor hadden we het erover gehad dat we het zo heerlijk vonden om buiten in de regen te lopen. Maar hij liet de koplampen branden en stapte uit de auto.' Sara sloot haar ogen en zag Jeffrey weer in de regen staan, de kraag van zijn jas opgezet tegen de kou. 'Er lag een kat op straat. Hij was aangereden, en zo te zien was hij dood.'

Tessa zweeg afwachtend. 'En?' drong ze toen aan.

'En toen raapte hij het beest op en haalde het van de weg zodat niemand eroverheen kon rijden.'

Tessa was duidelijk geschokt. 'Hij raapte het zomaar op?'

'Ja.' Sara glimlachte vertederd toen ze het weer voor zich zag. 'Hij wilde niet dat iemand eroverheen reed.'

'Hij raakte een dooie kat aan?'

Sara moest lachen om haar reactie. 'Heb ik je dat verhaal nog nooit eerder verteld?'

'Dan zou ik het me vast wel herinneren.'

Sara leunde achterover op de schommelbank en hield hem stil met haar voet. 'Het punt was dat hij me tijdens het eten had verteld dat hij een vreselijke hekel aan katten had.

En toen bleef hij zomaar midden op straat stilstaan, in de regen, om een kat van de weg te halen zodat niemand eroverheen kon rijden.'

Tessa slaagde er niet in haar walging te verbergen. 'En toen stapte hij met zijn dooiekattenhanden weer in de auto?'

'Ik reed, want hij wilde niets aanraken.'

Tessa trok haar neus op. 'Is dit het gedeelte waar het romantisch wordt, want ik word een beetje misselijk.'

Sara wierp haar een zijdelingse blik toe. 'Ik reed met hem naar mijn huis, en natuurlijk moest hij toen binnenkomen om zijn handen te wassen.' Sara lachte. 'Zijn haren waren helemaal nat van de regen en hij hield zijn armen omhoog alsof hij een chirurg was die zijn operatiepak niet vies wilde maken.' Sara stak bij wijze van voorbeeld haar armen in de lucht, de handpalmen naar achteren.

'En toen?'

'En toen nam ik hem mee naar de keuken om zijn handen te wassen, want daar stond de ontsmettende zeep, en hij kon niet in het flesje knijpen zonder het te verontreinigen, en daarom kneep ik voor hem.' Ze slaakte een diepe zucht. 'Hij stond over de spoelbak gebogen om zijn handen te wassen, en toen zeepte ik zijn handen voor hem in, en ze voelden zo sterk en warm en hij is altijd zo verdomd zeker van zichzelf en toen keek hij op en kuste me zomaar recht op de lippen, zonder te aarzelen, alsof hij de hele tijd al had geweten dat ik terwijl ik zijn handen aanraakte alleen nog maar dacht aan hoe het zou zijn om zijn handen te voelen als hij mij aan zou raken.'

Tessa wachtte tot ze was uitgesproken en zei toen: 'Behalve het gedeelte met die dooie kat, was dat het meest romantische verhaal dat ik ooit heb gehoord.'

'Goed.' Sara stond op en liep naar de reling van de veranda. 'Ik ben ervan overtuigd dat hij al zijn vriendinnen het gevoel geeft dat ze heel bijzonder zijn. Dat is volgens mij iets waar hij heel goed in is.'

'Sara, je zult nooit begrijpen dat seks voor iedereen anders is. Soms is het gewoon neuken.' Ze zweeg even. 'Soms is het alleen maar een manier om aandacht te krijgen.'

'Dat heeft hij van mij in elk geval gekregen.'

'Hij houdt nog steeds van je.'

Sara draaide zich om en ging op de reling zitten. 'Hij wil me alleen maar terug omdat hij me is kwijtgeraakt.'

'Als je hem echt uit je leven zou willen bannen,' begon Tessa, 'dan zou je je baan bij het district opgeven.'

Sara deed haar mond open om antwoord te geven, maar ze wist niet hoe ze haar zus kon uitleggen dat er dagen waren dat haar werk voor het district het enige was wat haar ervan weerhield gek te worden. Er was een grens aan het aantal zere kelen en oorontstekingen dat Sara aankon voor haar geest begon af te stompen. Als ze haar baan als lijkschouwer opgaf, zou ze een deel van haar leven opgeven waar ze echt plezier aan beleefde, ondanks de macabere kanten ervan.

In de wetenschap dat Tessa dit nooit zou begrijpen, zei Sara: 'Ik weet niet wat ik moet doen.'

Er kwam geen antwoord. Tessa keek naar het huis. Sara volgde haar blik door het keukenraam. Jeffrey Tolliver stond bij het fornuis met haar moeder te praten.

De Lintons woonden in een split-level huis dat in de loop van zijn veertigjarig bestaan voortdurend was gerenoveerd. Toen Cathy belangstelling voor schilderen opvatte, werd er aan de achterkant een atelier met een wastafel en een toilet aangebouwd. Toen Sara volledig door haar studie in beslag werd genomen, kwam er op zolder een studeerkamer met een wastafel en een toilet. Toen Tessa in jongens geïnteresseerd raakte, werd het souterrain zodanig verbouwd dat Eddie het vanaf elke plek in huis binnen drie seconden kon bereiken. Aan weerszijden van het vertrek bevond zich een trap en de dichtstbijzijnde badkamer was een verdieping hoger.

Het souterrain was niet veel veranderd sinds Tessa was gaan studeren. Het tapijt was avocadogroen en de slaapbank had een donkere roestkleur. Een pingpong-/pooltafel nam het midden van de kamer in beslag. Sara had ooit haar hand gebroken toen ze naar een pingpongballetje dook en daarbij tegen het televisiemeubel aanknalde.

Sara's twee honden, Billy en Bob, lagen op de bank toen Sara en Jeffrey de trap afliepen. Ze klapte in haar handen in een poging ze eraf te jagen. De windhonden verroerden zich niet tot Jeffrey een zacht fluitje liet horen. Hun staarten kwispelden toen hij naar ze toeliep om ze te aaien.

Terwijl hij Bob over zijn buik krabbelde, kwam Jeffrey meteen terzake. 'Ik heb je de hele avond proberen te bellen. Waar zat je?'

Sara vond niet dat hij recht had op dat soort informatie. Ze vroeg: 'Ben je al iets meer over Sibyl te weten gekomen?'

Hij schudde zijn hoofd. 'Volgens Lena was er niemand met wie ze regelmatig omging. Dat sluit een boos vriendje uit.'

'Misschien iemand uit haar verleden?'

'Niemand,' antwoordde hij. 'Vandaag moet ik haar huisgenote maar eens een paar vragen gaan stellen. Ze woonde samen met Nan Thomas. Je weet wel, de bibliothecaresse.'

'Ja,' zei Sara, en in haar hoofd pasten de puzzelstukjes in elkaar. 'Heb je mijn rapport al ontvangen?'

Hij schudde zijn hoofd, zonder te begrijpen waar ze op doelde. 'Hoezo?'

'Daar was ik namelijk gisteravond, ik was sectie aan het verrichten.'

'Wat?' herhaalde hij. 'Je kunt geen sectie verrichten zonder dat er iemand bij is.'

'Dat weet ik, Jeffrey,' beet Sara hem toe, en ze sloeg haar armen over elkaar. Dat haar deskundigheid de afgelopen twaalf uur al door één persoon in twijfel was getrokken, was meer dan genoeg. Ze zei: 'Daarom heb ik Brad Stephens ook gebeld.'

'Brad Stephens?' Hij keerde haar zijn rug toe en fluisterde iets binnensmonds terwijl hij Billy onder de kin aaide.

'Wat zei je?'

'Ik zei dat je je de laatste tijd vreemd gedraagt.' Hij draaide zich weer om en keek haar aan. 'Je hebt midden in de nacht sectie verricht?'

'Het spijt me dat je dat vreemd vindt, maar ik heb twee banen, niet alleen het werk dat ik voor jou doe.' Hij probeerde haar te onderbreken, maar ze ging door. 'Voor het geval je het vergeten bent, heb ik naast mijn werk in het mortuarium ook nog eens een kliniek vol patiënten. Trouwens, die patiënten' – ze wierp een blik op haar horloge, zonder echt te zien hoe laat het was – 'komen over een paar minuten naar mijn spreekuur.' Ze zette haar handen in de zij. 'Waarom kwam je eigenlijk langs?'

'Om te kijken hoe het met je ging,' zei hij. 'Zo te zien is er niks met je aan de hand. Dat zou me eigenlijk niet moeten verbazen. Er is nooit iets met je aan de hand.'

'Dat klopt.'

'Sara Linton, sterker dan staal.'

Sara schonk hem een naar ze hoopte meewarige blik. Ze hadden deze scène zo vaak opgevoerd in de periode rond hun scheiding dat ze de tekst uit het hoofd kon opzeggen. Sara was te onafhankelijk. Jeffrey was te veeleisend.

Ze zei: 'Ik moet ervandoor.'

'Wacht eens,' zei hij. 'Nog even over dat rapport.'

'Ik heb het je gefaxt.'

Nu was het zijn beurt om zijn handen in de zij te zetten. 'Ja, ik heb het gekregen. Heb je het idee dat je iets hebt gevonden?'

'Ja,' antwoordde ze, en toen: 'Nee.' Afwerend sloeg ze haar armen over elkaar. Ze vond het vreselijk zoals hij van een ruzie overschakelde op iets wat met het werk te maken had. Het was een goedkope truc en ze liet zich er altijd weer door overrompelen. Ze probeerde het van zich af te zetten en zei: 'Ik krijg vanochtend de uitslag van het bloedonderzoek. Nick Shelton zou me om negen uur bellen, en dan kan ik je meer vertellen.' Ze voegde eraan toe: 'Ik heb dit allemaal op de voorkant van mijn rapport geschreven.'

'Waarom moest die bloedtest zo snel worden gedaan?' vroeg hij.

'Intuïtie,' antwoordde Sara. Dat was het enige wat ze op dat moment aan hem kwijt wilde. Sara speculeerde liever niet aan de hand van gebrekkige informatie. Ze was arts, geen waarzegster. Jeffrey wist dit.

'Neem het nog eens met me door,' zei hij.

Sara vouwde haar armen, want eigenlijk had ze hier geen zin in. Ze wierp een vluchtige blik op de trap om er zeker van te zijn dat niemand meeluisterde. 'Je hebt het rapport gelezen,' zei ze.

'Alsjeblieft,' zei hij. 'Ik wil het uit jouw mond horen.'

Sara leunde tegen de muur. Heel even sloot ze haar ogen, niet om zich de feiten beter te kunnen herinneren, maar om enige afstand te scheppen tot wat ze wist.

Ze stak van wal: 'Ze werd aangevallen op het toilet. Het was waarschijnlijk heel gemakkelijk om haar in bedwang te houden omdat ze blind was en ook vanwege het verrassingselement. Ik denk dat hij haar meteen al een steek heeft toegebracht, haar rok heeft opgetild en met zijn mes een kruis in haar lichaam heeft gekerfd. De snee in haar buik werd ook in een vroeg stadium aangebracht. Hij is niet diep genoeg voor volledige penetratie. Ik denk dat hij zijn penis in de allereerste plaats inbracht om haar te schenden. Vervolgens verkrachtte hij haar vaginaal, wat een verklaring zou kunnen zijn voor de ontlasting die ik daar heb aangetroffen. Ik weet niet zeker of hij is klaargekomen. Volgens mij was het hem daar ook niet om begonnen.'

'Denk je dat het hem meer om het schenden ging?'

Ze haalde haar schouders op. Verkrachters hadden doorgaans een of andere seksuele stoornis. Ze zag niet in waarom het in dit geval anders zou zijn. De verkrachting in de buik vormde hier een sterke aanwijzing voor.

Ze zei: 'Misschien geeft het hem een kick het op een min of meer openbare plek te doen. Ook al was de drukte van het lunchuur voorbij, iemand had zomaar binnen kunnen komen en hem kunnen betrappen.'

Hij krabde over zijn kin, en het was duidelijk dat hij haar woorden liet bezinken.

'Verder nog iets?'

'Kun je tijd vrijmaken om even langs te komen?' vroeg hij.

'Dan regel ik om halftien een briefing.'

'Een volledige briefing?'

Hij schudde zijn hoofd. 'Ik wil niet dat iemand iets over dit alles te horen krijgt,' zei hij op gebiedende toon, en voor het eerst in lange tijd was ze het helemaal met hem eens.

'Goed,' zei ze

'Kun je er rond halftien zijn?' herhaalde hij.

In gedachten nam Sara haar ochtendprogramma door. Jimmy Powells ouders zouden om acht uur op haar spreekuur komen. Het feit dat ze van de ene verschrikkelijke afspraak naar de andere ging, zou haar dag waarschijnlijk iets gemakkelijker maken. Bovendien was ze zich ervan bewust dat hoe sneller ze de rechercheurs op de hoogte bracht van de resultaten van de sectie op Sibyl Adams, hoe sneller ze de man konden opsporen die haar had vermoord.

'Ja,' zei ze, terwijl ze naar de trap liep. 'Dan ben ik er wel.'

'Wacht even,' zei hij. 'Lena komt ook.'

Sara keerde zich om en schudde haar hoofd. 'Geen denken aan. Ik ga Sibyls dood niet tot in detail beschrijven waar haar zus bij is.'

'Ze moet erbij zijn, Sara. Geloof me nou maar.' Aan de blik die ze hem toewierp, zag hij waarschijnlijk wat er door haar heenging. Hij zei: 'Ze wil alle bijzonderheden weten. Zo gaat ze nou eenmaal met de dingen om. Ze werkt bij de politie.'

'Dit is helemaal niet goed voor haar.'

'Ze heeft haar besluit genomen,' herhaalde hij. 'Ze krijgt de feiten toch wel te horen, Sara. Het is beter dat ze de waarheid van ons verneemt dan dat ze allerlei leugens leest die in de krant komen te staan.' Hij zweeg, waarschijnlijk omdat hij zag dat ze nog steeds niet van gedachten was veranderd. 'Als het om Tessa ging, zou je ook willen weten wat er was gebeurd.'

'Jeffrey,' zei Sara, en tegen beter weten in voelde ze dat ze zich liet vermurwen. 'Het is toch niet nodig dat ze zich haar zus op die manier herinnert?'

Hij haalde zijn schouders op. 'Misschien is het dat wel.'

Om kwart voor acht 's ochtends werd Grant County net wakker. Een plotselinge nachtelijke regenbui had het stuifmeel van de straten gespoeld, en hoewel het nog steeds fris was, had Sara de kap van haar BMW Z3 naar beneden gedraaid. Ze had de auto aangeschaft in de periode na haar scheiding, toen ze iets moest doen om zichzelf op te vrolijken. Het had ongeveer twee weken geholpen, en toen was ze zich lichtelijk belachelijk gaan voelen door alle blikken en opmerkingen die ze met haar opzichtige wagen uitlokte. Je reed niet in een dergelijke auto als je in een klein stadje woonde, en al helemaal niet als je zoals Sara arts was, en niet zomaar arts, maar kinderarts. Sara vermoedde dat als ze niet in Grant was geboren en getogen, ze de auto had moeten verkopen om niet de helft van haar patiënten in de kliniek kwijt te raken. Zoals de zaken er nu voor stonden, had ze het commentaar van haar moeder maar te slikken, die niet kon nalaten haar erop te wijzen hoe belachelijk het was dat iemand die nauwelijks in staat was er een fatsoenlijke garderobe op na te houden in een poenige sportwagen reed.

Op weg naar de kliniek zwaaide Sara even naar Steve Mann, de eigenaar van de ijzerwinkel. Hij zwaaide terug, een verbaasde glimlach op zijn gezicht. Steve was inmiddels getrouwd en had drie kinderen, maar Sara wist dat hij nog steeds smoorverliefd op haar was, zoals dat vaak gaat bij een eerste liefde. Hij was haar eerste echte vriendje geweest, en ze had nog steeds een zwak voor hem, maar niet meer dan dat. Ze herinnerde zich die eerste klungelige ogenblikken weer toen ze een tiener was en zich op de achterbank van zijn auto door Steve liet betasten. En ook dat ze hem de dag nadat ze voor het eerst seks hadden gehad van schaamte niet eens had durven aankijken.

Steve was het soort kerel dat er tevreden mee was zich in Grant te vestigen, en ook al was hij de sterquarterback van de Robert E. Lee High School geweest, hij ging even zo vrolijk bij zijn vader in de ijzerwinkel werken. Op die leeftijd wilde Sara het liefst zo snel mogelijk weg uit Grant, naar Atlanta, om daar een spannender en uitdagender leven te leiden dan in haar geboortestad mogelijk was. Dat ze uiteindelijk toch weer hier was beland, was voor Sara een even grote verrassing als voor ieder ander.

Omdat ze niet herinnerd wilde worden aan de gebeurtenissen van de vorige middag, keek ze strak voor zich uit toen ze langs het restaurant reed. Ze werd zo in beslag genomen door haar verlangen die kant van de straat te mijden, dat ze bijna Jeb McGuire aanreed, die net naar de apotheek liep.

Sara zette haar auto aan de kant en zei: 'Het spijt me.'

Jeb lachte goedmoedig terwijl hij op een drafje naar de auto kwam. 'Probeer je onder ons afspraakje van morgen uit te komen?'

'Natuurlijk niet,' zei Sara met enige moeite, en een geforceerd glimlachje verscheen op haar gezicht. Na alles wat er de vorige dag was gebeurd, was ze helemaal vergeten dat ze had beloofd met hem uit te gaan. Ze was af en toe met Jeb uit geweest toen hij elf jaar geleden naar Grant was verhuisd en de plaatselijke apotheek had gekocht. Er was nooit iets serieus tussen hen ontstaan, en hun vriendschap stond al op een laag pitje toen Jeffrey op het toneel verscheen. Sara had eigenlijk geen idee waarom ze erin had toegestemd weer met hem uit te gaan.

Jeb streek zijn haar van zijn voorhoofd. Hij was een lange, magere man met de bouw van een hardloper. Tessa had zijn lijf eens vergeleken met dat van Sara's windhonden. Toch zag hij er goed uit, en hij hoefde geen moeite te doen om een vrouw te vinden die iets in hem zag.

Hij leunde tegen Sara's auto en vroeg: 'Heb je al bedacht wat je wilt eten?'

Sara haalde haar schouders op. 'Ik kan maar niet besluiten,' loog ze. 'Verras me maar.'

Jeb trok een wenkbrauw op. Cathy Linton had gelijk. Ze kon helemaal niet liegen.

'Ik weet dat je betrokken bent bij die toestand van gisteren,' begon hij, en hij gebaarde in de richting van het restaurant. 'Ik heb er alle begrip voor als je de afspraak wilt afzeggen.'

Sara voelde haar hart overslaan bij dit voorstel. Jeb McGuire was een aardige man. Als plaatselijk apotheker wekte hij een zeker vertrouwen en respect bij de mensen die hij van dienst was. En hij was nog behoorlijk knap ook. Het enige probleem was dat hij te aardig, te inschikkelijk was. Ze hadden nog nooit een woordenwisseling gehad omdat hij te relaxed was om zich druk te maken. Dat was dan ook de voornaamste reden waarom Sara hem eerder als een broer beschouwde dan als een potentiële minnaar.

'Ik wil het helemaal niet afzeggen,' zei ze, en merkwaardig genoeg sprak ze de waarheid. Misschien zou het goed voor haar zijn om wat vaker uit te gaan. Misschien had Tessa gelijk. Misschien was de tijd er rijp voor.

Jebs gezicht begon te stralen. 'Als het niet te koud is, kom ik met de boot en dan neem ik je mee het meer op.'

Sara keek hem plagerig aan. 'Ik dacht dat je er volgend jaar pas eentje zou gaan kopen.'

'Geduld is nooit mijn sterkste kant geweest,' was zijn antwoord, hoewel het feit dat hij met Sara stond te praten het tegendeel bewees. Hij wees met zijn duim in de richting van de apotheek, ten teken dat hij moest gaan. 'Dan spreken we af om een uur of zes, oké?'

'Zes uur,' beaamde Sara, en ze voelde iets van zijn opwinding op zichzelf overslaan. Ze zette de auto in de eerste versnelling terwijl hij op een sukkeldrafje naar de apotheek liep. Marty Ringo, de vrouw die bij hem achter de kassa zat, stond bij de ingang, en met zijn arm om haar schouder deed hij de deur van het slot.

Met de motor in zijn vrij liet Sara de auto het parkeerterrein van de kliniek oprollen. De Kinderkliniek van Heartsdale was rechthoekig van vorm, met een achthoekige ruimte van glazen baksteen als een puist aan de voorkant. Dit was de wachtkamer. Dokter Barney, die het gebouw zelf had ontworpen, was gelukkig een betere arts dan architect. De voorkant lag op het zuiden, en de glazen bakstenen veranderden het vertrek 's zomers in een oven en 's winters in een vrieskist. Het was wel gebeurd dat patiëntjes opeens geen koorts meer hadden terwijl ze op de dokter zaten te wachten.

De wachtkamer was koel en leeg toen Sara de deur opendeed. Ze liet haar blik door het donkere vertrek gaan en kwam weer eens tot de conclusie dat ze het nodig opnieuw moest laten inrichten. Stoelen die hooguit het predikaat nuttig verdienden, stonden op de patiëntjes en hun ouders te wachten. Sara en Tessa hadden vaak op deze stoelen gezeten, met Cathy aan hun zij, en gewacht tot hun namen werden omgeroepen. Er was een speelhoek met drie tafeltjes, zodat kinderen konden tekenen of lezen tijdens het wachten. Nummers van *Highlights* lagen naast *People* en *House & Garden*. Krijtjes lagen netjes in hun bakjes, met papier ernaast.

Terugblikkend vroeg Sara zich af of ze in deze ruimte had besloten arts te worden. In tegenstelling tot Tessa had ze het nooit erg gevonden naar dokter Barney te gaan, waarschijnlijk omdat Sara als kind bijna nooit ziek was. Ze vond het altijd heerlijk als ze opgeroepen werden en naar plekken gingen waar alleen dokters mochten komen. Toen Sara in groep zeven zat, en belangstelling voor de natuurwetenschappen kreeg, was Eddie een docent biologie aan de hogeschool tegengekomen bij wie de hoofdwaterleiding moest worden vervangen. In ruil daarvoor gaf de docent Sara privé-les. Twee jaar later moest al het loodgieterswerk in het huis van een scheikundeleraar worden vernieuwd, en Sara mocht samen met zijn studenten proefjes doen.

De lampen gingen aan en Sara knipperde met haar ogen om ze aan het licht te laten wennen. Nelly deed de deur open die de onderzoekskamers scheidde van de wachtkamer.

'Goedemorgen, dokter Linton,' zei ze, en ze overhandigde Sara een stapel roze berichten terwijl ze de aktetas van haar overnam. 'Ik heb uw boodschap vanmorgen ontvangen, over die bijeenkomst op het politiebureau. Ik heb uw afspraken al verschoven. Hebt u er geen bezwaar tegen om vanmiddag wat langer door te werken?'

Sara schudde haar hoofd en nam ondertussen de berichten door.

'De Powells zijn hier over een minuut of vijf, en er ligt een fax op uw bureau.'

Sara keek op om haar te bedanken, maar ze was alweer verdwenen, waarschijnlijk op zoek naar Elliot Felteau. Sara had Elliot aangenomen toen hij zijn opleiding in het Augusta Hospital nog maar net had afgerond. Hij wilde graag zo veel mogelijk ervaring opdoen en zich uiteindelijk in de praktijk inkopen. Hoewel Sara niet goed wist of ze wel een partner wilde hebben, was ze zich ervan bewust dat het nog minstens tien jaar zou duren voor Elliot in een positie verkeerde dat hij een bod kon doen.

Molly Stoddard, Sara's verpleegkundige, kwam haar op de gang tegemoet. 'Vijfennegentig procent blasten bij dat jochie Powell,' zei ze, verwijzend naar de laboratoriumuitslag.

Sara knikte. 'Ze kunnen hier elk moment zijn.'

Molly schonk Sara een glimlach waaruit duidelijk sprak dat ze Sara niet benijdde om wat haar te doen stond. De Powells waren fijne mensen. Ze waren al een aantal jaren uit elkaar, maar gaven blijk van een verrassende solidariteit waar het hun kinderen betrof.

Sara zei: 'Wil je een telefoonnummer voor me opzoeken? Ik wil de uitslag naar Emory sturen, waar ik iemand ken die bezig is met interessant onderzoek naar AML in een vroeg stadium.'

Sara gaf haar de naam terwijl ze de deur van haar praktijk openschoof. Nelly had de aktetas naast haar stoel gezet en er stond een kop koffie op haar bureau. Ernaast lag de fax waarover ze had gesproken. Het was het GBI-rapport met de uitslag van Sibyl Adams' bloedtest. In een krabbeltje bovenaan verontschuldigde Nick zich. Hij was het grootste deel van de dag in vergadering en wist dat Sara de uitslag zo snel mogelijk wilde hebben. Sara las het rapport twee keer door, en voelde een kille pijn in haar maag toen ze het tot zich liet doordringen.

Ze leunde achterover in haar stoel en liet haar blik door de praktijkruimte gaan. De eerste maand dat ze hier had gewerkt, was hectisch geweest, maar stelde niets voor in vergelijking met het Grady. Er gingen zo'n drie maanden voorbij voor Sara gewend was geraakt aan het tragere tempo. Oorontstekingen en zere kelen waren er in overvloed, maar er kwamen niet veel kinderen in kritieke toestand binnen. Die gingen naar het ziekenhuis in Augusta.

De moeder van Darryl Harp was de eerste ouder geweest die Sara een foto van haar kind had gegeven. Meer ouders volgden dit voorbeeld, en algauw begon ze ze op de muren van haar praktijk te plakken. Twaalf jaar waren verstreken sinds die eerste foto, en inmiddels was een hele muur bedekt met afbeeldingen van kinderen, zelfs tot op het toilet. Ze hoefde maar naar een foto te kijken en ze wist weer hoe het kind heette, en meestal kon ze zich ook de medische geschiedenis herinneren. Ze kwamen nu als jongvolwassenen naar de kliniek. Als ze negentien waren, moest ze ze vertellen dat ze waarschijnlijk beter naar de huisarts konden gaan. Er waren er bij die moesten huilen. Een paar keer had het Sara moeite gekost haar eigen tranen te bedwingen. Aangezien ze zelf geen kinderen kon krijgen, merkte ze dat ze een sterke band met haar patiëntjes ontwikkelde.

Sara opende haar aktetas om een status te pakken toen haar oog weer op de ansichtkaart viel die ze met de post had ontvangen. Ze staarde naar de foto van de poort van Emory University. Sara kon zich de dag nog goed herinneren dat ze de brief had gekregen waarin stond dat ze op Emory was aangenomen. Men had haar beurzen aangeboden voor universiteiten in het noorden, met klinkender namen, maar ze had altijd van Emory gedroomd. Daar werd echte geneeskunde onderwezen, en Sara kon zich niet voorstellen dat ze ergens anders dan in het Zuiden zou wonen.

Ze draaide de kaart om en streek met haar vinger over het keurig getypte adres. Sinds Sara uit Atlanta was vertrokken, kreeg ze elk jaar halverwege april een dergelijke ansichtkaart. Het vorige jaar kwam hij van 'The World of Coke' en had als boodschap: 'He's got the whole world in His hands.'

Ze schrok op toen ze Nelly's stem door de luidspreker van de telefoon hoorde.

'Dokter Linton?' zei Nelly. 'De Powells zijn er.'

Sara hield haar vinger net boven de rode antwoordknop. Ze liet de kaart weer in haar aktetas glijden en zei: 'Ik kom ze wel halen.'

Acht

Toen Sibyl en Lena in groep zeven zaten, was er een oudere jongen, genaamd Boyd Little, die het grappig vond om naar Sibyl toe te sluipen en met zijn vingers tegen haar oor te klikken. Op een dag ging Lena nadat hij uit de schoolbus was gestapt achter hem aan en sprong op zijn rug. Lena was klein en snel, maar Boyd was een jaar ouder en ruim twintig kilo zwaarder. Hij sloeg haar tot moes voor de buschauffeur erin slaagde hen uit elkaar te halen.

Met dit voorval in gedachten kon Lena Adams in alle eerlijkheid zeggen dat ze zich fysiek nog nooit zo kapot had gevoeld als op de ochtend na de dood van haar zus. Eindelijk begreep ze waarom dat gevoel een 'kater' werd genoemd, want het was alsof een dooie kat bezit van haar lichaam had genomen, en pas nadat ze ruim een halfuur onder de warme douche had gestaan, kon ze haar rug weer rechten. Haar hoofd voelde aan alsof het elk moment kon openbarsten. Ze kreeg de gore smaak niet uit haar mond, hoeveel tandpasta ze ook gebruikte, en het was alsof iemand haar maag tot een strakke bal had gekneed en er een paar flossdraden omheen had gebonden.

Ze zat achter in de instructiekamer van het politiebureau en moest al haar wilskracht aanwenden om niet weer te kotsen. Niet dat er nog veel te kotsen viel. Vanbinnen was ze zo leeg dat haar maag helemaal hol was geworden.

Jeffrey kwam naar haar toe en bood haar een kop koffie aan. 'Drink hier maar wat van,' droeg hij haar op.

Ze verzette zich niet. Die ochtend bij haar thuis had Hank hetzelfde tegen haar gezegd. Ze had zich te opgelaten gevoeld om iets van hem aan te nemen, laat staan advies, en had een andere plek voorgesteld waar hij zijn koffie in kon stoppen.

Zodra ze het kopje weer had neergezet, zei Jeffrey: 'Het is nog niet te laat, Lena.'

'Ik wil erbij zijn,' wierp ze tegen. 'Ik moet het weten.'

Hij leek haar blik een eeuwigheid vast te houden. Hoewel iedere lichtbron als een speld in haar ogen stak, was ze niet de eerste die wegkeek. Pas toen hij de kamer uit was, liet Lena zich achteroverzakken in haar stoel. Ze zette het kopje op haar knie en sloot haar ogen.

Lena wist niet meer hoe ze de vorige avond thuis was gekomen. Het ritje van een halfuur vanuit Reece was nog steeds een wazige vlek in haar herinnering. Wel wist ze dat Hank had gereden, want toen ze die ochtend in haar auto stapte om naar het bureau te rijden, was de stoel helemaal naar achteren geschoven en stond het spiegeltje in een vreemde hoek. Het laatste wat Lena zich kon herinneren, was dat ze naar haar spiegelbeeld keek in het venster van het benzinestation. Haar volgende herinnering was het doordringende gerinkel van de telefoon toen Jeffrey had gebeld over de briefing en haar bijna had gesmeekt niet te komen. Al het andere was ze kwijt.

Het aankleden was die ochtend nog het moeilijkst van alles geweest. Nadat ze langdurig onder de douche had gestaan, wilde Lena het liefst weer in bed kruipen en zich als een balletje oprollen. Wat haar betrof, zou ze de rest van de dag zo blijven liggen, maar ze mocht niet aan een dergelijke zwakheid toegeven. De vorige avond was een vergissing geweest, maar wel een noodzakelijke vergissing. Het was duidelijk dat ze zich had moeten laten gaan, dat ze zich zoveel als ze kon aan haar verdriet had moeten overgeven zonder er kapot aan te gaan.

Die ochtend was een heel ander verhaal. Lena had zich ertoe gezet een broek en een mooi jack aan te doen, het soort kleren dat ze elke dag naar haar werk aantrok. Toen ze haar holster omdeed en haar pistool controleerde, voelde Lena zich weer een agent in plaats van de zus van het slachtoffer. Maar haar hoofd deed nog steeds pijn en het leek wel of haar gedachten met lijm aan de binnenkant van haar hersens zaten geplakt. Met een ongekend inlevingsvermogen begreep ze nu hoe alcoholici zichzelf weer op de been hielpen. Ergens in haar achterhoofd had de gedachte postgevat dat een stevige borrel uitkomst zou bieden.

De deur naar de instructiekamer knarste open en toen Lena opkeek, ving ze een glimp op van Sara Linton, die op de gang stond, haar rug naar Lena toegekeerd. Sara zei iets tegen Jeffrey, en zo te zien was het niet al te beleefd. Lena voelde een steek van wroeging over de manier waarop ze Sara de vorige avond had behandeld. Ondanks alles wat ze had gezegd, wist ze dat Sara een goede arts was. Het was algemeen bekend dat Linton een veelbelovende carrière in Atlanta had opgegeven om terug te keren naar Grant. Eigenlijk zou ze haar excuses moeten aanbieden, maar daaraan wilde Lena op dat moment niet eens denken. Als de stand op dit punt was bijgehouden, dan zou het aantal keren dat Lena haar verontschuldigingen had aangeboden in het niet vallen bij het aantal woede-uitbarstingen.

'Lena,' zei Sara. 'Loop eens mee naar achteren.'

Lena knipperde met haar ogen en vroeg zich af wanneer Sara de kamer was binnengekomen. Ze stond bij de deur van de voorraadkast.

Lena schoot van haar stoel overeind en dacht even niet aan de koffie. Ze morste wat op haar broek, maar het kon haar niet schelen. Ze zette het kopje op de vloer en volgde Sara's bevel op. De voorraadkast was groot genoeg om voor een kamer door te gaan, maar het bordje op de deur droeg al jaren deze benaming, en niemand had de moeite genomen het misverstand recht te zetten. Er lag hier van alles opgeslagen, zoals bewijsmateriaal, poppen voor de reanimatiecursussen die de politie altijd in de herfst gaf, en de eerstehulpkist.

'Alsjeblieft,' zei Sara, terwijl ze een stoel bijtrok. 'Ga zitten.'

Weer gehoorzaamde Lena. Ze keek toe terwijl Sara een zuurstoftank naar voren rolde.

Sara bevestigde een masker aan de tank en zei: 'Je hoofd doet pijn omdat je door de alcohol minder zuurstof in je bloed hebt.' Ze rekte het elastiek uit dat om het masker zat en hield het Lena voor. 'Nu moet je langzaam en diep inademen, en dan zul je zien dat je je weer wat beter gaat voelen.'

Lena pakte het masker. Ze vertrouwde Sara niet helemaal, maar zoals het nu met haar was gesteld, zou ze zelfs aan het achtereind van een stinkdier hebben gezogen als iemand tegen haar had gezegd dat ze zo een eind kon maken aan het gebonk in haar hoofd.

Nadat ze nog een paar keer had ingeademd, vroeg Sara: 'Gaat het al wat beter?'

Lena knikte, want het ging inderdaad wat beter. Ze voelde zich nog niet de oude, maar ze kon in ieder geval haar ogen helemaal openen.

'Lena,' zei Sara, terwijl ze het masker terugnam. 'Ik wil je een vraag stellen over iets wat ik ontdekt heb.'

'O ja?' zei Lena, en onmiddellijk was ze weer op haar hoede. Ze had verwacht dat Sara zou proberen haar te overreden niet bij de briefing aanwezig te zijn, en was verbaasd toen ze haar vraag hoorde.

'Toen ik Sibyl onderzocht,' begon Sara, terwijl ze de tank weer op zijn plek tegen de muur zette, 'stuitte ik op iets wat ik niet echt had verwacht.'

'Wat dan?' vroeg Lena, en haar hersenen begon weer te werken.

'Ik geloof niet dat het iets met de zaak te maken heeft, maar ik moet Jeffrey wel vertellen wat ik heb ontdekt. Ik ben niet bevoegd dat soort beslissingen te maken.'

Hoewel Sara haar hoofdpijn had verholpen, kon Lena geen geduld opbrengen voor spelletjes. 'Waar heb je het over?'

'Ik heb het over het feit dat het maagdenvlies van je zus tot de verkrachting intact was.'

Het was alsof Lena een stomp in haar maag kreeg. Ze had het zelf kunnen bedenken, maar ze had de afgelopen vierentwintig uur te veel meegemaakt om logische conclusies te kunnen trekken. Nu zou de hele wereld erachter komen dat haar zus lesbisch was.

'Het maakt mij niet uit, Lena,' zei Sara. 'Echt niet. Hoe zij haar leven ook wilde inrichten, mij is het om het even.'

'Wat heeft dat in godsnaam nou weer te betekenen?'

'Het betekent wat het betekent,' antwoordde Sara, klaarblijkelijk van mening dat de zaak daarmee was afgedaan. Toen Lena niet reageerde, voegde ze eraan toe: 'Lena, ik weet ook van Nan Thomas. Dat was niet zo moeilijk te bedenken, trouwens.'

Lena leunde met haar hoofd tegen de muur en sloot haar ogen. 'Je wilt me zeker even van tevoren waarschuwen, hè? Voordat je alle anderen gaat vertellen dat mijn zus lesbisch was.'

Sara zweeg even en toen zei ze: 'Ik was niet van plan dat feit tijdens mijn briefing te noemen.'

'Ik zeg het wel tegen hem,' besloot Lena, en ze deed haar ogen weer open. 'Zou je nog even kunnen wachten?'

'Zeker.'

Lena wachtte tot Sara het vertrek had verlaten en legde toen haar hoofd in haar handen. Ze wilde huilen, maar de tranen weigerden te komen. Haar lichaam was zo uitgedroogd dat ze verbaasd was dat ze nog steeds speeksel produceerde. Ze haalde diep adem om moed te verzamelen en kwam overeind.

Frank Wallace en Matt Hogan waren in de instructiekamer toen ze uit de voorraadkast kwam. Frank gaf haar een knikje, maar Matt was opeens heel druk bezig melk in zijn koffie te doen. Beide rechercheurs waren in de vijftig, en ze stamden uit een heel andere tijd dan die waarin Lena was opgegroeid. Net als de overige rechercheurs van het team lieten ze zich leiden door de oude regels van de politiebroederschap, waar gerechtigheid boven alles ging. Het korps was hun familie, en als er iets gebeurde met een van hun collega's, dan raakte het hen alsof het om een broer ging. Grant mocht dan een hechte gemeenschap zijn, de rechercheurs hadden een nog hechtere band. Trouwens, Lena wist dat al haar collega-rechercheurs lid waren van de plaatselijke vrijmetselaarsloge. Als het simpele feit dat ze geen penis bezat er niet was geweest, dan zouden ze haar ongetwijfeld allang hebben gevraagd er ook bij te komen, zo niet uit respect, dan toch zeker uit plichtsgevoel.

Ze vroeg zich af wat deze twee oude mannen zouden denken als ze wisten dat ze in deze zaak de verkrachter van een pot op moesten sporen. Ooit, lang geleden, had Lena Matt een zin horen beginnen met de woorden: 'In de tijd dat de Klan nog goed werk deed...' Zouden ze even alert zijn als ze het wisten van Sibyl, of zou hun woede dan in het niets oplossen? Lena wilde er liever niet proefondervindelijk achter komen.

Jeffrey zat een rapport te lezen toen ze op de openstaande deur van zijn kantoor klopte.

'Heeft Sara je weer een beetje opgekalefaterd?' vroeg hij.

Zijn woordkeus stond haar niet aan, maar Lena zei toch maar ja en trok de deur achter zich dicht.

Jeffrey was zichtbaar verbaasd toen ze dat deed. Hij legde het rapport terzijde en pas toen ze zat, vroeg hij: 'Wat is er?'

Lena vond dat ze het er maar het beste in één keer kon uitgooien. 'Mijn zus was lesbisch.'

Als in een cartoon hingen haar woorden boven hun hoofden in de lucht. Lena onderdrukte een nerveus lachje. Ze had dit nog nooit hardop gezegd. Sibyls seksuele geaardheid was iets waar Lena liever niet over sprak, zelfs niet met haar zus. Toen Sibyl amper een jaar nadat ze naar Grant was verhuisd bij Nan Thomas introk, had ze niet het naadje van de kous hoeven weten. Eerlijk gezegd had ze het helemaal niet willen weten.

'O,' zei Jeffrey, en er klonk verbazing door in zijn stem, 'bedankt dat je het me verteld hebt.'

'Denk je dat het gevolgen heeft voor het onderzoek?' wilde Lena weten, en ze vroeg zich af of het misschien allemaal voor niets was geweest.

'Ik weet het niet,' antwoordde hij, en ze voelde dat hij de waarheid sprak. 'Heeft iemand haar dreigbrieven gestuurd of beledigende opmerkingen gemaakt?'

Die vraag had Lena zichzelf ook al gesteld. Nan had gezegd dat er de afgelopen paar weken niets bijzonders was gebeurd, maar ze wist ook dat Lena liever geen zaken besprak die betrekking zouden kunnen hebben op het feit dat Nan met haar zus neukte. 'Ik denk dat je beter met Nan kunt gaan praten.'

'Nan Thomas?'

'Ja,' zei Lena. 'Ze woonden samen. In een huis aan Cooper. Zullen we er na de briefing naartoe gaan?'

'Liever wat later,' zei hij. 'Rond een uur of vier?'

Lena knikte instemmend. De vraag brandde op haar lippen. 'Ga je het de jongens vertellen?'

Zo te zien overviel haar vraag hem. Nadat hij haar een tijdje had aangekeken, zei hij: 'Ik geloof niet dat dat in deze fase nodig is. We gaan vanmiddag met Nan praten, en daarna zien we wel verder.'

Een gevoel van immense opluchting maakte zich van Lena meester.

Jeffrey wierp een blik op zijn horloge. 'Het wordt tijd voor de briefing.'

Negen

Jeffrey stond voor in de instructiekamer te wachten tot Lena uit het toilet kwam. Na hun gesprek had ze gevraagd of hij haar nog heel even wilde excuseren. Hij hoopte dat ze van de tijd gebruik zou maken om zichzelf weer in de hand te krijgen. Ondanks haar opvliegende karakter was Lena Adams een intelligente vrouw en een goede politieagent. Hij kon het niet aanzien dat ze dit allemaal in haar eentje verwerkte. Maar Jeffrey wist ook dat ze niet anders wilde.

Sara zat op de voorste rij, haar benen over elkaar geslagen. Ze droeg een olijfgroene linnen jurk die tot net boven haar enkels reikte. Aan weerszijden van haar benen zat een split, die vlak onder haar knieën ophield. Haar rode haar was samengebonden in een paardenstaart achter in haar nek, net zoals die zondag in de kerk. Jeffrey dacht weer aan de uitdrukking op haar gezicht toen ze in de gaten kreeg dat hij op de bank achter haar zat, en hij vroeg zich af of hij het ooit nog zou meemaken dat Sara blij zou zijn hem te zien. Hij had de hele dienst naar zijn handen gestaard en het moment afgewacht waarop hij naar buiten kon glippen zonder al te veel opzien te baren.

Sara Linton was, zoals Jeffreys vader het zou zeggen, geen makkelijke tante. Jeffrey had zich tot Sara aangetrokken gevoeld vanwege haar sterke wil, vanwege haar intense onafhankelijkheid. Hij hield van haar afstandelijkheid en van de manier waarop ze met zijn voetbalmakkers omging. Hij hield van haar manier van denken en van het feit dat hij met haar over elk aspect van zijn werk kon praten in de wetenschap dat ze het zou begrijpen. Hij vond het prachtig dat ze niet kon koken en dat ze door een orkaan heen kon slapen. En dat ze niks van het huishouden bakte en dat haar voeten zo groot waren dat zijn schoenen haar pasten. Maar wat hij echt fantastisch aan haar vond, was dat ze dit alles wist en er nog trots op was ook.

Natuurlijk had haar onafhankelijkheid een keerzijde. Zelfs na zes jaar huwelijk was hij er niet zeker van of hij ook maar iets van haar afwist. Sara was zo goed in het ophouden van een sterke façade dat hij zich na een tijdje begon af te vragen of ze hem wel echt nodig had. Na haar familie, de kliniek en het mortuarium leek er niet veel tijd voor Jeffrey over te blijven.

Hoewel hij wist dat vreemdgaan niet de beste methode was om dingen te veranderen, was hij zich er ook van bewust dat ze op een punt waren beland dat er iets moest gebeuren met hun huwelijk. Hij wilde haar zien lijden. Hij wilde haar zien vechten voor hem en voor hun relatie. Dat het eerste wel gebeurde en het tweede niet, was iets wat hij nog steeds niet begreep. Er waren momenten dat Jeffrey bijna boos was op Sara omdat zoiets onnozels, zoiets stoms als een dwaze seksuele misstap hun huwelijk te gronde had gericht.

Jeffrey leunde tegen het spreekgestoelte, zijn handen gevouwen voor zich. Hij zette Sara uit zijn gedachten en concentreerde zich op de taak waarvoor hij zich gesteld zag. Op de tafel naast hem lag een zestien pagina's tellende lijst met namen en adressen. Iedereen die veroordeeld was voor een zedenmisdrijf en in de staat Georgia woonde of er ging wonen, was verplicht zijn naam en adres op te geven bij het Misdaad Informatie Centrum van het GBI. Jeffrey was de hele vorige avond en een deel van de ochtend bezig geweest met het verzamelen van de gegevens over de zevenenzestig inwoners van Grant die zich hadden aangemeld sinds de wet in 1996 van kracht was geworden. Het doornemen van hun misdaden was een ontmoedigende bezigheid geweest, vooral ook omdat hij wist dat plegers van seksuele misdrijven net kakkerlakken waren. Voor elk exemplaar dat je zag, hielden twintig andere zich achter de muren schuil.

Hij stond zichzelf niet toe hier langer over na te denken en wachtte het moment af waarop hij de bijeenkomst kon laten beginnen. De instructiekamer was niet erg vol. Het rechercheteam bestond uit Frank Wallace, Matt Hogan en vijf anderen. Met Jeffrey en Lena erbij waren ze met z'n negenen. Van deze negen hadden alleen Jeffrey en Frank in grotere gemeentes dan Grant gewerkt. De moordenaar van Sibyl Adams leek zonder meer in het voordeel te zijn.

Brad Stephens, een agent die ondanks zijn jeugd en lage rang zijn mond niet voorbij zou praten, stond bij de deur voor het geval iemand naar binnen probeerde te komen. Brad was min of meer de mascotte van het team. Zijn babyvet gaf hem een rond, clownesk uiterlijk. Zijn dunne, blonde haren zagen er altijd uit alsof iemand er met een ballon overheen had gewreven. Zijn moeder bracht regelmatig een lunchpakketje naar het bureau. Maar het was een prima knul. Brad zat nog op de middelbare school toen hij Jeffrey had benaderd met de vraag of hij bij het korps mocht komen. Zoals de meesten van de jongere agenten, kwam hij uit Grant; zijn hele familie woonde hier. Hij had er persoonlijk belang bij dat het veilig was op straat.

Jeffrey schraapte zijn keel om aandacht te vragen toen Brad de deur opendeed voor Lena. Als er al iemand verbaasd was haar te zien, dan was daar niets van te merken. Ze ging op een stoel achter in het vertrek zitten, haar armen over elkaar geslagen, haar ogen nog steeds rood van haar recente zuippartij, van het huilen of van beide.

'Fijn dat jullie allemaal zo snel konden komen,' ging Jeffrey van start. Hij gaf Brad een knikje, ten teken dat hij de vijf pakketjes kon uitdelen die Jeffrey eerder op de ochtend had samengesteld.

'Laat ik beginnen met te zeggen dat alles wat er vandaag in deze kamer wordt gezegd, beschouwd moet worden als hoogst vertrouwelijke informatie. Wat jullie vandaag te horen krijgen is niet bestemd voor vreemde oren, en als er gelekt wordt, zou dit onze zaak weleens aanzienlijk kunnen vertragen.' Hij wachtte tot Brad klaar was met zijn ronde.

'Ongetwijfeld weten jullie zo langzamerhand allemaal dat Sibyl Adams gisteren in het Filling Station is vermoord.' De mannen die op dat moment niet in de papieren verdiept waren, knikten. Bij zijn volgende woorden keken ze allen op. 'Ze is verkracht voor ze werd vermoord.'

Het leek wel of de temperatuur in de kamer steeg toen hij dit liet bezinken. Deze mannen stamden uit andere tijden. Voor hen waren vrouwen een even groot mysterie als de oorsprong van de planeet. Er was niets wat hen meer tot actie zou aanzetten dan de verkrachting van Sibyl.

Jeffrey stak zijn exemplaar van de lijst omhoog. Hij zei: 'Ik heb deze lijst met overtreders vanochtend van de computer gehaald. Ik heb ze verdeeld over de gebruikelijke koppels, met uitzondering van Frank en Lena.' Hij zag dat ze haar mond al opendeed om te protesteren, maar hij ging verder. 'Brad werkt met jou samen, Lena. Frank gaat met mij mee.'

Lena leunde opstandig achterover. Brad was niet bepaald van haar niveau, en uit haar blik sprak dat ze donders goed doorhad waar hij mee bezig was. Zodra ze de derde of vierde man op haar lijst zou ondervragen, zou ze bovendien gaan beseffen dat Jeffrey haar strak hield. Verkrachters vielen meestal vrouwen aan die tot hun eigen etnische groep behoorden en van hun eigen leeftijd waren. Lena en Brad zouden iedereen ondervragen die tot een minderheid behoorde, ouder was dan vijftig en een seksueel delict op zijn kerfstok had.

'Dokter Linton zal de details met jullie doornemen.' Hij zweeg even, en zei toen: 'Als ik moest raden, dan zou ik zeggen dat de aanvaller godsdienstige neigingen heeft, misschien wel een fanaat is. Ik wil niet dat jullie je daar bij het ondervragen specifiek op richten, maar hou het wel in gedachten.' Hij maakte een stapeltje van de papieren op het spreekgestoelte. 'Als blijkt dat iemand nader onderzocht moet worden, dan wil ik meteen via mijn radio gebeld worden. Ik wil niet dat een gearresteerde verdachte ten val komt of per ongeluk door zijn hoofd wordt geschoten.'

Jeffrey deed erg zijn best bij die laatste woorden Sara's blik te vermijden. Hij was een politieman en hij wist hoe het er op straat aan toe ging. Hij wist dat elke man in dit vertrek iets te bewijzen had waar het Sibyl Adams betrof. Hij wist ook hoe gemakkelijk het in de praktijk was om de grens te overschrijden tussen wettelijke en menselijke gerechtigheid, als je oog in oog kwam te staan met een beest dat in staat was een blinde vrouw te verkrachten en een kruis in haar buik te kerven.

'Duidelijk?' vroeg hij, zonder een antwoord te verwachten of er een te krijgen. 'Dan geef ik het woord aan dokter Linton.'

Hij liep naar de achterkant van het vertrek en ging rechts achter Lena staan terwijl Sara naar voren liep. Ze ging naar het bord, stak haar arm omhoog en trok het witte projectiescherm naar beneden. De meeste mannen in deze ruimte hadden haar nog in luiers gezien, en het feit dat ze allen hun aantekenboekjes te voorschijn haalden, liet er geen misverstand over bestaan hoe ze dachten over Sara's bekwaamheid.

Ze knikte naar Brad Stephens en het werd donker in de kamer.

De groene episcoop kwam zoemend tot leven en wierp een flakkerend, fel licht op het scherm. Sara legde een foto in de lade en schoof deze onder het glas.

'Gistermiddag rond halfdrie vond ik Sibyl Adams in het damestoilet van het Filling Station,' zei ze, terwijl ze de lens van de projector scherp stelde.

Er ontstond wat commotie in het vertrek toen een polaroid verscheen met daarop Sibyl Adams, die halfnaakt op de vloer van het toilet lag. Jeffrey merkte dat hij naar het gat in haar borst staarde en hij vroeg zich af wat voor man het was die de arme jonge vrouw iets dergelijks had laten ondergaan. Hij moest er niet aan denken hoe de blinde Sibyl Adams op dat toilet had gezeten terwijl haar belager haar om wat voor zieke redenen dan ook openreet. Hij wilde al helemaal niet denken aan wat er door haar heen was gegaan toen ze in haar buik werd verkracht.

Sara ging verder. 'Ze zat op het toilet toen ik de deur opendeed. Haar armen en benen waren gespreid en de snee die u hier ziet' – ze wees naar het scherm – 'bloedde hevig.'

Jeffrey boog zich iets naar voren in een poging te zien hoe Lena hierop reageerde. Ze hield zich doodstil, haar ruggengraat in een volmaakte hoek met de vloer. Hij begreep waarom ze dit wilde, maar hij kon er met geen mogelijkheid bij hoe ze het voor elkaar kreeg. In zijn hart wist hij dat hij dit niet zou willen weten als het iemand in zijn familie betrof, als het Sara was die zo was toegetakeld. Hij zou het niet aankunnen.

Sara stond voor in het vertrek, haar armen over elkaar. 'Kort nadat ik had vastgesteld dat haar hart nog steeds klopte, kreeg ze stuipen. We vielen op de grond. Ik probeerde de stuipen tegen te gaan, maar enkele seconden later stierf ze.'

Sara rukte de lade uit de projector om de foto door een andere te vervangen. Het oeroude apparaat was geleend van de middelbare school. Sara kon de foto's van het misdrijf niet even naar de fotohandel brengen om ze te laten vergroten.

De volgende afbeelding die op het scherm verscheen, was een close-up van Sibyl Adams' hoofd en hals. 'De blauwe plek onder haar oog werd van bovenaf toegebracht, waarschijnlijk al in een vroeg stadium van de aanval om haar verzet in de kiem te smoren. Er werd een mes tegen haar keel gehouden – vlijmscherp en met een lengte van zo'n vijftien centimeter. Het zou weleens een fileermes kunnen zijn, zo'n ding dat je in waarschijnlijk elke keuken aantreft. Hier ziet u een klein sneetje.' Ze streek met haar vinger over het scherm, langs het midden van Sibyls hals. 'Er kwam geen bloed bij vrij, maar er werd voldoende druk uitgeoefend om een kras op de huid te veroorzaken.' Ze keek op en ving Jeffreys blik op. 'Ik denk dat het mes werd gebruikt om te voorkomen dat ze het uitschreeuwde toen hij haar verkrachtte.'

Ze vervolgde haar verhaal. 'Er zit een kleine beet in haar linkerschouder.' De foto van de beet verscheen op het scherm. 'Beten komen vaak voor bij verkrachtingen. Deze toont alleen maar de afdruk van de boventanden. Ik heb niets afwijkends in het patroon kunnen ontdekken, maar ik heb de...' Sara zweeg even, waarschijnlijk omdat ze besefte dat Lena in het vertrek aanwezig was. 'De afdruk is voor vergelijkend onderzoek naar het FBI-laboratorium gestuurd. Als een geregistreerde delinquent dezelfde afdruk blijkt te hebben, kunnen we ervan uitgaan dat hij deze misdaad heeft gepleegd. Maar,' waarschuwde ze, 'we weten allemaal dat de FBI deze zaak geen hoge prioriteit zal toekennen, dus ik denk niet we de vlag al kunnen uithangen vanwege dit bewijsmateriaal. Een waarschijnlijker scenario is dat de afdruk wordt gebruikt als bevestiging achteraf. Dat wil zeggen: u verdenkt iemand van de moord en dankzij de gebitsafdruk kan zijn schuld vervolgens onomstotelijk worden vastgesteld.'

Daarna toonde het scherm een foto van de binnenkant van Sibyls benen. 'U ziet hier schrammen bij de knieën, waar ze haar benen tijdens de aanval om de wc-pot heeft geklemd.' Er verscheen een nieuwe foto, deze keer van Sibyls achterste. 'Er zitten onregelmatige kneuzingen en schrammen op de billen, ook weer ten gevolge van frictie tegen de wc-bril.'

'Haar polsen,' zei Sara, terwijl ze de volgende foto in het apparaat schoof, 'zijn gekneusd door de handvatten in het toilethokje. Twee vingernagels braken af terwijl ze de handvatten vastgreep, waarschijnlijk om zich omhoog te trekken, weg van haar belager.'

Sara schoof de volgende foto erin. 'Dit is een close-up van de steken in haar buik,' lichtte ze toe. 'De eerste snee loopt van iets onder het sleutelbeen tot helemaal aan het schaambeen. De tweede snee ging van rechts naar links.' Ze zweeg. 'Te oordelen naar de onregelmatige diepte van de tweede snee, vermoed ik dat hij met een achterwaartse haal is aangebracht door een linkshandige aanvaller. De snee is dieper naarmate hij verder naar rechts gaat.'

De volgende polaroid was een close-up van Sibyls borstkas. Sara zweeg een paar tellen, en waarschijnlijk dacht ze hetzelfde als Jeffrey. Van dichtbij kon hij duidelijk zien waar de steekwond was uitgerekt. Weer voelde hij hoe zijn maag zich omkeerde bij de gedachte aan wat deze arme vrouw was aangedaan. Met heel zijn hart hoopte hij dat ze zich niet meer bewust was geweest van wat er met haar gebeurde.

Sara zei: 'Dit is de laatste snee. Het is een steekwond door het borstbeen. Hij gaat rechtstreeks naar haar ruggengraat. Volgens mij kwam hier het meeste bloed vandaan.' Sara wendde zich tot Brad. 'Mag het licht aan?'

Ze liep naar haar aktetas en zei: 'Het teken op haar borst lijkt op een kruis. De aanvaller gebruikte een condoom tijdens de verkrachting, wat zoals we weten vrij gebruikelijk is sinds de komst van de DNA-test. Ultraviolet licht heeft geen sporen onthuld van sperma of lichaamsvocht. Het bloed dat op de plaats van het misdrijf is aangetroffen, lijkt slechts van het slachtoffer afkomstig te zijn.' Ze haalde een vel papier uit haar aktetas. 'Onze vrienden van het Georgia Bureau of Investigation waren zo aardig om gisteravond nog een voorrangsbehandeling te regelen. Ze hebben een bloedanalyse voor me gemaakt.' Ze zette haar bril met het koperkleurige montuur op en begon voor te lezen: 'In haar bloed en urine werden, naast sporen van scopolamine, hoge concentraties hyoscyamine, atropine en belladonnine aangetroffen.' Ze keek op. 'Dit zou erop kunnen wijzen dat Sibyl Adams een dodelijke dosis belladonna heeft ingenomen, een plant die behoort tot de familie van de zwarte nachtschade.'

Jeffrey wierp een blik op Lena. Ze bleef rustig en hield haar ogen op Sara gericht.

'Een overdosis belladonna geeft dezelfde verschijnselen als bij een volledige uitschakeling van het parasympathische zenuwstelsel. Sibyl Adams was blind, maar haar pupillen waren door de drug verwijd. De bronchiolen in haar longen waren opgezwollen. Haar lichaamstemperatuur was hoog, wat de voornaamste reden was waarom ik haar bloed wilde laten onderzoeken.' Ze wendde zich tot Jeffrey en gaf antwoord op de vraag die hij haar die ochtend had gesteld. 'Tijdens de autopsie voelde haar huid nog steeds warm aan. Er waren geen omgevingsfactoren die dit zouden kunnen veroorzaken. Ik wist dat het iets in het bloed moest zijn.'

Ze vervolgde haar verhaal. 'Belladonna kan worden verwerkt voor medische doeleinden, maar het wordt ook wel gebruikt als verdovend middel voor recreatief gebruik.'

'Denk je dat de dader het haar heeft gegeven?' vroeg Jeffrey. 'Of is dit iets wat ze zelf zou gebruiken?'

Sara leek hierover te moeten nadenken. 'Sibyl Adams was scheikundige. Ze zou zeker niet een dergelijk snelwerkend middel innemen en dan ergens gaan lunchen. Dit is een zeer sterk hallucinogeen. Het beïnvloedt het hart, de ademhaling en de bloedsomloop.'

'Nachtschade groeit overal in de stad,' bracht Frank naar voren.

'Het is vrij algemeen,' beaamde Sara, en ze nam haar aantekeningen nog eens door. 'De plant laat zich niet zo gemakkelijk verwerken. Orale inname is in dit geval bepalend. Als je belladonna wilt gebruiken, kun je volgens Nick het beste de zaadjes in warm water weken, en dat is ook de meest toegepaste methode. Vanochtend nog vond ik op internet drie manieren om thee te maken van belladonna.'

Lena opperde: 'Ze dronk graag warme thee.'

'Zie je wel,' zei Sara. 'De zaadjes zijn makkelijk oplosbaar. Ik stel me voor dat ze binnen enkele minuten nadat ze het had gedronken last kreeg van een verhoogde bloeddruk, hartkloppingen, een droge mond en abnormale nervositeit. Ik denk dat ze snel naar het toilet is gegaan, waar haar verkrachter haar stond op te wachten.'

Frank richtte zich tot Jeffrey. 'We moeten met Pete Wayne gaan praten. Hij heeft haar lunch geserveerd. Hij heeft haar de thee gegeven.'

'Onmogelijk,' bracht Matt hiertegen in. 'Pete heeft zijn hele leven hier in de stad gewoond. Dit soort dingen doet hij niet.' En toen, alsof dit feit nog het meest voor Petes onschuld pleitte, voegde Matt eraan toe: 'Hij is lid van de loge.'

Gemompel steeg op. Iemand, Jeffrey wist niet zeker wie, vroeg: 'En dat zwartje van Pete dan?'

Jeffrey voelde een stroompje zweet langs zijn rug naar beneden sijpelen. Hij wist al waar dit op uit zou draaien. Met opgeheven handen maande hij tot stilte: 'Frank en ik gaan met Pete praten. Jullie hebben allemaal je eigen opdracht. Ik verwacht aan het eind van de dag van iedereen een rapport.'

Het leek of Matt iets wilde zeggen, maar Jeffrey legde hem het zwijgen op. 'Sibyl Adams schiet er niks mee op als we hier blijven zitten en allerlei theorieën uit onze reet trekken.' Hij zweeg en wees toen naar de pakketjes die Brad had uitgedeeld. 'Wat mij betreft klop je op elke deur die deze stad telt, maar ik wil dat er verslag wordt uitgebracht over elke man op die lijst.'

Toen Jeffrey met Frank naar het restaurant liep, brandde de uitspraak 'dat zwartje van Pete' als een kooltje in zijn achterhoofd. Hij kende het scheldwoord nog uit zijn jeugd, maar had het al minstens dertig jaar niet meer gehoord. Jeffrey stond er versteld van dat er nog steeds een dergelijk openlijk racisme bestond. Ook vond hij het beangstigend dat het uit de mond van zijn eigen mannen kwam. Jeffrey werkte nu tien jaar in Grant, maar hij was nog steeds een buitenstaander. Zelfs zijn zuidelijke wortels stonden niet garant voor lidmaatschap van de ouwejongensclub. Het feit dat hij uit Alabama afkomstig was, maakte het er niet beter op. Een typisch schietgebedje in de zuidelijke staten luidde: 'Godzijdank hebben we Alabama nog,' wat zo veel betekende als 'Gelukkig zijn we er nog niet zo slecht aan toe als die lui daar.' Dit was een van de redenen waarom hij Frank Wallace bij zich in de buurt hield. Frank hoorde bij deze mannen. Hij was lid van de club.

Onder het lopen wurmde Frank zich uit zijn jas en vouwde hem over zijn arm. Hij was lang en broodmager, met een gezicht waarvan, na al die jaren bij de politie, niets meer viel af te lezen.

Frank zei: 'Die zwarte, Will Harris. Een paar jaar geleden werd ik bij een echtelijke ruzie geroepen. Hij had z'n vrouw geslagen.'

Jeffrey bleef staan. 'O ja?'

Nu hield Frank ook halt. 'Ja,' zei hij. 'Hij had haar er behoorlijk van langs gegeven. Haar hele lip was kapot. Toen ik daar aankwam, lag ze op de grond. Ze droeg zo'n hobbezakachtige katoenen jurk.' Hij haalde zijn schouders op. 'Nou ja, die was toch al gescheurd.'

'Denk je dat hij haar verkracht had?'

Frank haalde zijn schouders op. 'Ze wilde geen aanklacht indienen.'

Jeffrey begon weer te lopen. 'Weet iemand anders hiervan?'

'Matt,' zei Frank. 'Hij was in die tijd mijn partner.'

Met een gevoel van afgrijzen opende Jeffrey de deur van het restaurant.

'We zijn gesloten,' riep Pete van achteren.

Jeffrey zei: 'Ik ben het, Pete, Jeffrey.'

Hij kwam de voorraadkamer uit en veegde zijn handen af aan zijn schort. 'Hé, Jeffrey,' zei hij met een knik. En toen: 'Frank.'

'Vanmiddag zijn we hier wel klaar, Pete,' zei Jeffrey. 'Dan kun je morgen weer open.'

'Ik ben de rest van de week gesloten,' zei Pete, terwijl hij de banden van zijn schort opnieuw strikte. 'Het lijkt me niet zo goed om nu alweer open te gaan na wat er met Sibyl is gebeurd en zo.' Hij wees naar de rij krukken voor de bar. 'Willen jullie koffie?'

'Goed idee,' zei Jeffrey, en hij ging op de eerste kruk zitten. Frank volgde zijn voorbeeld en nam naast hem plaats.

Jeffrey keek toe terwijl Pete om de bar heen liep en drie dikke aardewerken mokken pakte. Stoom steeg op toen hij de koffie inschonk.

Pete vroeg: 'Hebben jullie al iets?'

Jeffrey pakte een van de mokken. 'Wil je ons nog eens vertellen wat er gisteren is gebeurd? Ik bedoel, vanaf het moment dat Sibyl Adams het restaurant binnenkwam.'

Pete leunde achterover tegen de grill. 'Ze moet zo rond halftwee zijn binnengekomen,' zei hij. 'Ze kwam altijd als de lunchdrukte voorbij was. Volgens mij wilde ze niet met haar stok rond lopen tasten waar al die mensen bij waren. Ik bedoel, we wisten natuurlijk allemaal dat ze blind was, maar ze wilde er niet de aandacht op vestigen. Dat kon je heel duidelijk zien. Ze voelde zich niet echt op haar gemak als er veel mensen waren.'

Jeffrey haalde zijn aantekenboekje te voorschijn, hoewel hij eigenlijk niets op hoefde te schrijven. Wel vond hij dat Pete heel veel over Sibyl Adams leek te weten. 'Kwam ze hier vaak?'

'Elke maandag, je kon de klok erop gelijkzetten.' Nadenkend kneep hij zijn ogen tot spleetjes. 'Ik denk al wel een jaar of vijf. Soms kwam ze 's avonds laat nog met de andere docenten of met Nan van de bibliotheek. Volgens mij huurden ze een huis aan Cooper.'

Jeffrey knikte.

'Maar dat was heel af en toe. Meestal kwam ze op maandag, altijd in d'r eentje. Dan liep ze hiernaar toe, bestelde haar lunch, en verdween tegen een uur of twee vaak weer.' Hij wreef over zijn kin, en er verscheen een bedroefde uitdrukking op zijn gezicht. 'Ze liet altijd een aardige fooi achter. Ik heb er verder helemaal niet bij nagedacht toen ik zag dat haar tafeltje leeg was. Ik zal wel gedacht hebben dat ze was weggegaan toen ik even niet keek.'

Jeffrey vroeg: 'Wat bestelde ze?'

'Hetzelfde als altijd,' zei Pete. 'Nummer drie.'

Jeffrey wist dat dit wafels waren met eieren, bacon en een portie grutten.

'Behalve dan,' lichtte Pete toe, 'dat ze geen vlees at, en daarom liet ik de bacon altijd weg. En ze dronk ook geen koffie, dus gaf ik haar thee.'

Jeffrey schreef dit alles op. 'Wat voor soort thee?'

Hij rommelde wat achter de bar en haalde een doos met merkloze theezakjes te voorschijn. 'Ik heb deze in de supermarkt voor haar gekocht. Ze gebruikte geen cafeïne.' Hij liet een lachje horen. 'Ik vond het prettig het haar naar de zin te maken, snap je? Ze kwam niet zo vaak buiten de deur. Ze zei altijd tegen me dat ze hier graag kwam, dat ze zich hier op d'r gemak voelde.' Hij friemelde aan de doos met thee.

'Welk kopje heeft ze gebruikt?' vroeg Jeffrey.

'Ik zou het niet weten. Ze zien er allemaal hetzelfde uit.' Hij liep naar het einde van de bar en trok een grote metalen schuifla naar voren. Jeffrey boog zich voorover om erin te kunnen kijken. De la bleek een grote afwasmachine te zijn die gevuld was met kopjes en borden.

Jeffrey vroeg: 'Zijn die allemaal van gisteren?'

Pete knikte. 'Ik heb absoluut geen idee welke van haar was. Ik had de afwasmachine aangezet voordat ze –' Hij zweeg en richtte zijn blik op zijn handen. 'Mijn pa, die zei altijd tegen me dat je goed voor je klanten moet zorgen, want dan zorgen ze ook goed voor jou.' Hij keek op, zijn ogen vol tranen. 'Het was een fijne meid, weet je. Waarom zou iemand haar iets willen aandoen?'

'Ik weet het niet, Pete,' zei Jeffrey. 'Vind je het goed als we deze meenemen?' Hij wees naar de doos met thee.

Pete haalde zijn schouders op. 'Prima, niemand anders dronk dit.' Weer klonk dat lachje. 'Ik heb het één keer gedronken om het uit te proberen. Het smaakte naar bruin water.'

Frank trok een theezakje uit de doos. Elk zakje zat in een dicht papieren envelopje. Hij vroeg: 'Was die ouwe Will hier gisteren ook aan het werk?'

Het leek wel of deze vraag Pete overrompelde. 'Zeker, de afgelopen vijftig jaar heeft hij hier elke dag de lunch gedaan. Hij komt om een uur of elf, en hij gaat tegen tweeën weer weg.' Hij keek Jeffrey aandachtig aan. 'Hij doet allerlei losse karweitjes voor mensen in de stad als hij hier klaar is. Meestal in de tuin, soms ook wat licht timmerwerk.'

'Ruimt hij hier ook af?' vroeg Jeffrey, hoewel hij vaak genoeg in het restaurant had geluncht om te weten wat Will Harris zoal deed.

'Zeker,' zei Pete. 'Hij ruimt af, dweilt de vloeren, brengt de mensen hun eten.' Hij keek Jeffrey nieuwsgierig aan. 'Hoezo?'

'Niks,' antwoordde Jeffrey. Hij boog zich naar voren, schudde Petes hand en zei: 'Bedankt, Pete. Je hoort het wel als we nog iets willen weten.'

Tien

Lena ging met haar vinger over de plattegrond op haar schoot. 'Hier links,' zei ze tegen Brad.

Hij volgde haar aanwijzing op en stuurde de surveillancewagen Baker Street in. Brad was een prima vent, maar hij was geneigd mensen kritiekloos te vertrouwen. Dat was ook de reden waarom hij niets had gezegd toen ze nog op het bureau waren en Lena had gemeld dat ze naar het toilet ging, om vervolgens in tegenovergestelde richting te verdwijnen. Op het politiebureau was het een vaste grap om Brads politiepet te verstoppen. Met de kerst hadden ze hem op een van de rendieren gezet die voor het stadhuis stonden. Een maand geleden had Lena de pet ontdekt boven op het beeld van Robert E. Lee, dat voor de middelbare school stond.

Lena wist dat Jeffrey haar aan Brad Stephens had gekoppeld om haar naar de periferie van het onderzoek te manoeuvreren. De mannen op hun lijst waren vast allemaal dood of te oud om zonder hulp overeind te komen.

'De volgende afslag rechts,' zei ze, terwijl ze de plattegrond dichtvouwde. Ze was Marla's kantoortje binnengeglipt en terwijl ze zogenaamd op het toilet was, had ze Will Harris' adres in het telefoonboek opgezocht. Jeffrey zou eerst Pete ondervragen. Lena was van plan Will Harris aan de tand te voelen voor haar baas bij hem langsging.

'Hier is het,' zei Lena, en ze wees waar hij de auto moest parkeren. 'Blijf jij maar hier.'

Brad minderde vaart en legde zijn vingers tegen zijn lippen. 'Welk nummer is het?'

'Vierhonderdeenendertig,' zei ze, na een blik op de brievenbus. Ze maakte haar veiligheidsriem los en had het portier al open nog voor de auto volledig tot stilstand was gekomen. Brad haalde haar halverwege de oprit in.

'Wat ben je eigenlijk van plan?' vroeg hij, en hij trippelde als een puppy naast haar voort. 'Lena?'

Ze bleef staan en stak haar hand in haar zak. 'Hoor eens, Brad, ga jij nu maar weer terug naar de auto.' Ze was twee rangen hoger dan hij. Eigenlijk moest Brad haar bevelen opvolgen. Deze gedachte scheen wel even bij hem op te komen, maar toch schudde hij afwijzend zijn hoofd.

Hij zei: 'Dit is toch het huis van Will Harris?'

Lena keerde hem haar rug toe en liep verder de oprit op.

Het huis van Will Harris was klein, het had waarschijnlijk niet veel meer dan twee kamers en een badkamer. De overnaadse planken van de buitenmuren waren helderwit geschilderd en het gazon was netjes onderhouden. Het hele huis zag er zo goed onderhouden uit dat Lena er een onrustig gevoel van kreeg. Ze kon zich niet voorstellen dat degene die in dit huis woonde haar zus zoiets had kunnen aandoen.

Lena klopte op de hordeur. Binnen hoorde ze een tv en ergens kwam iemand in beweging. Door het gaas zag ze een man die met moeite ging staan. Hij droeg een wit hemd en een witte pyjamabroek. Hij had een verbaasde uitdrukking op zijn gezicht.

In tegenstelling tot de meeste mensen die in de stad werkten, kwam Lena niet vaak in het restaurant. Ergens in haar achterhoofd had Lena het restaurant als Sibyls territorium beschouwd, en ze had haar daar niet willen storen. Lena had Will Harris nooit echt ontmoet. Ze had een jonger iemand verwacht. Iemand van wie meer dreiging uitging. Will Harris was een oude man.

Toen hij eindelijk bij de deur was aangekomen en Lena zag staan, viel zijn mond open van verbazing. Eerst zwegen ze beiden, toen zei Will: 'Jij moet haar zus zijn.'

Lena staarde de oude man aan. Haar intuïtie zei haar dat Will Harris haar zus niet had gedood, maar niettemin was het mogelijk dat hij wist wie het had gedaan.

Ze zei: 'Inderdaad, meneer. Vindt u het goed als ik even binnenkom?'

Het scharnier van de hordeur piepte bij het opengaan. Hij deed een stap opzij en hield de deur voor Lena open.

'Let maar niet op hoe ik eruitzie,' zei hij, wijzend op zijn pyjamabroek. 'Ik had eigenlijk geen visite verwacht.'

'Geeft niet,' stelde Lena hem gerust, en ze keek de kleine ruimte door. De woonkamer en de keukenhoek vormden één geheel en waren van elkaar gescheiden door middel van een bank. Links bevond zich een vierkant halletje, waarachter Lena een badkamer zag. Ze vermoedde dat de slaapkamer aan de andere kant van de muur was. Net als aan de buitenkant van het huis was alles hier netjes en opgeruimd, goed onderhouden ook al was het nog zo oud. Een tv-toestel domineerde de woonkamer. De muur aan beide kanten van het toestel was helemaal bedekt met boekenplanken, volgepakt met video's.

'Ik kijk graag naar films,' zei Will.

Lena glimlachte. 'Dat zie ik.'

'Ik hou vooral veel van die oude zwart-witfilms,' begon de oude man, waarna hij zijn hoofd naar het grote raam aan de voorkant van de kamer toekeerde. 'Godallemachtig,' mompelde hij. 'Ik schijn vandaag erg populair te zijn.'

Lena wist nog net een kreun te onderdrukken toen Jeffrey Tolliver de oprit op kwam lopen. Brad had haar verraden of Pete Wayne had Will als verdachte aangewezen.

'Goeiemorgen, meneer,' zei Will, toen hij de hordeur voor Jeffrey opendeed.

Jeffrey knikte naar hem en wierp Lena vervolgens het soort blik toe waarvan ze zweethanden kreeg.

Will scheen de spanning in het vertrek te voelen. 'Ik kan wel even naar achteren gaan als dat nodig is.'

Jeffrey keerde zich naar de oude man en schudde zijn hand. 'Niet nodig, Will,' zei hij. 'Ik wil je alleen maar een paar vragen stellen.'

Will wees met een handgebaar naar de bank. 'Vindt u het

goed als ik nog een kop koffie haal?'

'Nee, ga je gang,' antwoordde Jeffrey, en hij liep langs Lena naar de bank. Nog steeds hield hij zijn blik strak op haar gericht, maar Lena ging toch naast hem zitten.

Will schuifelde weer terug naar zijn stoel en ging kreunend zitten. Zijn knieën knakten en terwijl hij verontschuldigend glimlachte, legde hij uit: 'Ik heb bijna mijn hele leven op mijn knieën in tuinen rondgekropen.'

Jeffrey haalde zijn notitieboekje te voorschijn. Lena kon zijn woede bijna voelen. 'Will, ik moet je een paar vragen stellen.'

'Ja, meneer?'

'Je weet wat er gisteren in het restaurant is gebeurd?'

Will zette zijn koffiekop op een bijzettafeltje. 'Dat meisje heeft nog nooit iemand kwaad gedaan,' zei hij. 'Wat er met haar is gebeurd –' Hij zweeg en keek naar Lena. 'Ik heb zo met jou en je familie te doen, schat. Echt waar.'

Lena schraapte haar keel. 'Bedankt.'

Het was duidelijk dat Jeffrey een heel andere reactie van haar had verwacht. De uitdrukking op zijn gezicht veranderde, maar ze kon zijn gedachten niet doorgronden. Hij wendde zich weer tot Will. 'Tot hoe laat was je gisteren in het restaurant?'

'O, tot ongeveer halftwee of even voor tweeën, geloof ik. Ik heb je zus nog gezien,' zei hij tegen Lena, 'net voor ik wegging.'

Jeffrey wachtte even voor hij vroeg: 'Weet je dat zeker?'

'Ja, meneer,' gaf Will ten antwoord. 'Ik moest mijn tante bij de kerk oppikken. Ze oefenen altijd met het koor tot klokslag kwart over twee. Ze houdt niet van wachten.'

Lena vroeg. 'In welke kerk zingt ze?'

'De Methodistenkerk aan Madison,' antwoordde hij. 'Ben je er weleens geweest?'

Ze schudde haar hoofd en maakte snel een rekensommetje. Zelfs al was Will Harris een aannemelijke verdachte geweest, dan zou hij onmogelijk Sibyl hebben kunnen doden en vervolgens naar Madison kunnen rijden om zijn tante op tijd op te pikken. Eén telefoontje en Will Harris zou over een waterdicht alibi beschikken.

'Will,' begon Jeffrey. 'Ik vind het vervelend om erover te beginnen, maar mijn collega Frank zegt dat er een tijdje geleden wat problemen waren.'

Er verscheen een verslagen uitdrukking op Wills gezicht. Hij had tot op dat moment Lena aangekeken, maar nu staarde hij naar het tapijt. 'Ja meneer, dat klopt.' Terwijl hij sprak, keek hij over Jeffreys schouder. 'Mijn vrouw, Eileen. Ik ging vroeger altijd vreselijk tegen haar tekeer. Het moet nog voor uw tijd zijn geweest dat het een keer op slaande ruzie uitliep. Misschien achttien, negentien jaar geleden.' Hij haalde zijn schouders op. 'Daarna is ze bij me weggegaan. Het zal de drank wel zijn geweest die me het verkeerde pad op stuurde, maar nu ben ik een goed christen. Ik doe dat soort dingen niet meer. Mijn zoon zie ik niet meer zo veel, maar mijn dochter des te vaker. Ze woont tegenwoordig in Savannah.' Er verscheen weer een glimlach op zijn gezicht. 'Ik heb twee kleinkindertjes.'

Jeffrey tikte met zijn pen op zijn notitieboekje. Lena keek over zijn schouder en zag dat hij niets had opgeschreven. Hij vroeg: 'Heb je Sibyl ooit een maaltijd geserveerd? In het restaurant, bedoel ik.'

Als de vraag hem al verbaasde, dan liet Will het niet merken. 'Ik neem aan van wel. Meestal help ik Pete met dat soort dingen. Toen zijn pa nog over de zaak ging, had hij een vrouw in dienst om te serveren, maar Pete,' zei hij gniffelend, 'die ouwe Pete, die zit op de centen.' Met een handgebaar wuifde Will dit terzijde. 'Ik vind het niet erg om even ketchup te halen of te zorgen dat iemand zijn koffie krijgt.'

Jeffrey vroeg: 'Heb je Sibyl weleens thee geserveerd?'

'Soms. Is daar dan iets mee?'

Jeffrey sloot zijn notitieboekje. 'Nee, niks,' zei hij. 'Heb je gisteren nog verdachte personen gezien in de buurt van het restaurant?'

'Lieve God,' fluisterde Will. 'Dat zou ik u dan toch allang

hebben verteld. Alleen ik en Pete waren er, en alle vaste lunchklanten.'

'Bedankt voor de moeite.' Jeffrey kwam overeind en Lena volgde zijn voorbeeld. Will schudde eerst Jeffreys hand, en toen die van Lena.

Hij hield de hare iets langer vast, en zei: 'God zegen je, meisje. Pas maar goed op jezelf.'

'Godverdomme, Lena,' vloekte Jeffrey, en met een klap legde hij zijn notitieboekje op het dashboard van de auto. Losse blaadjes vlogen eruit en Lena hield haar handen voor haar hoofd om een mep af te weren. 'Wat dacht je nou eigenlijk, jezus nog aan toe?'

Lena raapte het notitieboekje op van de vloer. 'Ik dacht helemaal niets,' antwoordde ze.

'Vertel mij wat,' snauwde hij en hij greep het boekje.

Zijn kaak was een strakke streep toen hij de auto achterwaarts uit Will Harris' oprit manoeuvreerde. Frank was met Brad teruggegaan naar het bureau terwijl Lena zo ongeveer in Jeffreys auto werd gesmeten. Hij sloeg tegen de versnellingspook en de auto schoot naar voren.

'Waarom kan ik niet van jou op aan?' wilde hij weten. 'Waarom kan ik er niet van op aan dat je ook maar één keer doet wat ik zeg?' Hij wachtte haar antwoord niet af. 'Ik heb je er met Brad op uitgestuurd om een opdracht uit te voeren, Lena. Ik heb je aan dit onderzoek laten meewerken omdat je me erom gevraagd hebt, niet omdat ik vond dat je in een positie verkeerde om een dergelijk karwei op te knappen. En wat krijg ik ervoor terug? Waar Frank en Brad bij zijn, ga je achter mijn rug om je eigen gang als een of andere puber die stiekem het huis uitsluipt. Ben je goddorie nou een smeris of ben je een klein kind?' Hij ging op de rem staan, en Lena voelde haar veiligheidsgordel in haar borst snijden. Ze stonden midden op straat stil, maar Jeffrey scheen het niet eens te merken.

'Kijk me aan,' zei hij, en hij keerde zich naar haar toe. Lena gehoorzaamde en probeerde de angst uit haar ogen te bannen. Jeffrey was al heel vaak kwaad op haar geweest, maar nog nooit zo kwaad als nu. Als ze het bij het goede eind had gehad wat Will Harris betrof, dan zou Lena misschien nog een poot hebben om op te staan; zoals het er nu voorstond, was ze er gloeiend bij.

'Je zorgt dat je jezelf weer in de hand krijgt. Hoor je me?'

Ze knikte vluchtig.

'Ik kan niet toestaan dat je achter mijn rug om handelt. En als hij je nou iets had aangedaan?' Hij liet zijn woorden even bezinken. 'En als Will Harris nou eens de man is die je zus heeft vermoord? Als hij de deur nou eens had opengedaan, jou had gezien en volkomen door het lint was gegaan?' Jeffrey sloeg met zijn vuist op het stuur en liet een sissende vloek ontsnappen. 'Je moet doen wat ik zeg, Lena. Is dat duidelijk? Vanaf nu.' Hij prikte met zijn vinger naar haar gezicht. 'Als ik tegen je zeg dat je elke mier op het schoolplein moet ondervragen, dan breng je me van alle mieren een ondertekende verklaring. Is dat duidelijk?'

Met enige moeite knikte ze. 'Ja.'

Jeffrey nam hier geen genoegen mee. 'Is dat duidelijk, rechercheur?'

'Ja, meneer,' herhaalde Lena.

Jeffrey zette de auto weer in de eerste versnelling. De banden gierden toen hij gas gaf, en er bleef heel wat rubber op het wegdek achter. Met beide handen omklemde hij het stuur, zo krachtig dat zijn knokkels helemaal wit werden. Lena deed er het zwijgen toe, in de hoop dat zijn kwaadheid zou wegtrekken. Hij had alle recht woest op haar te zijn, maar ze wist niet hoe ze erop moest reageren. Een excuus leek even zinloos als honing op een zere kies.

Jeffrey deed het raampje open en trok zijn das los. Plotseling zei hij: 'Ik geloof niet dat Will het heeft gedaan.'

Lena gaf een knik met haar hoofd, maar durfde haar mond niet open te doen.

'Ook al is er dat voorval uit zijn verleden,' ging Jeffrey verder, en weer klonk woede door in zijn stem, 'dan vergat Frank erbij te vermelden dat dat gedoe met zijn vrouw twintig jaar geleden was.'

Lena zweeg.

'Trouwens' – Jeffrey wuifde dit met een handgebaar terzijde – 'zelfs als hij het in zich had, hij is minstens zestig, misschien wel zeventig. Hij kon zijn gat nog niet eens op zijn stoel krijgen, laat staan een gezonde drieëndertigjarige vrouw overmeesteren.'

Jeffrey vervolgde: 'Dus dan blijven we zitten met Pete in het restaurant, hè?' Hij wachtte haar antwoord niet af; het was duidelijk dat hij hardop zat na te denken. 'Alleen, ik heb Tessa gebeld op weg hiernaartoe. Ze kwam daar iets voor twee uur aan. Will was weg en alleen Pete was er. Ze zei dat Pete achter de kassa bleef zitten tot ze haar bestelling opgaf, waarna hij haar hamburger ging grillen.' Jeffrey schudde zijn hoofd. 'Hij zou even naar achteren hebben kunnen glippen, maar wanneer? Wanneer had hij daar tijd voor? Hoeveel tijd zou dat kosten, wat denk je? Tien, vijftien minuten? Plus de planning. Hoe wist hij dat het allemaal zo zou lopen?' Weer leken de vragen retorisch. 'En we kennen Pete allemaal. Ik bedoel, jezus, dit is niet iets wat een beginneling voor elkaar zou krijgen.'

Hij zweeg en was duidelijk nog steeds aan het nadenken, en Lena wilde hem niet storen. Ze staarde het raampje uit en ging in gedachten nog eens na wat Jeffrey had gezegd over Pete Wayne en Will Harris. Een uur geleden hadden deze twee mannen in haar ogen behoorlijk verdacht geleken. Nu hadden ze niemand. Jeffrey was met recht boos op haar. Ze had nu met Brad op pad kunnen zijn, de mannen op hun lijst kunnen opsporen, en misschien hadden ze de man dan wel gevonden die Sibyl had vermoord.

Lena richtte haar blik op de huizen die ze onderweg passeerden. Toen ze de hoek omsloegen, keek ze even naar het straatnaambordje en zag dat ze op Cooper waren.

Jeffrey vroeg: 'Denk je dat Nan thuis is?'

Lena haalde haar schouders op.

De glimlach waarmee hij haar aankeek, maakte duidelijk dat hij zijn best deed. 'Je mag wel weer praten, hoor.'

Haar mondhoeken krulden, maar ze slaagde er niet helemaal in zijn glimlach te beantwoorden. 'Bedankt.' Toen: 'Het spijt me van –'

Met opgestoken hand legde hij haar het zwijgen op. 'Je bent een goede agent, Lena. Je bent een verdomd goede agent.' Hij parkeerde de auto bij de stoeprand voor het huis van Nan en Sibyl. 'Je moet alleen eens leren luisteren.'

'Ik weet het.'

'Nee, dat weet je niet,' zei hij, maar zijn boosheid leek te zijn verdwenen. 'Je hele leven is op z'n kop gezet, maar je hebt het nog steeds niet door.'

Ze wilde iets zeggen, maar besloot er het zwijgen toe te doen.

Jeffrey zei: 'Ik begrijp dat je hieraan wilt werken, dat je je geest bezig moet houden, maar je moet me op dit punt vertrouwen, Lena. Als ik je ooit weer over die streep zie gaan, dan donder ik je zo'n eind naar beneden dat je nog koffie moet halen voor Brad Stephens. Is dat duidelijk?'

Met enige moeite kon er een knikje af.

'Oké,' zei hij en hij opende het portier. 'Daar gaan we dan.'

Lena nam er alle tijd voor haar veiligheidsgordel af te doen. Ze stapte uit de auto en terwijl ze naar het huis liep, trok ze haar pistool en holster recht. Tegen de tijd dat ze bij de voordeur aankwam, had Nan Jeffrey al binnengelaten.

'Hoi,' zei Lena behoedzaam.

'Hoi,' klonk het uit Nans mond. Ze had een samengepropt papieren zakdoekje in haar hand, net als de vorige avond. Haar ogen waren gezwollen en haar neus was felrood.

'Hoi,' zei Hank.

Lena bleef staan. 'Wat doe jij hier?'

Hank haalde zijn schouders op en wreef in zijn handen. Hij droeg een mouwloos T-shirt, en de sporen die de naalden op zijn armen hadden achtergelaten, waren duidelijk zichtbaar. Lena werd overspoeld door schaamte. Ze had Hank altijd alleen in Reece gezien, waar iedereen van zijn verleden op de hoogte was. Ze had de littekens zo vaak gezien dat ze er bijna niet meer bij stilstond. Nu zag ze ze voor het eerst door Jeffreys ogen, en ze zou het liefst de kamer uitrennen.

Hank leek te wachten tot Lena iets zei. Stamelend slaagde ze erin de mannen aan elkaar voor te stellen. 'Dit is Hank Norton, mijn oom,' zei ze. 'Jeffrey Tolliver, commissaris van politie.'

Hank stak zijn hand uit en Lena kromp in elkaar toen ze de opgezette littekens op zijn onderarmen zag. Sommige waren ruim een centimeter lang, op plekken waar hij naar een geschikte ader had gezocht.

Hank zei: 'Hoe maakt u het, meneer?'

Jeffrey pakte de hem toegestoken hand en schudde deze krachtig. 'Het spijt me dat we elkaar onder dergelijke omstandigheden ontmoeten.'

Hank vouwde zijn handen samen. 'Dank u.'

Toen zwegen ze allen, tot Jeffrey zei: 'Ik neem aan dat u weet waarom we hier zijn.'

'In verband met Sibyl,' antwoordde Nan, haar stem enkele octaven lager, waarschijnlijk omdat ze de hele nacht had liggen huilen.

'Inderdaad,' zei Jeffrey, en hij wees naar de bank. Hij wachtte tot Nan had plaatsgenomen, en toen ging hij naast haar zitten. Tot Lena's verbazing pakte hij Nans hand en zei: 'Ik vind het zo erg voor je, Nan.'

Nans ogen vulden zich met tranen. Niettemin glimlachte ze even. 'Dank u.'

'We doen al het mogelijke om erachter te komen wie dit heeft gedaan,' vervolgde hij. 'Ik verzeker je dat we altijd voor je klaar zullen staan.'

Fluisterend en met neergeslagen ogen bedankte ze hem nogmaals, terwijl ze ondertussen aan een los draadje van haar trainingsbroek pulkte.

Jeffrey vroeg: 'Weet je ook of er iemand kwaad was op jou of op Sibyl?'

'Nee,' antwoordde Nan. 'Dat heb ik gisteravond ook tegen Lena gezegd. Alles was heel gewoon de laatste tijd.'

'Ik weet dat Sibyl en jij voor een rustig leven kozen,' zei Jeffrey. Lena begreep wat hij bedoelde. Hij pakte het een stuk subtieler aan dan zij de vorige avond had gedaan.

'Ja,' beaamde Nan. 'We hebben het hier naar onze zin. We komen beiden uit een klein stadje.'

Jeffrey vroeg: 'Je kunt niemand bedenken die misschien iets doorhad?'

Nan schudde haar hoofd. Ze sloeg haar blik neer en haar lippen trilden. Er was verder niets wat ze hem nog kon vertellen.

'Oké,' zei hij, en hij kwam overeind. Hij legde zijn hand op Nans schouder, ten teken dat ze kon blijven zitten. 'Ik kom er wel uit.' Hij stak zijn hand in zijn zak en haalde er een kaartje uit. Lena keek toe terwijl hij het in de palm van zijn hand legde en iets op de achterkant schreef. 'Dit is mijn privé-nummer,' zei hij. 'Bel maar als je iets te binnen schiet.'

'Dank u,' zei Nan, en ze nam het kaartje aan.

Jeffrey wendde zich tot Hank. 'Hebt u er bezwaar tegen Lena een lift naar huis te geven?'

Lena was met stomheid geslagen. Ze kon hier onmogelijk blijven.

Ook Hank was zichtbaar verbaasd. 'Nee,' mompelde hij. 'Dat is goed.'

'Goed.' Hij gaf Nan een klopje op de schouder en zei vervolgens tegen Lena: 'Jij en Nan moeten vanavond maar een lijst opstellen van de mensen met wie Sibyl heeft gewerkt.' Jeffrey schonk Lena een veelbetekenend glimlachje. 'Morgenochtend om zeven uur op het bureau. We gaan naar de hogeschool voor de colleges beginnen.'

Lena begreep het niet. 'Werk ik dan weer samen met Brad?'

Hij schudde zijn hoofd. 'Je werkt met mij samen.'

Woensdag

Elf

Ben Walker, de vorige commissaris, had zijn kantoor achter in het politiebureau, vlak naast de instructiekamer. Een bureau ter grootte van een op zijn kant gezette bedrijfskoelkast stond midden in de kamer, met ervoor een rij ongemakkelijke stoelen. Elke ochtend werden de mannen van het rechercheteam op Bens kantoor ontboden om hun opdrachten voor die dag in ontvangst te nemen, waarna ze vertrokken en de chef zijn deur dichtdeed. Wat Ben uitspookte tussen dat tijdstip en vijf uur, wanneer je hem over straat kon zien snellen op weg naar het restaurant voor zijn avondeten, was iedereen een raadsel.

Het eerste wat Jeffrey deed toen hij Ben opvolgde, was zijn kantoor verplaatsen naar de ruimte voor de recherchekamer. Met een schrobzaag maakte Jeffrey een gat in de gipswand en vervolgens zette hij er vensterglas in zodat hij zijn mannen kon zien als hij aan zijn bureau zat en, wat nog belangrijker was, zodat zijn mannen hem konden zien. Er zaten rolgordijnen voor het raam, maar hij deed ze nooit dicht, en de deur naar zijn kantoor stond meestal open.

Twee dagen nadat het lichaam van Sibyl Adams was gevonden, zat Jeffrey in zijn kantoor een rapport te lezen dat Marla hem net had overhandigd. Nick Shelton van het GBI was zo vriendelijk geweest de doos theezakjes zo snel mogelijk te laten analyseren. Resultaat: het was thee.

Jeffrey krabde aan zijn kin en keek zijn kantoor eens rond. Het was een klein vertrek, maar hij had een stel boekenplanken tegen een van de muren bevestigd zodat hij de boel netjes kon houden. Handleidingen en statistische rapporten lagen in stapels naast bekers die hij had gewonnen bij scherpschutterswedstrijden in Birmingham en een voetbal met de handtekeningen van het team waarvoor hij had gespeeld toen hij aan Auburn studeerde. Niet dat hij echt had gespeeld. Jeffrey had het grootste deel van de tijd op de bank doorgebracht en toegekeken hoe de andere spelers aan hun carrière werkten.

Een foto van zijn moeder stond weggestopt in een hoekje aan het uiteinde van een plank. Ze droeg een roze blouse en hield een kleine polscorsage in haar handen. De foto was gemaakt op de dag dat Jeffrey zijn middelbare-schooldiploma in ontvangst nam. Hij had zijn moeder gefotografeerd toen ze voor de camera een van haar zeldzame glimlachjes liet zien. Haar ogen straalden, waarschijnlijk als gevolg van alle mogelijkheden die ze voor haar zoon zag. Dat hij een jaar voor hij zou afstuderen zijn studie aan Auburn had afgebroken en bij het politiekorps van Birmingham was gaan werken, was iets wat ze haar enige kind nog steeds niet had vergeven.

Marla klopte op de deur van zijn kantoor, een kop koffie in de ene hand en een donut in de andere. Op Jeffreys allereerste werkdag had ze tegen hem gezegd dat ze nooit koffie voor Ben Walker had gehaald en dat ze ook niet van plan was dit voor hem te doen. Jeffrey had gelachen; de gedachte was niet eens bij hem opgekomen. Sindsdien had Marla hem altijd koffie gebracht.

'De donut is voor mij,' zei ze terwijl ze hem de papieren beker overhandigde. 'Nick Shelton wacht op lijn drie.'

'Dank je,' zei hij, en hij wachtte tot ze het vertrek weer uit was. Jeffrey leunde achterover op zijn stoel en nam de telefoon op. 'Nick?'

Aan de andere kant van de lijn klonk Nicks lijzige, typisch zuidelijke stem. 'Gaat-ie?'

'Niet zo geweldig,' antwoordde Jeffrey.

'Ik snap het,' was Nicks reactie. Toen: 'Heb je mijn rapport ontvangen?'

'Over die thee?' Jeffrey nam het vel papier op en liet zijn blik over de analyse gaan. Hoewel het een simpel drankje was, kwamen er bij de productie van thee heel wat chemicaliën aan te pas. 'Het is doodgewone, goedkope thee uit de winkel, hè?'

'Precies,' zei Nick. 'Hoor eens, ik heb vanochtend geprobeerd Sara te bellen, maar ik kon haar niet te pakken krijgen.'

'O?'

Nick grinnikte zachtjes. 'Je zult het me nooit vergeven dat ik haar een keer mee uit heb gevraagd, hè, makker?'

Jeffrey glimlachte. 'Nee.'

'Een van mijn drugsjongens hier op het lab is een echte belladonnaman. Er komen niet veel van dergelijke gevallen binnen, en hij bood aan persoonlijk verslag aan jullie uit te brengen.'

'Dat zou fantastisch zijn,' zei Jeffrey. Hij zag Lena door het raam en wenkte haar naar binnen.

'Zie je Sara deze week nog?' Nick wachtte het antwoord niet af. 'Die jongen van mij wil graag van haar horen hoe het slachtoffer eruitzag.'

Jeffrey slikte net op tijd de scherpe opmerking in die hem voor op de tong lag, en het kostte hem moeite zijn stem nog enigszins opgewekt te laten klinken toen hij vroeg: 'Wat vind je van een uur of tien?'

Jeffrey noteerde de bijeenkomst in zijn agenda toen Lena binnenkwam. Zodra hij opkeek, stak ze van wal.

'Hij gebruikt geen drugs meer.'

'Wat?'

'Tenminste, dat denk ik.'

Jeffrey schudde niet-begrijpend zijn hoofd. 'Waar heb je het over?'

Op gedempte toon zei ze: 'Mijn oom Hank.' Ze stak hem haar onderarmen toe.

'O.' Eindelijk begreep Jeffrey het. Hij had niet goed kunnen zien of Hank Norton een ex-drugsverslaafde was of verminkt ten gevolge van een brand, zo toegetakeld waren zijn armen. 'Ja, ik zag dat die littekens oud waren.'

Ze zei: 'Hij was aan de speed, oké?'

Ze klonk vijandig. Jeffrey vermoedde dat ze hierop had zitten broeden sinds hij haar in Nan Thomas' huis had achtergelaten. Dat waren dus twee dingen waarover ze zich schaamde, haar zusters homoseksualiteit en het drugsverleden van haar oom. Jeffrey vroeg zich af of er behalve haar werk verder nog iets in Lena's leven was wat haar gelukkig maakte.

'Wat?' wilde Lena weten.

'Niks,' zei Jeffrey en hij kwam overeind. Hij nam zijn uniformjas van de haak achter de deur en leidde Lena het kantoor uit. 'Heb je de lijst?'

Ze leek geïrriteerd omdat hij haar er niet op aankeek dat haar oom vroeger verslaafd aan de drugs was geweest.

Ze overhandigde hem een velletje papier uit een notitieboekje. 'Dit hebben Nan en ik gisteravond gemaakt. Het is een lijst met mensen die met Sibyl hebben samengewerkt en die haar misschien nog hebben gesproken voor ze...' Lena maakte haar zin niet af.

Jeffrey keek op het papier. Er stonden zes namen op. Naast één ervan stond een ster. Lena was zijn vraag voor.

Ze zei: 'Richard Carter is haar aio. Assistent in opleiding. Ze had om negen uur een college op de hogeschool. Behalve Pete is hij waarschijnlijk de laatste die haar levend heeft gezien.'

'Op de een of andere manier komt die naam me bekend voor,' zei Jeffrey, en hij schoot in zijn jas. 'Hij is de enige student op de lijst?'

'Ja,' antwoordde Lena. 'Bovendien is het een beetje een rare vent.'

'Wat bedoel je daarmee?'

'Ik weet het niet.' Ze haalde haar schouders op. 'Ik heb hem nooit gemogen.'

Jeffrey hield zich in, maar hij bedacht dat er niet veel mensen waren die Lena wel mocht. Dit was nauwelijks een reden om iemand van moord te verdenken.

Hij zei: 'Laten we beginnen met Carter, dan gaan we daarna wel met de rector praten.' Bij de uitgang hield hij de deur voor haar open. 'De burgemeester krijgt een hartaanval als we niet het juiste protocol volgen voor de docenten. Studenten zijn een makkelijker doelwit.'

De campus van de Technische Hogeschool van Grant bestond uit een studentencentrum, vier lesgebouwen, het administratiebureau en een vleugel waarin de agrarische afdeling was gehuisvest en die was geschonken door een dankbare zaadkweker. Aan de voorkant van de hogeschool was een weelderig park en de achterkant grensde aan het meer. De studentenflats waren op loopafstand, en de fiets was het meest algemene vervoermiddel op de campus.

Jeffrey volgde Lena naar de tweede verdieping van het gebouw waar de colleges natuurwetenschappen werden gegeven. Het was duidelijk dat ze haar zusters assistent al eens eerder had ontmoet, want Richard Carters gezicht betrok toen hij Lena in de deuropening zag staan. Hij was een kleine, kalende man met een dikke zwarte bril op zijn neus en een slecht zittende laboratoriumjas over een felgeel overhemd. Hij leed aan een behoorlijke anale fixatie, zoals de meeste mensen op de hogeschool. De Technische Hogeschool van Grant was een school voor nerds, zo eenvoudig was het. Engels was verplicht, maar bepaald niet moeilijk. Het instituut was eerder ingesteld op het produceren van octrooien dan van sociaal vaardige mannen en vrouwen. Dat was wat Jeffrey betrof het grootste probleem van de school. De meeste docenten en alle studenten hadden hun kop zo ver in hun reet gestoken dat ze de wereld vlak voor hun ogen niet konden zien.

'Sibyl was een briljant wetenschapper,' zei Richard, terwijl hij zich over een microscoop boog. Hij mompelde iets, keek toen weer op, en richtte zich tot Lena. 'Ze had een verbazingwekkend geheugen.'

'Dat moest ook wel,' zei Lena, en ze haalde haar notitieboekje te voorschijn. Voor de zoveelste keer vroeg Jeffrey zich af of hij er goed aan had gedaan Lena mee te nemen. Maar hij wilde haar in geen geval uit het oog verliezen. Na de vorige dag wist hij niet of hij er wel van op aan kon dat ze deed wat hij haar opdroeg. Hij hield haar liever veilig bij zich in de buurt dan haar er zelfstandig op uit te sturen.

'Zoals zij haar werk deed,' begon Richard weer. 'Er zijn gewoon geen woorden voor hoe nauwgezet ze was, hoe veeleisend. Je komt op dit gebied nog maar zelden een dergelijke mate van toewijding tegen. Ze was mijn mentor.'

'Dat klopt,' zei Lena.

Richard keek haar nors en afkeurend aan en vroeg: 'Wanneer is de begrafenis?'

De vraag leek Lena te overrompelen. 'Ze wordt gecremeerd,' zei ze. 'Dat wilde ze nou eenmaal.'

Richard vouwde zijn handen over zijn buik. Hij had nog steeds dezelfde afkeurende blik in zijn ogen. Bijna neerbuigend, maar net niet. Even ving Jeffrey een glimp op van iets wat achter zijn gelaatsuitdrukking schuilging. Maar Richard had zich alweer omgedraaid en Jeffrey vroeg zich af of hij niet overal te veel achter zocht.

Lena vervolgde: 'Vanavond is er een wake, of hoe je dat ook noemt.' Ze krabbelde iets op haar notitieblok en scheurde het blaadje er toen uit. 'Het is om vijf uur in Brocks Uitvaartcentrum aan King Street.'

Richard wierp een blik op het papiertje voor hij het een paar keer netjes dubbelvouwde en in de zak van zijn laboratoriumjas stopte. Hij snoof en veegde zijn neus af met de rug van zijn hand. Jeffrey kon niet zien of hij verkouden was of zijn tranen probeerde in te houden.

Lena vroeg: 'Hingen er misschien vreemde figuren rond in de buurt van het lab of van Sibyls kantoor?'

Richard schudde zijn hoofd. 'Alleen maar de gebruikelijke mafkezen.' Hij lachte, en hield toen abrupt op. 'Dat is geloof ik niet zo gepast.'

'Nee,' zei Lena. 'Dat is het zeker niet.'

Jeffrey schraapte zijn keel en de jongeman keek nu naar hem. 'Wanneer heb je haar voor het laatst gezien, Richard?'

'Na haar ochtendcollege,' zei hij. 'Ze voelde zich niet zo goed. Ik geloof dat ik haar verkoudheid heb overgenomen.' Hij pakte een papieren zakdoekje om zijn woorden kracht bij te zetten. 'Ze was fantastisch. Ik kan u niet vertellen hoe ik geboft heb toen ze me onder haar hoede nam.'

'Wat heb je gedaan nadat ze het gebouw had verlaten?' vroeg Jeffrey.

Hij haalde zijn schouders op. 'Ik geloof dat ik naar de bibliotheek ben gegaan.'

'Geloof?' vroeg Jeffrey. Het achteloze toontje stond hem niet aan.

Jeffreys geïrriteerdheid leek Richard niet te ontgaan. 'Ik was in de bibliotheek,' verbeterde hij zichzelf. 'Sibyl had me gevraagd een paar verwijzingen na te trekken.'

Nu nam Lena het over: 'Was er iemand in haar omgeving die zich vreemd gedroeg? Die misschien wat vaker dan gebruikelijk langskwam?'

Richard schudde weer zijn hoofd en tuitte zijn lippen. 'Niet echt. We zijn al over de helft van het trimester. Sibyl geeft alleen maar les aan ouderejaars, dus de meeste studenten zitten hier al minstens een paar jaar.'

'Waren er geen nieuwe gezichten bij?' vroeg Jeffrey.

Weer schudde Richard zijn hoofd. Hij deed Jeffrey denken aan die knikkende hondjes die sommige mensen op het dashboard hebben staan.

Richard zei: 'We vormen hier een kleine gemeenschap. Het zou meteen opvallen als iemand zich vreemd gedroeg.'

Jeffrey stond op het punt een volgende vraag te stellen toen Kevin Blake, de rector van de hogeschool, de kamer binnenliep. Hij zag er niet erg gelukkig uit.

'Commissaris Tolliver,' zei Blake. 'Ik neem aan dat u hier bent vanwege de studente die vermist wordt.'

Julia Matthews was een drieëntwintigjarige derdejaarsstudente natuurkunde. Volgens haar huisgenote was ze al twee dagen niet meer gezien.

Jeffrey liep de kamer van de jonge vrouw door. Er hingen

posters aan de muur met stimulerende kreten over succes en overwinning. Op het tafeltje naast het bed zag hij een foto waarop het vermiste meisje naast een man en een vrouw stond die onmiskenbaar haar ouders waren. Julia Matthews bezat een ongecompliceerd, gezond soort aantrekkelijkheid. Op de foto was haar donkere haar samengebonden in twee staartjes aan weerszijden van haar hoofd. Ze had een vooruitstekende voortand, maar verder leek ze een schat van een meid. Eigenlijk leek ze heel erg veel op Sibyl Adams.

'Ze zijn niet thuis,' zei Jenny Price, de huisgenote van het vermiste meisje. Ze stond handenwringend in de deuropening en keek toe terwijl Jeffrey en Lena de kamer doorzochten.

Ze vervolgde: 'Ze zijn vijfentwintig jaar getrouwd. Ze maken een cruise naar de Bahama's.'

'Ze is erg knap,' zei Lena, in een duidelijke poging het meisje wat te kalmeren. Jeffrey vroeg zich af of het Lena was opgevallen hoeveel Julia Matthews en haar zus op elkaar leken. Beiden hadden een lichtbruine huidskleur en donker haar. Zo op het oog waren ze van dezelfde leeftijd, hoewel Sibyl in werkelijkheid tien jaar ouder was. Het bezorgde Jeffrey een onbehaaglijk gevoel en hij zette de foto weer terug toen hij besefte dat beide vrouwen ook op Lena leken.

Lena richtte haar aandacht op Jenny en vroeg: 'Wanneer had je voor het eerst door dat ze weg was?'

'Dat moet gisteren geweest zijn, toen ik terugkwam van college,' antwoordde Jenny. Een lichte blos steeg naar haar wangen. 'Ze bleef namelijk weleens vaker een nachtje weg, snapt u?'

'Zeker,' was Lena's reactie.

'Ik dacht dat ze misschien met Ryan uit was. Dat is haar ex-vriendje, begrijpt u?' Ze zweeg even. 'Ze hebben het ongeveer een maand geleden uitgemaakt. Ik heb ze een paar dagen geleden nog samen in de bibliotheek gezien, rond een uur of negen 's avonds. Dat was de laatste keer dat ik haar heb gezien.'

Lena ging nog even door op het vriendje: 'Het lijkt me

nogal vermoeiend om er een relatie op na te houden als je ook naar college gaat en moet studeren.'

Julia glimlachte flauwtjes. 'Ja. Ryan studeert aan de agrarische afdeling. Hij hoeft niet half zo veel te doen als Julia.' Ze rolde met haar ogen. 'Zolang zijn planten niet doodgaan, haalt hij dikke voldoendes. Ondertussen zitten wij hele avonden te studeren en proberen we zo veel mogelijk laboratoriumuren te maken.'

'Ik weet nog precies hoe het was,' zei Lena, hoewel ze nooit had gestudeerd. Jeffrey schrok van het gemak waarmee ze kon liegen, maar hij was er tegelijkertijd van onder de indruk. Ze was een van de beste ondervragers die hij ooit aan het werk had gezien.

Jenny glimlachte en haar schouders ontspanden zich. Lena's leugentje had gewerkt. 'Dan weet u wel hoe het gaat. Je hebt nauwelijks tijd om adem te halen, laat staan om er een vriendje op na te houden.'

Lena vroeg: 'Hebben ze het uitgemaakt omdat ze niet genoeg tijd voor hem had?'

Jenny knikte. 'Hij was haar allereerste vriendje. Julia was helemaal overstuur.' Ze wierp een nerveuze blik op Jeffrey. 'Ze had het echt zwaar van hem te pakken, moet u weten. Ze was bijna ziek van verdriet toen het uitraakte. Ze wilde haar bed niet eens meer uitkomen.'

Lena ging zachter praten, alsof ze Jeffrey wilde buitensluiten. 'Ik neem aan dat ze toen je ze in de bibliotheek zag, niet bepaald zaten te studeren.'

Weer keek Jenny even naar Jeffrey. 'Nee.' Ze lachte nerveus.

Lena liep haar kant op en ontnam hem het zicht op het meisje. Jeffrey begreep de hint. Hij keerde de twee vrouwen de rug toe en deed alsof hij zeer geïnteresseerd was in de inhoud van Julia's bureau.

Lena ging zachter praten en het gesprek kreeg iets van een onderonsje. 'Wat vind je van die Ryan?'

'Bedoelt u of ik hem aardig vind?'

'Ja,' antwoordde Lena. 'Ik bedoel, niet op die manier

aardig. Ik bedoel, lijkt hij je een aardige jongen?'

Het meisje zweeg een tijdje. Jeffrey pakte een natuurkundeboek en bladerde het door.

Ten slotte zei Jenny: 'Tja, hij was nogal egoïstisch, weet u. En hij vond het maar niks als ze geen tijd voor hem had.'

'Nogal overheersend?'

'Ja, eigenlijk wel,' antwoordde het meisje. 'Zij is echt zo'n plattelandsmeisje, snapt u? Daar maakt Ryan eigenlijk misbruik van. Julia is nog nooit ergens geweest. Ze denkt dat hij een echte man van de wereld is.'

'En is hij dat ook?'

'God, nee.' Jenny moest lachen. 'Ik bedoel, het is geen slechte jongen –'

'Nee, natuurlijk niet.'

'Hij is gewoon...' Ze zweeg. 'Hij heeft liever niet dat ze met anderen omgaat, snapt u? Eigenlijk is hij bang dat ze ontdekt dat er leukere jongens op de wereld zijn. Tenminste, dat denk ik. Julia is nogal beschermd opgevoed. Ze heeft niet leren uitkijken voor dat soort kerels.' Weer zweeg ze. 'Het is geen slechte jongen, hij is alleen zo bezitterig, weet u. Hij wil altijd weten waar ze naartoe gaat, bij wie ze is, wanneer ze weer terugkomt. Het staat hem helemaal niet aan als ze wat tijd voor zichzelf neemt.'

Lena sprak nog steeds op zachte toon. 'Hij heeft haar toch nooit geslagen, hè?'

'Nee, niet echt.' Weer zweeg het meisje. Toen zei ze: 'Alleen, hij stond altijd tegen haar te schreeuwen. Soms, als ik terugkwam van mijn studiegroep, dan luisterde ik even aan de deur, begrijpt u?'

'Ja,' zei Lena. 'Voor de zekerheid.'

'Inderdaad,' beaamde Jenny, en ze liet een nerveus giechellachje horen. 'Nou, op een keer hoorde ik hem binnen tekeergaan en vreselijk gemeen tegen haar doen. Hij zei zulke rotdingen.'

'Hoezo rot?'

'Nou, dat ze slecht was,' zei Jenny. 'Dat ze naar de hel zou gaan omdat ze zo slecht was.'

Het duurde even voor Lena de volgende vraag stelde. 'Is het een godsdienstig type?'

Jenny lachte honend. 'Als het hem uitkomt. Hij weet dat Julia godsdienstig is. Ze gaat altijd naar de kerk en zo. Ik bedoel, toen ze nog thuis woonde. Hier gaat ze niet zo vaak, maar ze heeft het er altijd over dat ze bij het koor zit en een goed christen is en dat soort dingen.'

'Maar Ryan is niet godsdienstig?'

'Alleen als hij denkt dat hij haar onder druk kan zetten. Hij zegt wel dat hij heel godsdienstig is, maar hij heeft allemaal piercings en hij draagt altijd zwarte kleren en hij –' Opeens zweeg ze.

Lena ging zachter praten. 'Wat?' vroeg ze, nu nog zachter. 'Ik zal het niet verder vertellen.'

Jenny fluisterde iets, maar Jeffrey verstond niet wat ze zei.

'O,' zei Lena, alsof ze dit al zo vaak had gehoord. 'Jongens kunnen zo stom zijn.'

Jenny lachte. 'Ze geloofde hem nog ook.'

Lena grinnikte eveneens en vroeg vervolgens: 'Wat had Julia volgens jou gedaan dat zo slecht was? Ik bedoel, waardoor Ryan zo kwaad op haar was?'

'Niks,' antwoordde Jenny op felle toon. 'Dat heb ik haar later ook gevraagd. Ze wilde het me niet vertellen. Ze bleef gewoon de hele dag in bed liggen, en zei niks.'

'Dit gebeurde zo rond de tijd dat het uitraakte?'

'Ja,' beaamde Jenny. 'Vorige maand, zoals ik al zei.' Er klonk bezorgdheid door in haar stem toen ze vroeg: 'U denkt toch niet dat hij iets met haar verdwijning te maken heeft, hè?'

'Nee,' zei Lena. 'Daar zou ik me maar geen zorgen over maken.'

Jeffrey draaide zich om en vroeg: 'Wat is Ryans achternaam?'

'Gordon,' deelde het meisje hem mee. 'Denkt u dat Julia in de problemen zit?'

Jeffrey liet haar vraag even bezinken. Hij zou tegen haar

kunnen zeggen dat ze zich nergens druk over hoefde te maken, maar dat zou het meisje een vals gevoel van veiligheid kunnen geven. Hij besloot het in het midden te laten. 'Ik weet het niet, Jenny. We zullen ons uiterste best doen haar te vinden.'

Ze brachten een bezoekje aan de studentenadministratie en kregen daar te horen dat Ryan Gordon op dat uur van de dag monitor was in de studiezaal. De agrarische afdeling bevond zich aan de rand van de campus, en Jeffrey voelde zich bij elke stap over het campusterrein ongeruster worden. Ook nam hij de spanning over die Lena uitstraalde. Er waren twee dagen voorbijgegaan zonder één goede aanwijzing. Misschien stonden ze op het punt de man te ontmoeten die Sibyl Adams had gedood.

Jeffrey was zeker niet van plan geweest beste maatjes te worden met Ryan Gordon, maar er was iets aan die jongen wat hem direct al tegenstond toen ze elkaar ontmoetten. Hij had piercings in zijn wenkbrauw en in zijn beide oren, en bovendien hing er een ring aan het tussenschot van zijn neus. De ring zag er zwart en aangekoekt uit, meer iets wat je in de neus van een os zou verwachten dan in die van een mens. Jenny's beschrijving van Ryan Gordon was niet bepaald vleiend geweest, maar achteraf gezien vond Jeffrey dat ze zich nog mild had uitgedrukt. Ryan zag er smerig uit. Zijn gezicht was een vettige mengeling van jeugdpuistjes en korstjes. Zijn haar leek al dagen niet te zijn gewassen. Zijn zwarte spijkerbroek en shirt waren gekreukt. Er kwam een merkwaardig luchtje van hem af.

Julia Matthews was zonder meer een zeer aantrekkelijke jonge vrouw. Hoe iemand als Ryan Gordon het voor elkaar had gekregen haar in te pikken, was Jeffrey een raadsel. Het zei veel over Gordon dat hij erin geslaagd was iemand in zijn macht te krijgen die duidelijk iets veel beters zou kunnen krijgen.

Het viel Jeffrey op dat de vriendelijke kant van Lena, waarmee ze eerder Jenny Price had bewerkt, volledig was verdwenen tegen de tijd dat ze bij de studiezaal aankwamen. Ze liep met resolute schreden het vertrek binnen en, zonder acht te slaan op de nieuwsgierige blikken van de overige, meest mannelijke studenten, stevende ze recht op de knul af die achter de lessenaar voor in de zaal zat.

'Ryan Gordon?' vroeg ze, terwijl ze zich over de lessenaar heen boog. Haar jasje schoof wat naar achteren, en Jeffrey zag de scherpe blik waarmee de knaap haar pistool in zich opnam. Hij hield zijn lippen samengeperst in een strakke, norse streep, en toen hij antwoord gaf, moest Jeffrey de neiging onderdrukken hem een mep te verkopen.

Gordon zei: 'Gaat jou dat iets aan, stomme teef?'

Jeffrey greep de jongen bij de kraag en duwde hem voor zich uit het lokaal uit. Op het moment dat hij dit deed, wist Jeffrey zeker dat er een boze boodschap van de burgemeester op zijn bureau zou liggen nog voor hij weer op zijn post was.

Buiten de studiezaal duwde hij Gordon tegen de muur. Jeffrey haalde zijn zakdoek te voorschijn en veegde het vet van zijn hand. 'Hebben ze misschien douches in je studentenflat?' vroeg hij.

Gordons stem klonk precies zo jankerig als Jeffrey had verwacht. 'Dit is geweldpleging door de politie.'

Tot Jeffreys verbazing gaf Lena Gordon met de volle hand een klap in het gezicht.

Gordon wreef over zijn wang, zijn mondhoeken naar beneden getrokken. Het leek wel of hij Lena de maat nam. Jeffrey vond de blik waarmee hij naar haar keek bijna komisch. Ryan Gordon was zo mager als een lat en ongeveer even groot als Lena, hoewel niet zo zwaar. Ze kon hem wel tien keer in haar zak steken. Jeffrey twijfelde er niet aan dat Lena met ontblote tanden zijn keel zou openrijten als Gordon haar ook maar een duw zou geven.

Gordon scheen dit te voelen. Hij nam een passieve houding aan en sprak op een nasale janktoon, misschien het gevolg van de ring in zijn neus, die op en neer wipte als hij zijn mond opendeed. 'Wat wil je van me, man?'

Hij hief zijn armen afwerend in de lucht toen Lena haar hand naar zijn borst uitstak.

Ze zei: 'Handen naar beneden, watje dat je bent.' Ze stak haar hand onder zijn shirt en trok het kruis omhoog dat aan een ketting om zijn hals hing.

'Mooie ketting,' zei ze.

Jeffrey vroeg: 'Waar was jij maandagmiddag?'

'Dat weet ik toch niet, man,' jankte hij. 'Waarschijnlijk lag ik te slapen.' Hij snoof en wreef over zijn neus. Jeffrey bedwong de neiging terug te deinzen toen de ring in zijn neus heen en weer bewoog.

'Tegen de muur,' beval Lena, en met een duw draaide ze hem om. Gordon wilde protesteren, maar hield zijn mond toen hij de blik in Lena's ogen zag. Met gespreide armen en benen ging hij in de juiste houding staan.

Terwijl Lena hem fouilleerde, vroeg ze: 'Ik kom toch geen naalden tegen, hè? Niets waaraan ik mijn handen kan openhalen?'

Kreunend zei Gordon 'Nee' toen ze haar hand in zijn voorzak stak.

Lena glimlachte en haalde een zakje met wit poeder te voorschijn. 'Dit is geen suiker, of wel soms?' vroeg ze aan Jeffrey.

Hij nam het zakje aan, verbaasd dat ze het had gevonden. Dit vormde zonder meer een verklaring voor Gordons uiterlijk. Drugsverslaafden stonden er bepaald niet om bekend dat ze zichzelf zo goed verzorgden. Voor het eerst die ochtend was Jeffrey blij dat hij Lena bij zich had. Het zou niet bij hem zijn opgekomen de jongen te fouilleren.

Gordon wierp een blik over zijn schouder en keek naar het zakje. 'Die broek is niet van mij.'

'Juist,' beet Lena hem toe. Nadat ze Gordon met een ruk weer had omgedraaid, vroeg ze: 'Wanneer heb je Julia Matthews voor het laatst gezien?'

Gordons gezicht was als een open boek. Het was duidelijk dat hij wist welke kant dit opging. Het poeder was wel het minste waarover hij zich druk zou moeten maken. 'We hebben het een maand geleden uitgemaakt.'

'Dat is geen antwoord op mijn vraag,' zei Lena. Ze herhaalde: 'Wanneer heb je Julia Matthews voor het laatst gezien?'

Gordon sloeg zijn armen voor zijn borst over elkaar. Meteen besefte Jeffrey dat hij hem verkeerd had aangepakt. Spanning en opwinding hadden de overhand gekregen. In gedachten zei Jeffrey de woorden die Gordon hardop uitsprak.

'Ik wil een advocaat.'

Jeffrey legde zijn voeten op de tafel voor zijn stoel. Ze bevonden zich in de verhoorkamer en wachtten tot Ryan Gordon de hele insluitingsprocedure had ondergaan. Helaas hield Gordon zijn lippen muurvast op elkaar geklemd vanaf het moment dat Lena hem op zijn rechten had gewezen. Gelukkig was Gordons kamergenoot in de studentenflat maar al te bereid geweest een huiszoeking toe te staan. De enige verdachte voorwerpen die ze hadden aangetroffen, waren een pakje vloeipapier en een spiegeltje met daarbovenop een scheermesje. Jeffrey wist het niet zeker, maar te oordelen naar de kamergenoot hadden die drugsattributen van beide jongens kunnen zijn. Het doorzoeken van het laboratorium waar Gordon werkte, leverde evenmin verdere aanwijzingen op. Het meest voor de hand liggende scenario was dat Julia Matthews had beseft wat een lul haar vriendje was en het had uitgemaakt.

'We hebben het verknald,' zei Jeffrey, en hij legde zijn hand op een exemplaar van de *Grant County Observer*.

Lena knikte. 'Ja.'

Hij ademde diep in en liet de lucht toen weer ontsnappen. 'Volgens mij zou een dergelijke knul hoe dan ook om een advocaat hebben gevraagd.'

'Ik weet het niet,' antwoordde Lena. 'Misschien kijkt hij te veel tv.'

Jeffrey had het kunnen verwachten. Elke idioot met een tv-toestel wist dat hij om een advocaat moest vragen als de politie op zijn stoep stond.

'Ik had hem wel wat zachter aan kunnen pakken,' bracht ze naar voren. 'Als hij degene is die we zoeken, dan vindt hij het duidelijk niet zo prettig om door een vrouw gecommandeerd te worden.' Ze liet een vreugdeloos lachje horen. 'Vooral niet door iemand als ik, die sprekend op haar lijkt.'

'Misschien gaat dat nog wel in ons voordeel werken,' opperde hij. 'Als ik jullie tweeën hier nu eens alleen laat terwijl we op Buddy Conford wachten?'

'Heeft hij Buddy?' vroeg Lena op verre van juichende toon. Er was een handjevol advocaten in Grant dat pro Deo werkte. Buddy Conford was wel de meest vasthoudende van allen.

'Hij heeft deze maand dienst,' zei Jeffrey. 'Denk je dat Gordon stom genoeg is om te praten?'

'Hij is nog nooit eerder gearresteerd. Op mij maakt hij niet bepaald een snuggere indruk.'

Jeffrey zweeg afwachtend.

'Waarschijnlijk is hij behoorlijk pissig op me omdat ik hem een klap heb verkocht,' zei ze, en hij zag dat ze in gedachten een tactiek uitwerkte. 'Als we hem er nou eens in lieten stinken? Dan zeg jij tegen me dat ik niet met hem mag praten.'

Jeffrey knikte. 'Het zou weleens kunnen werken.'

'Veel kwaad kan het in elk geval niet.'

Zwijgend staarde Jeffrey naar de tafel. Ten slotte tikte hij met zijn vinger op de voorpagina van de krant. De ruimte boven de middenvouw werd bijna helemaal in beslag genomen door een foto van Sibyl Adams. 'Ik neem aan dat je dit hebt gezien?'

Ze knikte zonder naar de foto te kijken.

Jeffrey draaide de krant om. 'Er staat niet dat ze verkracht is, maar dat laten ze wel doorschemeren. Ik heb ze verteld dat ze in elkaar was geslagen, hoewel dat niet waar was.'

'Ik weet het,' mompelde ze. 'Ik heb het gelezen.'

'Frank en de jongens,' vervolgde Jeffrey, 'zijn niks opgeschoten met die lijst met bekende delinquenten. Er waren twee gevallen bij die Frank serieus wilde onderzoeken, maar dat heeft niets opgeleverd. Ze hadden allebei een alibi.'

Lena staarde naar haar handen.

Jeffrey zei: 'Hierna mag je naar huis. Je zult nog wel wat moeten regelen voor vanavond.'

Haar inschikkelijkheid verbaasde hem. 'Dank je.'

Er werd op de deur geklopt en vervolgens stak Brad Stephens zijn hoofd om de hoek. 'Ik heb jullie man hier.'

Jeffrey kwam overeind en zei: 'Breng hem maar binnen.'

Ryan Gordon zag er in de oranje gevangenistrui nog miezeriger uit dan in zijn zwarte spijkerbroek en shirt. Hij schuifelde met zijn voeten, die in bijpassende oranje slippers waren gestoken, en zijn haar was nog steeds nat van de wasbeurt waartoe Jeffrey bevel had gegeven. Gordons handen zaten geboeid op zijn rug, en Brad gaf Jeffrey het sleuteltje voor hij weer wegging.

'Waar is mijn advocaat?' wilde Gordon weten.

'Die is hier over een kwartiertje,' antwoordde Jeffrey, en hij duwde de jongen op een stoel. Hij maakte de handboeien los, maar voor Gordon zijn armen kon bewegen, had hij hem alweer vastgeketend aan de spijlen van de stoel.

'Dat is te strak,' jammerde Gordon, en hij zette zijn borst overdreven ver uit om te laten zien hoe slecht hij eraan toe was. Hij gaf een ruk aan de stoel, maar zijn handen zaten stevig vast achter zijn rug.

'Jammer dan,' mompelde Jeffrey, en vervolgens zei hij tegen Lena: 'Ik laat je even met hem alleen. Je laat hem niets zeggen zonder dat er iemand anders bij aanwezig is, begrepen?'

Lena sloeg haar ogen neer, 'Ja, meneer.'

'Ik meen het, rechercheur.' Hij schonk haar een naar hij hoopte strenge blik en liep toen het vertrek uit. Jeffrey ging de eerstvolgende deur door en betrad de observatieruimte. Met zijn armen over elkaar geslagen keek hij via de confrontatiespiegel naar Gordon en Lena.

De verhoorkamer was betrekkelijk klein, met muren van geverfde betonblokken. In het midden van de kamer bevond zich een met bouten aan de vloer bevestigde tafel en daaromheen stonden drie stoelen. Twee aan de ene kant, één aan de andere. Jeffrey zag Lena de krant oppakken. Ze legde haar voeten op de tafel en liet de stoel iets kantelen, waarna ze de *Grant County Observer* opensloeg. Jeffrey hoorde een knetterend geluid uit de luidspreker naast hem komen toen ze de krant op de naad dubbelvouwde.

Gordon zei: 'Ik wil water.'

'Mond houden,' beval Lena, met zo'n zachte stem dat Jeffrey de luidspreker aan de muur harder moest zetten om haar te kunnen verstaan.

'Waarom? Krijg je anders problemen?'

Lena hield zich schuil achter de krant.

'Eigen schuld als je problemen krijgt,' zei Gordon, en hij boog zich voorover zover de stoel het toeliet. 'Ik ga tegen mijn advocaat zeggen dat je me hebt geslagen.'

Lena proestte het uit. 'Hoeveel weeg je eigenlijk, zestig kilo? En je bent zo'n één meter vijfenzestig lang?' Ze legde de krant neer en keek hem aan met een vriendelijke, onschuldige uitdrukking op haar gezicht. Haar stem klonk hoog en meisjesachtig. 'Ik zou nooit een verdachte in hechtenis slaan, edelachtbare. Hij is zo groot en sterk, het had me mijn leven wel kunnen kosten.'

Gordon kneep zijn ogen tot spleetjes. 'Je vindt jezelf heel grappig, hè?'

'Ja,' zei Lena, en ze richtte haar aandacht weer op de krant. 'Inderdaad.'

Het duurde een of twee minuten voor Gordon een nieuwe benadering had uitgedacht. Hij wees naar de krant. 'Je bent de zus van die pot.'

Lena's stem klonk nog steeds luchtig, hoewel Jeffrey wist dat ze het liefst over de tafel was geklommen om hem te vermoorden. Ze zei: 'Dat klopt.'

'Ze werd vermoord,' zei hij. 'Iedereen op de campus wist dat ze een pot was.'

'Dat was ze ook.'

Gordon ging met zijn tong langs zijn lippen. 'Klotepot.'

'Ja.' Lena sloeg de pagina om, met een verveelde uitdrukking op haar gezicht.

'Pot,' herhaalde hij. 'Stomme kutlikker.' Hij zweeg, in afwachting van een reactie, en was duidelijk geïrriteerd toen deze uitbleef. Hij zei: 'Kierenslijper.'

Lena zuchtte verveeld. 'Kutkliever, eet de Y, draait de O op haar liefjes roze telefoon.' Ze zweeg, keek hem over de krant heen aan en vroeg: 'Nog iets vergeten?'

Hoewel Jeffrey Lena's techniek wel kon waarderen, prevelde hij een dankgebedje omdat ze niet voor een misdaadcarrière had gekozen.

Gordon zei: 'Daarom houden jullie me hier vast, hè? Denken jullie echt dat ik haar heb verkracht?'

Lena hield de krant nog steeds omhoog, maar Jeffrey wist dat haar hart waarschijnlijk even snel sloeg als het zijne. Misschien gokte Gordon, maar het zou ook kunnen dat hij een manier zocht om een bekentenis af te leggen.

Lena vroeg: 'Heb jij haar dan verkracht?'

'Misschien,' zei Gordon. Hij begon heen en weer te schommelen op de stoel, als een jongetje dat smachtte naar aandacht. 'Misschien heb ik haar wel geneukt. Wil je het weten?'

'Uiteraard,' zei Lena. Ze legde de krant neer en sloeg haar armen over elkaar. 'Vertel me het hele verhaal maar eens.'

Gordon boog zich naar haar toe. 'Ze was op het toilet, hè?'

'Jij zegt het.'

'Ze was haar handen aan het wassen, en toen ging ik naar binnen en neukte haar in haar kont. Ze vond het zo lekker dat ze ter plekke dood neerviel.'

Lena slaakte een diepe zucht. 'Kun je niks beters verzinnen?'

Hij leek beledigd. 'Nee.'

'Waarom vertel je me niet wat je met Julia Matthews hebt gedaan?'

Hij ging weer achterover op zijn stoel zitten en leunde op zijn handen. 'Ik heb niks met haar gedaan.'

'Waar is ze dan?'

Hij haalde zijn schouders op. 'Waarschijnlijk dood.'

'Waarom zeg je dat?'

Hij boog zich weer naar voren, en zijn borst drukte tegen

de tafel. 'Ze heeft al eens eerder geprobeerd zichzelf van kant te maken.'

Lena vertrok geen spier. 'Ja, dat weet ik. Ze sneed haar polsen door.'

'Dat klopt.' Gordon knikte, hoewel Jeffrey de verbazing van zijn gezicht kon lezen. Jeffrey was zelf ook verbaasd, hoe logisch het ook was. Vrouwen sneden over het algemeen eerder hun polsen door dan dat ze kozen voor een van de vele andere manieren om zelfmoord te plegen. Lena had een berekende gok gemaakt.

'Ze heeft vorige maand haar polsen doorgesneden,' vatte Lena samen.

Hij hield zijn hoofd scheef en schonk haar een vreemde blik. 'Hoe weet jij dat?'

Lena zuchtte nog eens en pakte de krant weer op. Ze sloeg hem met een klap open en begon te lezen.

Gordon begon weer op zijn stoel heen en weer te schommelen.

Lena keek niet op van haar krant. 'Waar is ze, Ryan?'

'Ik heb geen idee.'

'Heb je haar verkracht?'

'Ik hoefde haar niet eens te verkrachten. Het was verdomme net een schoothondje.'

'Heb je je door haar laten pijpen?'

'Dat klopt.'

'Was dat de enige manier waarop je hem overeind kon krijgen, Ryan?'

'Shit.' Hij zette de stoel stil. 'Je mag trouwens niet eens met me praten.'

'Waarom niet?'

'Omdat er niemand anders bij is. Ik kan alles zeggen wat ik wil zonder dat het iets uitmaakt.'

'Wat wil je dan zeggen?'

Zijn lippen vertrokken. Hij boog zich nog verder naar voren. Vanaf de plek waar Jeffrey naar Gordon stond te kijken, vond hij de jongen net een vastgebonden varken, zoals hij daar zat met zijn handen geboeid achter zich.

Gordon fluisterde: 'Misschien wil ik nog wel iets meer over je zus vertellen.'

Lena negeerde hem.

'Misschien wil ik wel vertellen hoe ik haar heb doodgeslagen.'

'Je ziet er niet naar uit alsof je ook maar weet hoe je een hamer moet vasthouden.'

Even leek hij uit het veld geslagen. 'Dat weet ik heel goed,' verzekerde hij haar. 'Ik heb haar hoofd ingeslagen, en daarna heb ik haar geneukt met de hamer.'

Lena sloeg een pagina om en vouwde de krant weer dubbel. 'Waar heb je die hamer gelaten?'

Er verscheen een zelfingenomen uitdrukking op zijn gezicht. 'Dat zou je wel willen weten, hè?'

'Wat was er eigenlijk met Julia aan de hand, Ryan?' vroeg Lena op achteloze toon. 'Ging ze vreemd of zo? Misschien had ze wel een echte man ontmoet.'

'Rot toch op, teef,' snauwde Gordon. 'Ik ben een echte man.'

'Zal wel.'

'Doe die handboeien maar af, dan zal ik het je laten zien.'

'Vast en zeker,' zei Lena op een toon die aangaf dat ze zich niet in het minst bedreigd voelde. 'Waarom bedroog ze je dan?'

'Dat deed ze niet,' zei hij. 'Heeft die teef van een Jenny Price je dat verteld? Ze weet er helemaal niks van.'

'Dat Julia bij je weg wilde? Dat je haar de hele tijd achterna liep, dat je haar niet met rust wilde laten?'

'Gaat het daarover?' vroeg Gordon. 'Hebben jullie me godverdomme daarom in de boeien geslagen?'

'We hebben je in de boeien geslagen vanwege die coke in je zak.'

Hij snoof. 'Die was niet van mij.'

'Het was jouw broek helemaal niet, hè?'

Hij sloeg met zijn borst tegen de tafel, zijn gezicht een woedend masker. 'Hoor eens, teef –'

Lena ging voor hem staan, over de tafel gebogen, haar ge-

zicht tegen het zijne. 'Waar is ze?'
Speeksel droop uit zijn mond. 'Krijg de klere.'
Met één snelle beweging greep Lena de ring die aan zijn neus hing.
'Au, shit,' krijste Gordon, en hij boog zich naar voren waardoor zijn borst tegen de tafel klapte en zijn armen achter zijn rug omhoogstaken. 'Help!' gilde hij. Het venster waarachter Jeffrey stond, trilde van het lawaai.
Lena fluisterde: 'Waar is ze?'
'Ik heb haar een paar dagen geleden nog gezien,' bracht hij eruit met op elkaar geklemde tanden. 'Jezus, laat me alsjeblieft los.'
'Waar is ze?'
'Ik weet het niet,' schreeuwde hij. 'Alsjeblieft, ik weet het niet! Je trekt hem er nog uit.'
Lena liet de ring los en veegde haar hand af aan haar broek. 'Stomme sukkel die je bent.'
Ryan bewoog zijn neus op en neer, waarschijnlijk om te voelen of hij er nog aan zat. 'Je hebt me pijn gedaan,' jammerde hij. 'Dat deed pijn.'
'Zal ik je nog een keer pijn doen?' bood Lena aan, en ze liet haar hand op haar pistool rusten.
Gordon trok zijn hoofd in en mompelde: 'Ze probeerde zich van kant te maken omdat ik het had uitgemaakt. Zo veel hield ze nou van mij.'
'Volgens mij had ze geen enkel benul van liefde,' bracht Lena hiertegen in. 'Volgens mij kwam ze zo van de boerderij en heb jij misbruik van haar gemaakt.' Weer stond ze op en ze boog zich half over de tafel. 'Bovendien heb je volgens mij het lef nog niet om een vlieg dood te slaan, laat staan een levend mens, en als ik je ooit' – Lena sloeg met haar handen op de tafel, en haar woede was als een ontploffende granaat – 'als ik je ooit nog iets over mijn zus hoor zeggen, Ryan, wat dan ook, dan maak ik je af. Neem dat maar van mij aan, ik weet dat ik het in me heb. Daar twijfel ik geen seconde aan.'
Gordons mond bewoog zonder dat er geluid uitkwam.
Jeffrey werd zo door het gesprek in beslag genomen dat hij

de klop op de deur niet hoorde.

'Jeffrey?' zei Marla, en ze stak haar hoofd om de hoek van de observatieruimte. 'Problemen bij het huis van Will Harris.'

'Will Harris?' vroeg Jeffrey, en hij bedacht dat dat wel de allerlaatste naam was die hij verwacht had te horen. 'Wat is er aan de hand?'

Marla kwam de kamer binnen en zei zachtjes: 'Iemand heeft een steen door zijn ruit gegooid.'

Frank Wallace en Matt Hogan stonden op het gazon voor het huis van Will Harris toen Jeffrey kwam aanrijden. Hij vroeg zich af hoe lang ze daar al waren. Ook vroeg hij zich af of ze wisten wie dit had gedaan. Matt Hogan stak zijn vooroordelen niet onder stoelen of banken. Van Frank was Jeffrey echter niet zo zeker. Wel wist hij dat Frank de vorige dag aanwezig was geweest bij de ondervraging van Pete Wayne. Jeffrey voelde een stijgende spanning toen hij de auto parkeerde. Hij vond het niet prettig dat hij zijn eigen mannen niet kon vertrouwen.

'Wat is er verdomme gebeurd?' vroeg Jeffrey terwijl hij uit de auto stapte. 'Wie heeft dit gedaan?'

Frank zei: 'Hij kwam ongeveer een halfuur geleden thuis. Zegt dat-ie bij de oude juffrouw Betty heeft gewerkt, haar tuin heeft belucht. Hij kwam thuis en toen zag hij dit.'

'Was het een steen?'

'Een baksteen, om precies te zijn,' zei Frank. 'Zo eentje die je overal ziet. Er zat een briefje omheen.'

'Wat stond erop?'

Frank sloeg zijn blik neer en keek toen weer op. 'Will heeft het.'

Jeffrey keek naar het grote raam, waar een enorm gat in zat. De twee ramen aan weerszijden waren niet beschadigd, maar het zou een bom duiten kosten om het glas in het midden te vervangen. 'Waar is hij?' vroeg Jeffrey.

Matt gaf een knik in de richting van de voordeur. Hij had net zo'n zelfingenomen uitdrukking op zijn gezicht als Jeffrey een paar minuten daarvoor bij Ryan Gordon had gezien.

'In het huis,' zei Matt.

Jeffrey wilde naar de deur lopen, maar bleef toen weer staan. Hij deed zijn portefeuille open en haalde er een briefje van twintig dollar uit. 'Ga eens een plaat triplex halen,' zei hij. 'En breng die zo snel mogelijk hiernaartoe.'

Matts kaak verstrakte, maar Jeffrey keek hem doordringend aan. 'Wou je nog iets zeggen, Matt?'

Frank merkte op: 'We zullen zien of we meteen wat glas kunnen bestellen als we er toch zijn.'

'Ja,' zei Matt morrend terwijl hij naar de auto liep.

Frank wilde hem volgen, maar Jeffrey hield hem tegen. Hij vroeg: 'Enig idee wie dit gedaan kan hebben?'

Frank staarde een paar tellen lang naar zijn voeten. 'Matt was de hele ochtend bij mij, als je daarop doelt.'

'Inderdaad.'

Frank sloeg zijn blik weer op. 'Hoor eens, chef, ik zoek uit wie het gedaan heeft, dat komt wel in orde.'

Hij wachtte Jeffreys mening hierover niet af, maar draaide zich om en liep in de richting van Matts auto. Jeffrey bleef staan tot ze weg waren en liep toen de oprit naar het huis van Will Harris op.

Hij klopte zachtjes op de hordeur voor hij zichzelf binnenliet. Will Harris zat op zijn stoel, een glas ijsthee naast zich. Hij ging staan toen Jeffrey de kamer binnenkwam.

'Het was mijn bedoeling niet u hiernaartoe te halen,' zei Will. 'Ik deed alleen maar aangifte. Ik werd een beetje bang van wat mijn buurvrouw zei.'

'Welke buurvrouw?' vroeg Jeffrey.

'Mevrouw Barr aan de overkant.' Hij wees naar het raam. 'Ze is al wat ouder en ze is nogal snel bang. Ze zei dat ze niets had gezien. Uw mensen zijn al bij haar langs geweest.' Hij liep weer naar zijn stoel en raapte een stuk wit papier op dat hij aan Jeffrey overhandigde. 'Ik werd zelf ook een beetje bang toen ik dit zag.'

Jeffrey nam het briefje aan, en hij proefde een galsmaak in

zijn mond toen hij de dreigende woorden las die op het witte papier waren getypt. Er stond: 'Kijk jij maar uit, nikker.'

Jeffrey vouwde het papier op en stopte het in zijn zak. Hij zette zijn handen in de zij en keek de kamer rond. 'Je woont hier mooi.'

'Dank u,' was Wills antwoord.

Jeffrey liep naar de voorste ramen. Hij kreeg hier een heel akelig gevoel van. Will Harris' leven liep gevaar alleen omdat Jeffrey de vorige dag met hem had gepraat. Hij vroeg: 'Vind je het goed als ik vannacht op je bank slaap?'

Will keek verbaasd. 'Denkt u dat dat nodig is?'

Jeffrey haalde zijn schouders op. 'Baat het niet, het schaadt ook niet, toch?'

Twaalf

Lena zat thuis aan de keukentafel naar de peper- en zoutvaatjes te staren. Ze probeerde grip te krijgen op wat er die dag was gebeurd. Ze was ervan overtuigd dat Ryan Gordons enige misdaad eruit bestond dat hij een klootzak was. Als Julia Matthews slim was, dan was ze naar huis gegaan of hield ze zich een tijdje schuil, waarschijnlijk in een poging haar vriendje op afstand te houden. Dit betekende dat het doel dat Jeffrey en Lena voor ogen hadden toen ze naar de hogeschool waren gegaan, nog absoluut niet bereikt was. Ze hadden nog steeds geen verdachte voor de moord op haar zus.

Lena voelde haar woede toenemen met elke minuut die verstreek, met elk uur dat voorbijging zonder een goede aanwijzing die zou kunnen leiden naar de man die haar zus had gedood. Sibyl had haar altijd voorgehouden dat woede gevaarlijk was, dat ze ook ruimte moest geven aan andere emoties. Op dit moment kon Lena zich niet voorstellen dat ze ooit weer gelukkig zou zijn, of zelfs maar bedroefd. Het verlies had haar verdoofd, en woede was het enige wat haar het gevoel gaf dat ze nog leefde. Om niet als een machteloos kind in te storten omarmde ze haar woede, die in haar binnenste als een kanker aanzwol. Ze had haar woede nodig om zich erdoorheen te kunnen slepen. Pas als Sibyls moordenaar was gepakt, als Julia Matthews was gevonden, zou Lena zich aan haar verdriet overgeven.

'Sibby.' Lena zuchtte en sloeg haar handen voor haar ogen. Zelfs tijdens het verhoor van Gordon waren beelden van Sibyl tot in Lena's geest doorgedrongen. Hoe heviger ze zich ertegen verzette, hoe krachtiger ze werden.

Ze kwamen in flitsen, deze herinneringen. Het ene moment zat ze tegenover Gordon en luisterde naar zijn zielige aanstellerij en het volgende was ze een twaalfjarig meisje op het strand, dat Sibyl naar de zee leidde zodat ze in het water konden spelen. Al snel na het ongeluk dat Sibyl haar gezichtsvermogen had gekost, was Lena het oog van haar zus geworden: dankzij Lena kon Sibyl weer zien. Tot op de dag van vandaag was Lena ervan overtuigd dat dit een goede rechercheur van haar had gemaakt. Ze besteedde veel aandacht aan details. Ze luisterde naar haar intuïtie. Op dit moment vertelde haar intuïtie haar dat het verspilde moeite was om nog meer tijd aan Gordon te besteden.

'Hallo,' zei Hank, en hij pakte een flesje cola uit de koelkast. Hij hield er ook een voor Lena omhoog, maar ze schudde haar hoofd.

Lena vroeg: 'Waar komen die vandaan?'

'Ik ben naar de winkel geweest,' zei hij. 'Hoe ging het vandaag?'

Lena gaf geen antwoord op zijn vraag. 'Waarom ben je naar de winkel geweest?'

'Je had helemaal geen eten in huis,' zei hij. 'Het verbaast me nog dat je niet bent weggekwijnd.'

'Jij hoeft van mij niet naar de winkel,' wierp Lena tegen. 'Wanneer ga je weer terug naar Reece?'

De vraag leek hem pijnlijk te treffen. 'Over een paar dagen, denk ik. Ik kan wel bij Nan logeren als je me hier niet wilt hebben.'

'Je mag hier wel blijven, hoor.'

'Het is geen enkele moeite, Lee. Ze heeft me haar bank al aangeboden.'

'Je hoeft helemaal niet bij haar te logeren,' snauwde Lena. 'Oké? Vergeet het nou maar. Als het bij een paar dagen blijft, vind ik het best.'

'Ik zou ook naar een hotel kunnen gaan.'

'Hank,' zei Lena, en ze was zich ervan bewust dat haar

stem luider klonk dan nodig was. 'Vergeet het nou maar, oké? Ik heb een heel zware dag achter de rug.'

Hank zat met het colaflesje te spelen. 'Wil je erover praten?'

'Niet met jou,' lag op het puntje van haar tong, maar ze slikte het nog net op tijd in. 'Nee,' zei ze.

Hij nam een slok van de cola en staarde naar een plek achter haar schouder.

'We hebben geen enkele aanwijzing,' zei Lena. 'Behalve dan die lijst.' Hank keek haar niet-begrijpend aan, en ze legde uit: 'We hebben een lijst met alle zedendelinquenten die de laatste zes jaar in Grant zijn gaan wonen.'

'Houden ze daar dan een lijst van bij?'

'Godzijdank wel, ja,' zei Lena, in een poging een eventuele discussie over burgerrechten in de kiem te smoren. Als exverslaafde had Hank de neiging privacy zwaarder te laten wegen dan gezond verstand. Lena was niet in de stemming voor een gesprek over ex-gedetineerden die hun schuld hadden ingelost.

'En,' zei Hank, 'heb jij die lijst?'

'We hebben allemaal een lijst,' verduidelijkte Lena. 'We kloppen op deuren en proberen erachter te komen of er iemand is die overeenstemming vertoont met het daderprofiel.'

'En dat is?'

Ze staarde hem aan en overwoog of ze verder zou gaan. 'Iemand die in het verleden een seksueel misdrijf heeft gepleegd. Een blanke persoon tussen de achtentwintig en vijfendertig jaar. Iemand die zichzelf als godsdienstig beschouwt. Iemand die Sibyl misschien in de gaten hield. Degene die haar heeft aangevallen, was op de hoogte van haar doen en laten, dus het moet wel iemand zijn geweest die haar van gezicht kende of haar weleens tegenkwam.'

'Zo te horen een behoorlijk smalle marge.'

'Er staan bijna honderd mensen op die lijst.'

Hij floot zachtjes. 'In Grant?' Hij schudde zijn hoofd, alsof ze hem in de maling wilde nemen.

'En dat is dan alleen nog maar van de laatste zes jaar, Hank. Als we deze afgewerkt hebben zonder iemand te vinden, gaan we misschien nog wel verder terug. Misschien wel tien of vijftien jaar.'

Hank veegde zijn haar van zijn voorhoofd en nu kon Lena zijn onderarmen goed zien. Ze wees naar zijn blote armen. 'Ik wil dat je vanavond je jas aanhoudt.'

Hank keek naar de oude littekens. 'Oké, als jij dat zo graag wilt.'

'Er komen lui van de politie. Vrienden van mij. Mensen met wie ik werk. Als ze die littekens zien, weten ze meteen hoe laat het is.'

Hij keek weer naar zijn armen. 'Ik geloof niet dat je per se een smeris moet zijn om te weten wat dit zijn.'

'Breng me nou niet in verlegenheid, Hank. Het is al erg genoeg dat ik tegen mijn chef moest zeggen dat je een junk bent.'

'Dat spijt me dan.'

'Nou ja, goed,' zei Lena, die niet wist wat er verder nog te zeggen viel. De verleiding was groot om boos op hem te worden, om net zolang tegen hem tekeer te gaan tot hij ontplofte en ze elkaar in de haren zouden vliegen.

In plaats daarvan draaide ze zich om op haar stoel en keek de andere kant op. 'Ik ben niet in de stemming voor gezellige onderonsjes.'

'Nou, dat spijt me dan,' zei Hank, maar hij maakte geen aanstalten op te staan. 'We moeten nog bespreken wat we met de as van je zus zullen doen.'

Lena stak haar hand op om hem het zwijgen op te leggen. 'Daar ben ik nu niet toe in staat.'

'Ik heb met Nan gepraat –'

Ze onderbrak hem. 'Het interesseert me niet wat Nan hierover te zeggen heeft.'

'Sibyl was haar geliefde, Lee. Ze deelden hun leven met elkaar.'

'Ik deelde mijn leven ook met haar,' snauwde Lena. 'Ze was mijn zus, Hank. Jezus, ik laat haar niet door Nan inpikken.'

'Nan lijkt me een heel aardig mens.'

'Vast en zeker.'

Hank frunnikte aan het flesje. 'We kunnen haar niet buitensluiten alleen maar omdat jij het een vervelende situatie vindt, Lee.' Hij zweeg even en zei toen: 'Ze waren verliefd op elkaar. Ik begrijp niet waarom je het zo moeilijk vindt dat te accepteren.'

'Te accepteren?' Lena lachte. 'Ik moest het toch wel accepteren? Ze woonden samen. Ze gingen samen op vakantie.' Ze herinnerde zich de opmerking weer die Gordon eerder die dag had gemaakt. 'Klaarblijkelijk was die hele kloteschool ervan op de hoogte,' zei ze. 'Ik had nou niet bepaald een keus.'

Met een zucht ging Hank achterover zitten. 'Ik weet het niet, schat. Was je misschien jaloers op haar?'

Lena hield haar hoofd scheef. 'Op wie?'

'Op Nan.'

Ze lachte. 'Dat is het stomste wat ik je ooit heb horen zeggen.' Ze voegde eraan toe: 'En we weten allebei dat ik al heel wat stomme onzin uit jouw mond heb gehoord.'

Hank haalde zijn schouders op. 'Je hebt Sibby heel lang voor jou alleen gehad. Ik snap heel goed dat ze toen ze iemand anders ontmoette, een relatie met iemand anders kreeg, niet altijd voor je klaar kon staan.'

Lena voelde haar mond openvallen van verbijstering. De ruzie waar ze enkele ogenblikken daarvoor op had gehoopt, kwam in één klap tot uitbarsting. 'Denk jij dat ik jaloers was op Nan Thomas omdat ze met mijn zus neukte?'

Hij kromp ineen bij haar woorden. 'Denk je dat dat het enige was waar het hen om ging?'

'Ik weet niet waar het hen om ging, Hank,' zei Lena. 'We hadden het nooit over dat deel van haar leven, oké?'

'Dat weet ik.'

'Waarom begon je er dan over?'

Hij gaf geen antwoord. 'Jij bent niet de enige die zonder haar verder moet.'

'Wanneer heb je mij horen zeggen dat dat zo was?' grauwde Lena, en ze kwam overeind.

'Zo lijkt het nou eenmaal,' zei Hank. 'Hoor eens, Lee, misschien moet je hier eens met iemand over praten.'

'Ik praat er nu toch met jou over.'

'Niet met mij.' Hank fronste zijn voorhoofd. 'Die jongen bijvoorbeeld met wie je weleens uitging. Is hij nog in beeld?'

Ze moest lachen. 'Greg en ik hebben het een jaar geleden uitgemaakt, en zelfs als dat niet zo was, dan geloof ik niet dat ik bij hem zou gaan uithuilen.'

'Ik heb ook niet gezegd dat je dat moest doen.'

'Prima.'

'Daar ken ik je te goed voor.'

'Je kent me godbetert helemaal niet,' snauwde ze. Lena liep de kamer uit en met gebalde vuisten rende ze met twee treden tegelijk de trap op naar boven waar ze de deur van haar slaapkamer achter zich dichtsmeet.

Haar kast was grotendeels gevuld met pakjes en broeken, maar Lena vond ergens achterin toch nog een zwarte jurk. Ze trok de strijkplank te voorschijn en deed een stap naar achteren, maar niet snel genoeg om het strijkijzer te ontwijken dat van de plank afgleed en met een klap op haar teen terechtkwam.

'Verdomme,' siste Lena terwijl ze haar voet vastgreep. Ze ging op het bed zitten en wreef over haar tenen. Het was allemaal de schuld van Hank, die haar weer vreselijk had zitten opfokken. Dit soort dingen deed hij nou altijd, altijd kwam hij aanzetten met die stomme AA-filosofietjes van hem over verwerken en delen. Als hij zo'n leven wilde leiden, als hij zo'n leven moest leiden omdat hij zich anders vol dope spoot of zich doodzoop, dan was dat best, maar hij had het recht niet het aan Lena op te dringen.

En wat betreft die studeerkamerdiagnose van hem dat ze jaloers zou zijn op Nan, dat was gewoonweg belachelijk. Haar hele leven had Lena haar best gedaan Sibyl te helpen zelfstandig te worden. Het was Lena geweest die al die verslagen hardop had voorgelezen zodat Sibyl niet op de brailleversie hoefde te wachten. Het was Lena geweest die altijd meeluisterde als Sibyl haar mondelinge examens oefende, en weer was het Lena geweest die Sibyl hielp met haar proefjes. En dat had ze allemaal voor Sibyl gedaan, om haar te helpen op eigen benen te staan, een baan te krijgen, haar eigen leven in te richten.

Lena klapte de strijkplank open en legde de jurk erop. Ze streek de stof glad en dacht aan de laatste keer dat ze deze jurk had gedragen. Sibyl had Lena gevraagd met haar naar een faculteitsfeestje op de hogeschool te gaan. Lena was verbaasd geweest, maar ze had wel toegestemd. Er liep een duidelijke scheidslijn tussen de mensen van de hogeschool en de inwoners van het stadje, en ze had zich niet op haar gemak gevoeld te midden van die lui, omringd door mensen die niet alleen een studie hadden afgemaakt, maar die ook nog waren gepromoveerd. Lena was geen boerentrien, maar ze wist nog dat ze het gevoel had gehad vreselijk uit de toon te vallen.

Maar Sibyl was in haar element geweest. Lena herinnerde zich dat ze haar midden in het gedrang had zien staan terwijl ze aan het praten was met een groepje docenten die heel geïnteresseerd leken in wat ze zei. Niemand staarde haar aan zoals dat het geval was geweest toen de meisjes opgroeiden. Niemand stak de draak met haar of maakte bedekte toespelingen op het feit dat ze niet kon zien. Voor het eerst in haar leven had Lena beseft dat Sibyl haar niet nodig had.

Nan Thomas had niets met deze ontdekking te maken. Hank vergiste zich op dat punt. Sibyl was vanaf het allereerste begin onafhankelijk geweest. Ze kon heel goed voor zichzelf zorgen. Ze wist zich heel goed te redden. Ze was dan wel blind, maar in zeker opzicht zag ze de dingen heel scherp. In zeker opzicht had Sibyl mensen beter door dan iemand die kon zien, want zij luisterde naar wat ze zeiden. Ze hoorde iets veranderen in hun stem als ze logen, ze hoorde ze beven als ze overstuur waren. Ze had Lena als geen ander begrepen.

Hank klopte op de deur. 'Lee?'

Lena veegde haar neus af en besefte opeens dat ze had gehuild. Ze deed de deur niet open. 'Wat is er?'

Zijn stem klonk gedempt, maar ze verstond hem heel

goed. Hij zei: 'Het spijt me dat ik dat heb gezegd, schat.'

Lena haalde diep adem en liet de lucht toen weer ontsnappen. 'Het is wel goed zo.'

'Het komt omdat ik me zorgen om je maak.'

'Ik red me wel,' zei Lena, en ze zette het strijkijzer aan. 'Nog tien minuten en dan ben ik klaar om te vertrekken.'

Ze keek naar de deur en zag de deurknop zachtjes naar beneden gaan en vervolgens weer omhoog toen hij werd losgelaten. Ze hoorde hoe zijn voetstappen zich over de gang verwijderden.

Brocks Rouwcentrum was tjokvol vrienden en collega's van Sibyl. Nadat ze tien minuten lang handen had geschud en condoleances in ontvangst had genomen van mensen die ze nog nooit had gezien, voelde Lena haar maag in een strakke knoop veranderen. Ze had het gevoel dat ze elk moment zou kunnen ontploffen als ze hier nog langer moest stilstaan. Ze wilde hier helemaal niet zijn, ze wilde haar verdriet niet met anderen delen. Het vertrek leek steeds kleiner te worden, en hoewel de airconditioning zo hard stond dat sommige mensen hun jassen aanhielden, brak het zweet Lena uit.

'Hoi,' zei Frank, en hij pakte haar bij de elleboog.

Het gebaar verbaasde Lena, maar ze trok haar arm niet terug. Een overweldigend gevoel van opluchting stroomde door haar heen nu ze een bekende had om mee te praten.

'Heb je gehoord wat er is gebeurd?' vroeg Frank, terwijl hij een zijdelingse blik op Hank wierp. Het schaamrood steeg Lena naar de kaken toen ze die blik zag, want ze wist dat Frank haar oom onmiddellijk als uitschot had aangemerkt. Mensen van de politie roken het op een kilometer afstand.

'Nee,' zei Lena, en ze voerde Frank mee naar de zijkant van het vertrek.

'Will Harris,' begon hij op zachte toon. 'Iemand heeft een steen door het raam van zijn voorkamer gegooid.'

'Waarom?' wilde Lena weten, hoewel ze het antwoord wel kon raden.

Frank haalde zijn schouders op. 'Geen idee.' Hij keek even

over zijn schouder. 'Wat ik over Matt wilde zeggen...' Weer dat schouderophalen. 'Hij is de hele dag bij mij geweest. Ik weet het niet.'

Lena trok hem mee de gang op zodat ze niet hoefden te fluisteren. 'Denk je dat Matt iets heeft uitgespookt?'

'Matt of Pete Wayne,' zei hij. 'Ik bedoel, zij zijn de enigen die ik kan bedenken.'

'Misschien iemand van de loge?'

Frank zette zijn stekels op, zoals ze wel had verwacht. Ze had net zo goed kunnen zeggen dat de paus aan een tienjarig kind had gezeten.

'En Brad?' vroeg Lena.

Frank keek haar op een bepaalde manier aan.

'Ja,' zei Lena. 'Ik weet wat je bedoelt.' Ze durfde niet te zweren dat Brad Stephens het misschien niet zo op Will Harris had begrepen, maar ze wist wel dat Brad eerder zijn eigen arm zou afhakken dan dat hij de wet zou overtreden. Ooit was Brad vijf kilometer teruggereden om een stuk afval op te rapen dat per ongeluk uit zijn autoraampje was gewaaid.

'Ik was eigenlijk van plan straks eens met Pete te gaan praten,' zei Frank.

Zonder erbij na te denken, keek Lena op haar horloge. Het was net halfzes geweest. Pete was waarschijnlijk thuis.

'Zullen we jouw auto nemen?' vroeg ze, en ze bedacht dat Hank dan met die van haar naar huis kon rijden.

Frank keek de rouwzaal nog eens in. 'Loop je zomaar bij de wake van je zus weg?' vroeg hij, duidelijk geschokt.

Lena staarde naar de vloer, in de wetenschap dat ze zich op z'n minst zou moeten schamen. Maar ze voelde dat ze deze kamer vol onbekenden uit moest voor het verdriet haar in zijn greep zou krijgen en ze te verlamd zou zijn om iets anders te doen dan in haar kamer een potje te gaan zitten janken.

Frank zei: 'Over tien minuten sta ik bij de zijuitgang op je te wachten.'

Lena liep de zaal weer in, op zoek naar Hank. Hij stond naast Nan Thomas, zijn arm om haar schouder. Woede steeg in haar op toen ze hen daar zo zag staan. Hij scheen er geen enkele moeite mee te hebben een volslagen vreemde te troosten, ook al stond zijn eigen vlees en bloed op nog geen drie meter van hem af, helemaal alleen.

Lena ging terug naar de gang om haar jas te pakken. Ze wilde hem net aantrekken toen ze voelde dat iemand haar hielp. Tot haar verbazing stond Richard Carter achter haar.

'Ik wilde nog tegen je zeggen,' zei hij op gedempte toon, 'dat ik het zo erg vind van je zus.'

'Bedankt,' wist ze met moeite uit te brengen. 'Dat waardeer ik zeer.'

'Weten jullie al iets meer over dat andere meisje?'

'Matthews?' vroeg ze voor ze er erg in had. Lena was in een klein stadje opgegroeid, maar het verbaasde haar nog steeds hoe snel nieuwtjes de ronde deden.

'Die Gordon,' zei Richard met een theatrale huivering. 'Dat is niet zo'n lekkere jongen.'

'Tja,' mompelde Lena, en ze deed een poging zich van hem los te maken. 'Hoor eens, bedankt dat je vanavond bent gekomen.'

Hij glimlachte flauwtjes. Hij besefte heel goed dat ze een punt achter het gesprek wilde zetten, maar het was duidelijk dat hij het haar niet gemakkelijk wilde maken. Hij zei: 'Ik heb altijd met veel plezier met je zus samengewerkt. Ze is altijd heel goed voor me geweest.'

Lena wipte van de ene voet op de andere om niet de indruk te wekken dat ze nog langer met hem wilde praten. Ze kende Frank goed genoeg om te weten dat hij niet heel lang op haar zou blijven wachten.

'Ze vond het ook prettig met jou samen te werken, Richard,' zei Lena.

'Heeft ze dat gezegd?' vroeg hij, zichtbaar vergenoegd. 'Ik bedoel, ik weet dat ze mijn werk waardeerde, maar heeft ze dat echt gezegd?'

'Ja,' zei Lena. 'Meer dan eens.' Nu zag ze Hank in de menigte. Zijn arm lag nog steeds om Nans schouder. Ze wees naar hem. 'Vraag maar aan mijn oom. Toevallig had hij het er laatst nog over.'

'Echt waar?' vroeg Richard, en hij sloeg zijn hand voor zijn mond.

'Ja,' antwoordde Lena terwijl ze haar autosleutels uit haar jaszak opdiepte. 'Hoor eens, zou je deze aan mijn oom willen geven?'

Hij staarde naar de sleutels zonder ze aan te pakken. Een van de redenen waarom Sibyl het zo goed had kunnen vinden met Richard was dat ze zijn neerbuigende blik nooit had kunnen zien. Ze scheen zelfs over een jobsgeduld te hebben beschikt waar het Richard Carter betrof. Lena wist dat Sibyl hem meer dan eens uit de nesten had geholpen als hij van de hogeschool dreigde te worden gestuurd.

'Richard?' vroeg ze, en ze zwaaide met de sleutels.

'Oké,' zei hij ten slotte en hij stak zijn hand uit.

Lena liet de sleutels op zijn handpalm vallen. Ze wachtte tot hij zich enkele stappen van haar had verwijderd, en toen schoot ze de zijuitgang door. Frank zat in zijn auto te wachten, met de lampen uit.

'Sorry dat ik zo laat ben,' zei Lena bij het instappen. Ze trok haar neus op toen ze een rooklucht opving. Formeel mocht Frank tijdens het werk niet roken als zij erbij was, maar ze hield haar mond, aangezien hij haar een dienst bewees door haar mee te nemen.

'Al die studiekoppen ook,' zei Frank. Hij nam een trek van zijn sigaret en gooide hem toen het raampje uit. 'Sorry,' klonk het.

'Maakt niet uit,' zei Lena. Het gaf haar een raar gevoel om in haar mooie kleren in Franks auto te zitten. Om de een of andere reden deed het haar aan haar eerste afspraakje denken. Lena was een echt spijkerbroek-en-T-shirttype, en er moest wel iets heel bijzonders aan de hand zijn wilde ze een jurk aantrekken. Ze voelde zich lomp in hoge hakken en een panty, en wist nooit hoe ze moest zitten of wat ze met haar handen moest doen. Ze miste haar holster.

'Wat je zus betreft,' begon Frank.

Lena wilde het hem niet moeilijk maken. 'Ja, dank je,' zei ze.

De duisternis was ingevallen toen Lena nog in het rouwcentrum was, en hoe verder ze de stad met zijn straatlantaarns en drukte achter zich lieten, hoe donkerder het werd in de auto.

'Dat gedoe bij het huis van die ouwe Will,' zei Frank in een poging de stilte te verbreken. 'Ik weet het niet, Lena.'

'Denk je dat Pete er iets mee te maken heeft?'

'Ik weet het niet,' herhaalde Frank. 'Zo'n twintig jaar voor Pete geboren werd, werkte Will al voor zijn vader. Dat mag je niet vergeten.' Hij wilde een sigaret pakken, maar hield zich in. 'Ik weet het gewoonweg niet.'

Lena wachtte, maar daar bleef het bij. Haar handen lagen gevouwen op haar schoot, en ze staarde voor zich uit terwijl Frank de stad uitreed. Ze passeerden de stadsgrens, en waren al een aardig eind in Madison toen Frank vaart minderde en met een scherpe bocht naar rechts een doodlopende weg inreed.

Pete Waynes stenen bungalow was heel eenvoudig, net zoals hijzelf. Zijn auto, een 1996 Dodge, met rode tape waar de achterlichten hadden gezeten, stond scheef op de oprit geparkeerd.

Frank reed de auto naar de stoeprand en deed de koplampen uit. Hij liet een nerveus lachje horen. 'Nu je d'r zo mooi uitziet en zo heb ik het gevoel dat ik het portier voor je moet openhouden.'

'Als je dat maar laat,' beet ze hem toe en ze greep het handvat voor het geval hij het meende.

'Wacht even,' zei Frank, en hij legde zijn hand op Lena's arm. Ze dacht dat hij nog steeds een grapje maakte, maar iets in zijn toon deed haar opkijken. Pete kwam zijn huis uit, een honkbalknuppel in zijn hand.

Frank zei: 'Blijf zitten.'

'Om de dooie dood niet,' zei Lena en ze had het portier al open voor hij haar kon tegenhouden. Het plafondlampje ging aan en Pete Wayne keek op.

Frank zei: 'Daar gaat-ie dan, meissie.'

Lena slikte de woede in die in haar opwelde bij het horen

van dat woordje. Ze liep achter Frank aan de oprit op en voelde zich vreselijk opgelaten met haar hoge hakken en lange jurk.

Pete stond hen op te wachten, de knuppel langs zijn zij. 'Frank?' vroeg hij. 'Wat is er aan de hand?'

'Vind je het goed als we even binnenkomen?' vroeg Frank, en toen: 'Broeder.'

Pete wierp een zenuwachtige, zijwaartse blik op Lena. Ze wist dat die lui van de loge er een eigen taaltje op na hielden. Wat Frank precies bedoelde toen hij Pete zijn broeder noemde, ontging haar. Voor zover zij wist, had het net zo goed een teken voor Pete kunnen zijn om Lena een klap met de knuppel te verkopen.

Pete zei: 'Ik wilde net weggaan.'

'Dat zie ik,' zei Frank met een blik op de knuppel. 'Wel wat laat om nog te oefenen, vind je ook niet?'

Nerveus liet Pete de knuppel van de ene hand naar de andere gaan. 'Ik wilde hem alleen maar in de wagen leggen. Ik voel me niet meer zo op m'n gemak na alles wat er in het restaurant is gebeurd,' zei hij. 'Ik bedacht dat ik hem maar beter achter de bar kon bewaren.'

'Kom even mee naar binnen,' zei Frank, zonder Petes reactie af te wachten. Hij liep het trapje op en bleef bij de voordeur staan tot Pete bij hem was, en hij week niet van zijn zij toen Pete met zijn sleutels rommelde om de deur open te maken.

Lena volgde hen. Tegen de tijd dat ze bij de keuken aankwamen, was Pete onmiskenbaar op zijn hoede. Hij hield de knuppel zo stijf in zijn hand geklemd dat zijn knokkels helemaal wit waren.

'Wat is het probleem eigenlijk?' vroeg Pete, zich tot Frank richtend.

'Will Harris had vanmiddag een probleem,' zei Frank. 'Iemand heeft een steen door het raam van zijn voorkamer gegooid.'

'Dat is dan pech,' antwoordde Pete op vlakke toon.

'Ik moet zeggen, Pete,' zei Frank, 'dat ik zo'n vermoeden heb dat jij het hebt gedaan.'

Pete liet een ongemakkelijk lachje horen. 'Denk je dat ik tijd heb om daar naartoe te gaan en een baksteen door die zwarte z'n ruit te gooien? Ik heb ook nog een zaak. Meestal heb ik niet eens tijd om te schijten, laat staan om uitstapjes te maken.'

Lena vroeg: 'Hoe kom je erbij dat het een baksteen was?'

Pete slikte iets weg. 'Ik zei maar wat.'

Frank rukte de knuppel uit zijn hand. 'Will werkt al bijna vijftig jaar voor jouw familie.'

'Dat weet ik,' zei Pete, en hij zette een stap naar achteren.

'Er waren tijden dat jouw pa hem met eten moest betalen in plaats van met geld, omdat hij zich anders geen hulp kon veroorloven.' Frank woog de knuppel in zijn hand. 'Herinner je je dat nog, Pete? Herinner je je nog dat de legerbasis dichtging en jullie bijna het loodje legden?'

Petes gezicht liep rood aan. 'Tuurlijk herinner ik me dat nog.'

'Laat ik je één ding vertellen, jongen,' zei Frank, en hij plantte het uiteinde van de knuppel recht in Petes borst. 'En nou moet je heel goed naar me luisteren. Will Harris heeft dat meisje niet aangeraakt.'

'Weet je dat heel zeker?' bracht Pete hiertegen in.

Lena legde haar hand op de knuppel en duwde hem naar beneden. Ze ging pal voor Pete staan en keek hem in zijn ogen. Ze zei: 'Ik weet het heel zeker.'

Pete was de eerste die zijn blik neersloeg. Zijn ogen waren op de vloer gericht en zijn houding kreeg iets nerveus. Hij schudde zijn hoofd en slaakte een diepe zucht. Toen hij weer opkeek, richtte hij het woord tot Frank. 'We moeten eens praten.'

Dertien

Eddy Linton had land in de omgeving van het meer gekocht toen zijn loodgietersbedrijf winst begon te maken. Ook bezat hij zes huizen in de buurt van de hogeschool, die hij aan studenten verhuurde, en een appartementencomplex in Madison, dat hij altijd dreigde te verkopen. Toen Sara vanuit Atlanta weer naar Grant verhuisde, weigerde ze bij haar ouders in te trekken. Terugkeren naar haar ouderlijk huis, naar haar oude kamer, had in Sara's ogen iets te veel van een nederlaag, en ze voelde zich op dat moment al verslagen genoeg zonder er ook nog voortdurend aan herinnerd te worden dat ze niet eens een eigen huis had.

Het eerste jaar na haar terugkomst had ze een van haar vaders huizen gehuurd, en daarna ging ze weekenddiensten draaien in het ziekenhuis van Augusta om geld te sparen voor een aanbetaling voor een eigen huis. De allereerste keer dat de makelaar haar rondleidde, was ze al verliefd geworden op haar huis. Het was wat slordig gebouwd, en vanaf de voordeur liep je in één keer door naar de achterdeur. Rechts van de lange gang waren twee slaapkamers, een badkamer en een kleine studeerkamer, en links waren de woonkamer, eetkamer, een tweede badkamer en de keuken. Ze zou het huis ook hebben gekocht als het een krot was geweest, want vanaf de veranda aan de achterkant had je een schitterend uitzicht over het meer. Haar slaapkamer was wat dat betreft de beste plek, dankzij het grote raam en de drie kleinere zijramen die aan weerskanten uitzicht boden. Op dagen zoals deze kon ze helemaal naar de overkant kijken, bijna tot aan de hogeschool. Soms, als het weer het toeliet, meerde ze haar boot af aan de aanlegsteiger van de hogeschool en liep dan naar haar werk.

Sara deed het raam in haar slaapkamer open zodat ze Jebs boot zou horen als hij bij de steiger aankwam. De vorige avond had het opnieuw licht geregend, en er waaide een koel briesje over het meer. Ze bekeek zichzelf in de spiegel aan de achterkant van de deur. Ze had een wikkelrok met bloemetjespatroon uitgekozen en een strakke lycra blouse die tot net onder haar navel reikte. Ze had haar haar al een keer opgestoken en het toen weer losgemaakt. Ze was net bezig het weer vast te spelden toen ze een boot bij de steiger hoorde. Ze schoot in haar sandalen en pakte nog snel twee glazen en een fles wijn voor ze de achterdeur uitliep.

'Ahoi,' riep Jeb en hij wierp haar een touw toe. Hij stak zijn handen in zijn oranje reddingsvest en nam de pose aan van wat volgens Sara voor een zwierige matroos moest doorgaan.

'Kijk jij maar uit met je ahoi,' antwoordde Sara terwijl ze bij de meerpaal knielde. Ze zette de wijn en de glazen op de steiger en bond de lijn vast. 'Je hebt nog steeds niet leren zwemmen, hè?'

'Mijn ouders waren allebei doodsbang voor water,' legde hij uit. 'Ze hebben zich er nooit toe kunnen zetten. En ik ben bepaald niet in de buurt van water opgegroeid.'

'Dat is zo,' zei ze. Omdat ze zelf wel aan een meer was opgegroeid, ging zwemmen Sara heel gemakkelijk af. Ze kon zich niet voorstellen dat ze niet zou kunnen zwemmen. 'Je moet het echt leren,' zei ze. 'Vooral nu je een boot hebt.'

'Nergens voor nodig,' zei Jeb, en hij gaf een paar klopjes tegen de boot alsof het een hond was. 'Ik kan over het water lopen met dit ding.'

Ze kwam overeind en keek bewonderend naar de boot. 'Mooi.'

'Echt een lekker ding,' zei hij gekscherend terwijl hij de haken van het reddingsvest losmaakte. Ze wist dat hij de draak met haar stak, maar de boot, die een diepe, metaalzwarte kleur had, was gestroomlijnd en sexy en straalde iets gevaarlijks uit. In tegenstelling tot Jeb McGuire in zijn lompe oranje reddingsvest.

Jeb zei: 'Zal ik jou eens wat vertellen, Sara? Als je ooit naar me zou kijken zoals je nu naar mijn boot kijkt, dan zou ik gelijk met je trouwen.'

Ze moest om zichzelf lachen en zei: 'Het is een heel mooi bootje.'

Hij haalde een picknickmand te voorschijn en zei: 'Ik zou je wel willen uitnodigen voor een tochtje, maar het is wat frisjes op het water.'

'Laten we hier maar gaan zitten,' zei ze, en ze wees naar de stoelen en de tafel aan de rand van de steiger. 'Moet ik nog bestek of iets dergelijks halen?'

Jeb glimlachte. 'Leer mij jou kennen, Sara Linton.' Hij opende de picknickmand en haalde er bestek en servetten uit. Ook had hij aan borden en glazen gedacht. Het kostte Sara moeite haar lippen niet af te likken toen hij gebraden kip, aardappelpuree, doperwtjes, maïs en koekjes te voorschijn haalde.

'Probeer je me te verleiden?' vroeg ze.

Jeb stopte, één hand op een pot met jus. 'Begint het al te werken?'

De honden blaften en Sara dacht: godzijdank, dat was op het nippertje. Terwijl ze terugliep naar het huis zei ze: 'Ze blaffen nooit. Ik ga even kijken.'

'Zal ik met je meegaan?'

Sara stond op het punt zijn aanbod af te wijzen toen ze van mening veranderde. Wat ze over de honden had gezegd, was niet verzonnen. Billy en Bob hadden welgeteld twee keer geblaft sinds ze ze had gered van de racebaan in Ebro: één keer toen Sara per ongeluk op Bobs staart was gaan staan, en één keer toen een vogel via de schoorsteen de woonkamer was binnengevlogen.

Terwijl ze de tuin doorliepen in de richting van het huis voelde ze Jebs hand tegen haar rug. De zon stond net boven het dak en ze legde haar hand beschermend boven haar ogen. Naast de oprit stond Brad Stephens.

'Hallo, Brad,' zei Jeb.

De agent gaf Jeb een afgemeten knikje, maar zijn blik was op Sara gericht.

'Brad?' vroeg ze.

'Mevrouw.' Brad nam zijn pet af. 'De chef is neergeschoten.'

Sara had nooit echt geprobeerd het onderste uit de kan te halen met de Z3 Roadster. Zelfs als ze van Atlanta naar huis reed, kwam de snelheidsmeter de hele rit niet boven de honderdtwintig kilometer uit. Nu reed ze honderdvijftig terwijl ze zich via sluipwegen naar het Grant Medical Center spoedde. Het ritje van tien minuten leek uren te duren, en tegen de tijd dat Sara de afslag naar het ziekenhuis nam, zat ze met het zweet in haar handen achter het stuur.

Ze bracht de auto tot stilstand op een parkeerplaats voor gehandicapten aan de zijkant van het gebouw, zodat ze de ambulance-ingang niet zou versperren. Even later rende Sara de eerstehulpafdeling op.

'Wat is er gebeurd?' vroeg ze aan Lena Adams, die bij de receptie stond. Lena deed haar mond open om antwoord te geven, maar Sara rende alweer weg, de gang op. Ze wierp een blik in elk vertrek dat ze passeerde en vond Jeffrey ten slotte in de derde onderzoekskamer.

Ellen Bray leek er niet van op te kijken dat Sara de kamer in kwam. De verpleegster bevestigde net de manchet van een bloeddrukmeter om Jeffreys arm toen Sara binnen kwam lopen.

Sara legde haar hand op Jeffreys voorhoofd. Zijn ogen gingen iets open, maar haar aanwezigheid scheen niet tot hem door te dringen.

'Wat is er gebeurd?' vroeg ze.

Ellen overhandigde Sara de status en zei: 'Een schot hagel in zijn been. Niets ernstigs, anders hadden ze hem wel naar Augusta gebracht.'

Sara wierp een blik op de status. Haar ogen weigerden dienst. Ze kon de kolommen niet eens duidelijk onderscheiden.

'Sara?' vroeg Ellen, haar stem vol medeleven. Ze had bijna haar hele leven op de eerstehulpafdeling in Augusta gewerkt. Nu was ze gedeeltelijk met pensioen en vulde ze haar uitkering aan door avonddiensten te draaien in het Grant Medical Center. Sara had jaren geleden met haar samengewerkt, en de twee vrouwen hadden een hechte professionele band gebaseerd op wederzijds respect.

Ellen zei: 'Hij komt er wel weer bovenop, echt. Hij heeft Demerol gekregen en zal zo wel in slaap vallen. Hare heeft hem nog het meeste pijn gedaan, toen hij in zijn been zat te wroeten.'

'Hare?' vroeg Sara, en voor het eerst in de afgelopen twintig minuten voelde ze enige opluchting. Haar neef Hareton was huisarts en deed soms een invaldienst in de kliniek. 'Is hij er nog?'

Ellen knikte en kneep in het pompje van de bloeddrukmeter. Met opgestoken vinger maande ze Sara tot stilte.

Jeffrey bewoog en opende langzaam zijn ogen. Toen hij Sara herkende, verscheen er een glimlachje op zijn lippen.

Ellen liet de lucht weer uit de manchet ontsnappen en zei: 'Honderdvijfenveertig over tweeënnegentig.'

Sara fronste haar wenkbrauwen en keek weer op Jeffreys status. Eindelijk begonnen de woorden tot haar door te dringen.

'Ik ga dokter Earnshaw even halen,' zei Ellen.

'Bedankt,' zei Sara en ze sloeg de status open. 'Wanneer ben je Coreg gaan slikken?' vroeg ze. 'Hoe lang heb je al last van een hoge bloeddruk?'

Jeffrey schonk haar een plagerig glimlachje. 'Sinds jij de kamer binnen kwam lopen.'

Sara liet haar blik over de status gaan. 'Vijftig milligram per dag. Ben je nog maar kort geleden overgestapt van Captopril? Waarom ben je ermee gestopt?' Ze vond het antwoord op de status. '"Is na niet-productieve hoest op een ander medicijn overgegaan,"' las ze hardop voor.

Hare kwam de kamer binnenlopen en zei: 'Dat gebeurt bij ACE-remmers.'

Sara sloeg geen acht op haar neef, die zijn arm om haar schouders legde.

Ze vroeg Jeffrey: 'Bij wie ben je hiervoor onder behandeling?'

'Bij Lindley,' antwoordde Jeffrey.

'Heb je hem wel over je vader verteld?' Met een klap sloeg Sara de status dicht. 'Ik vind het ongelooflijk dat hij je geen inhaler heeft gegeven. Hoe staat het met je cholesterol?'

'Sara.' Hare rukte de status uit haar handen. 'Hou je mond nou eens.'

Jeffrey lachte. 'Dank je.'

Sara sloeg haar armen over elkaar en voelde de woede in zich opkomen. Ze had zich tijdens de rit naar het ziekenhuis vreselijk bezorgd gemaakt en zich op het ergste voorbereid, en nu ze er was, bleek het enorm mee te vallen. Ze was buitengewoon opgelucht dat er niks ergs met hem aan de hand was, maar om de een of andere reden voelde ze zich het slachtoffer van haar eigen emoties.

'Moet je zien,' zei Hare, en hij schoof een röntgenfoto in de lichtbak aan de muur. Hij hapte hoorbaar naar adem en zei: 'O, lieve help, dat is het ergste wat ik ooit heb gezien.'

Sara wierp hem een vernietigende blik toe en draaide de röntgenfoto weer met de goede kant naar boven.

'O, godzijdank.' Hare slaakte een theatrale zucht. Toen hij zag dat ze zijn voorstelling niet waardeerde, fronste hij zijn voorhoofd. De reden waarom Sara zo gek op haar neef was en hem tegelijkertijd niet kon uitstaan, was dat hij zelden iets serieus nam.

Hare zei: 'Het schot is langs de slagader en ook langs het bot gegaan. Het ging er dwars doorheen, hier aan de binnenkant.' Hij glimlachte geruststellend. 'Niks aan de hand.'

Sara ging niet op zijn toelichting in, maar boog zich wat dichter over de foto om Hares bevindingen nog eens extra te controleren. Afgezien van het feit dat heftige rivaliteit altijd onlosmakelijk verbonden was geweest met haar relatie met haar neef, wilde ze met eigen ogen vaststellen dat er niets over het hoofd was gezien.

'We gaan je even op je linkerzij keren,' liet Hare Jeffrey weten, en hij wachtte tot Sara hem kwam helpen. Sara hield Jeffreys gewonde rechterbeen vast terwijl ze hem omkeerden, en merkte op: 'Dit zal je bloeddruk wel weer wat naar beneden brengen. Heb je je medicijnen voor vanavond al ingenomen?'

'Ik loop wat achter op mijn schema,' bekende Jeffrey.

'Achter?' Sara voelde haar eigen bloeddruk stijgen. 'Ben je gek of zo?'

'Ze waren op,' mompelde Jeffrey.

'Ze waren op? En je woont op loopafstand van de apotheek!' Fronsend keek ze Jeffrey aan. 'Wat dacht je nou eigenlijk?'

'Sara?' onderbrak Jeffrey haar. 'Ben je helemaal hiernaartoe gekomen om een potje tegen me te staan schreeuwen?'

Daar wist ze niks op te zeggen.

Hare opperde: 'Misschien kan ze je een second opinion geven over de vraag of je vanavond al naar huis kunt.'

'Aha.' Een glimlach twinkelde in Jeffreys ogen. 'Tja, nu u me toch een second opinion geeft, dokter Linton, mijn liesstreek is de laatste tijd wat gevoelig. Zou u eens willen kijken?'

Sara schonk hem een benepen lachje. 'Ik wil je wel even rectaal onderzoeken.'

'Ga gerust uw gang.'

'Jeeezus,' kreunde Hare. 'Ik denk dat ik jullie maar eens ga verlaten, stelletje tortelduifjes.'

'Bedankt, Hare,' riep Jeffrey. Bij het verlaten van de kamer gaf Hare nog een laatste zwaai over zijn schouder.

'En,' begon Sara, en ze sloeg haar armen over elkaar.

Jeffrey trok een wenkbrauw op. 'En?'

'Wat is er gebeurd? Kwam haar man thuis?'

Jeffrey lachte, maar zijn blik was gespannen. 'Doe de deur eens dicht.'

Sara voldeed aan zijn verzoek. 'Wat is er gebeurd?' herhaalde ze.

Jeffrey legde een hand voor zijn ogen. 'Ik weet het niet. Het ging zo snel.'

Sara deed een stap naar voren en pakte tegen beter weten in zijn hand vast.

'Ze hebben vandaag het huis van Will Harris onder handen genomen.'

'Will van het restaurant?' vroeg Sara. 'Waarom in godsnaam?'

Hij haalde zijn schouders op. 'Ze zullen wel gedacht hebben dat hij iets te maken had met wat er met Sibyl Adams is gebeurd.'

'Hij was er niet eens bij toen het gebeurde,' antwoordde Sara, die er niets van begreep. 'Waarom zou iemand dat denken?'

'Ik weet het niet, Sara.' Hij zuchtte en liet zijn hand op het bed vallen. 'Ik wist dat er iets ergs zou gebeuren. Er zijn te veel mensen die zich zomaar een oordeel aanmeten. Er zijn te veel mensen die deze zaak uit de hand laten lopen.'

'Wie dan?'

'Ik weet het niet,' zei hij aarzelend. 'Ik was in Wills huis om ervoor te zorgen dat hem niks zou overkomen. We zaten naar een film te kijken toen ik buiten iets hoorde.' Hij schudde zijn hoofd, alsof hij nog steeds niet kon geloven wat er was gebeurd. 'Ik stond op van de bank om te kijken wat er aan de hand was, en toen knalde een van de zijramen zomaar uit elkaar.' Hij knipte met zijn vingers. 'Het volgende moment lig ik op de vloer en staat mijn hele been in brand. Godzijdank zat Will op zijn stoel, want anders was hij ook geraakt.'

'Wie heeft dit gedaan?'

'Ik weet het niet,' antwoordde hij, maar aan zijn opeengeklemde kaken kon ze zien dat hij wel een vermoeden had.

Ze stond op het punt hem een volgende vraag te stellen toen hij zijn hand uitstak en die op haar heup liet rusten. 'Je bent heel mooi.'

Sara voelde een schok door zich heengaan toen zijn duim onder haar blouse verdween en haar zij streelde. Zijn vingers gleden onder de achterkant van haar blouse. Ze voelden warm tegen haar huid.

'Ik had een afspraakje met iemand,' zei ze, en ze voelde zich plotseling schuldig omdat ze Jeb bij haar huis had achtergelaten. Hij had alle begrip getoond, zoals gewoonlijk, maar toch vond ze het vervelend dat ze hem zomaar had laten zitten.

Jeffrey observeerde haar met halfgesloten ogen. Of hij geloofde haar verhaal over dat afspraakje niet, of hij weigerde te accepteren dat het iets serieus was. 'Ik vind je haar prachtig als het los is,' zei hij. 'Wist je dat?'

'Ja,' zei ze, en ze legde haar hand over de zijne om hem de mond te snoeren, om de betovering te verbreken. 'Waarom heb je me niet verteld dat je bloeddruk te hoog is?'

Jeffrey liet zijn arm weer vallen. 'Ik wilde niet dat je nog een gebrek aan je lijst kon toevoegen.' Zijn glimlach kostte hem enige moeite en paste niet bij de glazige blik in zijn ogen. Net als Sara nam hij zelden iets sterkers dan aspirine, en de Demerol kreeg steeds meer vat op hem.

'Geef me je hand eens,' zei Jeffrey. Ze schudde haar hoofd, maar hij bleef aandringen en stak zijn hand naar haar uit. 'Hou mijn hand vast.'

'Waarom?'

'Omdat je me vanavond ook in het mortuarium had kunnen aantreffen in plaats van in het ziekenhuis.'

Sara beet op haar lip en vocht tegen de tranen die ze voelde opwellen. 'Het komt wel weer goed met je,' zei ze, en ze legde haar hand tegen zijn wang. 'Ga maar slapen.'

Hij sloot zijn ogen. Ze zag dat hij vocht om voor haar wakker te blijven.

'Ik wil niet slapen,' zei hij, en toen viel hij in slaap.

Sara staarde naar hem en zag zijn borst met elke ademtocht op en neer gaan. Ze strekte haar hand uit om zijn haar van zijn voorhoofd te strijken, en heel even liet ze hem daar rusten voor ze de palm tegen zijn wang legde. Zijn baard schemerde door, een waas van zwarte spikkels over zijn gezicht en hals. Ze streek zachtjes met haar vingers over de stoppels en glimlachte toen er allerlei herinneringen bij haar bovenkwamen. Zoals hij daar lag te slapen, deed hij haar denken aan de Jeffrey op wie ze verliefd was geworden: de man die naar haar luisterde als ze over haar dag vertelde, de man die deuren voor haar openhield en spinnen doodsloeg en de batterijen in de rookmelders verwisselde. Ten slotte pakte Sara zijn hand en drukte er een kus op, waarna ze de kamer verliet.

Langzaam liep ze de gang weer door in de richting van de verpleegsterspost, en een overweldigend gevoel van uitputting maakte zich van haar meester. Te oordelen naar de klok aan de muur was ze hier een uur geweest, en met een schok besefte ze dat ze weer helemaal in het ziekenhuisritme zat, waar acht uur voorbijvlogen alsof het acht seconden waren.

'Slaapt hij?' vroeg Ellen.

Sara steunde met haar ellebogen op de balie. 'Ja,' antwoordde ze. 'Hij komt er wel weer bovenop.'

Ellen glimlachte. 'Ongetwijfeld.'

'Ha, daar ben je,' zei Hare en hij wreef over Sara's schouders. 'En hoe voelt het om in een echt ziekenhuis met grotemensendokters te zijn?'

Sara wisselde een blik met Ellen. 'Let maar niet op mijn neefje, Ellen. Wat hij aan haar en lengte tekortkomt, maakt hij weer goed door zich als een ongelooflijke sukkel te gedragen.'

'Ai.' Hare kromp ineen en drukte zijn duimen in Sara's schouders. 'Wil jij het even van me overnemen terwijl ik een hapje ga eten?'

'Wat hebben we allemaal voor gevallen?' vroeg Sara, en ze bedacht dat het misschien niet zo'n goed idee zou zijn om nu naar huis te gaan.

Een glimlachje verscheen op Ellens gezicht. 'In twee hebben we een frequent flyer die lichttherapie krijgt.'

Sara lachte hardop. In ziekenhuisjargon had Ellen haar zojuist meegedeeld dat de patiënt in kamer twee een hypochonder was die een tijdje naar de plafondlampen mocht staren tot hij zich weer wat beter voelde.

'Microlinea,' concludeerde Hare. Die patiënt had ze niet allemaal op een rijtje.

'Wat nog meer?'

'Een knul van de hogeschool die met een enorme kater in bed ligt,' zei Ellen.

Sara wendde zich tot Hare. 'Ik weet niet of ik zulke gecompliceerde gevallen wel aankan.'

Hij aaide haar onder haar kin. 'Je bent een fantastische meid.'

'Ik denk dat ik even mijn auto ga verplaatsen,' zei Sara, die opeens bedacht dat ze hem op een parkeerplaats voor gehandicapten had achtergelaten. Aangezien elke agent in de stad haar auto kende, betwijfelde Sara of ze snel een bon zou krijgen. Niettemin wilde ze even naar buiten voor wat frisse lucht, wilde ze zich de tijd gunnen haar gedachten te ordenen voor ze weer naar binnen ging om naar Jeffrey te kijken.

'Hoe gaat het met hem?' vroeg Lena zodra Sara de wachtkamer betrad. Sara keek om zich heen, verbaasd dat het vertrek op Lena na leeg was.

'We hebben het niet over de radio gemeld,' liet Lena haar weten. 'Dit soort dingen...' De rest van haar woorden bleef in de lucht hangen.

'Hoezo, dit soort dingen?' drong Sara aan. 'Is er iets wat ik niet weet, Lena?'

Nerveus keek Lena de andere kant op.

'Jij weet wie het gedaan heeft, hè?' vroeg Sara.

Lena schudde haar hoofd. 'Ik weet het niet zeker.'

'Is Frank ernaartoe? Knapt hij het zaakje op?'

Ze haalde haar schouders op. 'Ik weet het niet. Hij heeft me hier afgezet.'

'Makkelijk zat om niet te weten wat er aan de hand is als je niet eens de moeite neemt ernaar te vragen,' snauwde Sara. 'Ik neem aan dat het nog niet tot je is doorgedrongen dat Jeffrey vanavond wel dood had kunnen gaan.'

'Dat weet ik heus wel.'

'O ja?' vroeg Sara. 'En wie gaf hem dan rugdekking, Lena?'

Lena wilde antwoorden, maar toen draaide ze zich om zonder verder iets te zeggen.

Sara gooide met beide handen de deuren van de eerstehulpafdeling open, en ze voelde de woede in zich opkomen. Ze had heel goed door wat er aan de hand was. Frank wist wie er verantwoordelijk was voor het neerschieten van Jeffrey, maar hij hield zijn mond uit een soort duistere solidariteit, waarschijnlijk met Matt Hogan. Wat Lena bezielde, was Sara een raadsel. Na alles wat Jeffrey voor haar had gedaan, was het onvergeeflijk dat Lena hem zo in de steek liet.

Sara haalde diep adem en probeerde weer rustig te worden terwijl ze naar de zijkant van het ziekenhuis liep. Jeffrey had wel dood kunnen zijn. Het glas had door de slagader in zijn dijbeen kunnen snijden en dan had hij dood kunnen bloeden. Trouwens, het schot had ook zijn borst kunnen treffen in plaats van door het raam te gaan. Sara vroeg zich af wat Frank en Lena op dit moment gedaan zouden hebben als Jeffrey dood was geweest. Waarschijnlijk strootjes getrokken om te kijken wie zijn bureau zou krijgen.

'O god.' Sara bleef stokstijf staan toen ze haar auto zag. Op het vouwdak lag een naakte jonge vrouw, haar armen wijd uitgespreid. Ze lag op haar rug, haar voeten in een bijna nonchalante pose bij de enkels gekruist. Sara's eerste reactie was omhoogkijken om te zien of de vrouw uit een van de ramen was gesprongen. Er zaten echter geen ramen aan deze kant van het twee verdiepingen tellende gebouw, en er zaten geen deuken in het dak van de auto.

Met drie snelle stappen was Sara bij de auto en onmiddellijk pakte ze de pols van de vrouw. Een snelle, hevige hartslag klopte onder haar vingers en ze mompelde een dankgebedje voor ze terugrende naar de kliniek.

'Lena!'

Lena sprong op, haar vuisten gebald alsof ze verwachtte dat Sara op haar af zou stormen en haar aan zou vallen.

'Haal een brancard,' beval Sara. Toen Lena zich niet verroerde, brulde ze: 'Nu!'

Sara ging op een drafje terug naar de vrouw, half en half verwachtend dat ze verdwenen zou zijn. Ze had het gevoel dat alles in slowmotion ging, zelfs de wind die door haar haren streek.

'Mevrouw?' riep Sara, en haar stem klonk zo luid dat hij aan de andere kant van de stad te horen moest zijn. De vrouw reageerde niet. 'Mevrouw?' probeerde Sara opnieuw. Weer niets.

Sara liet haar blik onderzoekend over het lichaam gaan en zag geen directe tekenen van letsel. De huid was roze en blozend en voelde heel warm aan, ondanks de kou van de avond. Zoals ze daar lag met haar armen gespreid en haar voeten gekruist, leek het net of ze sliep. In het heldere licht zag Sara aangekoekt bloed rond de handpalmen van de vrouw. Ze tilde een van de handen op om hem beter te bekijken, en de arm bewoog moeizaam zijwaarts. Zo te zien was de schouder ontwricht.

Weer keek Sara naar het gezicht van de vrouw en tot haar ontzetting zag ze dat er een stuk zilverkleurig plakband over haar mond was geplakt. Sara kon zich niet herinneren of het plakband er al had gezeten voor ze terugging naar de kliniek. Dan was het haar ongetwijfeld opgevallen. Een dichtgeplakte mond was niet iets waar je overheen keek, vooral niet als het een stuk plakband betrof van minstens vijf bij tien centimeter met een donkere zilverkleur. Heel even voelde Sara zich als verlamd, maar de stem van Lena Adams bracht haar weer terug naar de werkelijkheid.

'Het is Julia Matthews,' zei Lena, en het was alsof haar stem van heel ver kwam.

'Sara?' vroeg Hare, die zich naar de auto haastte. Zijn mond viel open toen hij de naakte vrouw zag.

'Oké, oké,' mompelde Sara, en ze probeerde weer kalm te worden. Ze wierp Hare een blik vol pure paniek toe, die hij op gelijke wijze beantwoordde. Hare keek niet op van een incidentele overdosis of hartaanval, maar dit was iets heel anders.

Alsof ze hen aan haar aanwezigheid wilde herinneren, begon het lichaam van de vrouw opeens te schokken.

'Ze moet braken,' zei Sara, en ze peuterde aan het randje van het plakband. Zonder aarzelen rukte ze het los. Met één snelle beweging rolde ze de vrouw op haar zij en hield haar hoofd naar beneden terwijl ze stuiptrekkend en schokkend overgaf. Er kwam een zure lucht uit haar mond, als van slechte cider of bier, en Sara wendde haar hoofd af om adem te kunnen halen.

'Het komt wel goed,' fluisterde Sara. Ze streek het vuile bruine haar van de vrouw achter haar oor en herinnerde zich dat ze nog maar twee dagen geleden hetzelfde voor Sibyl had gedaan. Van het ene moment op het andere stopte het braken, en voorzichtig rolde Sara de vrouw weer terug, waarbij ze haar hoofd stilhield.

Hare zei op dringende toon: 'Ze ademt niet meer.'

Met haar vinger maakte Sara de mond van de vrouw schoon en tot haar verbazing stuitte ze op enige weerstand. Na een paar seconden te hebben rondgegraven, trok ze er een opgevouwen rijbewijs uit, dat ze aan de verbijsterde Lena overhandigde.

'Ze ademt weer,' zei Hare, en grote opluchting klonk door in zijn stem.

Sara veegde haar hand aan haar rok af en wenste dat ze handschoenen had aangetrokken voor ze haar vingers in de mond van de vrouw stak.

Ellen kwam naar de auto rennen, een strakke trek om haar mond en een lange brancard voor zich uit manoeuvrerend. Zonder iets te zeggen ging ze bij de voeten van de vrouw staan en wachtte op een teken van Sara.

Sara telde tot drie, waarop ze de vrouw samen op de brancard tilden. Terwijl ze hiermee bezig waren, voelde Sara een misselijke smaak naar haar mond opstijgen, en heel even zag ze zichzelf op het bed liggen in plaats van de vrouw. Haar mond werd droog en een gevoel van verdoving maakte zich van haar meester.

'Klaar,' zei Hare nadat hij de vrouw met riemen aan de brancard had vastgemaakt.

Sara liep op een drafje met de brancard mee en hield ondertussen de hand van de jonge vrouw vast. Het duurde eindeloos lang voor ze weer in de kliniek waren. Het leek wel of het bed door lijm reed toen ze de eerste traumakamer binnengingen. Telkens als de brancard schokte, steeg er een pijnlijk gemompel op. Heel even liet Sara zich meeslepen door de angst van de vrouw.

Het was twaalf jaar geleden dat Sara op de eerstehulpafdeling had gewerkt, en ze had al haar concentratie nodig om haar taak te kunnen uitvoeren. In haar hoofd ging ze na wat ze die eerste dag op de eerstehulp had geleerd. Alsof ze Sara's geheugen een handje wilde helpen, begon de vrouw piepend te ademen en vervolgens naar lucht te happen. Het eerste wat Sara te doen stond, was zorgen dat ze weer kon ademen.

'Jezus,' siste Sara toen ze de mond van de vrouw opende. In het felle licht van de onderzoekskamer zag ze dat haar bovenste voortanden eruit waren geslagen, zo te zien nog maar een paar dagen geleden. Weer voelde Sara zich verstijven. Ze probeerde het gevoel van zich af te schudden. Ze moest deze vrouw als patiënt blijven zien, anders zou het voor hen beiden slecht kunnen aflopen.

In een paar tellen had Sara de vrouw geïntubeerd en heel voorzichtig bevestigde ze de tape om de huid rond de mond niet verder te beschadigen. Sara bedwong de neiging ineen te krimpen toen het beademingsapparaat in actie kwam. Ze werd bijna misselijk van het geluid.

'Het klinkt allemaal goed,' meldde Hare en hij overhandigde Sara een stethoscoop.

'Sara?' zei Ellen. 'Ik krijg de ader niet te pakken.'

'Ze is uitgedroogd,' constateerde Sara terwijl ze een ader op de andere arm van de vrouw zocht. 'We moeten trouwens toch een centraal infuus inbrengen.' Sara stak haar hand uit, maar kreeg niet onmiddellijk een naald aangereikt.

'Ik haal er wel eentje uit twee,' zei Ellen, en ze verliet de kamer.

Sara keerde zich weer naar de jonge vrouw op het bed. Behalve de wonden op haar handen en voeten vertoonde haar lichaam op het eerste gezicht geen kneuzingen of sneden. Haar huid voelde warm aan, wat op een groot aantal zaken kon wijzen. Sara wilde geen overhaaste conclusies trekken, maar niettemin vielen haar de overeenkomsten op tussen Sibyl Adams en de vrouw die voor haar lag. Het waren beiden tengere vrouwen. Ze hadden beiden donkerbruin haar.

Sara controleerde de pupillen van de vrouw. 'Verwijd,' zei ze, want de laatste keer dat ze iets dergelijks had gedaan, was het de gewoonte geweest je bevindingen hardop te melden. Langzaam liet ze haar adem ontsnappen, en nu drong het pas tot haar door dat Hare en Lena zich ook in de kamer bevonden.

'Hoe heet ze?' vroeg Sara.

'Julia Matthews,' liet Lena haar weten. 'We hebben op de hogeschool naar haar gezocht. Ze wordt al een paar dagen vermist.'

Hare wierp een blik op de monitor. 'Pulsoximeter daalt.'

Sara controleerde het beademingsapparaat. 'Fio2 is dertig procent. Voer het eens wat op.'

'Wat ruik ik eigenlijk?' onderbrak Lena hen.

Sara rook aan het lichaam van de vrouw. 'Chloor?' vroeg ze.

Lena snoof weer eens. 'Bleekmiddel,' bevestigde ze.

Ook Hare knikte instemmend.

Zorgvuldig onderzocht Sara de huid van de vrouw. Over haar hele lichaam liepen strepen van oppervlakkige schrammen. Voor het eerst viel het Sara op dat het schaamhaar van de vrouw was afgeschoren. Er groeide nog geen nieuw haar en ze vermoedde dat het er in de loop van het laatste etmaal was afgeschoren.

Sara zei: 'Ze is helemaal schoongeboend.'

Ze rook aan de mond van de vrouw, maar de sterke geur ontbrak die meestal vrijkomt na het innemen van bleekmiddel. Toen ze de buis in de luchtpijp van de vrouw aanbracht, had Sara een wat ruwe plek achter in de keel gezien, maar verder niets afwijkends. Het was duidelijk dat de vrouw een middel toegediend had gekregen dat veel overeenkomst vertoonde met belladonna, als het al geen belladonna was. Haar huid was zo warm dat Sara het door haar handschoenen heen kon voelen.

Ellen kwam de kamer weer binnen. Sara keek naar de verpleegster terwijl ze op een van de bladen het centraalinfuus opende. Het leek wel of Ellens handen minder vast waren dan gewoonlijk. Dit boezemde Sara meer angst in dan wat dan ook.

Sara hield haar adem in toen ze de acht centimeter lange naald in de halsader van de vrouw stak. De naald, ook wel binnennaald genoemd, fungeerde als aanvoer voor drie aparte infuuspoorten. Zodra ze erachter waren wat voor middel de vrouw had gekregen, zou Sara een van de extra poorten gebruiken in een poging de effecten ervan tegen te gaan.

Ellen deed een paar passen terug in afwachting van Sara's instructies.

Sara dreunde de tests op terwijl ze een heparine-oplossing door de poorten spoelde die ervoor moest zorgen dat er geen stolsels ontstonden. 'Bloedgas, toxicologisch onderzoek, leverfuncties, bloedbeeld. En laat dan gelijk maar even naar de stollingsstatus kijken.' Sara zweeg. 'Kijk ook de urine even na. Ik wil weten wat er aan de hand is voor ik verder iets onderneem. Er is iets waardoor ze buiten westen blijft. Ik denk dat ik wel weet wat het is, maar ik moet het zeker weten voor we aan de behandeling beginnen.'

'Prima,' antwoordde Ellen.

Sara controleerde of het bloed terugkwam en spoelde vervolgens de infuuslijnen weer door. 'Normale zoutoplossing, helemaal open.'

Ellen deed wat haar was opgedragen en stelde het infuus bij.

'Heb je ook een draagbaar röntgenapparaat? Ik wil zeker weten dat ik het goed heb gedaan,' zei Sara en ze wees naar de infuuslijn in de halsader. 'Bovendien wil ik een foto van de borst, een overzicht van de buik, en ik wil haar schouder eens wat beter bekijken.'

Ellen zei: 'Ik haal er wel een van de andere kant van de

gang nadat ik haar bloed heb afgenomen.'

'Laat gelijk op GHB controleren, en op Rohypnol,' zei Sara terwijl ze de pleister stevig rond de naald bevestigde. 'We moeten kijken of ze verkracht is.'

'Verkracht?' vroeg Lena, terwijl ze een stap naar voren deed.

'Ja,' antwoordde Sara op scherpe toon. 'Waarom zou je anders zoiets met haar doen?'

Lena's mond bewoog, maar er kwam geen geluid uit. Het was duidelijk dat ze dit geval tot op dat moment gescheiden had gehouden van wat haar zus was overkomen. Met haar blik strak op de jonge vrouw gericht, bleef Lena aan het voeteneind van het bed staan, haar lichaam kaarsrecht. Sara moest weer denken aan die avond toen Lena naar het mortuarium was gekomen om naar Sibyl Adams te kijken. De mond van de jonge rechercheur vertoonde dezelfde woedende trek.

'Ze lijkt stabiel,' zei Ellen, meer tegen zichzelf dan tegen iemand anders.

Sara keek toe terwijl de verpleegster met een kleine injectiespuit bloed aftapte uit de polsader. Sara wreef over haar eigen pols, want ze wist hoe pijnlijk deze handeling kon zijn. Ze leunde tegen het bed, haar handen op de arm van Julia Matthews om haar op de een of andere manier te laten weten dat ze nu veilig was.

'Sara?' zei Hare zachtjes, en ze keerde weer terug naar de werkelijkheid.

'Hm?' Sara schrok op. Alle ogen waren op haar gericht. Ze wendde zich tot Lena. 'Zou jij Ellen willen helpen met het draagbare röntgenapparaat?' vroeg ze, en ze probeerde haar stem vastberaden te laten klinken.

'Ja hoor,' zei Lena terwijl ze Sara onderzoekend aankeek.

Ellen liet het laatste buisje vollopen. 'Het is aan de andere kant van de gang,' zei ze tegen Lena.

Sara hoorde ze de kamer uitgaan, maar ze hield haar ogen op Julia Matthews gericht. Haar blik vernauwde zich en voor de tweede keer was het alsof ze zelf op de brancard lag, alsof ze zag hoe een dokter zich over haar heen boog, haar pols voelde, haar vitale functies controleerde.

'Sara?' Hare keek naar de handen van de vrouw en Sara dacht weer aan de wonden die ze op het parkeerterrein al had gezien.

Beide handpalmen waren in het midden doorboord. Sara wierp een blik op de voeten van de vrouw en zag dat deze op dezelfde manier doorboord waren. Ze boog zich voorover om de wonden te onderzoeken, die in snel tempo stolden. Schilfertjes roest voegden kleur toe aan het opgedroogde zwarte bloed.

'Ze heeft een gat dwars door de handpalm,' concludeerde Sara. Ze keek onder de vingernagels van de vrouw en ontdekte nietige houtsplinters, weggedrukt onder de nagels. 'Hout,' meldde ze, en ze vroeg zich af waarom iemand de moeite had genomen het slachtoffer helemaal af te boenen met bleekmiddel om alle fysieke sporen te verwijderen, en vervolgens splinters hout onder de nagels liet zitten. Er klopte iets niet. En waarom was ze in een dergelijke houding op de auto achtergelaten?

Sara liet dit alles in haar hoofd de revue passeren, en haar maag draaide om toen ze tot de meest voor de hand liggende conclusie kwam. Ze sloot haar ogen en zag de vrouw weer voor zich zoals ze haar had aangetroffen: de benen gekruist bij de enkels, de armen in een hoek van negentig graden op het lichaam.

De vrouw was gekruisigd.

'Dat zijn toch steekwonden?' vroeg Hare.

Sara knikte, haar ogen nog steeds op de vrouw gericht. Haar lichaam zag er weldoorvoed uit en haar huid maakte een verzorgde indruk. Er waren geen littekens van naalden die zouden kunnen wijzen op langdurig drugsgebruik. Sara bleef als aan de grond genageld staan toen ze besefte dat ze de vrouw had bekeken alsof ze in het mortuarium lag in plaats van in de kliniek. Alsof het apparaat dit aanvoelde, gaf de hartmonitor een waarschuwingssignaal en het schelle gerinkel bezorgde Sara kippenvel.

'Nee,' siste Sara terwijl ze zich over de vrouw heen boog en hartmassage toepaste. 'Hare, het masker.'

Hare rommelde in de lades op zoek naar het zakmasker. Binnen enkele tellen pompte hij lucht in de longen van de vrouw. 'Ventriculaire tachycardie,' zei hij waarschuwend.

'Rustig aan,' zei Sara, en ze kromp ineen toen ze een van de ribben van de patiënte onder haar handen voelde breken. Ze hield haar blik op Hare gericht als om hem te dwingen mee te werken. 'Een, twee, drukken. Snel en hard. Maar wel rustig.'

'Oké, oké,' mompelde Hare, die zich volledig op het drukken concentreerde.

Ondanks de juichende verhalen in de pers over CPR, was het niet meer dan een lapmiddel. CPR was het met fysieke middelen stimuleren van het hart om weer bloed naar de hersenen te pompen, en het kwam zelden voor dat dit handmatig even efficiënt gebeurde als wanneer een gezond hart het op eigen kracht deed. Zodra Sara stopte, hield het hart er ook mee op. Het was een procedure waarmee je tijd kon rekken tot er andere maatregelen konden worden genomen.

Lena, klaarblijkelijk gealarmeerd door het doordringende geluid van de monitor, kwam de kamer weer binnenrennen. 'Wat is er gebeurd?'

'Ze heeft er de brui aan gegeven,' zei Sara, en met enige opluchting zag ze Ellen in de gang. 'Ampul epinefrine,' beval ze.

Vol ongeduld keek Sara toe terwijl Ellen een doos epinefrine openscheurde en de spuit klaarmaakte.

'Jezus.' Lena kromp ineen toen Sara het middel rechtstreeks in het hart van de vrouw spoot.

Hares stem steeg een paar octaven. 'Ze fibrilleert.'

Met één hand pakte Ellen de peddels van het karretje achter zich en laadde met de andere de defibrillator op.

'Tweehonderd,' beval Sara. Het lichaam van de vrouw schoot omhoog toen Sara haar elektrocuteerde. Ze keek naar de monitor en fronste haar wenkbrauwen toen deze geen reactie te zien gaf. Sara diende haar nog twee stroomstoten toe, met hetzelfde resultaat. 'Lidocaïne,' beval ze, en op hetzelfde moment scheurde Ellen al een nieuwe doos open.

Sara diende het middel toe terwijl ze de monitor geen seconde uit het oog verloor.

'Vlakke lijn,' meldde Hare.

'Nog een keer.' Sara strekte haar hand uit naar de peddels. 'Driehonderd,' beval ze.

Weer diende ze het lichaam van de vrouw een schok toe. Weer was er geen reactie. Sara voelde hoe het klamme zweet haar uitbrak. 'Epi.'

Het geluid van de doos die opensprong was als een naald in Sara's oor. Ze pakte de injectiespuit en spoot de adrenaline nog één keer rechtstreeks in het hart van de vrouw. Gespannen wachtten ze allen af.

'Vlakke lijn,' meldde Hare.

'Laten we naar driehonderdzestig gaan.'

Voor de vijfde keer ging er een stroomstoot door het lichaam van de vrouw, en weer zonder resultaat.

'Godverdomme, godverdomme,' mompelde Sara, en ze begon weer hartmassage te geven. 'Tijd?' riep ze.

Hare wierp een blik op de klok. 'Twaalf minuten.'

Voor Sara's gevoel leken het twee seconden.

Lena had waarschijnlijk uit Hares toon opgemaakt waar hij op doelde. Ze fluisterde zachtjes: 'Laat haar niet doodgaan. Alsjeblieft, laat haar niet doodgaan.'

'Ze heeft een langdurige asystole, Sara,' zei Hare. Hij probeerde haar duidelijk te maken dat het te laat was. Het was tijd om te stoppen, tijd om het erbij te laten.

Sara keek hem met samengeknepen ogen aan. Ze wendde zich tot Ellen. 'Ik ga haar borstkas openen.'

Hare schudde zijn hoofd en zei: 'Sara, daar hebben we hier de faciliteiten niet voor.'

Sara sloeg geen acht op hem. Ze betastte de ribben van de vrouw en kromp ineen toen ze de rib voelde die ze had gebroken. Toen Sara's vingers bij de onderkant van het middenrif waren aangekomen, nam ze een ontleedmes en maakte een snee van vijftien centimeter in de bovenkant van de buik.

Haar hand verdween in de incisie, onder de ribbenkast en in de borstholte van de vrouw.

Ze hield haar ogen gesloten en bande de kliniek uit haar gedachten terwijl ze het hart masseerde. De monitor gaf tekenen van valse hoop toen Sara al knijpend de bloedsomloop van de vrouw weer op gang bracht. Haar vingers begonnen te tintelen en ze ving een zachte, maar doordringende toon op. Niets was verder nog van belang terwijl ze wachtte tot het hart reageerde. Het was alsof ze in een ballonnetje gevuld met warm water kneep. Alleen was deze ballon het leven zelf.

Sara stopte. Ze telde tot vijf, acht, toen tot twaalf, en op dat moment werd ze voor haar inspanningen beloond met een serie spontane piepjes van de hartmonitor.

Hare vroeg: 'Is zij dat of ben jij het?'

'Zij,' gaf Sara te kennen en ze trok haar hand er weer uit. 'Breng een lidocaïne-infuus aan.'

'Jezus Christus,' mompelde Lena, een hand op haar eigen borst. 'Niet te geloven wat jij net gedaan hebt.'

Zonder te antwoorden, trok Sara met een ruk haar handschoenen uit.

Het was stil in de kamer, op het gepiep van de hartmonitor en het in-en-uit van het beademingsapparaat na.

'Goed,' zei Sara. 'We maken een donkerveldpreparaat voor syfilis en een Gram-preparaat voor gonorroe.' Terwijl ze het zei, voelde Sara het bloed naar haar wangen stijgen. 'Ik weet zeker dat er een condoom is gebruikt, maar schrijf even op dat er over een paar dagen een zwangerschapstest wordt gedaan.' Sara was zich ervan bewust dat haar stem even stokte, en ze hoopte dat Ellen en Lena het niet hadden opgemerkt. Hare was een ander verhaal. Ze wist wat hij dacht zonder dat ze hem ook maar aan hoefde te kijken.

Hij scheen te voelen hoe nerveus ze was en probeerde het met een grapje af te doen. 'Lieve hemel, Sara. Dat is de slordigste incisie die ik ooit heb gezien.'

Sara ging met haar tong langs haar lippen en dwong haar hart het rustiger aan te doen. 'Ik wilde jou niet naar de kroon steken.'

'Prima donna,' was Hares reactie, en met een prop verbandgaas veegde hij het zweet van zijn voorhoofd. 'Jezus Christus.' Hij liet een ongemakkelijk lachje horen.

'Dit soort dingen zien we hier niet zo vaak,' zei Ellen terwijl ze chirurgische tampons in de incisie stopte om het bloeden te stelpen tot de wond gehecht was. 'Ik wil Larry Headley in Augusta wel even bellen. Hij woont hier ongeveer een kwartier vandaan.'

'Dat zou ik heel fijn vinden,' zei Sara, en ze pakte een nieuw paar handschoenen uit de doos aan de muur.

'Gaat het?' vroeg Hare terloops. Uit zijn ogen sprak bezorgdheid.

'Prima,' antwoordde Sara terwijl ze het infuus controleerde. Ze zei tegen Lena: 'Zou je Frank willen opsporen?'

Lena keek beschaamd, zoveel fatsoen had ze nog wel. 'Ik kijk wel even.' Ze verliet de kamer, het hoofd gebogen.

Sara wachtte tot ze weg was en vroeg vervolgens aan Hare: 'Zou je even naar haar handen willen kijken?'

Zwijgend onderzocht Hare de handpalmen van de vrouw en betastte de structuur van de botten. Na enkele minuten zei hij: 'Dat is interessant.'

Sara vroeg: 'Wat?'

'Hij heeft geen enkel bot geraakt,' antwoordde Hare terwijl hij de pols ronddraaide. Toen hij bij de schouder was aangekomen, stopte hij. 'Ontwricht,' zei hij.

Sara voelde zich opeens koud worden en sloeg haar armen over elkaar. 'Omdat ze probeerde weg te komen?'

Hare fronste zijn wenkbrauwen. 'Besef je wel hoeveel kracht ervoor nodig is om je schouderblad te ontwrichten?' Hij schudde zijn hoofd, niet in staat iets dergelijks te geloven. 'Je zou al flauwvallen van de pijn nog voor je –'

'Besef je wel hoe verschrikkelijk het is om verkracht te worden?' Ze doorboorde hem met haar blik.

Een gekwelde uitdrukking verscheen op zijn gezicht. 'Het spijt me, liefje. Gaat het?'

Tranen prikten achter haar ogen en Sara moest haar uiterste best doen om haar stem in bedwang te houden. 'Kijk eens naar haar heupen, als je wilt. Ik wil dat jij een volledig rapport schrijft.'

Hij deed wat ze hem had opgedragen en gaf Sara een korte knik toen hij klaar was met het onderzoek. 'Volgens mij is er wat peesbeschadiging in de heup, hier. Dat is iets wat ik moet onderzoeken als ze wakker is, het is nogal subjectief.'

Sara vroeg: 'Wat kun je nog meer vertellen?'

'Geen enkel bot in haar handen en voeten is geraakt. Haar voeten werden doorboord tussen het tweede en derde wiggebeentje en het voetwortelbeentje. Dat is zeer nauwkeurig. Degene die dit gedaan heeft, wist wat hij deed.' Hij zweeg en richtte zijn blik op de vloer om zijn zelfbeheersing te hervinden. 'Ik snap niet waarom iemand zoiets doet.'

'Kijk hier eens naar,' zei Sara, en ze wees naar de huid rond de enkels van de vrouw. Rondom beide enkels zaten ontstoken, zwarte kneusplekken. 'Het is duidelijk dat hij nog iets heeft gebruikt om haar voeten tegen de grond te houden.' Sara tilde de hand van de vrouw op en haar blik viel op een vers litteken bij de pols. Op de andere zat een vergelijkbare markering. Julia Matthews had nog geen maand daarvoor een poging gedaan zich van het leven te beroven. Het litteken was een witte streep die als een striem verticaal over haar smalle pols liep. Er zat ook een donkere bloeduitstorting waar de oudere wond schril tegen afstak.

Sara maakte Hare hier niet op attent. In plaats daarvan opperde ze: 'Zo te zien is er gebruik gemaakt van een riem, waarschijnlijk van leer.'

'Nu volg ik je niet.'

'Het doorboren was symbolisch.'

'Waarvoor?'

'Een kruisiging, lijkt me.' Sara legde de hand van de vrouw weer langs haar zij.

Ze wreef over haar armen, zo koud was het in het vertrek. Ze liep naar de andere kant en trok allerlei lades open op zoek naar een laken om de jonge vrouw mee te bedekken. 'Als ik moest raden, dan zou ik zeggen dat de handen en voeten gespreid werden vastgespijkerd,'

'Bij een kruisiging?' Hare wees dit van de hand. 'Zo is Jezus niet gekruisigd. Dan zouden de voeten bij elkaar hebben gezeten.'

Sara snauwde: 'Niemand wilde Jezus verkrachten, Hare. Natuurlijk waren haar benen gespreid.'

Hares adamsappel bewoog op en neer toen hij haar woorden liet bezinken. 'Is dit het soort werk dat je in het mortuarium doet?'

Ze haalde haar schouders op, terwijl ze nog steeds naar een laken zocht.

'Jezus, je hebt meer kloten dan ik,' zei Hare, moeizaam ademend.

Sara drapeerde het laken om de jonge vrouw in een poging haar wat troost te bieden. 'Dat weet ik niet,' zei ze.

Hare vroeg: 'Wat is er met haar mond aan de hand?'

'Haar voortanden zijn er uitgeslagen, waarschijnlijk om fellatie te vergemakkelijken.'

Hij was zo geschokt dat zijn stem oversloeg. 'Wat?'

'Het komt vaker voor dan je denkt,' zei Sara tegen hem. 'De chloor verwijdert alle sporen die als bewijs kunnen dienen. Ik stel me voor dat hij haar geschoren heeft zodat we haar niet konden kammen om zijn schaamhaar te zoeken. Zelfs tijdens normale seks worden haren uitgerukt. Het kan ook zijn dat hij haar geschoren heeft voor de seksuele kick. Veel aanranders zien hun slachtoffers het liefst als kinderen. Het afscheren van het schaamhaar zou een dergelijke fantasie versterken.'

Hare schudde zijn hoofd, overmand door het weerzinwekkende van de misdaad. 'Wat voor een beest doet zoiets?'

Sara streek het haar van de vrouw naar achteren. 'Eentje die heel methodisch te werk gaat.'

'Denk je dat ze hem kende?'

'Nee,' antwoordde Sara, en nog nooit was ze ergens zo zeker van geweest. Ze liep naar het aanrecht waarop Lena de zak met bewijsmateriaal had achtergelaten. 'Waarom gaf hij ons haar rijbewijs? Het maakt hem niet uit dat we weten wie ze is.'

In Hares stem klonk ongeloof door. 'Hoe weet je dat zo zeker?'

'Hij liet haar achter –' Sara probeerde rustiger te ademen. 'Hij liet haar voor het ziekenhuis achter, waar iedereen had kunnen zien dat hij haar dumpte.' Heel even legde ze haar handen over haar ogen en wenste ze dat ze zich ergens kon verstoppen. Ze moest deze kamer uit. Dat was een ding dat zeker was.

Hare leek een poging te doen haar gezichtsuitdrukking te doorgronden. Zijn eigen gezicht, dat gewoonlijk open en vriendelijk was, stond nu ernstig. 'Ze werd in een ziekenhuis verkracht.'

'Buiten een ziekenhuis.'

'Haar mond was dichtgeplakt.'

'Dat weet ik.'

'Door iemand die klaarblijkelijk de een of andere godsdienstige fixatie heeft.'

'Klopt.'

'Sara –'

Ze stak haar hand op om hem het zwijgen op te leggen toen Lena weer binnenkwam.

'Frank is onderweg,' zei Lena.

Donderdag

Veertien

Jeffrey knipperde een paar keer met zijn ogen en deed zijn uiterste best niet weer in slaap te vallen. Heel even wist hij niet waar hij was, maar na een snelle blik door de kamer herinnerde hij zich weer wat er de vorige avond was gebeurd. Hij keek naar het raam en het duurde even voor hij scherp kon zien. Hij zag Sara.

Hij legde zijn hoofd op het kussen en slaakte een diepe zucht. 'Weet je nog dat ik vroeger altijd je haar borstelde?'

'Chef?'

Jeffrey opende zijn ogen. 'Lena?'

Het leek of ze zich nogal opgelaten voelde toen ze naar het bed liep. 'Ja.'

'Ik dacht dat je...' Hij wuifde het terzijde. 'Laat maar.'

Ondanks de pijn die door zijn rechterbeen schoot, dwong Jeffrey zichzelf rechtop in bed te gaan zitten. Hij voelde zich stijf en verdoofd, maar hij wist dat als hij nu niet overeind kwam, hij het de rest van de dag wel kon vergeten,

'Geef me mijn broek eens aan,' zei hij.

'Die hebben ze weggegooid,' hielp ze hem herinneren. 'Weet je nog wat er gebeurd is?'

Jeffrey mompelde iets ten antwoord terwijl hij zijn voeten op de vloer zette. Toen hij ging staan, was het alsof er een heet mes door zijn been sneed, maar hij kon met de pijn leven. 'Zou je een broek voor me willen zoeken?' vroeg hij.

Lena verliet de kamer en Jeffrey leunde tegen de muur zodat hij niet weer op het bed zou gaan zitten. Hij probeerde zich voor de geest te halen wat er de vorige avond was gebeurd. Aan de ene kant wilde hij zich er helemaal niet in verdiepen. Hij had al genoeg te doen nu hij op zoek was naar de moordenaar van Sibyl Adams.

'Wat vind je hiervan?' vroeg Lena, en ze wierp hem een operatiebroek toe.

'Fantastisch,' zei Jeffrey en hij wachtte tot ze zich had omgedraaid. Hij trok de broek aan en moest een kreun onderdrukken toen hij zijn been optilde. 'We hebben een lange dag voor de boeg,' zei hij. 'Om tien uur komt Nick Shelton met een van zijn drugsjongens. Hij gaat ons het een en ander vertellen over die belladonna. En dan hebben we die snuiter ook nog, hoe heet-ie, Gordon?' Hij strikte het touwtje van de broek. 'Ik wil hem nog eens onder handen nemen, kijken of hij zich iets kan herinneren van de laatste keer dat hij Julia Matthews heeft gezien.' Hij steunde met zijn hand op de tafel. 'Ik denk niet dat hij weet waar ze is, maar misschien heeft hij iets gezien.'

Lena draaide zich om zonder dat hij daar toestemming voor had gegeven. 'We hebben Julia Matthews gevonden.'

'Wat?' vroeg hij. 'Wanneer?'

'Ze dook gisteravond op bij het ziekenhuis,' antwoordde Lena. Er was iets in haar stem dat een gevoel van afgrijzen door zijn aderen joeg.

Zonder er ook maar bij na te denken, ging hij weer op het bed zitten.

Lena deed de deur dicht en bracht hem op de hoogte van de gebeurtenissen van de vorige avond. Tegen de tijd dat ze klaar was, ijsbeerde Jeffrey moeizaam door de kamer.

'Lag ze zomaar op Sara's auto?' vroeg hij.

Lena knikte.

'Waar is die nou?' vroeg hij. 'De auto, bedoel ik.'

'Frank heeft hem in beslag genomen,' zei Lena op verdedigende toon.

'Waar is Frank?' vroeg Jeffrey terwijl hij met zijn hand op de leuning van het bed steunde.

Lena zweeg en zei toen: 'Ik weet het niet.'

Hij keek haar doordringend aan, ervan overtuigd dat ze donders goed wist waar Frank was, maar het niet wilde zeggen.

Ze zei: 'Hij heeft Brad boven op wacht gezet.'

'Gordon zit nog steeds vast, hè?'

'Ja, dat is het eerste wat ik heb gecheckt. Hij heeft de hele avond in de cel gezeten. Hij had haar met geen mogelijkheid op Sara's auto kunnen leggen.'

Jeffrey sloeg met zijn vuist op het bed. Hij had de vorige avond geen Demerol moeten nemen. Hij zat midden in een zaak, dit was geen vakantie.

'Geef me mijn jack eens.' Jeffrey stak zijn hand uit en nam het jack van Lena aan. Hij hinkte de kamer uit, op de hielen gevolgd door Lena. Het duurde een eeuwigheid voor de lift kwam, maar geen van beiden sprak een woord.

'Ze heeft de hele nacht geslapen,' zei Lena ten slotte.

'Juist.' Jeffrey drukte nog eens op de knop. Seconden later hoorden ze de liftbel rinkelen en vervolgens gingen ze samen naar boven, nog steeds zwijgend.

Lena nam weer het woord: 'Wat gisteravond betreft. Die schietpartij.'

Jeffrey legde haar met een handbeweging het zwijgen op en stapte de lift uit. 'Dat komt later wel, Lena.'

'Ik wou alleen maar –'

Hij stak zijn hand op. 'Je hebt geen idee hoe weinig me dat op dit moment interesseert,' zei hij, en steunend op de reling die langs de muur liep, sleepte hij zich naar Brad.

'Hallo, chef,' zei Brad terwijl hij opstond.

'Niemand binnen?' vroeg Jeffrey, en hij gebaarde dat Brad weer kon gaan zitten.

'Niet sinds dokter Linton langs is geweest, vannacht om een uur of twee,' antwoordde hij.

Jeffrey zei: 'Prima,' en met zijn hand op Brads schouder opende hij de deur.

Julia Matthews was wakker. Wezenloos staarde ze uit het raam en ze verroerde zich niet toen ze binnenkwamen.

'Juffrouw Matthews?' zei hij, en hij liet zijn hand op de leuning van haar bed rusten.

Ze bleef maar staren, zonder antwoord te geven.

Lena zei: 'Ze heeft nog geen woord gezegd sinds Sara de buis eruit heeft gehaald.'

Hij keek uit het raam en vroeg zich af wat haar buiten zo boeide. Ongeveer een halfuur geleden was het licht geworden, maar behalve de wolken was er aan de andere kant van het raam niets opvallends te zien.

Jeffrey herhaalde: 'Juffrouw Matthews?'

Tranen stroomden over haar wangen, maar ze zei nog steeds niets. Hij liep de kamer weer uit, waarbij hij Lena's arm als steun gebruikte.

Zodra ze de kamer hadden verlaten, merkte Lena op: 'Ze heeft de hele nacht niks gezegd.'

'Geen enkel woord?'

Ze schudde haar hoofd. 'De hogeschool heeft ons een telefoonnummer voor noodgevallen gegeven, en zo hebben we een tante te pakken gekregen. Zij heeft de ouders opgespoord. Ze hebben de eerste de beste vlucht naar Atlanta genomen.'

'Hoe laat komen ze aan?' vroeg Jeffrey, met een blik op zijn horloge.

'Rond een uur of drie vanmiddag.'

'Frank en ik pikken hen op,' zei hij, waarna hij zich tot Brad Stephens wendde. 'Brad, zit je hier de hele nacht al?'

'Ja, meneer.'

'Lena komt je over een paar uur aflossen.' Hij keek naar Lena, alsof ze het niet moest wagen tegen te sputteren. Toen er niets kwam, zei hij: 'Breng me eerst maar naar huis, en vervolgens weer naar het bureau. Vandaar kun je lopend naar het ziekenhuis.'

Jeffrey staarde recht voor zich uit terwijl Lena naar zijn huis reed, en in gedachten probeerde hij te bevatten wat er de vorige avond was gebeurd. Hij voelde een spanning in zijn nek die zelfs met een handvol aspirientjes niet te verdrijven was. Hij was nog steeds niet in staat het lusteloze gevoel van zich af te schudden dat het gevolg was van alle pijnstillers die hij de vorige avond had geslikt, en zijn geest dwaalde alle kanten op, zelfs toen het tot hem doordrong dat dit alles was gebeurd op drie deuren afstand van de plek waar hij als een roos had liggen slapen. Godzijdank was Sara erbij geweest, anders zou hij nu met twee dode slachtoffers zitten in plaats van met één.

Julia Matthews was het bewijs dat de moordenaar de zaak liet escaleren. Na de eerste snelle aanval en moord op het toilet, was hij er nu toe overgegaan een meisje een aantal dagen vast te houden zodat hij er alle tijd voor kon nemen. Jeffrey had dit soort gedrag al talloze keren gezien. Serieverkrachters leerden van hun fouten. Ze waren hun hele leven bezig uit te vinden wat de beste manier was om hun doel te bereiken, en terwijl Jeffrey en Lena bespraken hoe ze hem te pakken konden krijgen, was deze verkrachter, deze moordenaar zijn bedrevenheid aan het perfectioneren.

Hij liet Lena het hele verhaal over Julia Matthews nog eens vertellen, en ondertussen probeerde hij te ontdekken of ze het nu net iets anders vertelde, of hij er aanvullende aanwijzingen uit kon halen. Dat was niet het geval. Lena vertelde alles precies zoals zij het had gezien, en de tweede keer leverde niets nieuws op.

Jeffrey vroeg: 'Hoe is het verder gegaan?'

'Nadat Sara was vertrokken?'

Hij knikte.

'Dokter Headley is overgekomen uit Augusta. Hij heeft haar wond gehecht.'

Jeffrey werd zich ervan bewust dat Lena tijdens het hele verslag 'haar' zei in plaats van de naam van de vrouw te noemen. Het was in de wereld van de wetshandhaving gebruikelijk om naar de misdadiger te kijken in plaats van naar het slachtoffer, en Jeffrey was altijd al van mening geweest dat dit de snelste manier was om uit het oog te verliezen waarom ze dit werk eigenlijk deden. Hij wilde niet dat Lena zich hier ook aan bezondigde, vooral niet na wat er met haar zus was gebeurd.

Er was vandaag iets met Lena aan de hand. Of het verhevigde spanning of woede was, kon hij niet zeggen. Het leek door haar hele lichaam te pulseren, en zijn voornaamste doel op dit moment was ervoor te zorgen dat ze weer terugging naar de kliniek, waar ze op een stoel kon gaan zitten en de spanning van zich af kon laten glijden. Hij wist dat Lena haar post naast het bed van Julia Matthews niet zou verlaten. De kliniek was de enige plek waar hij haar met een gerust hart achter kon laten. En daar kwam natuurlijk nog bij dat als Lena uiteindelijk toch in zou storten, ze precies op de goede plaats was. Voorlopig moest hij echter nog even gebruik van haar maken. Zij moest zijn ogen en oren zijn wat het voorval van de vorige avond betrof.

Hij zei: 'Vertel eens hoe Julia eruitzag.'

Lena drukte op de claxon om een eekhoorn naar de kant van de weg te jagen. 'Tja, ze zag er heel gewoon uit.' Lena zweeg even. 'Ik bedoel, ik dacht eerst dat het een overdosis of iets dergelijks was toen ik haar daar zo zag liggen. Ik zou het nooit als een geval van verkrachting hebben herkend.'

'Waarom veranderde je van mening?'

Lena's kaak ging weer op en neer. 'Dokter Linton, denk ik. Ze wees op de gaten in haar handen en voeten. Ik zal mijn ogen wel in mijn zak hebben gehad, ik weet het niet. Die chloorlucht en zo gaf het al aan.'

'En zo?'

'Gewoon, je weet wel, lichamelijke tekenen dat er iets niet klopte.' Weer zweeg Lena. Haar toon kreeg iets verdedigends. 'Haar mond was met tape dichtgeplakt en haar rijbewijs was in haar keel gepropt. Ik denk dat je wel kon zien dat ze verkracht was, maar dat ik het niet doorhad. Ik weet niet waarom niet. Ik had het kunnen zien, ik ben niet stom. Maar ze zag er zo normaal uit, weet je. Niet als het slachtoffer van een verkrachting.'

Haar laatste woorden verbaasden hem. 'Hoe ziet het slachtoffer van een verkrachting er dan uit?'

Lena haalde haar schouders op. 'Zoals mijn zus misschien,' mompelde ze. 'Als iemand die niet echt voor zichzelf kan opkomen.'

Jeffrey had een fysieke beschrijving verwacht, een opmerking over de toestand waarin Julia Matthews' lichaam werd aangetroffen. Hij zei: 'Ik volg het niet helemaal.'

'Laat maar.'

'Nee,' zei Jeffrey. 'Vertel nou maar.'

Lena leek even na te denken over hoe ze het onder woorden moest brengen, en toen zei ze: 'Ik begrijp het geloof ik wel van Sibyl, want zij was blind.' Ze zweeg. 'Ik bedoel, dat hele verhaal dat vrouwen erom vragen en zo. Ik denk niet dat Sibyl zo was, maar ik weet hoe verkrachters in elkaar zitten. Ik heb met ze gesproken, ik heb ze ingerekend. Ik weet hoe ze denken. Ze kiezen niet iemand uit van wie ze denken dat ze zich gaat verzetten.'

'Denk je dat echt?'

Weer haalde Lena haar schouders op. 'Je kunt wel weer komen aanzetten met die feministische lulkoek dat vrouwen vrij moeten zijn om te doen en laten wat ze willen en dat mannen er maar aan moeten wennen, maar...' Lena zweeg weer. 'Het zit zo,' zei ze. 'Als ik mijn auto midden in Atlanta zou parkeren met de raampjes open en de sleutel in het contact, wie zijn schuld is het dan als iemand hem steelt?'

Jeffrey kon haar logica niet helemaal volgen.

'Er lopen overal seksuele roofdieren rond,' vervolgde Lena. 'Iedereen weet dat er zieke geesten zijn, meestal mannen, die het op vrouwen hebben gemunt. En ze kiezen niet de vrouwen die eruitzien alsof ze zich wel kunnen redden. Ze kiezen de vrouwen die niet willen of niet kunnen vechten. Ze kiezen stille types, zoals Julia Matthews. Of vrouwen met een handicap,' voegde Lena eraan toe, 'Zoals mijn zus.'

Jeffrey staarde haar aan, en hij wist niet zeker of hij haar logica wel geloofde. Lena deed hem soms versteld staan, maar wat ze net had gezegd, sloeg werkelijk alles. Hij had dit soort praat van iemand als Matt Hogan verwacht, maar niet van een vrouw. Zelfs niet van Lena.

Hij leunde tegen de hoofdsteun, en het bleef een paar tellen stil. Toen zei hij: 'Loop het hele geval nog eens met me door. Julia Matthews. Ik wil alle fysieke bijzonderheden horen.'

Het duurde even voor Lena antwoordde. 'Haar voortanden waren er uitgeslagen. Haar enkels waren vastgebonden geweest. Haar schaamhaar was afgeschoren.' Lena zweeg. 'Verder, weet je, had hij haar ook nog vanbinnen schoongemaakt.'

'Met bleekmiddel?'

Lena knikte. 'Ook haar mond.'

Jeffrey keek haar aandachtig aan. 'Wat nog meer?'

'Ze had hier geen kneuzingen.' Lena wees op haar schoot. 'Geen wonden die erop wijzen dat ze zich heeft verzet of schrammen op haar handen, behalve dan die gaten in haar handpalmen en de blauwe plekken van de riemen.'

Jeffrey liet dit bezinken. Julia Matthews was waarschijnlijk de hele tijd gedrogeerd geweest, hoewel hij dat ook niet snapte. Verkrachting was een gewelddaad, en de meeste verkrachters vonden het opwindender vrouwen pijn te bezorgen, ze in hun macht te hebben, dan seks met hen te bedrijven.

Jeffrey zei: 'Ga door. Hoe zag Julia eruit toen jullie haar vonden?'

'Ze zag er heel normaal uit,' antwoordde Lena. 'Dat heb ik je al verteld.'

'Naakt?'

'Ja, naakt. Ze was helemaal naakt, en ze lag op een bepaalde manier, met haar handen recht opzij. Haar voeten waren bij de enkels gekruist. Ze lag dwars over het dak van de auto.'

'Denk je dat ze met een bepaalde bedoeling zo was neergelegd?'

Lena antwoordde: 'Ik weet het niet. Iedereen kent dokter Linton. Iedereen weet in wat voor auto ze rijdt. Het is de enige in de hele stad.'

Jeffrey voelde zijn maag omdraaien. Dit was niet het antwoord dat hij wilde horen. Hij had gewild dat Lena zou vertellen over de manier waarop het lichaam was neergelegd, dat ze dezelfde conclusie zou trekken als hij, namelijk dat de vrouw daar in de houding van een gekruisigde lag. Hij was ervan uitgegaan dat Sara's auto was gekozen omdat die het dichtst bij het ziekenhuis stond geparkeerd, waar iedereen hem kon zien. De mogelijkheid dat deze daad tegen Sara was gericht, was angstaanjagend.

Voorlopig zette Jeffrey deze gedachten uit zijn hoofd en hij ging verder met de ondervraging van Lena. 'Wat kunnen we concluderen over onze verkrachter?'

Lena dacht even over haar antwoord na. 'Oké, hij is blank, want verkrachters slaan meestal toe binnen hun eigen etnische groep. Hij is vreselijk anaal gefixeerd, want ze was helemaal schoongeboend met bleekmiddel; bleekmiddel wijst er ook op dat hij over forensische kennis beschikt, want dat is het beste spul om je te ontdoen van fysiek bewijsmateriaal. Waarschijnlijk is het een wat oudere man, met een eigen huis, want het lijkt erop dat hij haar aan een vloer of muur of iets dergelijks heeft vastgespijkerd, en dat is niet iets wat je in een flatgebouw doet, dus het moet iemand zijn die een zekere positie bekleedt in de stad. Waarschijnlijk is hij niet getrouwd, want anders zou hij heel wat moeten uitleggen als zijn echtgenote thuiskwam en een vastgespijkerde vrouw in de kelder aantrof.'

'Waarom zeg je kelder?'

Opnieuw haalde Lena haar schouders op. 'Ik denk niet dat hij haar ergens heeft vastgehouden waar iedereen haar had kunnen zien.'

'Zelfs niet als hij alleen woont?'

'Tenzij hij zeker weet dat er niemand langskomt.'

'Het is dus een solist?'

'Tja, misschien. Maar aan de andere kant, hoe heeft hij haar dan ontmoet?'

'Goed gezien,' zei Jeffrey. 'Heeft Sara bloed opgestuurd voor toxicologisch onderzoek?'

'Ja,' zei Lena. 'Ze heeft het zelf naar Augusta gebracht. Tenminste, dat heb ik van haar begrepen. Ze zei ook dat ze wist waarnaar ze zocht.'

Jeffrey wees een zijstraat aan. 'Daar is het.'

Lena nam een scherpe bocht. 'Laten we Gordon vandaag weer lopen?' vroeg ze.

'Dat dacht ik niet,' zei Jeffrey. 'Nu we hem op drugsbezit hebben betrapt, kunnen we dat gebruiken om van hem los te krijgen met wie Julia de laatste tijd omging. Als je afgaat op wat Jenny Price heeft gezegd, dan hield hij haar heel strak. Als er iemand is die weet of ze nieuwe mensen heeft ontmoet, dan is hij het wel.'

'Ja,' beaamde Lena.

'Het is hier rechts,' liet hij haar weten terwijl hij rechtop ging zitten. 'Kom je mee naar binnen?'

Lena bleef achter het stuur zitten. 'Ik wacht hier wel, bedankt.'

Jeffrey leunde achterover in zijn stoel. 'Je houdt nog iets achter, hè?'

Ze ademde diep in en liet de lucht toen weer ontsnappen. 'Ik heb het gevoel dat ik je in de steek heb gelaten.'

'Wat gisteravond betreft?' vroeg hij, en vervolgens: 'Toen ik werd neergeschoten?'

Ze zei: 'Er zijn dingen die je niet weet.'

Jeffrey legde zijn hand op de kruk van het portier. 'Houdt Frank zich daarmee bezig?'

Ze knikte.

'Had je kunnen voorkomen wat er is gebeurd?'

Ze trok haar schouders helemaal tot aan haar oren op. 'Ik weet niet of ik nog wel iets kan voorkomen.'

'Dan is het maar goed dat dat jouw taak niet is,' zei hij. Hij wilde nog meer tegen haar zeggen, haar last wat verlichten, maar de ervaring had Jeffrey geleerd dat Lena dit zelf moest verwerken. Ze was drieëndertig jaar lang bezig geweest een verdedigingsmuur om zich heen te bouwen. Daar brak hij niet zomaar even in drie dagen doorheen.

In plaats daarvan zei hij: 'Lena, het is me er nu allereerst om te doen erachter te komen wie jouw zus heeft vermoord en wie Julia Matthews heeft verkracht. Dit hier' – hij wees op zijn been – 'handel ik wel af als het allemaal voorbij is. Ik denk dat we allebei weten in welke hoek we het moeten zoeken. Ze gaan er heus niet met zijn allen vandoor.'

Hij duwde het portier open en tilde met zijn hand het gewonde been naar buiten. 'Jezus Christus,' kreunde hij toen zijn knie hier heftig tegen protesteerde. Zijn been was helemaal stijf geworden van de lange zit in de auto. Tegen de tijd dat Jeffrey uit de auto overeind was gekomen, parelde het zweet op zijn bovenlip.

De pijn schoot door zijn been toen hij naar zijn huis liep. Zijn huissleutels zaten aan dezelfde bos als de autosleutels, en daarom liep hij naar de achterkant van het huis en ging via de keuken naar binnen. De afgelopen twee jaar had Jeffrey het huis eigenhandig verbouwd. Zijn nieuwste project was de keuken, en tijdens een lang weekend had hij de achterste muur van het huis uitgebroken. Hij wilde alles weer dicht hebben tegen de tijd dat hij naar zijn werk ging. Een schietpartij had roet in het eten gegooid, en uiteindelijk had hij bij een zaak in diepvrieskisten plastic moeten kopen dat hij tegen de blootliggende balken had gespijkerd. Het plastic hield de regen en de wind buiten, maar er zat nog steeds een groot gat in de achterkant van zijn huis.

In de woonkamer nam Jeffrey de telefoon op en draaide Sara's nummer, in de hoop haar nog te pakken te krijgen voor ze naar haar werk ging. Toen hij haar antwoordapparaat hoorde, verbrak hij de verbinding en draaide het nummer van de Lintons.

Eddie Linton nam op nadat de telefoon drie keer was overgegaan. 'Linton en dochters.'

Jeffrey probeerde een vriendelijke toon aan te slaan. 'Hallo, Eddie, je spreekt met Jeffrey.'

De hoorn viel met veel gekletter op de vloer. Jeffrey hoorde op de achtergrond het geluid van borden en pannen en toen gedempte stemmen. Enkele seconden later nam Sara de telefoon op.

'Jeff?'

'Ja,' antwoordde hij. Hij hoorde haar de deur naar de veranda openen. De Lintons waren de enige mensen die hij kende die geen draadloze telefoon bezaten. Er stond een toestel in de slaapkamer en er stond er een in de keuken. Als de meiden geen verlengsnoer van drie meter aan de telefoon hadden bevestigd toen ze nog op de middelbare school zaten, zou er van enige privacy geen sprake zijn geweest.

Hij hoorde de deur dichtslaan en vervolgens klonk Sara's stem: 'Sorry.'

'Hoe gaat het?'

In plaats van hier antwoord op te geven, zei ze: 'Ik ben niet degene die gisteravond is beschoten.'

Jeffrey zweeg en verbaasde zich over de scherpe klank in haar stem. 'Ik heb gehoord wat er met Julia Matthews is gebeurd.'

'Juist,' zei Sara. 'Ik heb het bloed in Augusta getest. Belladonna heeft twee specifieke kenmerken.'

Hij onderbrak haar voor ze hem een scheikundelesje kon geven. 'Heb je ze allebei gevonden?'

'Ja,' antwoordde ze.

'We moeten dus voor beide zaken dezelfde vent hebben.'

Haar stem klonk afgemeten. 'Daar ziet het wel naar uit.'

Het bleef enige tijd stil, waarna Jeffrey zei: 'Bij Nick werkt een jongen die min of meer gespecialiseerd is in de giftige werking van belladonna. Ze komen hier om tien uur naartoe. Red je dat?'

'Ik kan tussen de patiënten door wel even langskomen, maar ik blijf niet lang,' was Sara's reactie. Haar stem klonk anders, zachter, toen ze zei: 'Ik moet nu gaan, oké?'

'Ik wil nog met je doornemen wat er gisteravond is gebeurd.'

'Later, oké?' Hij kreeg de tijd niet om te antwoorden. Met een klik werd de verbinding verbroken.

Jeffrey slaakte een zucht toen hij zich hinkend naar de badkamer begaf. Onderweg keek hij even uit het raam om te zien of Lena er nog was. Ze zat nog steeds in de auto, beide handen om het stuur geklemd. Het leek wel of alle vrouwen in zijn leven vandaag iets te verbergen hadden.

Nadat hij een warme douche had genomen en zich had

geschoren, voelde Jeffrey zich weer een stuk beter. Zijn been was nog steeds stijf, maar hoe meer hij bewoog hoe minder pijn hij voelde. Het zou niet zo slecht zijn om in beweging te blijven. De rit naar het bureau verliep gespannen en ze deden er beiden het zwijgen toe, zodat het enige geluid in de auto het geknars van Lena's tanden was. Jeffrey slaakte een zucht van opluchting toen hij haar naar het ziekenhuis zag lopen.

Marla kwam hem bij de voordeur al tegemoet, haar handen voor haar borst gevouwen. 'Ik ben zo blij dat het weer goed met u gaat,' zei ze, en ze pakte hem bij de arm en begeleidde hem naar zijn kantoor. Hij maakte een einde aan haar overdreven gedoe toen ze de deur voor hem wilde opendoen.

'Ik doe het zelf wel,' zei Jeffrey. 'Waar is Frank?'

Marla keek onthutst. Grant was een klein plaatsje, en het politiekorps was nog kleiner. Een gerucht verspreidde zich doorgaans als een lopend vuurtje.

Marla zei: 'Volgens mij is hij achter.'

'Zou je hem naar me toe willen sturen?' vroeg Jeffrey, en toen liep hij zijn kantoor in.

Kreunend liet hij zich op zijn stoel zakken. Hij wist dat hij het lot tartte door zijn been een tijdlang stil te houden, maar hij had geen keus. Zijn mannen moesten weten dat hij weer op zijn post was, klaar om aan de slag te gaan.

Frank klopte met zijn knokkels op de deur en met een knik gaf Jeffrey te kennen dat hij binnen kon komen.

Frank vroeg: 'Hoe gaat het?'

Jeffrey keek hem strak aan. 'Ik word niet nog eens onder vuur genomen, hè?'

Frank had het fatsoen zijn blik op zijn schoenen te richten. 'Nee, meneer.'

'Hoe zit het met Will Harris?'

Frank wreef over zijn kin. 'Ik heb gehoord dat hij naar Savannah gaat.'

'En klopt dat ook?'

'Ja,' antwoordde Frank. 'Pete heeft hem een extraatje gegeven. Will heeft al een buskaart gekocht.' Frank haalde zijn schouders op. 'Hij zei dat hij een paar weken bij zijn dochter ging logeren.'

'En zijn huis?'

'Een paar mannen van de loge hebben aangeboden het raam weer in orde te maken.'

'Goed,' zei Jeffrey. 'Sara zal haar auto wel weer terug willen hebben. Heb je iets gevonden?'

Frank haalde een plastic zak uit zijn jaszak en legde die op het bureau.

'Wat is dit?' vroeg Jeffrey, maar hij besefte dat het een stomme vraag was. In de zak zat een Ruger .357 Magnum.

'Die lag onder haar stoel,' zei Frank.

'Onder Sara's stoel?' vroeg hij, zonder dat het tot hem doordrong. Het pistool was een echt moordwapen, van een kaliber waarmee je een behoorlijk gat in iemands borstkas kon schieten. 'In haar auto? Dit is van haar?'

Frank haalde zijn schouders op. 'Ze heeft geen vergunning.'

Jeffrey staarde naar het wapen alsof het elk moment tegen hem kon gaan praten. Sara was zeker geen tegenstander van wapenbezit door burgers, maar hij wist ook dat ze niet echt vertrouwd was met pistolen, vooral niet met het soort pistool waarmee je het slot uit een schuurdeur kon schieten. Hij liet het wapen uit de zak glijden en bekeek het nog eens goed.

'Het serienummer is eraf gevijld,' zei Frank.

'Ja,' antwoordde Jeffrey. Dat had hij ook al gezien. 'Was het geladen?'

'Ja.' Frank was duidelijk onder de indruk van het wapen. 'Ruger security six, roestvrij staal. Op maat gemaakte greep trouwens.'

Jeffrey liet het pistool in zijn bureaula vallen en keek toen weer naar Frank. 'Nog iets nieuws wat die lijst met zedenmisdadigers betreft?'

Frank leek teleurgesteld omdat er een eind was gekomen aan het gesprek over Sara's wapen. Hij antwoordde: 'Niet echt. De meesten hebben een of ander alibi. Degenen die dat niet hebben, zijn niet echt de types naar wie we op zoek zijn.'

'Om tien uur hebben we een bijeenkomst met Nick Shelton. Hij heeft een belladonnaspecialist bij zich. Misschien hebben we na afloop nog een paar dingetjes waar de jongens op moeten letten.'

Frank ging zitten. 'Ik heb die nachtschade in mijn eigen achtertuin.'

'Ik ook,' zei Jeffrey, en toen: 'Ik wil meteen na de bijeenkomst naar de kliniek, eens kijken of Julia Matthews wil praten.' Hij zweeg, en zijn gedachten waren bij het meisje. 'Haar ouders komen om een uur of drie aan. Ik wil ze van het vliegveld afhalen. Jij geeft me dekking vandaag.'

Als Frank Jeffreys woordkeus al merkwaardig vond, dan liet hij dit niet merken.

Vijftien

Sara verliet de kinderkliniek om kwart voor tien zodat ze nog even langs de apotheek kon gaan voor ze Jeffrey opzocht. De lucht voelde fris aan en de wolken beloofden nog meer regen. Met haar handen in haar zakken en haar ogen op het trottoir voor zich gericht liep ze de straat door, in de hoop dat haar houding en tempo iedereen op afstand zouden houden. Ze had zich de moeite kunnen besparen. Sinds de dood van Sibyl hing er een akelige stilte over het centrum van de stad. Het was alsof de hele stad samen met haar was gestorven. Sara wist hoe het voelde.

Sara had de hele nacht wakker gelegen en elke stap doorgenomen die ze met betrekking tot Julia Matthews had doorlopen. Wat ze ook deed, telkens zag Sara het meisje voor zich zoals ze uitgestrekt op haar auto had gelegen, haar handen en voeten doorboord, haar ogen glazig terwijl ze voor zich uit staarde zonder de nachthemel te zien. Sara wilde nooit meer iets dergelijks meemaken.

Toen Sara de apotheek binnenging, rinkelde de bel boven de deur en ze schrok op uit haar eenzame gepeins.

'Hallo, dokter Linton,' riep Marty Ringo van achter de toonbank. Ze zat over een tijdschrift gebogen. Marty was een stevige vrouw met een onflatteuze moedervlek vlak boven haar rechterwenkbrauw. Er staken zwarte, borstelige haren uit. Door haar werk in de apotheek was ze op de hoogte van de nieuwste roddels over alles en iedereen in het stadje. Je kon ervan op aan dat Marty de eerstvolgende klant die de winkel binnenkwam, zou vertellen dat Sara Linton vandaag speciaal was langsgekomen om Jeb te spreken.

Marty schonk haar een samenzweerderig lachje. 'Zoekt u Jeb?'

'Ja,' antwoordde Sara.

'Ik heb gehoord wat er gisteravond is gebeurd,' zei Marty, die duidelijk naar informatie zat te vissen. 'Het is een studente, hè?'

Sara knikte, want dat had ook in de krant gestaan.

Marty ging zachter praten. 'Ik heb gehoord dat er met haar is gerotzooid.'

'Mmm,' antwoordde Sara terwijl ze de winkel rondkeek. 'Is hij hier ergens?' vroeg ze.

'En ze leken ook nog zo veel op elkaar.'

'Wat bedoel je?' vroeg Sara, plotseling alert.

'Die twee meisjes,' zei Marty. 'Denkt u dat het met elkaar in verband staat?'

Abrupt maakte Sara een einde aan het gesprek. 'Ik moet echt even met Jeb praten.'

'Hij is achter.' Marty wees naar de apotheek, een gekwetste uitdrukking op haar gezicht.

Met een geforceerd glimlachje bedankte Sara Marty en ze begaf zich naar de achterkant van de winkel. Sara had het altijd prettig gevonden in de apotheek. Hier had ze haar eerste mascara gekocht. Vroeger reed haar vader in het weekend met hen naar de winkel om snoep te kopen. Er was niet veel veranderd sinds Jeb de zaak had overgenomen. De limonadetap, die er meer voor de show stond dan voor het serveren van drankjes, was nog steeds blinkend gepoetst. Condooms werden nog steeds achter de toonbank bewaard. Boven de nauwe gangpaden tussen de schappen die de winkel in de lengte doorsneden, hingen nog steeds kartonnen bordjes beschreven met viltstift.

Sara tuurde over de balie van de apotheek, maar ze zag Jeb niet. Het viel haar op dat de achterdeur openstond, en na eerst een blik over haar schouder te hebben geworpen, liep ze voorbij de balie.

'Jeb?' riep ze. Er kwam geen antwoord en Sara liep naar de openstaande deur. Jeb stond iets opzij van het huis, zijn rug naar Sara toegekeerd. Ze tikte hem op de schouder en hij schrok op.

'God,' riep hij en hij draaide zich razendsnel om. De angst op zijn gezicht maakte plaats voor blijdschap toen hij Sara zag.

Hij lachte. 'Ik schrok me een ongeluk.'

'Het spijt me,' zei Sara op verontschuldigende toon, maar eigenlijk was ze blij dat hij zich toch nog ergens over kon opwinden. 'Wat was je aan het doen?'

Hij wees naar een rij struiken langs het uitgestrekte parkeerterrein achter de gebouwen. 'Zie je dat daar, in die struik?'

Sara schudde haar hoofd, want ze zag alleen maar struiken. 'O,' zei ze vervolgens, toen ze een vogelnestje bespeurde.

'Vinken,' zei Jeb. 'Ik heb daar vorig jaar een voedertafel neergezet, maar die hebben schoolkinderen weer weggehaald.'

Sara keerde zich naar hem toe. 'Wat gisteravond betreft,' begon ze.

Met een handgebaar schoof hij het terzijde. 'Alsjeblieft, Sara, geloof me nou, ik begrijp het echt wel. Je bent de hele tijd bij Jeffrey gebleven.'

'Dank je,' zei ze, en ze meende het.

Jeb wierp een blik in de richting van de apotheek en ging op een fluistertoon over. 'Ik vind het trouwens heel erg wat er is gebeurd. Je weet wel, met dat meisje.' Langzaam schudde hij zijn hoofd. 'Je kunt je gewoon niet voorstellen dat dergelijke dingen in je eigen stad gebeuren.'

'Ik weet het,' antwoordde Sara, die er liever niet over wilde praten.

'Ik kan het je wel vergeven, hoor, dat je ons afspraakje hebt opgeofferd om iemands leven te redden.' Hij legde zijn hand over de rechterkant van zijn borst. 'Heb je echt haar hart aangeraakt?'

Sara verplaatste zijn hand naar de linkerkant. 'Ja.'

'Lieve hemel,' zei Jeb ademloos. 'En hoe voelde dat?'

Sara vertelde hem de waarheid. 'Eng,' zei ze. 'Heel eng.'

Zijn stem klonk vol bewondering toen hij zei: 'Je bent een bijzondere vrouw, Sara. Weet je dat wel?'

Sara wist zich met haar figuur geen raad toen ze zo geprezen werd. 'Je houdt het nog van me te goed als je wilt,' opperde ze, in een poging het onderwerp Julia Matthews af te sluiten. 'Dat afspraakje, bedoel ik.'

Hij glimlachte blij verrast. 'Dat zou fantastisch zijn.'

Een briesje stak op en Sara wreef over haar armen. 'Het wordt weer koud.'

'Kom maar.' Hij voerde haar mee naar binnen en deed de deur achter hen dicht. 'Heb je dit weekend iets?'

'Ik weet het niet,' zei Sara. Toen: 'Hoor eens, eigenlijk ben ik gekomen om te kijken of Jeffrey zijn medicijnen wel heeft opgehaald.'

'Tja.' Jeb vouwde zijn handen samen. 'Ik neem aan dat dat betekent dat je dit weekend bezet bent.'

'Nee, dat betekent het niet.' Sara zweeg en zei vervolgens: 'Het is alleen zo ingewikkeld.'

'Ja.' Hij schonk haar een geforceerde glimlach. 'Geen enkel probleem. Ik zoek zijn recept even op.'

Ze kon de teleurstelling op zijn gezicht niet aanzien. Ze draaide zich om naar de vitrine van Medic Alert om haar aandacht even op iets anders te richten. Boekenleggers met godsdienstige teksten lagen naast armbandjes voor diabetici.

Jeb trok een grote la onder de balie open en haalde er een flesje met oranje pilletjes uit. Hij keek nog eens op het etiket en zei toen: 'Hij heeft het wel besteld, maar nog niet afgehaald.'

'Bedankt,' wist Sara er met enige moeite uit te brengen, en ze pakte het flesje. Ze hield het in haar hand en staarde Jeb aan. De woorden waren eruit voor ze besefte wat ze zei. 'Waarom bel je me niet even?' vroeg ze. 'Over aanstaand weekend.'

'Ja, dat doe ik.'

Ze stak haar vrije hand naar hem uit en streek de revers van zijn laboratoriumjas glad. 'Ik meen het, Jeb. Bel me maar.'

Enige tijd bleef het stil, toen boog hij zich plotseling voorover en kuste haar zacht op de lippen. 'Ik bel je morgen.'

'Leuk,' zei Sara. Ze besefte dat ze het pillenflesje zo stevig vastklemde dat het dopje er bijna afschoot. Ze had Jeb wel eerder gekust. Het stelde eigenlijk niet zoveel voor. Maar ergens in haar achterhoofd was ze bang dat Marty het zou zien. Ergens in haar achterhoofd was ze bang dat het nieuws van die kus Jeffrey zou bereiken.

'Zal ik je een tasje geven?' bood Jeb aan, en hij wees naar het flesje.

'Nee,' mompelde Sara terwijl ze het in de zak van haar jack stopte.

Na een onverstaanbaar bedankje was ze de deur al uit voor Marty ook maar van haar tijdschrift kon opkijken.

Jeffrey en Nick Shelton stonden in de gang toen Sara bij het politiebureau aankwam. Nick had zijn handen weggestopt in de achterzakken van zijn spijkerbroek, en het voorgeschreven donkerblauwe GBI-overhemd spande om zijn borstkas. Zijn keurig bijgehouden, niet-voorgeschreven baard en snor sierden zijn gezicht, en om zijn hals hing een al evenzeer verboden gouden ketting. Met een lengte van hooguit een meter vijfenzestig was hij zo klein dat Sara haar kin op zijn hoofd zou kunnen laten rusten. Dit had hem er niet van weerhouden haar een aantal keren mee uit te vragen.

'Hé, meisje,' zei Nick, en hij sloeg zijn arm om haar middel.

Jeffrey had van Nick als concurrent evenveel te vrezen als van een rendier, maar toch leek het alsof alle haren bij hem overeind gingen staan toen hij zag hoe vertrouwelijk Nick haar vasthield. Sara besefte dat dat nou precies de reden was waarom Nick zich zo stond uit te sloven.

'Zullen we maar van start gaan?' bromde Jeffrey. 'Sara moet zo weer aan het werk.'

Sara haalde Jeffrey in toen ze door de gang naar achteren liepen. Ze stopte het flesje met pillen in zijn jaszak.

'Wat is dat?' vroeg hij, en hij haalde het weer te voorschijn. 'O,' was zijn commentaar.

'O,' zei Sara hem na, waarna ze de deur opende.

Frank Wallace en een schriele jongeman in een kaki uniform en net zo'n overhemd als dat van Nick zaten al in de instructiekamer toen ze binnenkwamen. Frank stond op en schudde Nicks hand. Hij gaf Sara een nadrukkelijke knik, die ze echter niet beantwoordde. Een stemmetje fluisterde Sara in dat Frank betrokken was geweest bij wat er de vorige avond was gebeurd, en dat stond haar helemaal niet aan.

'Dit is Mark Webster,' zei Nick, en hij wees naar zijn metgezel. Eigenlijk was het nog een jongen, niet veel ouder dan een jaar of eenentwintig. Naar zijn uitstraling te oordelen was hij nog niet helemaal droog achter de oren, en achter op zijn hoofd stak een pluk haar als een spuuglok omhoog.

'Aangenaam,' zei Sara terwijl ze zijn hand schudde. Het voelde alsof ze in een vis kneep, maar als Nick die Mark Webster helemaal vanuit Macon hiernaartoe had gebracht, was hij vast minder onnozel dan hij eruitzag.

Frank zei: 'Vertel hun maar eens wat je mij net hebt verteld.'

De jongen schraapte zijn keel en trok zowaar even aan zijn boordje. Hij richtte het woord tot Sara. 'Ik zei net dat het zo interessant was dat die gek van jullie uitgerekend belladonna heeft uitgekozen. Dat is zeer ongebruikelijk. Zolang ik dit werk doe, ben ik nog maar drie gevallen tegengekomen, en dat waren uitsluiters, domme jochies die op een lolletje uit waren.'

Sara knikte, ze wist dat hij met 'uitsluiters' op overlijdensgevallen doelde waarbij opzet uitgesloten was. Als lijkschouwer en kinderarts was ze altijd zeer op haar hoede als er kleine kinderen naar het mortuarium werden gebracht van wie de doodsoorzaak onbekend was.

Mark leunde tegen de tafel en richtte zich nu tot de rest van de groep. 'Belladonna behoort tot de familie van de nachtschade. Tijdens de Middeleeuwen kauwden vrouwen op kleine stukjes zaad om verwijde pupillen te krijgen. Een vrouw met verwijde pupillen werd aantrekkelijker gevonden, en zo kreeg de plant de naam "belladonna". Het betekent "mooie vrouw".'

Sara merkte op: 'Beide slachtoffers hadden buitengewoon verwijde pupillen.'

'Dit gebeurt al bij een zeer lichte dosis,' antwoordde Mark. Hij pakte een witte envelop op en haalde er een aantal foto's uit die hij via Jeffrey liet rondgaan.

Mark zei: 'Belladonna is klokvormig, meestal paars en ruikt een beetje eigenaardig. Je kunt het maar beter niet in je tuin hebben staan als je kleine kinderen of huisdieren hebt. Als iemand het al verbouwt, dan heeft hij er waarschijnlijk een hek van minstens een meter omheen staan om te voorkomen dat de hele buurt ermee wordt vergiftigd.'

'Heeft het speciale grond of bemesting nodig?' vroeg Jeffrey, terwijl hij de foto doorgaf aan Frank.

'Het is een onkruid. Het groeit praktisch overal. Daarom is het ook zo populair. Het is alleen een heel gevaarlijke drug.' Mark zweeg even. 'Je blijft heel lang high, wel drie tot vier uur, afhankelijk van de hoeveelheid die je hebt ingenomen. Gebruikers maken melding van zeer levensechte hallucinaties. Heel vaak denken ze dat het echt is gebeurd, als ze het zich kunnen herinneren.'

Sara vroeg: 'Veroorzaakt het geheugenverlies?'

'Ja zeker, mevrouw, selectief geheugenverlies, wat wil zeggen dat ze zich alleen maar fragmenten kunnen herinneren. Het slachtoffer zal zich bijvoorbeeld nog kunnen herinneren dat ze door een man werd meegenomen, maar ze weet niet meer hoe hij eruitzag, ook al zou hij pal voor haar staan. Of misschien zegt ze wel dat hij paars was, met groene ogen.' Weer zweeg hij. 'Het is een hallucinogeen, maar het lijkt weer niet op PCP of LSD. Gebruikers melden dat het onderscheid wegvalt tussen de hallucinatie en de werkelijkheid. Als je bijvoorbeeld angeldust of ecstasy of iets anders gebruikt, dan weet je dat je hallucineert. Bij belladonna lijkt alles echt. Als ik u een kopje met datura-extract zou laten drinken, dan zou u me als u weer bijkwam bezweren dat u een gesprek met een kapstok had gehad. Ik zou u op een leugendetector kunnen aansluiten en die zou aangeven dat u de waarheid sprak. Het spul maakt gebruik van dingen die er in werkelijkheid ook zijn, en verdraait ze.'

'Wordt het ook als thee gedronken?' vroeg Jeffrey, en hij keek Sara even aan.

'Zeker, meneer. Er zijn gevallen bekend van jongens die er thee van hebben gebrouwen en het toen hebben opgedronken.' Hij vouwde zijn handen op zijn rug. 'Maar ik moet erbij zeggen dat het een gevaarlijk goedje is. Voor je het weet heb je een overdosis.'

Sara vroeg: 'Hoe kun je het verder nog innemen?'

'Als je geduld hebt,' antwoordde Mark, 'kun je de blaadjes een paar dagen in alcohol laten weken, en de vloeistof dan laten verdampen. Maar het blijft een gok, want de consistentie ligt nooit vast, zelfs niet als het voor medische doeleinden wordt verbouwd.'

'Wat voor medische doeleinden?' vroeg Jeffrey.

'Nou, heeft de oogarts uw pupillen weleens verwijd? Daarvoor gebruikt hij een belladonnamengsel. Erg verdund, maar wel belladonna. Je kunt iemand bijvoorbeeld niet vermoorden met een paar flesjes van die oogdruppels. Met een dergelijke lage concentratie zou je hem hooguit een fikse hoofdpijn en een gigantische constipatie kunnen bezorgen. Maar als het om onverdund extract gaat, is het uitkijken geblazen.'

Frank stootte tegen haar arm en reikte haar de foto aan. Sara keek naar de plant. Hij zag er niet veel anders uit dan welke andere plant ook die ze ooit had gezien. Sara was arts, geen hovenier. Ze kon nog geen plastic plant in leven houden.

Van het ene moment op het andere gingen haar gedachten weer met haar aan de haal, en ze dacht terug aan het moment waarop ze Julia Matthews op haar auto had aangetroffen. Ze probeerde zich te herinneren of het plakband er de eerste keer al had gezeten. In een plotseling moment van helderheid wist Sara weer dat dat inderdaad het geval was geweest. Ze zag voor zich hoe het op de mond van de vrouw was bevestigd. Ook zag ze voor zich hoe het lichaam van Julia Matthews daar als gekruisigd op het dak van haar auto had gelegen.

'Sara?' vroeg Jeffrey.

'Hm?' Sara keek op. Iedereen staarde haar aan, alsof ze een reactie van haar verwachtten. 'Neem me niet kwalijk,' verontschuldigde ze zich. 'Wat vroeg je eigenlijk?'

Mark antwoordde: 'Ik vroeg of u ook iets vreemds is opgevallen aan de slachtoffers. Waren ze misschien niet tot praten in staat? Hadden ze een lege blik in de ogen?'

Sara gaf de foto terug. 'Sibyl Adams was blind,' liet ze hem weten. 'Dus zij had inderdaad een lege blik. Julia Matthews...' Ze zweeg even en probeerde het beeld van zich af te zetten. 'Haar ogen stonden glazig. Ik denk dat dat vooral kwam omdat ze helemaal van de wereld was door die drug.'

Jeffrey keek haar vragend aan. 'Mark zei net dat belladonna het gezichtsvermogen beïnvloedt.'

'Er treedt een soort functionele blindheid op,' zei Mark op een toon die liet doorschemeren dat hij dit al vaker had verteld. 'Volgens de verhalen van gebruikers kun je wel zien, maar begrijpt je geest niet wat je nou precies ziet. Ik kan u op zo'n moment bijvoorbeeld een appel of een sinaasappel laten zien, en dan zou u zich ervan bewust zijn dat u iets ronds zag, met een bepaalde structuur misschien, maar uw hersens zouden het verder niet herkennen.'

'Ik weet heus wel wat functionele blindheid is,' was Sara's reactie, en ze besefte te laat dat haar stem neerbuigend klonk. Ze probeerde eroverheen te praten door te vragen: 'Denk je dat Sibyl Adams dit heeft ervaren? Is dat misschien de reden waarom ze niet heeft geschreeuwd?'

Mark keek naar de overige aanwezigen. Klaarblijkelijk had hij ook dit onderwerp behandeld toen Sara er even niet met haar gedachten bij was. 'Er is eveneens sprake van stemverlies ten gevolge van de drug. Niet dat er fysiek iets verandert in het strottenhoofd. Er ontstaat geen fysieke belemmering of schade door de drug. Ik denk dat het eerder te maken heeft met bepaalde veranderingen in het spraakcentrum van de hersenen. Het moet net zoiets zijn als wat de problemen met de visuele herkenning veroorzaakt.'

'Klinkt logisch,' beaamde Sara.

Mark ging verder met zijn uiteenzetting. 'Tekenen die erop wijzen dat iemand de drug heeft ingenomen zijn een droge mond, verwijde pupillen, hoge lichaamstemperatuur, versnelde hartslag en moeite met ademen.'

'Beide slachtoffers vertoonden al deze symptomen,' deelde Sara mee. 'Bij wat voor dosering treedt dit op?'

'Het is behoorlijk krachtig spul. Van één theezakje kan iemand al helemaal maf worden, vooral als hij niet gewend is drugs te gebruiken. Naar verhouding zijn de besjes niet zo sterk, maar alle onderdelen van de wortel of het blad zijn gevaarlijk, tenzij je precies weet waar je mee bezig bent. En dan heb je nog geen enkele garantie.'

'Het eerste slachtoffer was vegetariër,' zei Sara.

'Ze was toch ook scheikundige?' vroeg Mark. 'Ik kan wel tig andere drugs dan belladonna bedenken om wat mee te rotzooien. Ik denk niet dat iemand die deze drug eerst goed zou onderzoeken, dat soort risico's zou nemen. Het is Russische roulette, vooral als het om de wortel gaat. Dat is het dodelijkste onderdeel. Je hoeft maar iets te veel van de wortel te gebruiken en je bent er geweest. Voor zover bekend is er geen tegengif.'

'Ik heb bij Julia Matthews geen tekenen van drugsgebruik geconstateerd.' Ze zei tegen Jeffrey: 'Ik neem aan dat je haar hierna gaat ondervragen?'

Hij knikte en vroeg vervolgens aan Mark: 'Verder nog iets?'

Mark streek met zijn vingers door zijn haar. 'Het is bekend dat je na inname van de drug last van constipatie krijgt, bovendien heb je een droge mond en soms hallucinaties. Interessant trouwens om te horen dat de drug werd gebruikt bij een zedenmisdrijf, om niet te zeggen ironisch.'

'Hoe dat zo?' vroeg Jeffrey.

'Tijdens de Middeleeuwen werd de drug soms ingebracht met een vaginale spatel omdat je dan eerder high werd. Er zijn zelfs mensen die denken dat de hele mythe van heksen die op bezemstelen vliegen afkomstig is van het beeld van een vrouw die de drug met een houten spatel inbrengt.' Hij glimlachte. 'Maar voor je het weet, zitten we midden in een uitgebreide discussie over godenverering en de opkomst van het christendom in Europese culturen.'

Mark scheen te voelen dat zijn toehoorders hadden afgehaakt. 'Mensen in de drugswereld die belladonna kennen, raken het spul meestal niet aan.' Hij keek naar Sara. 'Als u me wilt excuseren voor mijn taalgebruik, mevrouw?'

Sara haalde haar schouders op. Door haar werk in de kliniek en als dochter van haar vader schrok ze nergens meer van.

Mark bloosde nog steeds toen hij zei: 'Je hersens worden totaal verneukt.' Hij schonk Sara een verontschuldigende glimlach. 'Wat praktisch iedereen zich herinnert, zelfs gebruikers die aan geheugenverlies lijden, is dat ze vliegen. Ze geloven echt dat ze vliegen, en ze kunnen maar niet geloven, zelfs als ze niet meer high zijn, dat ze helemaal niet hebben gevlogen.'

Jeffrey sloeg zijn armen over elkaar. 'Dat zou weleens kunnen verklaren waarom ze de hele tijd uit het raam staart.'

'Heeft ze al iets gezegd?' vroeg Sara.

Hij schudde zijn hoofd. 'Niets.' En toen: 'We gaan zo meteen naar het ziekenhuis, dus als je haar wilt zien...'

Sara keek op haar horloge en deed alsof ze dit in overweging nam. Er was geen denken aan dat zij nog eens bij Julia Matthews zou gaan kijken. De gedachte alleen al verdroeg ze nauwelijks. 'Ik moet naar mijn patiënten,' zei ze.

Jeffrey wees naar zijn kantoor. 'Sara, kunnen we even onder vier ogen praten?'

Sara moest de neiging onderdrukken het op een lopen te zetten. 'Gaat dit over mijn auto?'

'Nee.' Jeffrey wachtte tot ze in zijn kantoor was en deed de deur toen dicht. Sara ging op de rand van zijn bureau zitten in een poging een nonchalante houding aan te nemen. 'Ik moest vanochtend met mijn boot naar het werk,' zei ze. 'Weet je wel hoe koud het is op het meer?'

Hij ging hier niet op in, maar kwam onmiddellijk ter zake. 'We hebben je pistool gevonden.'

'O,' zei Sara, die niet goed wist wat ze moest zeggen. Van alles wat ze uit zijn mond had verwacht, was dit wel het laatste. De Ruger lag al zo lang in haar auto dat ze hem helemaal vergeten was. 'Sta ik nu onder arrest?'

'Hoe ben je eraan gekomen?'

'Ik heb hem gekregen.'

Jeffrey keek haar doordringend aan. 'Wat, iemand heeft je zomaar een drie zevenenvijftig met afgevijlde serienummers voor je verjaardag gegeven?'

Sara weigerde hierop in te gaan. 'Ik heb hem al jaren, Jeffrey.'

'Wanneer heb je die auto gekocht, Sara? Een paar jaar geleden?'

'Ik heb hem van m'n ouwe auto overgebracht naar mijn nieuwe toen ik die kocht.'

Hij staarde haar aan zonder iets te zeggen. Sara zag dat hij woedend was, maar ze wist niet goed hoe ze verder moest gaan. 'Ik heb hem nog nooit gebruikt,' probeerde ze.

'Blij het te horen, Sara,' snauwde hij. 'Je hebt een wapen in je auto waarmee je letterlijk iemands hoofd van zijn romp kunt schieten, en je weet niet eens hoe je het moet gebruiken?' Hij zweeg, en het was duidelijk dat hij het probeerde te begrijpen. 'En wat doe je als iemand je achterna zit, nou?'

Sara wist het antwoord op deze vraag, maar ze zei niets.

Jeffrey vroeg; 'Waarom heb je dat ding eigenlijk?'

Sara keek haar ex-man onderzoekend aan en ze probeerde te bedenken hoe ze het beste uit dit kantoor kon verdwijnen zonder een nieuwe ruzie te riskeren. Ze was moe en ze was overstuur. Dit was niet het juiste moment voor een krachtmeting met Jeffrey. Sara had er de energie niet voor.

'Zomaar,' was haar antwoord.

'Zo'n wapen heb je niet zomaar,' zei hij.

'Ik moet terug naar de kliniek.' Ze kwam overeind, maar hij versperde haar de doorgang.

'Sara, wat is er in jezusnaam aan de hand?'

'Wat bedoel je?'

Zijn ogen versmalden zich tot spleetjes, maar hij gaf geen antwoord. Hij ging aan de kant en opende de deur voor haar.

Even dacht Sara dat het een truc was. 'Dat is alles?' vroeg ze.

Hij zette een stap opzij. 'Ik kan het niet uit je sláán.'

Vol schuldgevoel legde ze haar hand op zijn borst. 'Jeffrey.'

Hij richtte zijn blik op de recherchekamer. 'Ik moet nu naar de kliniek,' zei hij, en het was duidelijk dat het gesprek was beëindigd.

Zestien

Lena legde haar hoofd op haar hand in een poging met haar ogen dicht even uit te rusten. Ze zat al ruim een uur op de gang bij Julia Matthews' kamer, en de gebeurtenissen van de afgelopen paar dagen begonnen eindelijk hun tol te eisen. Ze was moe en bovendien moest ze ongesteld worden. Haar broek slobberde om haar dijen omdat ze al dagen bijna niets had gegeten. Toen ze haar pistoolholster die ochtend aan haar riem had bevestigd, hing hij los tegen haar heup. Naarmate de dag vorderde, begon het ding steeds irritanter tegen haar zij te schuren.

Lena wist dat ze moest eten, dat ze de draad van haar leven weer moest oppakken in plaats van zich door elke nieuwe dag te slepen alsof het haar laatste kon zijn. Voorlopig kon ze zich dat niet voorstellen. Ze had 's ochtends geen zin om op te staan en een eindje te gaan hardlopen, zoals ze de afgelopen vijftien jaar elke dag had gedaan. Ze had geen zin om naar de Krispy Kreme te gaan voor een kop koffie met Frank en de andere rechercheurs. Ze had geen zin een lunchpakketje te maken of uit eten te gaan. Telkens als ze ook maar naar voedsel keek, voelde ze zich al misselijk. Het enige waaraan ze kon denken was dat Sibyl nooit meer zou eten. Lena liep nog rond terwijl Sibyl dood was. Lena ademde en Sibyl niet. Niets klopte meer. Niets zou ooit weer hetzelfde zijn.

Lena ademde diep in en vervolgens weer uit en liet haar blik door de gang gaan. Julia Matthews was vandaag de enige patiënt in de kliniek, wat Lena's taak vergemakkelijkte. Behalve een verpleegster die door Augusta in bruikleen was afgestaan, waren Lena en Julia de enige mensen op deze verdieping.

Ze stond op en probeerde al lopend haar hersens te activeren. Ze voelde zich versuft en kon geen andere manier bedenken om dat te bestrijden dan door in beweging te blijven. Haar lichaam deed pijn na haar rusteloze slaap, en ze was nog steeds niet in staat het beeld van Sibyl in het mortuarium uit haar hoofd te zetten. Een deel van Lena was blij dat er nog een slachtoffer was. Ze zou Julia Matthews' kamer wel willen binnengaan om haar heen en weer te schudden, haar te smeken iets te zeggen, te vertellen wie haar dit had aangedaan, wie Sibyl had vermoord – maar ze wist dat dat nergens toe zou leiden.

De paar keren dat Lena de kamer was binnengegaan om bij het meisje te kijken, had ze gezwegen en zelfs geen antwoord gegeven op de meest onschuldige vragen die Lena haar had gesteld. Wilde ze nog een kussen? Moest Lena iemand voor haar bellen?

Het meisje had dorst gehad, en in plaats van om water te vragen, had ze naar de kan op de ziekenhuistafel gewezen. En dan had ze ook nog die gekwelde blik in haar ogen, het gevolg van de drug die zich nog altijd in haar bloed bevond. Haar pupillen stonden wijdopen en ze leek wel blind – blind zoals Sibyl. Maar Julia Matthews zou hier weer bovenop komen. Julia Matthews zou weer kunnen zien. Ze zou weer beter worden. Ze zou haar studie weer opvatten en vrienden maken, en misschien zou ze ooit een man ontmoeten en kinderen krijgen. Ergens in haar achterhoofd zou Julia Matthews altijd herinneringen bewaren aan wat er was gebeurd, maar ze zou leven. Ze zou een toekomst hebben. Lena wist dat ze dit Matthews op de een of andere manier kwalijk nam. Lena wist ook dat ze het leven van Julia Matthews zonder meer zou inruilen voor dat van Sibyl.

Een belletje klonk en de deur van de lift ging open. Zonder dat ze erbij nadacht, schoot Lena's hand naar haar pistool. Jeffrey en Nick Shelton kwamen de gang op lopen, gevolgd door Frank en een magere jongen die eruitzag alsof hij net zijn middelbare-schooldiploma had gehaald. Ze liet haar hand weer zakken en terwijl ze hen tegemoet liep, bedacht ze dat ze het verdomde om al die mannen in dat ziekenhuiskamertje binnen te laten waar een vrouw lag die pas was verkracht. En dat sukkeltje kwam er al helemaal niet in.

'Hoe gaat het met haar?' vroeg Jeffrey.

Lena gaf hier geen antwoord op. 'Jullie gaan toch niet met z'n allen naar binnen, hè?'

Te oordelen naar Jeffreys blik was hij dat nou juist wel van plan.

'Ze praat nog steeds niet,' zei Lena, in een poging hem voor gezichtsverlies te behoeden. 'Ze heeft nog niks gezegd.'

'Misschien is het beter als alleen wij tweeën naar binnen gaan,' opperde hij ten slotte. 'Sorry, Mark.'

Het scheen de jongeman niet uit te maken. 'Nou, ik ben allang blij dat ik een dagje van kantoor weg kon.'

Lena vond het behoorlijk lullig dat hij een dergelijke opmerking maakte op een paar passen afstand van een vrouw die een retourtje hel achter de rug had, maar Jeffrey pakte haar bij de arm voor ze iets kon zeggen. Al pratend voerde hij haar mee de gang door.

'Is ze stabiel?' vroeg hij. 'Medisch gezien?'

'Ja.'

Met zijn hand op de knop bleef Jeffrey bij de deur van de kamer staan zonder hem open te doen. 'En jij dan? Gaat het?'

'Ja hoor.'

'Ik heb zo'n gevoel dat haar ouders haar naar Augusta willen laten overbrengen. Hoe zou je het vinden om met haar mee te gaan?'

Lena's eerste reactie was hiertegen te protesteren, maar geheel tegen haar karakter in knikte ze instemmend. Het zou weleens goed voor haar kunnen zijn de stad even achter zich te laten. Hank ging over een dag of twee terug naar Reece. Misschien zou ze zich heel anders voelen als ze het huis weer voor zich alleen had.

'Begin jij maar,' zei Jeffrey. 'Als het ernaar uitziet dat ze zich meer op haar gemak voelt als ze met jou alleen is, ga ik wel weer naar buiten.'

'Prima,' zei Lena, die wist dat dit de standaardprocedure was. Het laatste waaraan verkrachte vrouwen over het algemeen behoefte hadden, was erover praten met een man. Als enige vrouwelijke rechercheur van het team had Lena die taak al een paar keer eerder toebedeeld gekregen. Ze was zelfs al eens naar Macon afgereisd om te helpen bij de ondervraging van een jong meisje dat op gruwelijke wijze door haar buurman in elkaar was geslagen en verkracht. Maar ook al had Lena de hele dag bij Julia in de kliniek doorgebracht, toch draaide haar maag om bij de gedachte dat ze nu met haar moest praten, dat ze haar moest ondervragen. Dit kwam te dichtbij.

'Ben je er klaar voor?' vroeg Jeffrey, zijn hand nog steeds op de deurknop.

'Ja.'

Jeffrey deed de deur open en liet Lena eerst binnengaan. Julia Matthews lag te slapen, maar ze werd wakker van het geluid. Lena vreesde dat het nog heel lang zou duren voor het meisje weer een hele nacht rustig zou kunnen slapen, als ze dat al ooit zou kunnen.

'Wil je wat water?' vroeg Lena, en ze liep naar de andere kant van het bed en pakte de kan op. Ze vulde het glas van het meisje en draaide vervolgens het rietje naar haar toe zodat ze kon drinken,

Jeffrey stond met zijn rug tegen de deur, en het was duidelijk dat hij het meisje wat ruimte wilde geven. Hij zei: 'Ik ben commissaris Tolliver, Julia. Weet je nog dat ik vanochtend bij je was?'

Ze knikte traag.

'Je hebt een drug toegediend gekregen die belladonna heet. Weet je wat dat is?'

Ze schudde haar hoofd.

'Soms raak je je stem erdoor kwijt. Denk je dat je kunt praten?'

Het meisje opende haar mond en er kwam een krasserig geluid uit. Ze bewoog haar lippen in een duidelijke poging woorden te vormen.

Jeffrey schonk haar een bemoedigende glimlach. 'Waarom probeer je me niet te vertellen hoe je heet?'

Weer opende ze haar mond en met een schor en nietig stemmetje zei ze: 'Julia.'

'Juist,' zei Jeffrey. 'Dit is Lena Adams. Die ken je toch, hè?'

Julia knikte, en met haar blik zocht ze Lena.

'Ze gaat je een paar vragen stellen. Is dat goed?'

Lena stak haar verbazing niet onder stoelen of banken. Ze wist niet eens of ze wel 'hallo' tegen Julia Matthews kon zeggen, laat staan of ze de jonge vrouw kon ondervragen. Ze liet zich leiden door wat ze tijdens haar opleiding had geleerd en begon met wat ze zich nog kon herinneren.

'Julia?' Lena trok een stoel naar het bed van de jonge vrouw. 'We willen graag weten of je ons iets kunt vertellen over wat er met je is gebeurd.'

Julia sloot haar ogen. Haar lippen beefden, maar er kwam geen antwoord.

'Kende je hem, liefje?'

Ze schudde haar hoofd.

'Was het een studiegenoot van je? Had je hem weleens op de hogeschool gezien?'

Weer sloot Julia haar ogen. Even later verschenen er tranen. 'Nee,' zei ze ten slotte.

Lena legde haar hand op de arm van het meisje. Deze voelde dun en breekbaar aan, net zoals die van Sibyl in het mortuarium. Ze probeerde niet aan haar zus te denken toen ze vroeg: 'Laten we het eens over zijn haar hebben. Weet je nog wat voor kleur het had?'

Weer schudde ze haar hoofd.

'Kun je je tatoeages of littekens herinneren waaraan we hem zouden kunnen herkennen?'

'Nee.'

Lena zei: 'Ik weet dat dit moeilijk is, schat, maar we moeten weten wat er is gebeurd. We moeten die vent van de straat halen zodat hij anderen niks meer kan aandoen.'

Julia hield haar ogen gesloten. Het was onverdraaglijk stil in de kamer en Lena kreeg de neiging lawaai te gaan maken. Om de een of andere reden werkte deze stilte haar op de zenuwen.

Toen begon Julia van het ene moment op het andere te praten. Haar stem klonk hees. 'Hij heeft me erin geluisd.'

Lena klemde haar lippen op elkaar en gaf het meisje de tijd.

'Hij heeft me erin geluisd,' herhaalde Julia, en ze kneep haar ogen nog stijver dicht. 'Ik was in de bibliotheek.'

Lena dacht aan Ryan Gordon. Haar hart bonkte in haar borstkas. Had ze zich vergist wat hem betrof? Was hij tot iets dergelijks in staat? Misschien was Julia ontsnapt toen hij in de cel zat.

'Ik had een tentamen,' vervolgde Julia, 'en ik zat daar tot laat op de avond te studeren.' Haar ademhaling ging moeizaam toen de herinnering weer bovenkwam.

'Laten we maar een paar keer diep inademen,' zei Lena, en vervolgens ademde ze, samen met Julia, in en uit, in en uit. 'Zo is het goed, lieverd. Gewoon rustig blijven.'

Nu begon ze pas echt te huilen. 'Ryan was er ook,' zei ze.

Lena wierp even een blik op Jeffrey. Er lag een frons op zijn voorhoofd en al zijn aandacht ging naar Matthews uit. Ze kon zijn gedachten bijna lezen.

'In de bibliotheek?' vroeg Lena, en ze probeerde niet al te gretig te klinken.

Julia knikte, terwijl ze haar hand uitstak naar het glas met water.

'Kom maar,' zei Lena, en ze hielp haar rechtop te gaan zitten zodat ze kon drinken.

Het meisje nam een paar slokken en liet haar hoofd toen weer naar achteren vallen. Opnieuw staarde ze uit het raam, en het was duidelijk dat haar geest tijd nodig had om te herstellen. Lena moest moeite doen niet met haar voet te tikken. Ze zou zich het liefst over het bed heenbuigen en het meisje dwingen te praten. Ze begreep niet hoe Julia Matthews deze ondervraging zo passief kon ondergaan. Als Lena in dat bed lag, zou ze elk detail dat ze zich kon herinneren er uitspuwen. Lena zou iedereen die maar wilde luisteren op de nek zitten om de vent die dit had gedaan te vinden. Haar handen zouden jeuken om zijn hart uit zijn borst te rukken. Ze snapte niet hoe Julia Matthews daar zomaar een beetje kon liggen.

Lena telde tot twintig om zichzelf te dwingen de vrouw wat meer tijd te gunnen. Ze had ook zitten tellen tijdens het verhoor van Ryan Gordon; het was een oude truc van haar en de enige manier waarop ze in ieder geval de schijn van geduld kon wekken. Toen ze bij vijftig was aangekomen, vroeg ze: 'Was Ryan er ook?'

Julia knikte.

'In de bibliotheek?'

Weer knikte ze.

Lena strekte haar hand uit en legde deze op Julia's arm. Ze zou haar hand hebben vastgehouden als deze niet strak in het verband had gezeten. Op kalme toon, maar wel met lichte aandrang, zei ze: 'Je kwam Ryan tegen in de bibliotheek. En wat gebeurde er toen?'

Julia bleek gevoelig voor de pressie in haar stem. 'We hebben een tijdje staan praten, en toen moest ik terug naar de studentenflat.'

'Was je kwaad op hem?'

Hun blikken ontmoetten elkaar. Er vond een uitwisseling plaats, een onuitgesproken boodschap. Op dat moment wist Lena dat Ryan een bepaalde macht over Julia had, maar dat ze die wilde verbreken. Lena wist ook dat Ryan Gordon, al was hij nog zo'n hufter, niet het soort man was dat zijn vriendin iets dergelijks zou aandoen.

Lena vroeg: 'Hadden jullie ruzie?'

'Ja, maar we hebben het weer goedgemaakt, min of meer.'

'Min of meer, maar niet helemaal?' vroeg Lena ter verduidelijking, en ze vormde zich een beeld van wat er zich die avond in de bibliotheek had afgespeeld. Ze zag voor zich hoe

Ryan Gordon er bij Julia op aandrong zich op een of andere manier aan hem te binden. Ook begreep ze dat het Julia eindelijk duidelijk was geworden wat voor figuur haar exvriendje eigenlijk was. Eindelijk had Julia hem in zijn ware gedaante gezien. Maar iemand anders, zo boosaardig dat het zelfs Ryan Gordons voorstellingsvermogen te boven ging, had haar opgewacht.

Lena vroeg: 'Dus je verliet de bibliotheek, en wat gebeurde er toen?'

'Er was een man,' zei ze. 'Op weg naar de flat.'

'Welke route nam je?'

'Achterlangs, langs het agri-gebouw.'

'Langs het meer?'

Ze schudde haar hoofd. 'Via de andere kant.'

Lena wachtte tot ze verder zou gaan.

'Ik botste tegen hem op en toen liet hij zijn boeken vallen, en ik liet de mijne vallen.' Haar stem stierf weg, maar in de kleine kamer was haar ademhaling nu duidelijk hoorbaar. Ze hijgde bijna.

'Heb je op dat moment zijn gezicht gezien?'

'Ik weet het niet meer. Hij gaf me een injectie.'

Lena voelde haar wenkbrauwen samentrekken. 'Je bedoelt een injectie met een spuit?'

'Ik voelde het. Ik heb het niet gezien.'

'Waar voelde je het?'

Ze legde haar hand op haar linkerheup.

'Stond hij achter je toen je het voelde?' vroeg Lena, en ze bedacht dat de belager dan linkshandig moest zijn, net als de moordenaar van Sibyl.

'Ja.'

'En toen nam hij je mee?' vroeg Lena. 'Hij botste tegen je op, toen voelde je de spuit, en vervolgens nam hij je ergens mee naartoe?'

'Ja.'

'In zijn auto?'

'Ik weet het niet meer,' zei ze. 'Toen ik weer bijkwam, was ik in een kelder.' Ze sloeg haar handen voor haar gezicht en huilde nu vol overgave. Verdriet deed haar hele lichaam beven.

'Het is goed,' zei Lena, en ze legde haar hand over die van het meisje. 'Wil je liever even stoppen? Jij hebt het hier voor het zeggen.'

Weer werd het stil in de kamer, op Julia's ademhaling na. Toen ze opnieuw het woord nam, klonk er een hees, bijna onhoorbaar gefluister. 'Hij heeft me verkracht.'

Lena voelde een brok in haar keel. Natuurlijk wist ze dit al, maar de manier waarop Julia het woord uitsprak, ontnam Lena elk afweermiddel waarover ze beschikte. Ze voelde zich naakt en bedreigd. Ze verdroeg Jeffreys aanwezigheid niet langer. Op de een of andere manier leek hij dit aan te voelen. Toen ze weer naar hem opkeek, gaf hij een knik in de richting van de deur. Met haar lippen vormde Lena een geluidloos ja, en onhoorbaar verliet hij de kamer.

'Weet je nog wat er daarna gebeurde?' vroeg Lena.

Julia bewoog haar hoofd en zocht Jeffrey met haar blik.

'Hij is weg,' zei Lena, en ze liet een geruststelling in haar stem doorklinken die ze zelf niet voelde. 'We zijn met z'n tweetjes, Julia. Alleen jij en ik, en als het nodig is, hebben we de hele dag. De hele week, het hele jaar.' Ze zweeg, voor het geval het meisje dat als een aanmoediging opvatte om het verhoor te beëindigen. 'Je moet alleen niet vergeten dat hoe sneller we de bijzonderheden weten, hoe sneller we hem kunnen pakken. Je wilt toch niet dat hij dit een ander meisje aandoet, of wel?'

Haar vraag kwam hard aan, zoals Lena al had verwacht. Lena wist dat ze het iets harder moest spelen, omdat het meisje anders zou dichtklappen en alle feiten voor zich zou houden.

Julia snikte het uit en het geluid vulde de hele kamer en bleef in Lena's oren hangen.

Julia zei: 'Ik wil niet dat dit iemand anders overkomt.'

'Ik ook niet,' antwoordde Lena. 'Je moet me vertellen wat hij met je heeft gedaan.' Ze zweeg, en vroeg toen: 'Heb je op enig moment zijn gezicht gezien?'

'Nee,' antwoordde ze. 'Ik bedoel, ik heb het wel gezien, maar ik zou het niet meer herkennen. Ik zag geen enkel verband meer. Het was de hele tijd zo donker. Er was helemaal geen licht.'

'Weet je zeker dat het een kelder was?'

'Het stonk er,' zei ze. 'Muf, en ik kon ook water horen druppelen.'

'Water?' vroeg Lena. 'Van een druppende kraan, of misschien van het meer?'

'Een kraan,' zei Julia. 'Het leek meer op een kraan. Het klonk...' Ze sloot haar ogen en even was het alsof ze zichzelf toestond naar die plek terug te keren. 'Als een metalig getinkel.' Ze bootste het geluid na. 'Ting, ting, ting, achter elkaar door. Het hield niet op.' Ze drukte haar handen tegen haar oren alsof ze het geluid stop wilde zetten.

'Laten we weer even teruggaan naar de hogeschool,' zei Lena. 'Je voelde die prik in je heup, en toen? Weet je in wat voor auto hij reed?'

Met een overdreven zwaai van links naar rechts schudde Julia opnieuw haar hoofd. 'Ik weet het niet meer. Ik raapte mijn boeken op en voor ik het wist, was ik, was ik...' Haar stem stierf weg.

'In de kelder?' opperde Lena. 'Kun je je nog iets herinneren van de plek waar je je bevond?'

'Het was er donker.'

'Je kon helemaal niets zien?'

'Ik kon mijn ogen niet opendoen. Ik kreeg ze niet open.' Haar stem was zo zacht dat Lena haar slechts met moeite kon verstaan. 'Ik vloog.'

'Je vloog?'

'Ik zweefde telkens naar boven, alsof ik me in het water bevond. Ik kon de golven van de oceaan horen.'

Lena ademde diep in en liet de lucht toen weer langzaam ontsnappen. 'Had hij je op je rug neergelegd?'

Bij deze woorden vertrok Julia's gezicht en ze snikte zo hard dat haar hele lichaam schokte.

'Liefje,' drong Lena aan. 'Was hij blank? Zwart? Kon je dat zien?'

Weer schudde ze haar hoofd. 'Ik kreeg mijn ogen niet open. Hij sprak tegen me. Zijn stem.' Haar lippen trilden en een vuurrode gloed trok over haar gezicht. Nu kwamen de tranen pas echt en liepen in een aaneengesloten stroom over haar gezicht. 'Hij zei dat hij van me hield.' Ze hapte naar lucht toen ze door paniek werd overmeesterd. 'Hij bleef me maar kussen. Zijn tong –' Snikkend zweeg ze.

Lena haalde diep adem en probeerde zichzelf tot kalmte te manen. Ze zat er te dicht bovenop. Langzaam telde ze tot honderd en toen zei ze: 'Die gaten in je handen. We weten dat hij iets door je handen en voeten heeft geslagen.'

Julia keek naar het verband alsof ze het voor het eerst zag. 'Ja,' zei ze. 'Ik werd wakker en toen werden mijn handen vastgespijkerd. Ik zag de spijker erdoorheen gaan, maar het deed geen pijn.'

'Lag je op de vloer?'

'Ik geloof het wel. Ik had het gevoel' – ze leek naar een woord te zoeken – 'ik had het gevoel dat ik zweefde. Ik vloog. Hoe heeft hij me laten vliegen? Vloog ik echt?'

Lena schraapte haar keel. 'Nee,' antwoordde ze. Toen zei ze: 'Julia, was er een nieuw iemand in je leven, misschien iemand op de campus of in de stad, die je een onbehaaglijk gevoel bezorgde? Had je misschien het gevoel dat iemand je in de gaten hield?'

'Ik word nog steeds in de gaten gehouden,' zei ze, en ze keek uit het raam.

'Ik houd je in de gaten,' zei Lena en ze draaide het gezicht van het meisje weer naar zich toe. 'Ik houd je in de gaten, Julia. Niemand kan je nu nog pijn doen. Begrijp je dat? Niemand.'

'Ik voel me niet veilig,' zei ze, en met een verwrongen gezicht begon ze weer te huilen. 'Hij kan me zien. Ik weet dat hij me kan zien.'

'Alleen wij tweeën zijn hier,' stelde Lena haar gerust. Toen ze sprak, was het alsof ze het tegen Sibyl had, alsof ze Sibyl verzekerde dat ze in goede handen was. 'Als je naar Augusta gaat, blijf ik bij je. Ik zal je geen moment uit het oog verliezen. Begrijp je dat?'

Ondanks Lena's woorden leek Julia steeds banger te worden. Haar stem klonk schor toen ze vroeg: 'Waarom ga ik naar Augusta?'

'Ik weet het nog niet zeker,' antwoordde Lena terwijl ze haar hand naar de waterkan uitstrekte. 'Maak je daar nu maar geen zorgen over.'

'Wie stuurt me dan naar Augusta?' vroeg Julia met trillende lippen.

'Drink nog maar een beetje water,' zei Lena tegen haar, en ze hield het glas voor haar lippen. 'Straks komen je ouders. Het enige waar je je zorgen over hoeft te maken, is dat je goed voor jezelf zorgt en weer beter wordt.'

Het meisje verslikte zich en water gutste langs haar hals naar beneden en kwam op het bed terecht. Panisch sperde ze haar ogen wijdopen. 'Waarom brengen jullie me ergens anders naartoe?' vroeg ze. 'Wat gaat er gebeuren?'

'We brengen je nergens naartoe als je dat niet wilt,' zei Lena. 'Ik zal wel met je ouders praten.'

'Mijn ouders?'

'Ze zijn al onderweg,' zei Lena geruststellend. 'Alles komt goed.'

'Weten ze het dan?' vroeg Julia met stemverheffing. 'Heb je ze verteld wat er met me is gebeurd?'

'Ik weet het niet,' antwoordde Lena. 'Ik weet niet zeker of ze van de details op de hoogte zijn.'

'Je mag het niet aan mijn papa vertellen,' snikte het meisje. 'Niemand mag het aan mijn vader vertellen, begrepen? Hij mag niet weten wat er is gebeurd.'

'Jij hebt niks gedaan,' zei Lena. 'Julia, je vader gaat jou heus de schuld van dit alles niet geven.'

Julia zweeg. Na een tijdje keek ze weer uit het raam, en tranen stroomden over haar wangen.

'Het is goed,' zei Lena sussend en ze nam een tissue uit de doos op tafel. Met haar arm over Julia heen depte ze het water van het kussen. Het laatste waar het meisje zich nu druk om moest maken, was wat haar vaders reactie op het gebeurde zou zijn. Lena had eerder met slachtoffers van verkrachting gewerkt. Ze wist hoe schuldgevoel te werk ging. Het gebeurde maar zelden dat een slachtoffer de schuld bij iemand anders dan zichzelf zocht.

Er klonk een vreemd geluid dat Lena toch vaag bekend voorkwam. Te laat besefte ze dat het haar pistool was.

'Aan de kant,' fluisterde Julia. Ze hield het pistool onhandig in haar verbonden handen. Het kantelde Lena's richting op, en vervolgens weer naar Julia toen ze probeerde meer grip op het wapen te krijgen. Lena keek naar de deur en overwoog Jeffrey te roepen, maar Julia zei waarschuwend: 'Niet doen.'

Lena hield haar handen langs haar zij, maar week niet terug. Ze wist dat de veiligheidspal erop zat, maar ze wist eveneens dat het een kwestie van seconden was voor het meisje die had ontgrendeld.

Lena zei: 'Geef dat pistool terug.'

'Je snapt het niet,' zei het meisje, en de tranen welden weer op in haar ogen. 'Je snapt niet wat hij met me gedaan heeft, hoe hij –' Ze zweeg en stikte bijna in haar eigen gesnik. Ze had het wapen niet goed vast, maar de loop was op Lena gericht en haar vinger was aan de trekker. Het klamme zweet brak Lena uit, en opeens wist ze niet meer zeker of de veiligheidspal er inderdaad op zat. Wel wist ze dat er al een kogel in de kamer zat. Als de veiligheidspal eraf was, hoefde je maar een tik tegen de trekker te geven om het wapen af te vuren.

Lena probeerde haar stem rustig te laten klinken. 'Wat dan, liefje? Wat snap ik dan niet?'

Julia hield het pistool weer scheef tegen haar eigen hoofd. Ze morrelde er wat aan en liet het bijna vallen voor ze de loop tegen haar kin duwde.

'Niet doen,' smeekte Lena. 'Geef dat pistool alsjeblieft aan mij. Er zit een kogel in.'

'Je hoeft mij niks over wapens te vertellen.'

'Julia, alsjeblieft,' zei Lena in de wetenschap dat ze het meisje aan de praat moest houden. 'Luister naar me.'

Er verscheen een vaag glimlachje op haar lippen. 'Mijn

pappie nam me vroeger altijd mee op jacht. Ik mocht hem altijd helpen de geweren schoon te maken.'

'Julia –'

'Toen ik daar was.' Ze stikte bijna in een ingehouden snik. 'Toen ik bij hem was.'

'Bij die man? Die man die je heeft ontvoerd?'

'Je weet helemaal niet wat hij heeft gedaan,' zei ze, en haar stem bleef in haar keel steken. 'De dingen die hij met me heeft gedaan. Ik kan het je niet vertellen.'

'Dat spijt me zo,' zei Lena. Ze wilde een stap naar voren doen, maar Julia Matthews had een blik in haar ogen waardoor ze als aan de grond genageld bleef staan. Het meisje overmeesteren was geen optie.

Lena zei: 'Ik zal ervoor zorgen dat hij je nooit meer pijn doet, Julia. Ik beloof het.'

'Je snapt het niet,' snikte het meisje, en ze schoof het pistool omhoog naar het kuiltje in haar kin. Ze had nauwelijks grip op het wapen, maar Lena wist dat dat van zo dichtbij niets uitmaakte.

'Liefje, alsjeblieft, niet doen,' zei Lena, en haar blik dwaalde naar de deur. Jeffrey bevond zich aan de andere kant, misschien kon ze hem op de een of andere manier waarschuwen zonder dat Julia het doorhad.

'Laat dat,' zei Julia, alsof ze Lena's gedachten kon lezen.

'Dit is toch helemaal niet nodig,' zei Lena. Ze probeerde haar stem vaster te laten klinken, maar ze had over dit soort situaties alleen maar in handleidingen gelezen. Ze had nog nooit op een potentiële zelfmoordenaar ingepraat.

Julia zei: 'Zoals hij me aanraakte. Zoals hij me kuste.' Haar stem haperde. 'Je snapt het gewoonweg niet.'

'Wat dan?' vroeg Lena, en langzaam liet ze haar hand in de richting van het pistool gaan. 'Wat snap ik niet?'

'Hij –' Ze zweeg, en er kwam een schrapend geluid uit haar keel. 'Hij heeft met me gevreeën.'

'Hij –'

'Hij heeft met me gevreeën,' herhaalde ze en haar gefluister echode door de kamer. 'Weet je wel wat dat betekent?' vroeg ze. 'Hij zei de hele tijd dat hij me geen pijn wilde doen. Hij wilde met me vrijen. Echt.'

Lena voelde haar mond openvallen, maar ze kon geen woord uitbrengen. Het was onmogelijk dat ze hoorde wat ze dacht te horen. 'Wat zeg je daar?' vroeg ze, en ze was zich bewust van haar scherpe toon. 'Wat bedoel je eigenlijk?'

'Hij heeft met me gevreeën,' herhaalde Julia. 'De manier waarop hij me aanraakte.'

Lena schudde haar hoofd, alsof ze deze woorden uit haar geest wilde bannen. Ze slaagde er niet in het ongeloof uit haar stem te verdrijven toen ze vroeg: 'Bedoel je dat je ervan hebt genoten?'

Er klonk een klik toen Julia de veiligheidspal ontgrendelde. Lena voelde zich te verdoofd om te bewegen, maar slaagde er niettemin in Julia te bereiken vlak voor het meisje de trekker overhaalde. Op het moment dat Lena naar beneden keek, zag ze het hoofd van Julia Matthews onder zich exploderen.

De waterstralen van de douche voelden als naalden op Lena's huid. Het was een brandend gevoel, maar niet onaangenaam. Ze was te verdoofd om nog iets tot zich door te laten dringen, verdoofd van binnenuit. Haar knieën begaven het en Lena liet zich naar de bodem van de badkuip glijden. Ze trok haar knieën op en sloot haar ogen terwijl het water neersloeg op haar gezicht en borsten. Ze boog haar hoofd naar voren en voelde zich net een lappenpop. Het water ranselde de bovenkant van haar hoofd, pijnigde haar nek, maar het kon haar niet schelen. Haar lichaam behoorde haar niet langer toe. Ze was leeg. Ze kon niets in haar leven bedenken dat nog van enige betekenis was, haar baan niet, Jeffrey niet, Hank Norton niet, en zijzelf nog wel het minst van alles.

Julia Matthews was dood, net als Sibyl. Lena had het laten afweten.

Het water werd kouder en de straal prikte tegen haar huid. Lena draaide de kraan dicht en droogde zich werktuiglijk af. Haar lichaam voelde nog steeds smerig aan, ook al was dit de tweede keer in de afgelopen vijf uur dat ze een douche had genomen. Ook had ze een vreemde smaak in haar mond. Lena wist niet zeker of ze het zich verbeeldde of dat er echt iets in haar mond terecht was gekomen toen Julia de trekker had overgehaald.

De gedachte deed haar huiveren.

'Lee?' Hank riep haar vanaf de andere kant van de badkamerdeur.

'Ik kom zo,' antwoordde Lena en ze deed tandpasta op haar tandenborstel. Ze bekeek zichzelf in de spiegel terwijl ze de smaak uit haar mond probeerde te boenen. De gelijkenis met Sibyl was die dag ver te zoeken. Er was niets meer van haar zus overgebleven.

In haar ochtendjas en sloffen liep Lena de trap af naar de keuken. Vlak voor de keukendeur voelde ze zich duizelig worden, haar maag draaide om, en ze legde haar hand tegen de muur. Ze dwong haar lichaam door te gaan, want anders zou ze in slaap vallen en nooit meer wakker worden. Haar lichaam wilde niets liever dan aan dat gevoel toegeven, wilde niets liever dan uitgeschakeld worden. Lena wist echter dat ze weer klaarwakker zou zijn zodra ze haar hoofd op het kussen zou leggen, en dat haar geest de film weer zou afdraaien van Julia Matthews vlak voor ze zich van kant maakte. Het meisje had Lena aangekeken toen ze de trekker overhaalde. Hun blikken hadden zich verstrengeld en ook zonder dat ze het wapen zag, wist Lena dat de jongere vrouw alleen nog maar de dood in gedachten had.

Hank zat aan de keukentafel een cola te drinken. Hij ging staan toen zij de keuken binnenkwam. Lena voelde het schaamrood naar haar wangen stijgen en was niet in staat hem aan te kijken. In de auto, toen Frank haar naar huis reed, had ze zich groot gehouden. Ze had geen woord tegen haar partner gezegd en had hem niet verteld dat ondanks al haar pogingen in het ziekenhuis om zichzelf schoon te maken, grijze troep en bloed nog steeds als warme was aan haar zaten vastgekleefd. Er zaten stukjes bot in haar borstzakje en ze kon het bloed van haar gezicht en hals voelen druipen, ook al had ze het in het ziekenhuis allemaal van zich afgeveegd. Pas toen ze de voordeur achter zich had dichtgetrokken, had Lena zich laten gaan. Dat Hank er toen was geweest, dat ze het in zijn armen had uitgesnikt, was iets wat haar nog steeds met schaamte vervulde. Ze herkende zichzelf niet meer. Ze had geen idee wie deze zwakke figuur was.

Lena wierp een blik uit het raam en merkte op: 'Het is donker buiten.'

'Je hebt een hele tijd geslapen,' zei Hank en hij liep naar het fornuis. 'Heb je zin in thee?'

'Ja,' zei Lena, hoewel ze helemaal niet had geslapen. Als ze haar ogen dichtdeed, bracht dit haar alleen maar dichter bij de dingen die gebeurd waren. Het zou haar niets kunnen schelen als ze nooit meer zou slapen.

'Je baas heeft gebeld om te vragen hoe het met je ging,' zei Hank.

'O,' antwoordde Lena, en met één been onder zich gevouwen ging ze aan tafel zitten. Ze vroeg zich af wat er door Jeffrey heen ging. Hij had op de gang zitten wachten tot Lena hem binnen zou roepen toen het pistool afging. Lena herinnerde zich weer die uitdrukking van totale verbijstering op zijn gezicht toen hij binnen kwam stormen. Lena had daar gestaan, nog steeds over Julia heengebogen, terwijl vlees en bloed van haar borst en gezicht dropen. Jeffrey had haar uit die houding gerukt en was met zijn handen langs haar lichaam gegaan om te onderzoeken of ze zelf geen schotwond had opgelopen.

Al die tijd was Lena sprakeloos geweest, niet in staat haar ogen af te houden van wat er van Julia Matthews' gezicht was overgebleven. Het meisje had het pistool onder haar kin geduwd en haar achterhoofd weggeblazen. De muren achter en aan de andere kant van het bed zaten onder de troep. Op nog geen meter onder het plafond zat een kogelgat. Jeffrey had Lena gedwongen in die kamer te blijven en had haar doorgezaagd over het miniemste beetje informatie dat ze van Julia Matthews had weten los te krijgen, had vragen gesteld over elk onderdeeltje van haar verhaal terwijl Lena daar stond met onbedwingbaar trillende lippen, niet in staat de woorden te volgen die uit haar eigen mond kwamen.

Lena legde haar hoofd in haar handen. Ze luisterde terwijl Hank de ketel vulde, hoorde het geklik van de elektrische aansteker waarmee hij het pitje aandeed.

Hank ging tegenover haar zitten, zijn handen in elkaar geslagen. 'Gaat het?' vroeg hij.

'Ik weet het niet,' antwoordde ze, en haar eigen stem klonk heel ver weg. Het pistool was vlak bij haar oor afgegaan. Het tuiten was een tijdje geleden gestopt, maar geluiden drongen nog steeds als doffe pijn tot haar door.

'Weet je waaraan ik moest denken?' vroeg Hank terwijl hij achterover leunde. 'Weet je nog van die keer dat je van de voorste veranda afviel?'

Lena staarde hem aan, zonder te begrijpen waar hij naartoe wilde. 'En?'

'Tja.' Hij haalde zijn schouders op en om de een of andere reden moest hij glimlachen. 'Sibyl duwde je eraf.'

Lena wist niet zeker of ze hem wel goed had verstaan. 'Wat?'

'Ze duwde je eraf,' liet hij haar weten. 'Ik heb het zelf gezien.'

'Ze duwde me van de veranda af?' Lena schudde haar hoofd. 'Ze probeerde me juist tegen te houden.'

'Ze was blind, Lee, hoe kon ze nou weten dat jij viel?'

Lena's mond bewoog. Ergens had hij gelijk. 'Ik kreeg toen zestien hechtingen in mijn been.'

'Vertel mij wat.'

'Duwde ze me?' vroeg Lena nogmaals en haar stem steeg een paar octaven. 'Waarom duwde ze me?'

'Ik weet het niet. Misschien was het als grapje bedoeld.' Hank grinnikte. 'Je zette zo'n keel op dat ik bang was dat de buren erop af zouden komen.'

'Ik betwijfel of de buren waren gekomen als er een kanon was afgevuurd,' zei Lena. Hank Nortons buren hadden al snel begrepen dat ze op elk uur van de dag rumoer uit de richting van zijn huis konden verwachten.

'Weet je nog van die keer op het strand?' begon Hank weer.

Lena staarde hem aan in een poging erachter te komen waarom hij hiermee op de proppen kwam. 'Wanneer was dat dan?'

'Die keer dat je je skateboard niet kon vinden?'

'Dat rooie?' vroeg Lena. 'Niks zeggen,' liet ze erop volgen, 'zij had hem van het balkon afgeduwd.'

Weer grinnikte hij. 'Nee. Ze was hem kwijtgeraakt in het zwembad.'

'Hoe kun je nou een skateboard in een zwembad kwijtraken?'

Hij wuifde dit terzijde. 'Ik neem aan dat een of ander joch ermee vandoor is gegaan. Het ging erom dat hij van jou was. Je had tegen haar gezegd dat ze er niet aan mocht komen, en toen raakte zij hem kwijt.'

Ondanks zichzelf voelde Lena iets van de zware last van haar schouders glijden. 'Waarom vertel je me dit eigenlijk?' wilde ze weten.

Weer haalde hij even zijn schouders op. 'Ik weet het niet. Ik moest vanochtend gewoon aan haar denken. Herinner je je dat shirt nog dat ze altijd aanhad? Dat met die groene strepen?'

Lena knikte.

'Ze had het nog steeds.'

'Nee, hè?' zei Lena verbaasd. Toen ze nog op de middelbare school zaten, hadden ze altijd ruzie gemaakt over dat shirt, tot Hank het met kruis-of-munt had opgelost. 'Waarom heeft ze het al die tijd gehouden?'

'Omdat het van haar was,' zei Hank

Lena staarde haar oom aan en wist niet wat ze moest zeggen.

Hij stond op en pakte een mok uit de kast. 'Wil je alleen zijn of heb je liever dat ik in de buurt blijf?'

Lena moest even over zijn vraag nadenken. Ze had er behoefte aan alleen te zijn, weer tot zichzelf te komen, en dat lukte haar niet met uitgerekend Hank om zich heen. 'Ga je terug naar Reece?'

'Ik had zo gedacht dat ik vannacht maar bij Nan moest logeren zodat ik haar kan helpen wat spullen uit te zoeken.'

Lena voelde een lichte paniek. 'Ze gooit toch geen dingen weg, hè?'

'Nee, natuurlijk niet. Ze neemt alleen alles een keer door, zoekt haar kleren bij elkaar.' Met zijn armen over elkaar geslagen leunde Hank tegen het aanrecht. 'Zoiets moet ze eigenlijk niet in d'r eentje doen.'

Lena staarde naar haar handen. Er zat iets onder haar vingernagels. Ze kon niet zien of het vuil was of bloed. Ze stak haar vinger in haar mond en met haar ondertanden maakte ze de nagel schoon.

Hank keek toe. Hij zei: 'Je kunt later wel langskomen als je zin hebt.'

Lena schudde haar hoofd terwijl ze nog steeds op haar nagel beet. Ze zou hem nog eerder afscheuren dan dat ze het bloed daar liet zitten. 'Ik moet morgen vroeg op voor mijn werk,' loog ze.

'Maar misschien verander je nog wel van gedachten.'

'Misschien,' mompelde ze met haar vinger in haar mond. Ze proefde bloed, en was verbaasd toen ze zag dat het van haarzelf was. De nagelriem was losgescheurd, en een helderrode vlek verspreidde zich.

Hank bleef een tijdje voor zich uit staren en vervolgens griste hij zijn jas van de rugleuning van zijn stoel. Ze waren dit soort situaties wel gewend, hoewel het nog nooit zo erg was geweest. Het was een oude, vertrouwde dans en beiden kenden ze de stappen. Hank zette één stap voorwaarts en Lena deed twee stappen terug. Het was nu niet het juiste moment om daar verandering in te brengen.

Hij zei: 'Je kunt me altijd bellen als je me nodig hebt. Dat weet je toch, hè?'

'Mm-hm,' mompelde ze en ze perste haar lippen op elkaar. Ze kon elk moment weer gaan huilen en Lena was bang dat een deel van haar dood zou gaan als ze nogmaals in aanwezigheid van Hank zou instorten.

Hij scheen dit te voelen want hij legde zijn hand op haar

schouder en drukte vervolgens een kus op haar hoofd.

Met gebogen hoofd wachtte Lena op de klik waarmee de voordeur dichtviel. Ze slaakte een diepe zucht toen Hanks auto achteruit de oprit uitreed.

Er kwam stoom uit de ketel, maar de fluit klonk nog niet. Lena was niet echt gek op thee, maar niettemin zocht ze de kastjes door, op zoek naar theezakjes. Ze vond een doosje muntthee net op het moment dat er op de achterdeur werd geklopt.

Ze verwachtte Hank weer te zien verschijnen, dus haar verbazing was groot toen ze de deur opendeed.

'O, hallo,' zei ze, en een snerpend geluid deed haar naar haar oor grijpen. Ze besefte dat het van de fluitketel kwam en zei: 'Ogenblikje, alsjeblieft.'

Op het moment dat ze het pitje uitdraaide, bespeurde ze iets achter zich en het volgende moment voelde ze een scherpe prik in haar linkerdij.

Zeventien

Met gekruiste armen stond Sara voor het lichaam van Julia Matthews. Ze staarde naar het meisje en probeerde haar met een klinisch oog te beoordelen, probeerde het meisje wier leven ze had gered te scheiden van de dode vrouw op de tafel. De incisie die Sara had gemaakt om bij Julia's hart te kunnen, was nog niet dicht en er zat nog steeds opgedroogd bloed aan de zwarte hechtingen gekoekt. Onder in de kin van de vrouw zat een gaatje. Brandwonden rond de plek waar de kogel naar binnen was gegaan toonden aan dat de loop van het pistool bij het afvuren in de kin was gedrukt. Een gapend gat in het achterhoofd van het meisje maakte duidelijk waar de kogel het lichaam had verlaten. Stukken bot hingen aan de open schedel als macabere versierselen aan een bloederige kerstboom. De lucht stonk naar kruit.

Het lichaam van Julia Matthews lag in bijna dezelfde houding op de porseleinen autopsietafel als dat van Sibyl Adams een paar dagen daarvoor. Aan het hoofdeinde van de tafel bevond zich een kraan met een zwarte rubberen slang. Daarboven hing een organenweegschaal die niet veel verschilde van het soort weegschaal waarin winkeliers groente en fruit afwegen. Naast de tafel lagen de instrumenten voor de lijkschouwing: een ontleedmes, een veertig centimeter lang, vlijmscherp broodmes, een even scherpe schaar, een forceps of 'grijptang', een zaag voor de botten, en een snoeischaar met een lange handgreep, van het soort dat je ook wel in de garage naast de grasmaaier aantreft. Cathy Linton bezat een vergelijkbaar exemplaar, en altijd als Sara haar moeder de azalea's zag snoeien, deed dit haar denken aan de keren dat ze in het mortuarium met de schaar een ribbenkast had openknipt.

Werktuiglijk verrichte Sara de handelingen die nodig waren om het lichaam van Julia Matthews voor te bereiden op de autopsie. Haar gedachten dwaalden af naar de vorige avond, toen Julia Matthews op Sara's auto had gelegen, toen het meisje nog leefde en nog een kans had.

Tot op dat moment had Sara het nooit erg gevonden een lijkschouwing te verrichten, en de dood had haar nog nooit verontrust. Het openmaken van een lichaam was als het openslaan van een boek: uit weefsel en organen viel heel veel af te leiden. Als een lichaam dood was, kon het tot in detail worden onderzocht. Sara had de baan van patholoog-anatoom voor Grant County onder andere aangenomen omdat ze haar werk in de kinderkliniek een beetje saai begon te vinden. Het werk als lijkschouwer was een uitdaging, een gelegenheid om zich een nieuwe vaardigheid eigen te maken en mensen te helpen. Maar de gedachte dat ze Julia Matthews open moest maken en haar lichaam aan nog meer geweld moest blootstellen, sneed als een mes door Sara heen.

Weer keek Sara naar wat er was overgebleven van Julia Matthews' hoofd. Het was algemeen bekend dat schoten door het hoofd uiterst onvoorspelbare gevolgen hadden. Meestal raakte het slachtoffer in coma, werd een soort plant die dankzij de wonderen van de moderne wetenschap in stilte het leven uitdiende waarvan hij zich nou juist had willen bevrijden. Julia Matthews had het beter aangepakt dan de meesten toen ze het pistool tegen de onderkant van haar kin had geduwd en de trekker had overgehaald. De kogel had zich in opwaartse richting een weg door haar schedel gebaand, het wiggebeen verbrijzeld, zich vervolgens door de laterale schedelgroef geboord om ten slotte via het achterhoofdsbeen naar buiten te barsten. De achterkant van het hoofd was verdwenen zodat je rechtstreeks in de hersenpan kon kijken. Anders dan bij haar eerdere zelfmoordpoging, waarvan de littekens op haar pols de stille getuigen waren, had Julia Matthews deze keer echt een einde aan haar leven willen maken. Het leed geen enkele twijfel dat het meisje had geweten wat ze deed.

Sara's maag draaide om. Ze zou het meisje wel door elkaar willen schudden om haar weer tot leven te wekken, om van haar te eisen dat ze bleef doorleven, om haar te vragen hoe ze alles wat er tijdens de laatste paar dagen was gebeurd, had kunnen doorstaan om zich vervolgens van het leven te beroven. Het leek wel of de verschrikkingen die Julia Matthews had overleefd haar ten slotte toch nog hadden gedood.

'Gaat het?' vroeg Jeffrey, en hij wierp haar een bezorgde blik toe.

'Ja, hoor,' zei Sara met enige moeite, maar ze betwijfelde of het wel waar was. Ze voelde zich rauw, als een wond die niet wilde helen. Sara wist dat als Jeffrey ook maar een hand naar haar uitstak ze meteen op zijn avances zou ingaan. Het enige waaraan ze kon denken was hoe heerlijk het zou zijn als hij haar in zijn armen zou nemen, als zijn lippen de hare zouden kussen, als zijn tong in haar mond zou verdwijnen. Op dat moment verlangde haar lichaam naar hem zoals ze al jaren niet meer naar hem had verlangd. Ze had niet eens zo'n behoefte aan seks, het enige wat ze wilde was zijn geruststellende aanwezigheid. Ze wilde zich beschermd voelen. Ze wilde bij hem horen. Sara had heel lang geleden geleerd dat seks de enige manier was waarop Jeffrey haar dit gevoel kon geven.

'Sara?' vroeg Jeffrey vanaf de andere kant van de tafel.

Een oneerbaar voorstel lag op het puntje van haar tong, maar ze zag er toch vanaf. Er was de laatste paar jaar zoveel gebeurd. Er was zoveel veranderd. De man naar wie ze verlangde, bestond eigenlijk niet meer. Sara was er niet zeker van of hij ooit had bestaan.

Ze schraapte haar keel. 'Ja?'

'Zullen we hier nog even mee wachten?' vroeg hij.

'Nee,' antwoordde Sara op afgemeten toon, en in stilte gaf ze zichzelf ervan langs omdat ze Jeffrey nodig meende te hebben. Dat was namelijk niet het geval. Ze was zonder zijn hulp op dit punt beland. Ze zou het ook verder wel redden.

Ze drukte met haar voet op de afstandsbediening van de dictafoon en zei: 'Dit is het niet-gebalsemde lichaam van een slanke, maar goedgevormde, weldoorvoede volwassen jonge vrouw met een gewicht van' – Sara keek naar het bord achter Jeffreys schouder, waarop ze aantekeningen had gemaakt – 'vijftig kilo en een lengte van één meter zestig.' Ze tikte de recorder uit en ademde even diep in om haar gedachten te ordenen. Haar ademhaling ging moeizaam.

'Sara?'

Ze tikte de recorder weer aan en schudde haar hoofd naar hem. De genegenheid waarnaar ze een paar minuten daarvoor zo had verlangd, irriteerde haar nu. Ze voelde zich naakt.

Ze dicteerde: 'Het uiterlijk van de overledene komt overeen met de vastgestelde leeftijd van tweeëntwintig. Het lichaam is minstens drie uur gekoeld geweest en voelt koud aan.' Sara zweeg en schraapte haar keel. 'Rigor mortis is ingetreden in de armen en benen, en lijkvlekken zijn waarneembaar aan de achterkant van de romp en ledematen, behalve op drukpunten.'

En zo ging het verder, deze klinische beschrijving van een vrouw die slechts een paar uur daarvoor gehavend maar in leven was geweest, die weken daarvoor een misschien niet zo gelukkig, maar toch bevredigend leven had geleid. Sara somde de uiterlijke kenmerken van Julia Matthews op, en in gedachten probeerde ze zich voor te stellen wat de vrouw moest hebben doorstaan. Was ze wakker toen haar tanden werden uitgetrokken zodat haar belager haar gezicht kon verkrachten? Was ze bij bewustzijn toen haar rectum werd opengereten? Blokkeerden de drugs haar zintuigen toen ze aan de vloer werd vastgespijkerd? Tijdens een lijkschouwing kwam alleen de fysieke schade aan het licht; de geestesgesteldheid van het meisje en haar bewustzijnsniveau zouden een raadsel blijven. Niemand zou ooit weten wat er door haar heen ging toen ze werd aangevallen. Niemand zou ooit precies kunnen zien wat dit meisje had gezien. Sara kon slechts gissen, en ze gruwde van de beelden in haar hoofd. Weer zag ze zichzelf op de brancard liggen. Weer zag ze hoe ze zelf onderzocht werd.

Beverig en met het gevoel alsof ze daar niet hoorde te zijn, maakte Sara haar blik los van het lichaam. Jeffrey staarde haar aan, een vreemde uitdrukking op zijn gezicht. 'Wat is er?' vroeg ze.

Hij schudde zijn hoofd, zijn blik nog steeds op haar gericht.

'Ik wou,' begon Sara, en toen zweeg ze en kuchte de brok in haar keel weg. 'Ik wou dat je me niet zo aankeek, oké?' Weer zweeg ze, maar hij voldeed niet aan haar verzoek.

Hij vroeg: 'Hoe kijk ik je dan aan?'

'Alsof je me wilt verslinden,' antwoordde ze, maar dat klopte niet helemaal. Hij keek haar aan zoals ze wilde dat hij haar aan zou kijken. Zijn blik had iets verantwoordelijks, alsof hij de leiding op zich wilde nemen, ervoor wilde zorgen dat alles goed kwam. Ze verfoeide zichzelf omdat ze daar nu juist naar verlangde.

'Dat is dan niet met opzet,' zei hij.

Ze rukte haar handschoenen uit, 'Oké.'

'Ik maak me zorgen om je, Sara. Ik wil dat je me vertelt wat er aan de hand is.'

Sara liep naar de voorraadkast zodat ze dit gesprek niet bij het lijk van Julia Matthews hoefden te voeren. 'Dat recht heb je allang niet meer. Weet je nog waarom niet?'

Als ze hem een klap in het gezicht had gegeven, dan zou hij precies zo hebben gekeken. 'Ik geef nog steeds heel veel om je.'

Ze slikte nadrukkelijk, in een poging dit niet tot zich door te laten dringen. 'Bedankt.'

'Soms,' ging hij verder, 'als ik 's morgens wakker word, ben ik vergeten dat jij er niet meer bent. Dan ben ik vergeten dat ik je kwijt ben.'

'Net zoals toen je was vergeten dat je met me was getrouwd?'

Hij liep naar haar toe, maar ze week terug tot ze nog maar enkele centimeters van de kast was verwijderd. Hij ging voor haar staan, zijn handen op haar armen. 'Ik hou nog steeds van je.'

'Dat is niet genoeg.'

Hij kwam nog dichterbij. 'Wat is dan wel genoeg?'

'Jeffrey,' zei ze. 'Alsjeblieft.'

Uiteindelijk liep hij van haar weg en vroeg op scherpe toon: 'Wat denk je?' Hij doelde op het lichaam. 'Denk je dat je iets zult vinden?'

In haar verlangen zichzelf te beschermen, sloeg Sara haar armen over elkaar. 'Ik denk dat ze haar geheimen mee het graf in neemt.'

Jeffrey keek haar onderzoekend aan, waarschijnlijk omdat Sara niet het type was dat gevoelig was voor melodrama. Ze deed een bewuste poging weer tot zichzelf te komen, de situatie klinischer te benaderen, maar alleen al de gedachte aan wat ze ging doen, vergde emotioneel te veel van haar.

Met vaste hand maakte Sara de gebruikelijke Y-vormige incisie over de borst. Het geluid waarmee ze het vlees naar achteren trok, sneed door haar gedachten. Ze probeerde eroverheen te praten. 'Hoe zijn haar ouders hieronder?'

Jeffrey zei: 'Je hebt geen idee hoe vreselijk het was om hun te vertellen dat ze verkracht was. En nu dit.' Hij wees naar het lijk. 'Je hebt geen idee.'

Weer dwaalden Sara's gedachten af. Ze zag haar eigen vader, gebogen over een ziekenhuisbed, terwijl haar moeder van achteren haar armen om hem heen sloeg. Even sloot ze haar ogen en ze duwde dit beeld weg. Ze zou niet in staat zijn deze taak te verrichten als ze zich telkens weer in Julia Matthews verplaatste.

'Sara?' vroeg Jeffrey.

Sara keek op, en tot haar verbazing besefte ze dat ze midden in de autopsie was blijven steken. Ze stond voor het lichaam, haar armen over elkaar geslagen. Jeffrey wachtte geduldig en zag af van de voor de hand liggende vraag.

Sara nam het ontleedmes op en ging aan de slag, waarbij

ze op dicteertoon zei: 'Het lichaam wordt geopend met de normale Y-vormige incisie. De organen van de borst- en buikholte bevinden zich in hun normale anatomische positie.'

Zodra ze stopte, begon Jeffrey weer te praten. Gelukkig sneed hij deze keer een ander onderwerp aan. Hij zei: 'Ik weet niet wat ik met Lena aan moet.'

'Hoezo?' vroeg Sara, blij met de klank van zijn stem.

'Ze houdt het zo niet vol,' zei hij. 'Ik heb tegen haar gezegd dat ze een paar dagen vrij moet nemen.'

'Denk je dat ze dat doet?'

'Ik geloof het wel.'

Sara pakte de schaar en knipte met snelle halen het hartzakje door. 'Wat is dan het probleem?'

'Ze balanceert op het randje. Ik voel het. Ik weet alleen niet wat ik moet doen.' Hij wees naar Julia Matthews. 'Ik wil niet dat ze zo eindigt.'

Sara keek hem over haar bril onderzoekend aan. Ze wist niet of hij psychologie van de koude grond toepaste en zijn bezorgdheid om Sara verborg achter gespeelde bezorgdheid om Lena, of dat hij echt advies wilde hebben over hoe hij met Lena moest omgaan.

Ze gaf hem een antwoord dat op beide scenario's van toepassing was. 'Lena Adams?' Ontkennend schudde ze haar hoofd, van één ding absoluut zeker. 'Dat is een vechter. Mensen zoals Lena maken zichzelf niet van kant. Ze maken anderen van kant, niet zichzelf.'

'Ik weet het,' antwoordde Jeffrey. Hij zweeg toen Sara de maag afklemde en verwijderde.

'Nu wordt het minder aangenaam,' waarschuwde ze, terwijl ze de maag in een roestvrijstalen kom deponeerde. Jeffrey had talloze lijkschouwingen bijgewoond, maar er was niets wat zo penetrant rook als het spijsverteringskanaal.

'Hé.' Sara stopte, verbaasd om wat ze zag. 'Kijk dit eens.'

'Wat is dat?'

Ze deed een stap opzij zodat hij de inhoud van de maag kon zien. De maagsappen waren zwart en soeperig, en ze gebruikte een zeef om de inhoud eruit te scheppen.

'Wat is dat?' herhaalde hij.

'Ik weet het niet. Misschien een soort zaadjes,' zei Sara tegen hem, en met een grijptang viste ze er eentje uit. 'Ik denk dat we Mark Webster even moeten bellen.'

'Hier,' zei hij en hij stak haar een plastic zakje toe.

Ze liet het zaadje in de zak vallen en vroeg: 'Denk je dat hij gepakt wil worden?'

'Ze willen toch allemaal gepakt worden?' was zijn reactie. 'Kijk maar waar hij ze heeft achtergelaten. Allebei op min of meer openbare plekken, allebei opzettelijk zo uitgestald. Alleen al van het risico raakt hij opgewonden.'

'Ja,' beaamde ze, en ze moest zichzelf dwingen niet meer te zeggen. Ze wilde niet verder ingaan op de grimmige details van de zaak. Ze wilde haar werk doen en dan verdwijnen, weg van Jeffrey.

Jeffrey leek zich hier niet bij te willen neerleggen. Hij vroeg: 'Die zaadjes zijn heel krachtig, hè?'

Sara knikte.

'Denk je dat hij haar bewusteloos heeft gehouden terwijl hij haar verkrachtte?'

'Ik heb geen flauw idee,' antwoordde ze naar waarheid.

Hij zweeg, alsof hij niet goed wist hoe hij zijn volgende zin moest inkleden.

'Wat wilde je zeggen?' drong ze aan.

'Lena,' zei hij. 'Ik bedoel, Julia heeft tegen Lena gezegd dat ze ervan had genoten.'

Sara voelde hoe haar voorhoofd zich rimpelde. 'Wat?'

'Of eigenlijk niet dat ze ervan had genoten, maar dat hij met haar had gevreeën.'

'Hij trok haar tanden uit en scheurde haar rectum open. Hoe kon iemand wat hij met haar deed "vrijen" noemen?'

Hij haalde zijn schouders op, alsof ze voor een antwoord niet bij hem moest zijn, maar zei niettemin: 'Misschien hield hij haar zo onder de drugs dat ze het niet voelde. Misschien ontdekte ze later pas wat er gebeurd was.'

Sara dacht hier even over na. 'Dat zou kunnen,' zei ze, en

die mogelijkheid bezorgde haar een onbehaaglijk gevoel.

'Zo heeft zij het in ieder geval gezegd,' zei hij.

Het was stil in het vertrek, op het pompen van de compressor van de koelinstallatie na. Sara richtte zich weer op de autopsie, en met behulp van klemmen scheidde ze de dunne en de dikke darm. Ze hingen slap in haar handen, als natte spaghetti, toen ze ze uit het lichaam tilde. Julia Matthews had de laatste paar dagen van haar leven niets substantieels meer gegeten. Haar spijsverteringskanaal was betrekkelijk leeg.

'Laten we eens kijken,' zei Sara, en ze legde de darmen op de winkelweegschaal. Er klonk een metalig gerinkel, alsof er een stuiver in een blikje werd gegooid.

'Wat is dat?' vroeg Jeffrey.

Sara gaf geen antwoord. Ze pakte de darmen op en liet ze weer vallen. Weer klonk het geluid, dat als een blikkerige trilling door de schaal ging. 'Er zit iets in,' mompelde Sara, en ze liep naar de lichtbak aan de muur. Met haar elleboog deed ze het licht aan zodat de röntgenfoto's van Julia Matthews zichtbaar werden. De foto's van haar bekken bevonden zich in het midden.

'Kun je iets zien?' vroeg Jeffrey.

'Wat het ook is, het zit in de dikke darm,' antwoordde Sara, en ze staarde naar een soort scherf in de onderste helft van het rectum. Het streepje was haar nog niet eerder opgevallen, of misschien was ze ervan uitgegaan dat het een foutje in de film betrof. Het draagbare röntgenapparaat in het mortuarium was oud en blonk niet uit door betrouwbaarheid.

Sara bekeek de film nog eens nauwkeurig en liep toen terug naar de weegschaal. Ze sneed het uiteinde van de dunne darm los bij de ileocoecale klep en droeg de dikke darm naar het hoofdeind van de tafel. Nadat ze het bloed er onder de kraan had afgespoeld, kneep ze met haar vingers vanaf de onderkant van de kronkeldarm naar beneden op zoek naar het voorwerp dat het geluid had veroorzaakt. Op zo'n twaalf centimeter vanaf het begin van het rectum stuitte ze op een harde klont.

'Geef me het ontleedmes eens aan,' beval ze terwijl ze haar hand uitstrekte. Jeffrey gehoorzaamde en keek toe hoe ze te werk ging.

Sara maakte een kleine incisie en een smerige lucht verspreidde zich door het vertrek. Jeffrey deed een stap naar achteren, een luxe die Sara zich niet kon permitteren. Met behulp van de grijptang verwijderde ze een voorwerp met een lengte van zo'n anderhalve centimeter. Toen ze het onder de kraan had afgespoeld, bleek het een sleuteltje te zijn.

'Een handboeiensleuteltje?' vroeg Jeffrey, en hij boog zich voorover om het beter te kunnen bekijken.

'Ja,' antwoordde Sara, die zich licht in het hoofd voelde worden. 'Het is via de anus in het rectum geduwd.'

'Waarom?'

'Waarschijnlijk wilde hij dat wij het zouden vinden,' zei Sara. 'Pak eens een plastic zakje.'

Jeffrey gehoorzaamde en hield het zakje open zodat ze het sleuteltje erin kon laten vallen. 'Denk je dat we er nog iets op kunnen vinden?'

'Bacteriën,' antwoordde ze. 'Als je vingerafdrukken bedoelt, dan betwijfel ik dat ten zeerste.' Ze perste haar lippen op elkaar en liet er haar gedachten over gaan. 'Doe het licht eens uit.'

'Waar denk je aan?'

Sara liep naar de lichtbak en duwde hem met haar elleboog uit. 'Volgens mij heeft hij het sleuteltje erin gestopt toen het spel nog maar net was begonnen. Het randje is scherp. Misschien is het condoom wel gescheurd.'

Jeffrey liep naar de lichtknop terwijl Sara haar handschoenen afrolde. Ze pakte de ultravioletlamp, die spermasporen aan het licht zou brengen.

'Klaar?' vroeg hij.

'Ja,' zei ze, en de lampen gingen uit.

Sara knipperde een paar keer met haar ogen om ze te laten wennen aan het onnatuurlijke licht. Langzaam scheen ze met de lamp langs de incisie die ze in het rectum had gemaakt. 'Hou eens vast,' zei ze en ze overhandigde de lamp aan Jeffrey. Ze trok een nieuw paar handschoenen aan en met het ontleedmes maakte ze de incisie nog wat groter. In de opening werd een gleufje met paarse vloeistof zichtbaar.

Jeffrey zuchtte even, alsof hij al die tijd zijn adem had ingehouden. 'Is het voldoende voor DNA-onderzoek?'

Sara staarde naar het paars opgloeiende spul. 'Ik denk het wel.'

Op haar tenen liep Sara haar zusters appartement door, en ze gluurde om de hoek van de slaapkamerdeur om er zeker van te zijn dat Tessa geen gezelschap had.

'Tessie?' fluisterde ze, en ze schudde haar zachtjes heen en weer.

'Wat?' bromde Tessa terwijl ze zich op haar andere zij liet rollen. 'Hoe laat is het?'

Sara keek op de klok op het nachtkastje. 'Een uur of twee in de ochtend.'

'Wat?' herhaalde Tessa, en ze wreef in haar ogen. 'Wat is er aan de hand?'

Sara zei: 'Schuif eens op.'

Tessa gehoorzaamde en hield het laken voor Sara omhoog. 'Wat is er aan de hand?'

Sara antwoordde niet. Ze trok de deken op tot aan haar kin.

'Is er iets aan de hand?' herhaalde Tessa.

'Er is niks aan de hand.'

'Is dat meisje echt dood?'

Sara sloot haar ogen. 'Ja.'

Tessa ging overeind zitten in bed en deed het licht aan. 'We moeten eens praten, Sara.'

Sara draaide zich om, haar rug naar haar zus toegekeerd. 'Ik wil niet praten.'

'Kan me niet schelen,' antwoordde Tessa, en ze trok het dek van Sara af. 'Kom eens overeind.'

'Je hoeft me niet te commanderen,' reageerde Sara geërgerd. Ze was hiernaartoe gekomen om zich veilig te voelen en te kunnen slapen, niet om zich door haar kleine zusje op de kop te laten zitten.

'Sara,' begon Tessa. 'Je móet Jeffrey vertellen wat er is gebeurd.'

Sara ging zitten, boos omdat dit hele gedoe weer van voren af aan begon. 'Nee,' was haar antwoord, en haar lippen vormden een strakke streep.

'Sara,' zei Tessa op vastberaden toon. 'Hare heeft me over dat meisje verteld. Hij heeft me verteld over het plakband op haar mond en over hoe ze op jouw auto was neergelegd.'

'Hij moet dat soort dingen helemaal niet aan jou vertellen.'

'Hij vertelde het niet omdat het zo'n interessant nieuwtje was,' zei Tessa. Ze stapte het bed uit, duidelijk kwaad.

'Waarom ben je zo pissig op me?' wilde Sara weten, en ze kwam nu ook overeind. Ze stonden elkaar van weerskanten van de kamer aan te staren, het bed tussen hen in.

Sara zette haar handen in de zij. 'Het is niet mijn schuld, oké? Ik heb alles gedaan wat ik kon om dat meisje te helpen, en als zij er niet mee kon leven, dan is dat haar keus.'

'Mooie keus, of niet soms? Volgens mij kun je maar beter een kogel door je kop jagen dan het de hele tijd op te kroppen.'

'Wat bedoel je daar verdomme nou weer mee?'

'Je weet best wat ik daarmee bedoel,' snauwde Tessa op haar beurt. 'Je moet het Jeffrey vertellen, Sara.'

'Dat doe ik niet.'

Tessa schonk haar een taxerende blik. Ze sloeg haar armen voor haar borst over elkaar en nam een dreigende houding aan. 'Als jij het niet doet, dan doe ik het.'

'Wat?' Sara hapte naar adem. Als Tessa haar een dreun had verkocht, dan zou Sara minder zijn geschrokken. Haar mond viel open van verbazing. 'Echt niet.'

'Ja hoor, echt wel,' antwoordde Tessa, en haar besluit stond klaarblijkelijk vast. 'En als ik het niet doe, dan doet mama het.'

'Hebben jij en mama dit plannetje uitgedacht?' Sara liet

een vreugdeloos lachje horen. 'Ik neem aan dat papa ook in het complot zit?' Ze hief haar handen in de lucht. 'Mijn hele familie spant tegen me samen.'

'We spannen helemaal niet tegen je samen,' bracht Tessa hiertegen in. 'We proberen je juist te helpen.'

'Wat er met mij is gebeurd,' begon Sara, en haar woorden klonken kort en afgemeten, 'heeft niets te maken met wat er met Sibyl Adams en Julia Matthews is gebeurd.' Ze boog zich over het bed heen en wierp Tessa een waarschuwende blik toe. Dit was een spelletje waar ze beiden goed in waren.

'Dat bepaal jij niet,' wierp Tessa tegen.

Sara begon te koken van woede bij het horen van het dreigement. 'Wil je dat ik je vertel in welke opzichten dit anders is, Tessie? Wil je weten wat ik over deze zaken weet?' Ze gunde haar zus de tijd niet om te antwoorden. 'Niemand heeft bijvoorbeeld een kruis in mijn borst gekerfd en me op het toilet dood laten bloeden.' Ze zweeg, zich bewust van de uitwerking die haar woorden zouden hebben. Sara wist heel goed hoe ze terug moest slaan als Tessa haar op de nek zat.

Ze vervolgde: 'Bovendien heeft niemand mijn voortanden uitgeslagen zodat hij me in mijn gezicht kon verkrachten.'

Tessa sloeg haar hand voor haar mond. 'O god.'

'Niemand heeft mijn handen en voeten aan de vloer vastgespijkerd zodat hij me kon neuken.'

'Nee,' fluisterde Tessa, en haar ogen vulden zich met tranen.

Sara kon zich niet meer inhouden, ook al was het duidelijk dat haar woorden Tessa door de ziel sneden. 'Niemand heeft mijn mond met chloor uitgeboend. Niemand heeft mijn schaamhaar afgeschoren zodat er geen bewijsmateriaal zou achterblijven.' Ze zweeg even om op adem te komen. 'Niemand heeft een gat in mijn buik gestoken zodat hij –' Sara legde zichzelf het zwijgen op, want ze wist dat ze te ver ging. Niettemin ontsnapte er een gesmoorde snik aan Tessa's mond toen ze het begreep. Ze hield haar blik de hele tijd op Sara gericht, en toen die de afschuw op haar gezicht zag, werd ze overmand door schuldgevoel.

Sara fluisterde: 'Het spijt me, Tessie. Het spijt me zo.'

Langzaam zakte Tessa's hand naar beneden. Ze zei: 'Jeffrey is politieman.'

Sara legde haar hand op haar borst. 'Ik weet het.'

'Je bent zo mooi,' zei Tessa. 'En je bent intelligent en je bent grappig en je bent lang.'

Sara lachte omdat ze anders zou moeten huilen.

'En twaalf jaar geleden rond deze tijd werd je verkracht,' besloot Tessa.

'Ik weet het.'

'Hij stuurt je ieder jaar een ansichtkaart, Sara. Hij weet waar je woont.'

'Ik weet het.'

'Sara.' Tessa deed een nieuwe poging, en nu kreeg haar stem iets smekends. 'Je moet het Jeffrey vertellen.'

'Ik kan het niet.'

Tessa liet zich niet vermurwen. 'Je hebt geen andere keus.'

Vrijdag

Achttien

Jeffrey schoot een onderbroek aan en strompelde naar de keuken. Zijn knie was nog steeds stijf van het schot hagel en hij had last van zijn maag sinds het moment dat hij Julia Matthews' kamer was binnengelopen. Hij maakte zich zorgen om Lena. Hij maakte zich zorgen om Sara. Hij maakte zich zorgen om zijn stad.

Een paar uur daarvoor had Brad Stephens het DNA-monster naar Macon gebracht. Het zou minstens een week duren voor ze iets zouden horen, en dan misschien nog een week voor ze toegang kregen tot de DNA-database van de FBI om de gegevens te vergelijken met die van veroordeelde zedenmisdadigers. Zoals dat met het meeste politiewerk het geval was, kwam het op wachten aan. Ondertussen kon je er slechts naar gissen wat de dader allemaal in zijn schild voerde. Voor zover Jeffrey wist, zou hij op dit moment alweer een nieuw slachtoffer op het oog kunnen hebben. Misschien verkrachtte hij op dit moment een nieuw slachtoffer, deed hij dingen met haar die alleen een beest kon bedenken.

Jeffrey opende de deur van de koelkast en nam de melk eruit. Op weg naar de kast om een glas te pakken drukte hij op de schakelaar van de plafondlamp, maar er gebeurde niks. Binnensmonds vloekend nam hij een glas uit de kast. Een paar weken eerder had hij het licht in de keuken afgesloten toen een lamp die hij had besteld met de post werd bezorgd. Net toen hij de draden had gestript, kwam er een telefoontje van het bureau en de kroonluchter bleef op zijn kop in de doos, tot Jeffrey tijd zou hebben hem op te hangen. Als het zo doorging, zou hij zijn maaltijden nog wel een paar jaar bij het licht van de koelkast moeten gebruiken.

Hij dronk het laatste restje melk op en strompelde naar het aanrecht om het glas om te spoelen. Hij wilde Sara bellen, vragen hoe het met haar ging, maar besloot het niet te doen. Ze had zo haar eigen redenen om hem uit haar leven te weren. Eigenlijk had hij sinds de scheiding geen been om op te staan. Misschien sliep ze deze nacht wel bij Jeb. Via Marla, die met Marty Ringo had staan praten, had hij vernomen dat Sara en Jeb elkaar af en toe weer zagen. Vaag herinnerde hij zich dat Sara die avond in het ziekenhuis iets over een afspraakje had gezegd, maar wat ze precies had gezegd, wist hij niet meer. De herinnering was weer bovengekomen nadat Marla zo vriendelijk was geweest het roddeltje aan hem door te vertellen, en hij was er niet meer zeker van.

Kreunend liet Jeffrey zich op de barkruk voor de open keuken zakken. Hij had de keuken maanden geleden geïnstalleerd. Eigenlijk had hij hem twee keer geïnstalleerd, want de eerste keer had het resultaat hem niet aangestaan. Jeffrey was in de eerste plaats een perfectionist, en hij vond het vreselijk als dingen niet symmetrisch waren. Aangezien hij in een oud huis woonde, betekende dit dat hij voortdurend moest passen en meten, want er was geen rechte muur in het huis te vinden.

Een briesje bracht wat beweging in de brede lappen plastic aan de achterkant van de keuken. Hij wist niet of hij openslaande deuren en een glaswand zou maken of de keuken nog een meter of drie in de achtertuin zou uitbouwen. Een soort ontbijthoek zou leuk zijn, een plek waar hij 's ochtends naar de vogels in de tuin kon zitten kijken. Maar eigenlijk wilde hij het liefst een groot terras aanleggen met een whirlpool of misschien wel met zo'n buitenbarbecue met alles erop en eraan. Wat het ook zou worden, hij wilde het huis een open aanzien geven. Jeffrey vond het prachtig zoals het licht overdag binnenviel door de half doorzichtige plastic stroken. Hij vond het prettig om in de tuin te kunnen kijken, vooral op momenten zoals dit, nu hij achterin iemand zag rondscharrelen.

Jeffrey kwam overeind en graaide een honkbalknuppel uit het washok.

Hij glipte door een spleet in de plastic stroken en sloop op zijn tenen over het gazon. Het gras was nat van een lichte nevel die in de nachtlucht hing, en Jeffrey huiverde van de kou, terwijl hij met heel zijn hart hoopte dat er niet weer op hem geschoten zou worden, vooral niet nu hij alleen maar een onderbroek aanhad. Toen bedacht hij dat degene die zich in de tuin schuilhield eerder een beroerte zou krijgen van het lachen dan van schrik als hij Jeffrey daar zo zag staan, naakt op zijn groene boxershort na, een honkbalknuppel boven zijn hoofd geheven.

Hij hoorde een vertrouwd geluid. Het was een lebberend likgeluid, zoals van een hond die zich waste. Hij tuurde het maanlicht in en bespeurde drie gestaltes aan de zijkant van het huis. Twee waren klein genoeg om voor honden te kunnen doorgaan. Eentje was zo groot dat het alleen maar Sara kon zijn. Ze tuurde door het raam van zijn slaapkamer.

Jeffrey liet de knuppel naar beneden hangen toen hij haar van achteren besloop. Hij maakte zich niet druk om Billy of Bob, want de hazewinden waren de sloomste dieren die hij ooit had gezien. Zoals hij al had verwacht, verroerden ze zich nauwelijks toen hij heel stilletjes achter haar ging staan.

'Sara?'

'O, jezus.' Sara sprong op en struikelde over de dichtstbijzijnde hond. Jeffrey strekte zijn armen uit en voor ze achterover kon vallen, had hij haar al opgevangen.

Jeffrey lachte en klopte Bob op zijn kop. 'Ben je aan het gluren?' vroeg hij.

'Wat ben je toch een hufter,' siste Sara, en ze sloeg met haar handen tegen zijn borst. 'Ik ben me doodgeschrokken.'

'Wat nou?' vroeg Jeffrey op onschuldige toon. 'Ik loop toch niet bij jouw huis rond te snuffelen.'

'Alsof je dat nooit hebt gedaan.'

'Zo ben ík nou eenmaal,' bracht Jeffrey naar voren. 'Dat is

niks voor jou.' Hij leunde op de knuppel. Nu de adrenaline niet langer door zijn bloed stroomde, voelde hij de doffe pijn in zijn been weer. 'Zou je me niet eens uitleggen waarom je midden in de nacht door mijn raam staat te gluren?'

'Ik wilde je niet wakker maken als je lag te slapen.'

'Ik zat in de keuken.'

'In het donker?' Sara sloeg haar armen over elkaar en keek hem vuil aan. 'In je eentje?'

'Kom maar binnen,' bood Jeffrey aan, en hij wachtte haar antwoord niet af. Met ingehouden pas liep hij terug naar de keuken en hij was blij toen hij Sara's voetstappen achter zich hoorde. Ze droeg een verschoten spijkerbroek en een al even oud, wit overhemd.

'Ben je hier met de honden naartoe komen lopen?'

'Ik heb Tessa's auto geleend,' zei Sara en ze krabbelde Bob op de kop.

'Goed idee om die vechthonden van je mee te nemen.'

'Ik ben allang blij dat je me niet van kant wilde maken.'

'Je weet maar nooit,' zei Jeffrey, en met de knuppel duwde hij het plastic opzij zodat ze het huis binnen kon.

Sara keek naar het plastic en toen naar hem. 'Schitterend wat je met je huis hebt gedaan.'

'Er ontbreekt een vrouwenhand,' opperde Jeffrey.

'Ik weet zeker dat je geen gebrek aan vrijwilligers hebt.'

Jeffrey onderdrukte een kreun toen hij de keuken weer binnenliep. 'De elektriciteit is hier afgesloten,' verklaarde hij terwijl hij met het vlammetje van het fornuis een kaars aanstak.

'Ha ha,' zei Sara en ze probeerde het dichtstbijzijnde lichtknopje. Vervolgens liep ze naar de andere kant van de kamer en probeerde het andere knopje, terwijl Jeffrey ondertussen een tweede kaars aanstak. 'Waar slaat dit op?'

'Oud huis.' Hij haalde zijn schouders op, zonder toe te geven dat hij lui was. 'Brad heeft het monster naar Macon gebracht.'

'Zal wel een paar weken duren, hè?'

'Ja.' Hij knikte. 'Denk je dat het een smeris is?'

'Brad?'

'Nee, de dader. Denk je dat hij bij de politie is? Misschien heeft hij daarom wel het sleuteltje van de handboeien in... daarin gestopt.' Hij zweeg even. 'Je weet wel, als een soort aanwijzing.'

'Misschien gebruikt hij handboeien om ze vast te binden,' zei Sara. 'Misschien doet hij aan SM. Misschien bond zijn moeder hem wel met handboeien aan het bed vast toen hij klein was.'

Hij wist niet zo goed wat hij van haar spottende toon moest denken, maar was zo wijs er niets over te zeggen.

Opeens zei Sara: 'Ik kan wel een screwdriver gebruiken.'

Jeffrey fronste zijn wenkbrauwen, maar liep toch naar zijn gereedschapskist en begon naar een schroevendraaier te zoeken. 'Een Phillips?'

'Nee, een borrel,' antwoordde Sara. Ze trok de deur van de vriezer open en nam de wodka eruit.

'Ik heb geloof ik geen sinaasappelsap,' zei hij toen ze de andere deur opende.

'Dit is ook goed,' zei ze, en ze hield een pak cranberrysap omhoog. Ze zocht in de kastjes naar een glas en schonk zich toen een zo te zien zeer stevige borrel in.

Bezorgd zag Jeffrey dit alles aan. Sara dronk zelden of nooit, en als ze het deed, dan raakte ze al aangeschoten van een glas wijn. Tijdens hun hele huwelijk had hij haar nog nooit iets sterkers zien drinken dan een margarita.

Er ging een rilling door haar heen toen ze een slok van het drankje nam. 'Hoeveel moest daar eigenlijk in?' vroeg ze.

'Waarschijnlijk een derde van wat je erin hebt gedaan,' antwoordde hij en hij nam het drankje van haar over. Hij nam een slokje en de smaak deed hem bijna kokhalzen. 'Jezus Christus,' bracht hij er al hoestend uit. 'Probeer je jezelf van kant te maken?'

'Ik en Julia Matthews,' beet ze terug. 'Heb je iets zoets?'

Jeffrey wilde zijn mond opendoen om haar te vragen wat ze in godsnaam bedoelde met die opmerking, maar Sara was de kastjes inmiddels al aan het doorzoeken.

'Er staat nog een toetje in de koelkast,' opperde hij. 'Helemaal achterin, op het onderste rooster.'

'Mager?' vroeg ze.

'Nee.'

'Prima,' zei Sara, en ze boog zich voorover om het toetje te zoeken.

Jeffrey stond met zijn armen over elkaar geslagen naar haar te kijken. Hij wilde haar vragen wat ze midden in de nacht in zijn keuken kwam zoeken. Hij wilde haar vragen wat er de laatste tijd met haar aan de hand was, waarom ze zich zo vreemd gedroeg.

'Jeff?' vroeg Sara, nog steeds met haar neus in de koelkast.

'Hmm?'

'Sta je naar mijn kont te kijken?'

Jeffrey glimlachte. 'Ja,' antwoordde hij, hoewel dit niet het geval was.

Sara kwam overeind en stak het puddingbekertje als een trofee in de lucht. 'Het laatste.'

'Ja.'

Sara trok het dekseltje van het toetje en ging op het aanrechtblad zitten. 'Het gaat er steeds beroerder uitzien.'

'Vind je?'

'Tja.' Ze haalde haar schouders op en likte de pudding van het deksel. 'Studentes die worden verkracht en zich dan van kant maken. Moeten we ons daar nou echt mee bezighouden?'

Weer stond Jeffrey te kijken van haar onverschillige houding. Zo was Sara helemaal niet, maar de laatste tijd wist hij niet meer zo goed hoe ze eigenlijk wel was.

'Ik weet het niet.'

'Heb je het haar ouders al verteld?'

'Frank heeft ze van het vliegveld gehaald,' antwoordde Jeffrey. Hij was even stil en zei toen: 'Haar vader.' Weer zweeg hij. Hij zou Jon Matthews' gekwelde gezicht niet snel vergeten.

'Het kwam zeker hard aan bij de vader, hè?' vroeg Sara. 'Pappies willen liever niet weten dat er met hun kleine meisjes is geknoeid.'

'Daar heb je denk ik wel gelijk in,' antwoordde Jeffrey en hij verbaasde zich over haar woorden.

'Dat heb je dan goed gezien.'

'Ja,' zei Jeffrey. 'Het kwam behoorlijk hard aan.'

Er flitste iets op in Sara's ogen, maar ze had haar blik alweer neergeslagen voor hij de betekenis had kunnen doorgronden. Ze nam een diepe teug uit haar glas en knoeide een beetje over haar overhemd. Ze begon warempel te giechelen.

Tegen beter weten in vroeg Jeffrey: 'Wat is er met je aan de hand, Sara?'

Ze wees naar zijn middel. 'Sinds wanneer draag je dat soort dingen?' vroeg ze.

Jeffrey keek naar beneden. Aangezien het enige wat hij droeg zijn groene boxershort was, ging hij ervan uit dat ze daarop doelde. Weer keek hij haar aan en hij haalde zijn schouders op. 'Alweer een hele tijd.'

'Minder dan twee jaar,' concludeerde ze terwijl ze nog wat pudding oplikte.

'Ja,' beaamde hij, en hij liep naar haar toe, zijn armen opzij, om haar zijn onderbroek te showen. 'Vind je hem mooi?'

Ze klapte in haar handen.

'Wat kom je hier eigenlijk doen, Sara?'

Ze staarde hem een paar seconden aan en zette het toetje toen naast zich neer. Ze leunde achterover en schopte zachtjes met haar hielen tegen de onderste keukenkastjes. 'Ik dacht laatst aan die keer dat ik op de steiger zat. Weet je nog?'

Hij schudde zijn hoofd, want 's zomers hadden ze praktisch elke vrije seconde op de steiger doorgebracht.

'Ik had net gezwommen en zat op de steiger mijn haar te borstelen. En toen kwam jij eraan en je nam de borstel van me over en begon mijn haar te borstelen.'

Hij knikte en bedacht dat hij aan precies hetzelfde had gedacht toen hij 's ochtends wakker werd in het ziekenhuis. 'Ik weet het weer.'

'Je hebt toen minstens een uur lang mijn haar geborsteld. Weet je dat nog?'

Hij glimlachte.

'Je hebt toen de hele tijd mijn haar geborsteld, en daarna gingen we eten. Weet je nog?'

Weer knikte hij.

'Wat heb ik verkeerd gedaan?' vroeg ze en de blik in haar ogen sneed door hem heen. 'Was het de seks?'

Hij schudde zijn hoofd. Seks met Sara was de meest bevredigende ervaring van zijn volwassen leven geweest. 'Natuurlijk niet,' zei hij.

'Wilde je dan dat ik voor je kookte? Dat ik er vaker was als je thuiskwam?'

Hij probeerde te lachen. 'Je hebt weleens voor me gekookt, weet je nog? Ik ben toen drie dagen ziek geweest.'

'Ik meen het, Jeff. Ik wil weten wat ik verkeerd heb gedaan.'

'Het kwam niet door jou,' antwoordde hij, en hij wist dat het een afgezaagde smoes was nog voor hij zijn zin had afgemaakt. 'Het kwam door mezelf.'

Sara slaakte een diepe zucht. Ze stak haar hand naar het glas uit en dronk het in één teug leeg.

'Ik ben zo stom geweest,' vervolgde hij, hoewel hij wist dat hij beter zijn mond kon houden. 'Ik was bang, omdat ik zoveel van je hield.' Hij zweeg even, want hij wilde dit op de juiste manier zeggen. 'Ik dacht dat je mij minder nodig had dan ik jou.'

Ze keek hem strak aan. 'Wil je nog steeds dat ik je nodig heb?'

Tot zijn verbazing voelde hij haar hand op zijn borst, haar vingers die zachtjes door zijn haar streken. Hij sloot zijn ogen toen haar vingers een spoor naar zijn lippen trokken.

Ze zei: 'Op dit moment heb ik je echt nodig.'

Hij opende zijn ogen. Gedurende een fractie van een seconde dacht hij dat ze een grapje maakte. 'Wat zei je?'

'Wil je het niet, nu je het kunt krijgen?' vroeg Sara, nog steeds met haar vingers op zijn lippen.

Hij likte aan haar vingertopje.

Sara glimlachte en haar ogen vernauwden zich, alsof ze

zijn gedachten wilde lezen. 'Geef je me nog antwoord?'

'Ja,' zei hij, hoewel hij zich de vraag niet meer kon herinneren. Toen: 'Ja. Ja, ik wil je nog steeds.'

Ze begon zijn hals te kussen en haar tong streelde licht langs zijn huid. Hij legde zijn handen om haar taille en trok haar dichter naar de rand van het aanrechtblad. Ze sloeg haar benen om zijn middel.

'Sara,' verzuchtte hij en hij probeerde haar mond te kussen, maar ze trok zich terug en ging in plaats daarvan met haar lippen over zijn borst. 'Sara,' herhaalde hij. 'Ik wil met je vrijen.'

Nu keek ze hem weer aan, een plagerige glimlach op haar gezicht. 'Ik wil niet vrijen.'

Zijn mond viel open, maar hij wist niet hoe hij moest reageren. 'Wat bedoel je daar nou weer mee?' wist hij er ten slotte uit te brengen.

'Daar bedoel ik mee...' begon ze, en toen pakte ze zijn hand en drukte hem tegen haar mond. Hij keek hoe ze met haar tong over het topje van zijn wijsvinger ging. Langzaam nam ze zijn vinger in haar mond en begon erop te zuigen. Het kon hem niet lang genoeg duren, maar na een poosje trok ze de vinger er weer uit en glimlachte speels. 'En?'

Jeffrey boog zich voorover om haar te kussen, maar ze liet zich van het aanrechtblad glijden. Hij kreunde terwijl Sara op haar dooie gemak al kussend langs zijn borst naar beneden ging en met haar tanden naar de band van zijn onderbroek hapte. Moeizaam knielde hij voor haar neer op de grond en weer probeerde hij haar mond te kussen. Weer trok ze zich terug.

'Ik wil je kussen,' zei hij, verbaasd toen hij hoorde hoe smekend hij klonk.

Ze schudde haar hoofd en maakte de knoopjes van haar overhemd los. 'Ik weet wel een paar andere dingen die je met je tong kunt doen.'

'Sara –'

Ze schudde haar hoofd. 'Je moet niet praten, Jeffrey.'

Hij vond het vreemd dat ze dit zei, want het beste van

seks met Sara was altijd het praten geweest. Hij legde zijn handen om haar gezicht. 'Kom eens hier,' zei hij.

'Wat?'

'Wat is er met jou aan de hand?'

'Niks.'

'Ik geloof je niet.' Hij wachtte tot ze zijn vraag zou beantwoorden, maar ze staarde hem alleen maar aan.

Hij vroeg: 'Waarom mag ik je niet kussen?'

'Gewoon, omdat ik geen zin heb in kussen.' Nu was haar glimlach minder plagerig. 'Niet op de mond tenminste.'

'Wat is er aan de hand?' herhaalde hij.

Met samengeknepen ogen keek ze hem aan.

'Geef eens antwoord,' herhaalde hij.

Sara hield haar blik op hem gericht terwijl ze haar hand langs de tailleband van zijn boxershort liet glijden. Ze drukte haar hand tegen hem aan, alsof ze er zeker van wilde zijn dat hij haar had begrepen. 'Ik wil niet met je praten.'

Met zijn eigen hand hield hij die van haar tegen. 'Kijk me aan.'

Ze schudde haar hoofd en toen hij haar dwong op te kijken, sloot ze haar ogen.

Fluisterend vroeg hij: 'Wat is er met je aan de hand?'

Sara antwoordde niet. Ze kuste hem recht op de mond en haar tong drong langs zijn tanden naar binnen. Het was een slordige kus, heel anders dan hij van Sara gewend was, maar er ging een hartstocht achter schuil die hem zou hebben doen wankelen als hij nog overeind had gestaan.

Opeens hield ze op en liet haar hoofd op zijn borst vallen. Hij probeerde haar weer op te doen kijken, maar ze verzette zich.

Hij vroeg: 'Sara?'

Weer voelde hij hoe ze haar armen om hem heen sloeg, maar totaal anders dan eerst. Het had iets wanhopigs zoals ze hem steeds steviger vastgreep, alsof ze op het punt stond te verdrinken.

'Hou me vast,' smeekte ze. 'Alsjeblieft, hou me alleen maar vast.'

Met een schok werd Jeffrey wakker. Hij strekte zijn hand uit, en op hetzelfde moment wist hij dat Sara niet langer naast hem lag. Vaag herinnerde hij zich dat ze enige tijd daarvoor het bed was uitgeglipt, maar hij was te moe geweest om een vin te verroeren, laat staan dat hij haar tegen had kunnen houden. Hij draaide zich om en drukte zijn gezicht in het kussen waarop ze had geslapen. Hij rook de lavendelgeur van haar shampoo en een vleugje van haar parfum. Met het kussen in zijn armen liet Jeffrey zich op zijn rug rollen. Hij staarde naar het plafond en probeerde zich weer te herinneren wat er de vorige avond was gebeurd. Hij kon er nog steeds niet bij. Hij had Sara naar het bed gedragen. Ze had zachtjes gehuild op zijn schouder. Hij was zo bang geweest voor wat er achter haar tranen schuilging dat hij haar verder geen vragen meer had gesteld.

Jeffrey ging overeind zitten en krabde over zijn borst. Hij kon niet de hele dag in bed blijven liggen. De lijst met veroordeelde zedendelinquenten moest nog afgewerkt worden. Verder moest hij Ryan Gordon ondervragen en alle anderen die Julia Matthews nog in de bibliotheek hadden gezien op de avond van haar ontvoering. Bovendien moest hij Sara zien om er zeker van te zijn dat het goed met haar ging.

Hij rekte zich uit en bij het binnengaan van de badkamer raakte hij even de deurpost aan. Voor het toilet bleef hij staan. Op de wasbak lag een stapel papier. Bovenaan zat een zilverkleurige klem, die zo'n tweehonderd vellen bij elkaar hield. Ze waren vergeeld en zaten vol ezelsoren, alsof iemand er talloze keren doorheen had gebladerd. Het was, zag Jeffrey, een rechtbankverslag.

Hij keek de badkamer rond, alsof de fee die het verslag daar had achtergelaten nog ergens in de buurt was. De enige die in het huis was geweest, was Sara, en hij kon geen reden bedenken waarom ze hier iets dergelijks zou neerleggen. Hij las het titelblad en zag dat het verslag twaalf jaar oud was. Het betrof de zaak 'De staat Georgia versus Jack Allen Wright'.

Een geel Post-it-briefje stak uit een van de pagina's. Snel

sloeg hij het verslag open en wat hij toen zag, benam hem de adem. Boven aan de pagina stond Sara's naam. Een zekere Ruth Jones, waarschijnlijk de officier van justitie die de zaak had behandeld, stond vermeld als ondervrager.

Jeffrey ging op het toilet zitten en begon Ruth Jones' verhoor van Sara Linton te lezen.

V: Dokter Linton, zou u ons in uw eigen woorden over de gebeurtenissen willen vertellen die plaatsvonden op drieëntwintig april vorig jaar?

A: Ik was werkzaam als assistent op de afdeling pediatrie van het Grady Hospital. Ik had een zware dag en besloot tussen mijn diensten door even een ritje te maken.

V: Viel u op dat moment iets ongebruikelijks op?

A: Toen ik bij mijn auto aankwam, stond het woord 'kutwijf' in het rechterportier gekrast. Ik dacht dat het misschien vandalisme was en plakte het af met tape die ik in de kofferbak bewaarde.

V: Wat deed u daarna?

A: Ik ging weer terug naar het ziekenhuis omdat ik dienst had.

V: Wilt u misschien even wat water drinken?

A: Nee, dank u. Ik ging naar het toilet en terwijl ik bij de wasbak mijn handen stond te wassen, kwam Jack Wright binnen.

V: De verdachte?

A: Dat klopt. Hij kwam binnen. Hij had een zwabber bij zich en droeg een grijze overall. Ik wist dat hij portier was. Hij verontschuldigde zich omdat hij niet had geklopt en zei dat hij later terug zou komen om het vertrek schoon te maken, en vervolgens ging hij het toilet weer uit.

V: Wat gebeurde er toen?

A: Ik ging een wc binnen. De verdachte, Jack Wright, sprong van het plafond naar beneden. Het was een verlaagd plafond. Hij maakte mijn handen met boeien vast aan de handvatten en plakte toen mijn mond dicht met zilverkleurige tape.

V: Weet u zeker dat het de verdachte was?

A: Ja. Hij had een rode bivakmuts op, maar ik herkende zijn ogen. Hij heeft heel opvallende blauwe ogen. Ik herinner me nog dat ik voor die tijd weleens dacht dat hij met zijn lange blonde haar, zijn baard en zijn blauwe ogen veel weg had van die bijbelplaatjes van Jezus. Ik weet zeker dat het Jack Wright was die me heeft aangevallen.

V: Is er nog iets kenmerkends waardoor u ervan overtuigd bent dat het de verdachte was die u heeft verkracht?

A: Ik zag een tatoeage op zijn arm van Jezus aan het kruis, met erboven het woord JEZUS en eronder het woord REDT. Ik wist dat de tatoeage van Jack Wright was, een conciërge in het ziekenhuis. Ik was hem al meermalen op de gang tegengekomen, maar we hadden nog nooit met elkaar gepraat.

V: Wat gebeurde er toen, dokter Linton?

A: Jack Wright trok me van het toilet af. Mijn enkels zaten verstrikt in mijn broek. Die hing op de vloer. Mijn broek. Rond mijn enkels.

V: Neemt u er alstublieft alle tijd voor, dokter Linton.

A: Ik werd naar voren getrokken, maar mijn armen zaten achter me – zó. Hij hield me in die positie door een arm om mijn middel te slaan. Hij hield een lang mes, van zo'n vijftien centimeter, voor mijn gezicht. Hij sneed in mijn lip, om me te waarschuwen, denk ik.

V: Wat deed de verdachte vervolgens?

A: Hij stak zijn penis in me en verkrachtte me.

V: Dokter Linton, zou u ons kunnen vertellen of de verdachte iets heeft gezegd terwijl hij u verkrachtte?

A: Hij zei de hele tijd 'kutwijf' tegen me.

V: Wilt u ons vertellen wat er vervolgens gebeurde?

A: Hij deed verwoede pogingen te ejaculeren, maar slaagde hier niet in. Hij trok zijn penis uit me en bevredigde zichzelf, waarna hij klaarkwam (gemompel).

V: Zou u dat willen herhalen?
A: Hij kwam klaar op mijn gezicht en borsten.
V: Kunt u ons vertellen wat er vervolgens gebeurde?
A: Hij schold me weer uit en stak me toen met zijn mes. In mijn linkerzij, hier.
V: Wat gebeurde er toen?
A: Ik proefde iets in mijn mond. Ik stikte bijna. Het was azijn.
V: Hij goot azijn in uw mond?
A: Ja, hij had een klein flesje bij zich, het leek wel een parfummonstertje. Hij hield het tegen mijn mond en zei: 'Het is volbracht.'
V: Heeft deze zin een bepaalde betekenis voor u, dokter Linton?
A: Hij is uit het evangelie van Johannes. 'Het is volbracht.' Volgens Johannes waren dit Jezus' laatste woorden voor hij aan het kruis stierf. Hij vraagt iets te drinken, en ze geven hem azijn. Hij drinkt de azijn en dan, en nu citeer ik het vers, geeft hij de geest. Hij sterft.
V: Dit is uit het kruisigingsverhaal?
A: Ja.
V: Jezus zegt: 'Het is volbracht.'?
A: Ja.
V: Met zijn armen naar achteren, op deze manier?
A: Ja.
V: Er wordt een zwaard in zijn zij gestoken?
A: Ja.
V: Werd er verder nog iets gezegd?
A: Nee, dit was het enige wat Jack Wright zei voor hij het toilet verliet.
V: Dokter Linton, heb u enig idee hoe lang u in het toilet hebt gezeten?'
A: Nee.
V: Was u nog steeds geboeid?
A: Ja. Ik was nog steeds geboeid en zat op mijn knieën, met mijn gezicht naar de vloer. Ik kon niet overeind komen of achterover leunen.

V: Wat gebeurde er toen?

A: Een van de verpleegsters kwam binnen. Ze zag het bloed op de vloer en begon te gillen. Een paar tellen later kwam dokter Lange, mijn mentor, het vertrek binnen. Ik had heel veel bloed verloren en had nog steeds boeien om. Ze wilden me helpen, maar konden niet veel uitrichten zolang ik de boeien nog omhad. Jack Wright had met het slot geknoeid zodat het niet openging. Hij had iets in het slot geduwd, een tandenstoker of iets dergelijks. Er moest een slotenmaker aan te pas komen om ze te verwijderen. Op een gegeven moment ben ik bewusteloos geraakt. Door de houding van mijn lichaam bleef het bloed voortdurend uit de steekwond stromen. Ik heb gedurende die periode heel veel bloed verloren door die steekwond.

V: Dokter Linton, neemt u er alle tijd voor. Wilt u misschien even pauzeren?

A: Nee, ik wil graag doorgaan.

V: Kunt u me vertellen wat er na de verkrachting is gebeurd?

A: Door dit contact raakte ik zwanger en er ontwikkelde zich een buitenbaarmoederlijke zwangerschap, wat wil zeggen dat de vrucht zich in mijn eileider had genesteld. Er ontstond een scheur, die een bloeding in mijn buik veroorzaakte.

V: Heeft dit nog verdere gevolgen voor u gehad?

A: Ik moest een gedeeltelijke hysterectomie ondergaan waarbij mijn voortplantingsorganen werden weggenomen. Ik kan geen kinderen meer krijgen.

V: Dokter Linton?

A: Ik zou graag willen pauzeren.

Jeffrey zat in de badkamer en staarde naar het verslag. Weer las hij het door, toen nog een keer, en zijn gesnik weerklonk in de ruimte toen hij huilde om de Sara die hij nooit had gekend.

Negentien

Langzaam hief Lena haar hoofd op in een poging zich een idee te vormen van waar ze zich bevond. Het enige wat ze zag, was duisternis. Ze hield haar hand op enige centimeters van haar gezicht, maar was niet in staat haar handpalm en vingers te onderscheiden. Het laatste wat ze zich herinnerde, was dat ze in de keuken met Hank zat te praten. Van wat er daarna gebeurd was, wist ze niets meer. Het was alsof ze met haar ogen had geknipperd en van het ene moment op het andere naar deze plek was gebracht. Waar het ook zijn mocht.

Ze kreunde en draaide zich op haar zij zodat ze kon gaan zitten. In een flits besefte ze dat ze naakt was. De vloer onder haar was ruw tegen haar huid. Ze kon de nerven in de planken voelen. Haar hart begon te bonken, maar haar geest weigerde haar te vertellen waarom. Lena strekte haar hand naar voren uit en voelde nog meer ruw hout, maar deze keer was het verticaal, een muur.

Met haar handen tegen de muur gedrukt, slaagde ze erin overeind te komen. Ze was zich vaag bewust van een geluid, maar ze kon het niet thuisbrengen. Alles leek ontwricht en misplaatst. Elke vezel in haar lichaam vertelde haar dat ze hier niet hoorde. Lena merkte dat ze met haar hoofd tegen de muur leunde en dat het hout tegen de huid van haar voorhoofd drukte. Het geluid was een staccato aan de rand van haar bewustzijn, een tik, dan stilte, een tik, dan weer stilte, als een hamer op een stuk staal. Als een smid die een hoefijzer smeedde.

Ting, ting, ting.

Waar had ze dat eerder gehoord?

Lena's hart sloeg over toen ze eindelijk de link legde. In het duister zag ze Julia Matthews' lippen bewegen, het geluid verwoorden.

Ting, ting, ting.

Het was het geluid van druppelend water.

Twintig

Jeffrey stond achter de confrontatiespiegel en keek de verhoorkamer in. Ryan Gordon zat aan de tafel, zijn magere armen voor zijn ingevallen borst gekruist. Naast hem zat Buddy Conford, zijn handen samengevouwen op de tafel voor hem. Buddy was een vechtersbaas. Op zijn zeventiende was hij bij een auto-ongeluk zijn rechterbeen vanaf de knie kwijtgeraakt. Op zijn zesentwintigste verloor hij zijn linkeroog aan kanker. Toen hij negenendertig was, had een ontevreden cliënt geprobeerd met Buddy af te rekenen door twee kogels op hem af te vuren. Buddy was een nier kwijtgeraakt en zijn long was ingeklapt, maar twee weken later zat hij alweer in de rechtszaal. Jeffrey hoopte dat Buddy's gevoel voor rechtvaardigheid vandaag wat schot in de zaak zou brengen. Hij had die ochtend een foto van Jack Allen Wright gedownload van de staatsdatabase. Hij zou in Atlanta stukken steviger in zijn schoenen staan als hij over een positieve identificatie beschikte.

Jeffrey had zichzelf nooit als een bijzonder gevoelige man beschouwd, maar nu was hij zich bewust van een beklemming in zijn borst die maar niet wilde verdwijnen. Hij wilde het liefst met Sara gaan praten, maar hij was verschrikkelijk bang dat hij de verkeerde dingen zou zeggen. Terwijl hij naar zijn werk reed, ging hij in gedachten telkens weer na wat hij tegen haar zou zeggen, en soms sprak hij de woorden zelfs hardop uit om te horen hoe ze klonken. Het leek allemaal nergens naar, en uiteindelijk had Jeffrey tien minuten lang met zijn hand op de telefoon in zijn kantoor gezeten voor hij voldoende moed had verzameld om Sara's nummer op de kliniek in te toetsen.

Nadat hij Nelly Morgan had verteld dat het geen noodgeval betrof, maar dat hij Sara toch graag wilde spreken, kreeg hij een snibbig 'Ze heeft nu een patiënt' te horen, gevolgd door de klap waarmee de hoorn op de haak werd gegooid. Eerst was Jeffrey ontzettend opgelucht, maar dit gevoel maakte al snel plaats voor walging om zijn eigen lafheid.

Hij wist dat hij ter wille van haar sterk moest zijn, maar hij was zo overrompeld dat hij alleen maar kon huilen als hij dacht aan wat er met Sara was gebeurd. Ergens voelde hij zich gekwetst omdat ze te weinig vertrouwen in hem had gehad om hem te vertellen wat haar in Atlanta was overkomen. Ook was hij boos omdat ze over alles zo had gelogen. Het litteken op haar zij had ze afgedaan als het gevolg van een blindedarmoperatie, hoewel Jeffrey zich achteraf herinnerde dat het een gekarteld, verticaal litteken was dat in niets leek op de incisie van een chirurg.

Dat ze geen kinderen kon krijgen, was iets waarover hij nooit had doorgevraagd, want het was duidelijk een gevoelig onderwerp. Hij viel haar er liever niet mee lastig en ging ervan uit dat het een medische oorzaak had of dat ze misschien, zoals sommige vrouwen, niet voor het baren van kinderen was geschapen. Hij was per slot van rekening smeris, rechercheur, en hij had alles wat ze zei kritiekloos aangenomen, want Sara was het soort vrouw dat altijd de waarheid sprak. Dat had hij tenminste gedacht.

'Chef?' zei Marla terwijl ze op de deur klopte. 'Er belde net iemand uit Atlanta om te zeggen dat alles voor elkaar is. Hij wilde zijn naam niet noemen. Zegt u dat iets?'

'Ja,' zei Jeffrey, en hij keek even in de map die hij in zijn hand hield om zich ervan te verzekeren dat de uitdraai er nog steeds in zat. Weer staarde hij naar de afbeelding, hoewel de wazige foto praktisch op zijn netvlies stond gebrand. Hij haastte zich langs Marla de gang op. 'Als ik hiermee klaar ben, ga ik naar Atlanta. Ik weet niet wanneer ik weer terug ben. Frank neemt het van me over.'

Jeffrey wachtte haar antwoord niet af. Hij deed de deur van de verhoorkamer open en liep naar binnen.

Buddy sloeg meteen een verontwaardigd toontje aan. 'We zitten hier al tien minuten.'

'En we hoeven hier ook niet veel langer te zitten als je cliënt besluit mee te werken,' zei Jeffrey terwijl hij op de stoel tegenover Buddy plaatsnam.

Het enige wat Jeffrey met zekerheid wist, was dat hij Jack Allen Wright wilde vermoorden. Behalve op het voetbalveld was hij nooit erg gewelddadig geweest, maar Jeffrey verlangde er zo hevig naar de man te vermoorden die Sara had verkracht, dat hij het tot in zijn botten voelde.

'Kunnen we beginnen?' vroeg Buddy, en hij tikte met zijn hand op de tafel.

Jeffrey wierp een blik door het raampje in de deur. 'We moeten nog op Frank wachten,' zei hij, en hij vroeg zich af waar die vent uithing. Hij hoopte dat hij even bij Lena was gaan kijken.

De deur ging open en Frank betrad de kamer. Hij zag eruit alsof hij de hele nacht niet had geslapen. Zijn overhemd hing aan de zijkant uit zijn broek en er zat een koffievlek op zijn das. Jeffrey keek overdreven nadrukkelijk op zijn horloge.

'Sorry,' zei Frank, en hij ging op de stoel naast Jeffrey zitten.

'Goed,' zei Jeffrey. 'Er zijn een paar vragen die we Gordon moeten stellen. Als hij meewerkt, zullen we de lopende aanklacht wegens drugsbezit laten vallen.'

'Rot op,' grauwde Gordon. 'Ik zei toch al dat het mijn broek niet was.'

Jeffrey wisselde een blik uit met Buddy. 'Ik heb hier geen tijd voor. We sturen hem wel naar Atlanta. Dan gaat hij de bak in en maken we er verder geen woorden meer aan vuil.'

'Wat voor vragen?' wilde Buddy weten.

Jeffreys antwoord sloeg in als een bom. Buddy had verwacht dat hij weer eens een van die studentjes van de hogeschool moest verdedigen tegen de zoveelste aanklacht wegens drugsbezit. Op kalme toon zei Jeffrey: 'Vragen over de dood van Sibyl Adams en de verkrachting van Julia Matthews.'

Er leek een schok door Buddy heen te gaan. Zijn gezicht trok wit weg, waardoor zijn zwarte ooglap nog scherper afstak tegen zijn bleke huid. Hij vroeg aan Gordon: 'Weet jij daar iets van?'

'Hij was de laatste persoon die Julia Matthews in de bibliotheek heeft gezien,' vulde Frank voor hem in. 'Hij was haar vriendje.'

'Ik heb het jullie toch gezegd,' barstte Gordon uit,' het was mijn broek helemaal niet. Zorg nou maar dat ik hier godverdomme uit kom.'

Buddy keek hem doordringend aan. 'Je kunt ze maar beter vertellen wat er gebeurd is als je je mammie geen brieven uit de nor wilt schrijven.'

Gordon sloeg zijn armen over elkaar, de vleesgeworden woede. 'U wordt geacht als mijn advocaat op te treden.'

'Jij wordt geacht je als een menselijk wezen te gedragen,' bracht Buddy hiertegen in, en hij pakte zijn diplomatenkoffertje op. 'Die meisjes zijn mishandeld en vermoord, jongen. Als je doet wat je hoort te doen, ga je straks vrijuit nadat ze je op drugsbezit hebben betrapt. Als je daar problemen mee hebt, dan moet je een andere advocaat zoeken.'

Buddy ging staan, maar Gordon hield hem tegen. 'Ze was in de bibliotheek, oké?'

Buddy ging weer zitten, maar hij hield zijn koffertje op schoot.

'Op de campus?' vroeg Frank.

'Ja, op de campus,' snauwde Gordon. 'Ik liep haar toevallig tegen het lijf, oké?'

'Oké,' antwoordde Jeffrey.

'Ik maakte dus een praatje met haar, snapt u. Ze wilde me terug. Dat zag ik zo.'

Jeffrey knikte, hoewel hij zich eerder kon voorstellen dat Julia Matthews zich was doodgeschrokken toen ze Gordon in de bibliotheek zag.

'Hoe dan ook, we praatten wat en begonnen een beetje te flikflooien, als u begrijpt wat ik bedoel.' Hij stootte Buddy aan, maar die schoof opzij. 'We spraken iets af voor later op de avond.'

'En toen?' vroeg Jeffrey.

'Toen ging ze weg. Dat zeg ik toch, ze ging gewoon weg. Ze pakte haar boeken en zo en zei dat ze me later nog zou zien, en toen was ze pleite.'

Frank vroeg: 'Heb je gezien of iemand haar volgde? Een verdachte persoon?'

'Neu,' was zijn antwoord. 'Ze was alleen. Ik zou het toch gemerkt hebben als iemand haar in de gaten hield, of niet soms? Ze was mijn meisje. Ik hield een oogje op haar.'

Jeffrey zei: 'Kun je niemand bedenken die ze kende, en dan bedoel ik geen vreemde, die haar misschien lastigviel? Ging ze misschien met iemand anders om nadat jullie het hadden uitgemaakt?'

Gordon keek hem aan alsof Jeffrey een domme hond was. 'Ze ging met niemand om. Ze was verliefd op me.'

'Weet je nog of je vreemde auto's op de campus hebt gezien?' vroeg Jeffrey. 'Of bestelbusjes?'

Gordon schudde zijn hoofd. 'Ik heb niks gezien, oké?'

Frank vroeg: 'Laten we het nog eens over dat afspraakje hebben. Je zou haar later op de avond ontmoeten?'

'Ze zou me om tien uur achter het agri-gebouw ontmoeten,' deelde Gordon mee.

'Maar ze kwam niet opdagen?' vroeg Frank.

'Nee,' antwoordde Gordon. 'Ik stond daar maar een beetje te wachten, weet u. Toen werd ik pissig en ging haar zoeken. Ik ging naar haar kamer om uit te vinden wat er aan de hand was, maar ze was er niet.'

Jeffrey schraapte zijn keel. 'Was Jenny Price er wel?'

'Die hoer?' Gordon wuifde dit terzijde. 'Die was waarschijnlijk het halve natuurkundeteam aan het neuken.'

Jeffrey voelde hoe zijn haren overeind gingen staan. Hij had moeite met mannen die in elke vrouw een hoer zagen, ook al omdat een dergelijke houding vaak gepaard ging met geweld tegenover vrouwen. 'Dus Jenny was er niet,' vatte Jeffrey zijn woorden samen. 'Wat deed je toen?'

'Ik ging terug naar mijn eigen flat.' Hij haalde zijn schouders op. 'En toen ben ik naar bed gegaan.'

Jeffrey leunde achterover op zijn stoel, zijn armen voor zijn borst gekruist. 'Wat hou je achter, Ryan?' vroeg hij. 'Want volgens mij voldoe je niet erg aan het onderdeel "medewerking" van onze afspraak. Volgens mij hou je die oranje trui nog wel een jaartje of tien aan.'

Het huftertje staarde hem aan met wat volgens Jeffrey een dreigende blik moest voorstellen. 'Ik heb u alles verteld.'

'Nee,' zei Jeffrey. 'Dat heb je niet. Je houdt iets heel belangrijks achter, en ik zweer bij God dat we deze kamer niet uitgaan voor je me hebt verteld wat je weet.'

Gordons blik kreeg iets ontwijkends. 'Ik weet verder niks meer.'

Buddy boog zich naar hem toe en fluisterde hem iets in waardoor Gordon ogen zo rond als schoteltjes opzette. Wat de advocaat zijn cliënt ook verteld had, het werkte.

Gordon zei: 'Ik ben haar vanaf de bibliotheek gevolgd.'

'O ja?' moedigde Jeffrey hem aan.

'Ze kwam een vent tegen, oké?' Gordon friemelde wat met zijn handen, die voor hem op tafel lagen. Jeffrey wilde zich het liefst naar het stuk ongeluk toebuigen om hem zijn strot dicht te knijpen. 'Ik heb nog geprobeerd ze in te halen, maar ze waren veel te snel.'

'Wat bedoel je met snel?' vroeg Jeffrey. 'Liep ze met hem mee?'

'Nee,' zei Gordon. 'Hij droeg haar.'

Jeffrey voelde onder in zijn maag een knoop ontstaan. 'En dat vond je niet verdacht, dat ze zomaar door een vent werd weggedragen?'

Gordon trok zijn schouders op tot aan zijn oren. 'Ik was kwaad, oké? Ik was kwaad op haar.'

'Je wist dat ze haar afspraak met jou niet zou nakomen,' begon Jeffrey, 'en toen ben je haar maar gevolgd.'

Hij gaf een rukje aan zijn schouders dat evengoed voor 'ja' als voor 'nee' kon doorgaan.

'En je zag dat die vent haar wegdroeg?' ging Jeffrey verder.

'Ja.'

Frank vroeg. 'Hoe zag hij eruit?'

'Best wel groot,' zei Gordon. 'Ik kon zijn gezicht niet zien, als u dat bedoelt.'

'Blank? Zwart?' drong Jeffrey aan.

'Blank, ja,' liet Gordon weten. 'Blank en groot. Hij droeg donkere kleren, helemaal zwart. Ik kon ze niet goed zien, behalve dan dat zij een witte blouse aanhad. Het licht viel er min of meer op, dus ik kon haar wel zien, maar hem niet.'

Frank vroeg: 'Ben je ze gevolgd?'

Gordon schudde zijn hoofd.

Frank zweeg, zijn kaak strak van woede. 'Je weet dat ze nu dood is, hè?'

Gordon richtte zijn blik op de tafel. 'Ja, dat weet ik.'

Jeffrey opende het dossier en liet Gordon de uitdraai zien. Met een zwarte viltstift had hij Wrights naam doorgestreept, maar de rest van de gegevens waren duidelijk leesbaar. 'Is dit 'm?'

Gordon wierp er een vluchtige blik op. 'Nee.'

'Kijk godverdomme goed naar die foto,' beval Jeffrey, en zijn stem klonk zo luid dat Frank, die naast hem zat, opschrok.

Gordon gehoorzaamde en bracht zijn gezicht zo dicht bij de uitdraai dat zijn neus het papier bijna raakte. 'Ik weet het niet, man,' zei hij. 'Het was donker. Ik kon zijn gezicht toch niet zien.' Hij liet zijn blik over Wrights gegevens gaan. 'Hij was lang, dat klopt wel. Ongeveer hetzelfde postuur. Het zou hem best kunnen zijn.' Achteloos haalde hij zijn schouders op. 'Ik bedoel, jezus, ik heb niet echt op hem gelet. Ik keek naar haar.'

De rit naar Atlanta was lang en eentonig, en de monotonie werd slechts onderbroken door hier en daar een groepje bomen begroeid met de onvermijdelijke kudzu. Twee keer deed hij een poging Sara thuis te bellen en een boodschap achter te laten, maar haar antwoordapparaat bleef zwijgen, zelfs nadat de telefoon twintig keer was overgegaan. Opluchting golfde door Jeffrey heen, gevolgd door verpletterende schaamte. Hoe dichter hij de stad naderde, hoe meer hij ervan overtuigd raakte dat hij de juiste keuze had gemaakt. Hij zou Sara kunnen bellen zodra hij iets wist. Misschien zou hij haar wel kunnen bellen met het nieuws dat Jack Allen Wright een betreurenswaardig ongeluk had gehad waarbij Jeffreys pistool en Wrights borstkas betrokken waren.

Ook al reed hij honderddertig, toch duurde het uren voor Jeffrey de I 20 verliet en de afslag naar de binnenstad nam. Iets verderop passeerde hij het Grady Hospital en weer voelde hij tranen opwellen. Het gebouw was een monster dat zich dreigend verhief in een bocht van de snelweg die door journalisten uit Atlanta de Grady Curve werd genoemd. Het Grady was een van de grootste ziekenhuizen ter wereld. Sara had hem ooit verteld dat de eerstehulpafdeling in elk willekeurig jaar meer dan tweehonderdduizend patiënten behandelde. Na een recente renovatie, die vierhonderd miljoen dollar had gekost, zag het ziekenhuis eruit alsof het deel uitmaakte van de set van een Batman-film. Zoals dat nou eenmaal ging in de stadspolitiek van Atlanta had de renovatie aanleiding gegeven tot een controversieel onderzoek, waaruit was gebleken dat er tot in het stadhuis smeergeld en steekpenningen waren aangenomen.

Jeffrey nam de afslag naar het centrum en reed langs het parlementsgebouw. Hij had een vriend bij de politie van Atlanta die in diensttijd was neergeschoten en voor een baan als bewaker in het gerechtsgebouw had gekozen in plaats van vervroegd met pensioen te gaan. Jeffrey had hem die ochtend vanuit Grant gebeld en om één uur met hem afgesproken. Het was kwart vóór toen hij eindelijk een parkeerplaats vond in het drukke stadsdeel rond het parlementsgebouw.

Keith Ross stond buiten het gerechtsgebouw te wachten toen Jeffrey aan kwam lopen. In de ene hand had hij een grote dossiermap, in de andere een eenvoudige witte envelop.

'Dat is verdomd lang geleden,' zei Keith en hij schudde Jeffrey stevig de hand.

'Fijn om je weer eens te zien, Keith,' antwoordde Jeffrey, en hij probeerde een luchthartigheid in zijn toon te leggen die hij niet voelde. De rit naar Atlanta had hem alleen maar meer opgefokt. Zelfs het vlotte tempo waarin hij van de parkeergarage naar het gerechtsgebouw was gelopen, had niets van de spanning weggenomen.

'Je kunt deze maar heel even inzien,' zei Keith, die duidelijk aanvoelde dat Jeffrey haast wilde maken. 'Ik heb ze van een maat van me die bij het archief werkt.'

Jeffrey pakte de map aan, maar opende hem niet. Hij wist wat hij zou aantreffen: foto's van Sara, getuigenverslagen, een gedetailleerde beschrijving van wat er precies op dat toilet was gebeurd.

'Laten we naar binnen gaan,' zei Keith, en hij ging Jeffrey voor het gebouw in.

Jeffrey liet bij de deur zijn politiepenning zien en kon ongehinderd langs de beveiliging lopen. Keith nam hem mee naar een kantoortje naast de ingang. Een bureau omgeven door tv-monitoren vulde het vertrek. Een jongen in politieuniform en met een dikke bril op zijn neus keek verbaasd op toen ze binnenkwamen.

Keith haalde een biljet van twintig dollar uit zijn zak. 'Ga maar iets lekkers voor jezelf kopen,' zei hij.

De jongen nam het geld aan en vertrok zonder een woord te zeggen.

'Verknocht aan het vak,' luidde Keiths wrange commentaar. 'Je vraagt je af wat ze bij de politie te zoeken hebben.'

'Tja,' mompelde Jeffrey, die geen zin had in een oeverloze discussie over de kwaliteit van aankomende politieagenten.

'Ik laat je wel even alleen,' zei Keith. 'Tien minuten, oké?'

'Oké,' antwoordde Jeffrey, en hij wachtte tot de deur weer dicht was.

Op het dossier stonden de cryptische codes en dateringen die alleen gemeenteambtenaren konden ontcijferen. Jeffrey wreef met zijn hand over de voorkant van de map, alsof hij de informatie in zich op kon nemen zonder er daadwerkelijk naar te hoeven kijken. Toen dat niet hielp, haalde hij diep adem en sloeg de map open.

Wat hij te zien kreeg, waren foto's van Sara na de verkrachting. Kleurige close-ups van haar handen en voeten, van de steekwond in haar zij en van haar toegetakelde geslachtsdelen gleden op het bureau. Hij hapte naar adem toen hij ze zag. Zijn borst verkrampte en een stekende pijn schoot langs zijn arm naar beneden. Heel even dacht Jeffrey dat hij een hartaanval kreeg, maar nadat hij een paar keer diep had ingeademd, werd zijn geest weer helder. Hij besefte dat zijn ogen gesloten waren en deed ze weer open, en zonder ernaar te kijken legde hij de foto's van Sara ondersteboven.

Jeffrey trok zijn das los en probeerde de beelden van zich af te zetten. Hij keek de overige foto's door en trof een afbeelding aan van Sara's auto. Het was een zilverkleurige BMW 320 met zwarte bumpers en een blauwe streep langs de zijkanten. In het portier gekrast, waarschijnlijk met een sleutel, stond het woord KUTWIJF, precies zoals Sara had verteld tijdens haar verklaring voor de rechtbank. Er waren foto's van de auto vóór en na het gebeurde, en met en zonder de zilverkleurige tape. In een flits zag Jeffrey Sara bij het portier neerknielen om het beschadigde gedeelte af te plakken. Waarschijnlijk had ze bedacht dat ze de eerstvolgende keer dat ze in Grant was haar oom Al zou vragen de zaak te herstellen.

Jeffrey wierp een blik op zijn horloge en zag dat er vijf minuten voorbij waren gegaan. Op een van de monitoren zag hij Keith, die met zijn handen in zijn zakken wat stond te kletsen met de bewakers bij de deur.

Toen hij de laatste pagina's van het dossier doornam, stuitte hij op het verslag van Jack Allen Wrights arrestatie. Wright was twee keer eerder gearresteerd, maar nooit in staat van beschuldiging gesteld. De eerste keer had een jonge vrouw, die net zo oud was als Sara toen ze werd aangevallen, de aanklacht ingetrokken, waarna ze uit de stad was verdwenen. In het andere geval had de jonge vrouw zich van het leven beroofd. Jeffrey wreef in zijn ogen en dacht aan Julia Matthews.

Er werd op de deur geklopt en vervolgens hoorde hij Keith zeggen: 'De tijd is om, Jeffrey.'

'Ja,' zei Jeffrey en hij sloot het dossier. Hij wilde het niet meer in zijn handen hebben. Hij stak het Keith toe zonder hem aan te kijken.

'Ben je wat opgeschoten?'

Jeffrey knikte en trok zijn das recht. 'Een beetje,' zei hij. 'Ben je erachter gekomen waar die vent zit?'

'Een eindje verderop,' antwoordde Keith. 'Hij werkt in het Bank Building.'

'Dat is, laat eens zien, op zo'n tien minuten afstand van de universiteit? En dan nog vijf naar het Grady?'

'Precies.'

'Wat voor werk doet-ie?'

'Hij is conciërge, net zoals toen, in het Grady,' zei Keith. Het was duidelijk dat hij het dossier had ingezien voor hij het aan Jeffrey gaf. 'Al die studentes – en hij zit er maar tien minuten vanaf.'

'Is de campuspolitie van dit alles op de hoogte?'

'Ze weten het wel,' liet Keith Jeffrey weten, en hij schonk hem een veelbetekenende blik. 'Niet dat hij nog zo'n groot gevaar vormt trouwens.'

'Hoezo niet?' vroeg Jeffrey.

'Onderdeel van zijn voorwaardelijke vrijlating,' zei Keith, en hij wees op het dossier. 'Heb je dat niet gelezen? Hij krijgt Depo.'

Een gevoel van onbehagen spoelde als warm water door Jeffrey heen. Depoprovera was het nieuwste op het gebied van de behandeling van zedendelinquenten. Hoewel het eigenlijk bedoeld was voor vrouwen die hormoontherapie kregen, remde het in hoge doseringen de seksuele driften van mannen. Toen men het middel ging gebruiken bij aanranders, werd dit ook wel chemische castratie genoemd. Jeffrey wist dat het alleen hielp zolang de dader het bleef innemen. Het was eerder een soort kalmeringsmiddel dan een medicijn.

Jeffrey wees naar de map. Hij was in dit vertrek niet in

staat Sara's naam uit te spreken. 'Heeft hij hierna nog anderen verkracht?'

'Hij heeft hierna nog twee anderen verkracht,' antwoordde Keith. 'Eerst had je dat meisje Linton. Die heeft-ie dus neergestoken. Poging tot moord, zes jaar. Werd vervroegd vrijgelaten wegens goed gedrag, ging aan de Depo, ging weer van de Depo af, en verkrachtte prompt nog drie vrouwen. Ze pakten hem voor een van de drie, het andere meisje wilde niet getuigen. Hij draaide weer voor drie jaar de bak in, en nu heeft hij voorwaardelijk en krijgt hij onder streng toezicht Depo toegediend.'

'Hij heeft zes meisjes verkracht en maar tien jaar gezeten?'

'Ze hebben hem maar voor drie gepakt, en met uitzondering van haar' – hij wees naar Sara's dossier – 'waren de overige identificaties aan de vage kant. Hij droeg een masker. Je weet hoe het gaat met zulke meisjes in de getuigenbank. Ze worden helemaal zenuwachtig en voor je het weet, heeft de advocaat van de tegenpartij ze aan het twijfelen of ze überhaupt wel verkracht zijn, laat staan dat ze nog weten door wie.'

Jeffrey hield zich in, maar Keith scheen zijn gedachten te lezen.

'Hoor eens,' zei hij, 'als ik op die zaken had gezeten, dan zou die klootzak de stoel hebben gekregen. Begrijp je?'

'Ja,' zei Jeffrey, en ondertussen bedacht hij dat ze met al die stoere praat niet veel opschoten. 'Denk je dat hij nog een derde overtreding gaat plegen?' vroeg hij. Zoals in een groot aantal andere staten, was er enige tijd daarvoor ook in Georgia een wet aangenomen die bepaalde dat een misdadiger bij een derde overtreding, ongeacht hoe gering die was, meteen de gevangenis in ging, mogelijk voor de rest van zijn leven.

'Zou me niks verbazen,' luidde Keiths antwoord.

'Wie is zijn reclasseringsambtenaar?'

'Heb ik ook al gecheckt,' zei Keith. 'Wright draagt een enkelband. De reclasseringsambtenaar zegt dat hij al twee jaar niks heeft uitgespookt. En dat hij nog liever z'n kop zou afhakken dan weer de bak in draaien.'

Knikkend hoorde Jeffrey hem aan. Een van de voorwaarden van zijn vrijlating was dat Jack Wright ter controle een enkelband moest dragen. Als hij het gebied waarin hij zich vrij mocht bewegen verliet, of als hij niet op tijd binnen was, dan ging er op de controlepost een alarm af. In Atlanta werkten de meeste reclasseringsambtenaren vanuit politiebureaus in de stadswijken zodat ze overtreders in een mum van tijd konden oppakken. Het was een goed systeem, en hoewel Atlanta een grote stad was, gebeurde het zelden dat een voorwaardelijk vrijgelatene door de mazen van het net wist te glippen.

'Bovendien,' zei Keith, 'ben ik ook nog even naar het Bank Building gelopen.' Verontschuldigend haalde hij zijn schouders op, in de wetenschap dat hij buiten zijn boekje was gegaan. Dit was Jeffreys zaak, maar Keith verveelde zich kennelijk te pletter nu hij de hele dag handtasjes op pistolen moest nakijken.

'Maakt niet uit,' zei Jeffrey. 'Ik zit er niet mee. Wat heb je gevonden?'

'Ik heb eens naar zijn rooster gekeken. Elke ochtend heeft hij om zeven uur ingeklokt, vervolgens om twaalf uur weer uitgeklokt voor de lunchpauze, terug om half een, en weer uitgeklokt om vijf uur.'

'Misschien heeft iemand anders wel voor hem geklokt.'

Weer haalde Keith zijn schouders op. 'De opzichter heeft het niet bijgehouden, maar volgens haar zouden er klachten van de kantoren zijn gekomen als hij niet op zijn plek was geweest. Klaarblijkelijk willen die dure jongens 's morgens vroeg al een schone plee zien.'

Jeffrey wees naar de witte envelop in Keiths hand. 'Wat zit daarin?'

'Registratiepapieren van zijn auto,' zei Keith terwijl hij hem de envelop overhandigde. 'Hij rijdt in een blauwe Chevy Nova.'

Met zijn duim maakte Jeffrey de envelop open. Er zat een kopie in van Jack Allen Wrights kentekenbewijs. Onder zijn naam stond een adres. 'Woont hij daar nog steeds?' vroeg Jeffrey.

'Ja,' antwoordde Keith. 'Alleen heb je dit niet van mij gekregen, snap je?'

Jeffrey wist waar hij op doelde. De hoofdcommissaris van politie in Atlanta hield de touwtjes strak in handen. Jeffrey was van haar reputatie op de hoogte en hij bewonderde haar werkwijze, maar hij wist dat als ze ook maar zou vermoeden dat een boerensmeris uit Grant County haar voor de voeten liep, het niet lang zou duren voor Jeffrey een tien centimeter lange naaldhak in zijn nek zou voelen prikken.

'Als je klaar bent met Wright,' zei Keith, 'dan moet je het hoofdbureau van politie bellen.' Hij overhandigde Jeffrey een kaartje met in het midden een afbeelding van Atlanta's herrijzende feniks. Jeffrey keerde het om en zag dat er op de achterkant een naam en een telefoonnummer stonden gekrabbeld.

Keith zei: 'Dat is zijn reclasseringsambtenaar. Het is een beste meid, maar je moet wel met een goed verhaal aankomen om uit te leggen waarom je Wright op de huid zit.'

'Ken je haar dan?'

'Van horen zeggen,' zei Keith. 'Het is er eentje met kloten, dus kijk maar uit. Als je haar erbij haalt om haar klantje op te pakken en je gezicht staat haar niet aan, dan zorgt ze er wel voor dat je hem nooit meer te zien krijgt.'

Jeffrey zei: 'Ik zal me als een heer proberen te gedragen.'

'Ashton is een zijstraat van de snelweg,' deelde Keith hem mee. 'Ik wijs je wel even hoe je er komt.'

Eenentwintig

Nick Sheltons stem bulderde door de telefoon. 'Zo, dame.'

'Zo, Nick,' antwoordde Sara, en ze sloot de status die op haar bureau lag. Ze was al sinds acht uur die ochtend in de kliniek en tot vier uur 's middags had ze achter elkaar door patiënten ontvangen. Ze had het gevoel alsof ze de hele dag had rondgerend in drijfzand. Ze had een lichte hoofdpijn en haar maag speelde op doordat ze de vorige avond iets te veel had gedronken, om nog maar te zwijgen van het onbehagelijke gevoel na dat emotionele drama dat zich had afgespeeld. Naarmate de dag vorderde, raakte ze steeds afgematter. Tijdens de lunch had Molly opgemerkt dat ze eruitzag alsof ze patiënt was in plaats van arts.

'Ik heb die zaadjes aan Mark laten zien,' zei Nick. 'Hij zegt dat het inderdaad belladonna is, alleen zijn het de besjes, niet de zaadjes.'

'Goed dat ik het weet,' zei Sara. 'Weet hij het zeker?'

'Honderd procent,' antwoordde Nick. 'Hij zegt dat het eigenlijk wel raar is dat ze de besjes hebben gegeten. Weet je nog, die zijn het minst giftig. Misschien geeft die vent van jullie ze de besjes te eten om ze nog een beetje wakker te houden en krijgen ze pas de volle dosis als hij klaar met ze is.'

'Dat klinkt aannemelijk,' zei Sara, die weigerde er verder over na te denken. Ze wilde vandaag geen arts zijn. Ze wilde geen lijkschouwer zijn. Ze wilde in bed liggen met een pot thee en een stom programma op de tv. En dat was ook precies wat ze ging doen zodra ze de laatste status van die dag had bijgewerkt. Gelukkig had Nelly ervoor gezorgd dat ze de volgende dag vrij was. Ze zou het weekend benutten om zich te ontspannen. Maandag zou Sara weer helemaal de oude zijn.

Ze vroeg: 'Is er al iets bekend over dat spermamonster?'

'Er zijn nog wat problemen, gezien de plek waar je het hebt gevonden. Maar ik denk wel dat er iets uit af te leiden valt.'

'Goed nieuws, zo te horen.'

Nick vroeg: 'Ga jij dat van die besjes aan Jeffrey vertellen, of zal ik hem even bellen?'

Toen Sara Jeffreys naam hoorde, zonk het hart haar in de schoenen.

'Sara?' vroeg Nick weer.

'Ja,' antwoordde Sara. 'Ik neem wel contact met hem op zodra ik klaar ben met mijn werk.'

Na de gebruikelijke afscheidswoorden legde Sara de hoorn op de haak. Ze wreef met haar hand over haar onderrug en bleef zo een tijdje in haar spreekkamer zitten. Vluchtig nam ze de volgende status door en ze maakte aantekening van een verandering in medicatie en van een vervolgafspraak om de laboratoriumuitslagen te bespreken. Tegen de tijd dat ze klaar was met de laatste status was het halfzes.

Sara propte een stapel dossiers in haar koffertje, in de wetenschap dat er tijdens het weekend een moment zou aanbreken dat ze geplaagd zou worden door schuldgevoel en graag wat werk zou willen verrichten. Dicteren kon ze ook thuis doen met een taperecordertje. Macon beschikte over transcriptiefaciliteiten, en ze kon haar opmerkingen daar laten uitwerken, dan zou ze ze een paar dagen later weer tot haar beschikking hebben.

Sara knoopte haar jack dicht terwijl ze de straat overstak, en zette koers naar het centrum. Ze nam het trottoir aan de overkant van de apotheek, want ze had geen zin Jeb tegen het lijf te lopen. Omdat ze niet aangesproken wilde worden, liep Sara met neergeslagen blik langs de ijzerwarenwinkel en de kledingzaak. Tot haar eigen verbazing hield ze voor het politiebureau halt. Haar geest bleef maar doordraaien zonder dat ze het zich bewust was, en met elke stap die ze zette werd ze kwader op Jeffrey omdat hij niet had gebeld. Ze had nota bene haar ziel blootgelegd op de wastafel in zijn badkamer, en hij had niet eens het fatsoen haar te bellen.

Sara liep het bureau binnen en slaagde er zowaar nog in naar Marla te glimlachen. 'Is Jeffrey binnen?'

Marla fronste haar wenkbrauwen. 'Ik geloof van niet,' zei ze. 'Hij is al voor twaalven vertrokken. Je zou het Frank kunnen vragen.'

'Is die achterin?' Sara gebaarde met haar koffertje naar de deur.

'Ik denk het,' antwoordde Marla, en ze ging weer verder met haar werk.

Sara keek in het voorbijgaan even waar de oudere vrouw mee bezig was. Marla was een kruiswoordpuzzel aan het maken.

Het vertrek achter in het gebouw was leeg, en de bureaus waaraan de rechercheurs gewoonlijk zaten te werken, waren op dat moment onbezet. Sara nam aan dat ze Jeffreys lijst aan het afwerken waren of een hapje waren gaan eten. Met opgeheven hoofd slenterde ze Jeffreys kantoor binnen. Uiteraard was hij er niet.

Sara stond in het kantoortje en liet haar koffertje op zijn bureau rusten. Ze was talloze keren in deze kamer geweest. Ze had zich hier altijd veilig gevoeld. Zelfs na de scheiding had Sara het gevoel gehad dat Jeffrey hier, op deze plek, betrouwbaar was. Als politieman had hij zich altijd onberispelijk gedragen. Hij had alles gedaan wat in zijn vermogen lag om ervoor te zorgen dat de mensen die hij diende zich veilig voelden.

Toen Sara twaalf jaar geleden weer in Grant was gaan wonen, hadden haar vader en haar familie kunnen praten wat ze wilden, maar ze waren er niet in geslaagd haar ervan te overtuigen dat ze veilig was. Sara wist maar al te goed dat zodra ze naar de winkel zou gaan om een wapen te kopen, het nieuwtje als een lopend vuurtje de ronde zou doen. Bovendien wist ze dat ze voor het registreren van een pistool op het politiebureau moest zijn. Ben Walker, die voor Jeffrey commissaris van politie was geweest, speelde elke vrijdagavond poker met Eddie Linton. Sara zou onmogelijk een wapen kunnen kopen zonder dat iedereen die haar kende erachter zou komen.

Rond die tijd werd in het ziekenhuis van Augusta een groepsverkrachter binnengebracht van wie vrijwel de hele arm door een kogel was afgerukt. Sara had het joch behandeld en zijn arm gered. Hij was nog maar veertien, en toen zijn moeder hem bezocht, begon ze hem met haar tas op het hoofd te slaan. Sara had de kamer verlaten, maar even later was de moeder haar achterna gekomen. De vrouw had het wapen van haar zoon aan Sara gegeven en haar gevraagd het onder haar hoede te nemen. Als Sara gelovig was geweest, zou ze het voorval als een wonder hebben beschouwd.

Sara wist dat het pistool zich nu in Jeffreys bureaula bevond. Ze wierp een blik over haar schouder voor ze hem opentrok en de plastic zak met de Ruger er uitnam. Ze stopte hem in haar koffertje en stond enkele minuten later weer buiten.

Met haar neus in de lucht liep Sara naar de hogeschool. Haar boot lag voor het botenhuis afgemeerd, en met één hand gooide ze haar koffertje erin terwijl ze met de andere het touw losmaakte. De boot was een oud, maar degelijk vaartuig. Ze had hem toen ze haar huis betrok als welkomstgeschenk van haar ouders gekregen. Er zat een krachtige motor in en je kon er uitstekend mee waterskiën, wat Sara ook vaak had gedaan. Haar vader stond dan aan het roer en weigerde vol gas te geven uit angst dat hij haar armen eraf zou trekken.

Nadat ze zich ervan had verzekerd dat niemand haar zag, haalde Sara het pistool uit haar koffertje en stopte het met plastic zak en al in het waterdichte handschoenenvakje vóór de passagiersstoel. Ze stak een been buitenboord en met haar voet duwde ze de boot van de steiger af. De motor sputterde toen ze het sleuteltje omdraaide. Eigenlijk had ze de motor moeten laten nakijken nu ze de boot na de winter weer in gebruik had genomen, maar de technische recherche zou maandag pas klaar zou zijn met haar auto, dus veel keus had ze niet. Als ze haar vader om een lift vroeg, zou ze van alles en nog wat met hem moeten bespreken, en Jeffrey was al helemaal geen optie.

Nadat hij een wolk smerige blauwe rook had uitgestoten, sloeg de motor aan en Sara liet de steiger achter zich, met een glimlachje om haar lippen. Ze had zich net een dief gevoeld toen ze met dat pistool in haar koffertje was weggelopen, maar ze voelde zich nu een stuk veiliger. Jeffrey mocht denken wat hij wilde als hij zag dat het wapen was verdwenen, Sara kon zich er niet echt druk om maken.

Toen ze goed en wel midden op het meer zat, schoot de boot over de golven. De koude wind striemde haar gezicht en ze zette haar bril op om haar ogen te beschermen. Hoewel de zon volop scheen, was het water nog fris van de regen die de laatste tijd in Grant County was gevallen. Het zag ernaar uit dat het weer die avond zou omslaan, maar dan zou de zon allang onder zijn.

Sara trok de rits van haar jack helemaal op om zich tegen de kou te beschermen. Niettemin had ze een loopneus tegen de tijd dat ze de achterkant van haar huis kon zien, en haar wangen voelden aan alsof ze haar gezicht in een emmer ijskoud water had gedompeld. Met een scherpe bocht naar links voer ze om een groepje rotsen heen dat onder het wateroppervlak lag. Er had ooit een bordje gestaan om de plek te markeren, maar dat was jaren geleden weggerot. Na de recente regenval stond het water in het meer weliswaar hoog, maar Sara wilde het risico niet nemen.

Ze had de boot net in het botenhuis afgemeerd en wilde hem met de elektrische winch op de kant trekken toen haar moeder aan de achterkant van het huis verscheen.

'Shit,' mompelde Sara en ze drukte op de rode knop om de winch stil te zetten.

'Ik heb de kliniek gebeld,' zei Cathy. 'Nelly zei dat je morgen een vrije dag had.'

'Dat klopt,' antwoordde Sara, terwijl ze aan de ketting trok die de deur achter de boot naar beneden liet zakken.

'Je zus heeft me over die ruzie van gisteravond verteld.'

Met een ruk trok Sara de ketting strak en het hele metalen bouwwerk rammelde. 'Als je hiernaartoe bent gekomen om me aan m'n kop te zeuren, dan kan ik je vertellen dat het te laat is.'

'Wat bedoel je?'

Sara liep langs haar moeder en stapte van de steiger af. 'Daarmee bedoel ik dat hij het weet,' zei ze en met haar handen in de zij wachtte ze tot haar moeder haar zou volgen.

'Wat heeft hij gezegd?'

'Daar wil ik het nu niet over hebben,' antwoordde Sara en ze liep in de richting van het huis. Haar moeder volgde haar over het gazon, maar tot Sara's opluchting deed ze er verder het zwijgen toe.

Sara deed de achterdeur van het slot en liet hem openstaan voor haar moeder terwijl ze de keuken in liep. Te laat besefte ze dat het een bende was in huis.

Cathy zei: 'Echt, Sara, je hebt toch nog wel tijd om schoon te maken?'

'Ik heb het heel druk gehad op mijn werk.'

'Dat is geen excuus,' liet Cathy haar weten. 'Je moet gewoon tegen jezelf zeggen: "Ik doe om de dag een was. Ik zorg ervoor dat ik de dingen terugzet waar ik ze vandaan heb gehaald." Voor je het weet heb je alles weer op orde.'

Sara luisterde niet naar dit maar al te bekende advies en liep de woonkamer binnen. Ze drukte op de nummermelder, maar het apparaat had geen telefoontjes geregistreerd.

'De elektriciteit is een tijdje uitgevallen,' zei haar moeder terwijl ze op de knopjes van het fornuis drukte om de klok in te stellen. 'Tijdens dit soort noodweer is het altijd gedonder met de kabel. Je vader kreeg gisteravond bijna een hartaanval toen hij de tv aanzette om naar *Jeopardy!* te kijken en alleen maar mist kreeg.'

Haar woorden luchtten Sara enigszins op. Misschien had Jeffrey toch gebeld. Dat zou best kunnen. Ze liep naar het aanrecht en vulde de ketel met water. 'Heb je zin in thee?'

Cathy schudde haar hoofd.

'Ik ook niet,' mompelde Sara, en ze liet de ketel in de spoelbak staan. Ze liep naar de achterkant van het huis en terwijl ze haar shirt en toen haar rok uittrok, ging ze de slaapkamer binnen. Cathy volgde haar en bekeek haar dochter met de alziende blik van een moeder.

'Heb je weer eens ruzie met Jeffrey?'

Sara schoot in een T-shirt. 'Ik heb altijd ruzie met Jeffrey, moeder. Dat hoort nou eenmaal bij ons.'

'Behalve wanneer je in de kerk op je stoel zit te kronkelen omdat hij in de buurt is.'

Sara beet op haar lip en voelde het bloed naar haar wangen stijgen.

Cathy vroeg: 'Wat is er nu weer gebeurd?'

'God, mama, ik wil er echt niet over praten.'

'Vertel me dan maar eens over dat gedoe met Jeb McGuire.'

'Er is helemaal geen "gedoe". Echt niet.' Sara trok een trainingsbroek aan.

Cathy ging op het bed zitten en streek met haar handpalm het laken glad. 'Dat is dan maar goed ook. Hij is niet echt jouw type.'

Sara moest lachen. 'Wat is dan wel mijn type?'

'Iemand die tegen jou op kan.'

'Misschien vind ik Jeb wel leuk,' wierp Sara tegen, en ze was zich bewust van haar nukkige toon. 'Misschien vind ik het wel prettig dat hij voorspelbaar en aardig en rustig is. Hij heeft per slot van rekening lang genoeg gewacht tot hij weer met me kon afspreken. Misschien moest ik maar eens wat meer met hem omgaan.'

Cathy zei: 'Je bent lang niet zo kwaad op Jeffrey als je denkt.'

'O, is dat zo?'

'Je bent gewoon gekwetst, en daarom voel je je kwaad

vanbinnen. Je geeft je ook bijna nooit bloot tegenover anderen,' vervolgde Cathy. Het viel Sara op dat haar moeders stem sussend klonk en tegelijkertijd resoluut, alsof ze een gevaarlijk dier uit zijn hol probeerde te lokken. 'Ik weet nog toen je klein was. Je was altijd heel kieskeurig als het op vriendinnetjes aankwam.'

Sara ging op het bed zitten om haar sokken aan te trekken. Ze zei: 'Ik had anders heel veel vriendinnetjes.'

'O, je was zeker populair, maar er waren er maar een paar voor wie je je echt openstelde.' Ze streek Sara's haar achter haar oor. 'En na wat er in Atlanta is gebeurd –'

Sara legde haar hand voor haar ogen. De tranen schoten toe en ze mompelde: 'Mama, ik kan er nu echt niet over praten. Oké? Alsjeblieft, nu niet.'

'Goed,' gaf Cathy toe, en ze legde haar arm om Sara's schouder en trok haar hoofd tegen haar borst. 'Stil maar,' zei ze sussend terwijl ze Sara's haar streelde. 'Het komt wel goed.'

'Ik wou alleen maar...' Sara schudde haar hoofd, niet in staat om nog een woord uit te brengen. Ze was vergeten hoe heerlijk het was om door haar moeder getroost te worden. De afgelopen paar dagen had ze zo haar best gedaan Jeffrey van zich af te zetten dat ze er tevens in geslaagd was haar eigen familie op afstand te houden.

Cathy drukte haar lippen op de bovenkant van Sara's hoofd en zei: 'Er is ooit iets voorgevallen tussen jouw vader en mij.'

Sara was zo verbaasd dat ze prompt ophield met huilen. 'Heeft papa jou bedrogen?'

'Natuurlijk niet.' Cathy fronste haar wenkbrauwen. Er gingen enkele seconden voorbij en toen bekende ze: 'Het was andersom.'

Sara voelde zich net een echo. 'Heb jij papa bedrogen?'

'Het is er nooit echt van gekomen, maar in mijn hart had ik het gevoel dat het wel zo was.'

'Wat bedoel je daarmee?' Sara schudde haar hoofd en bedacht dat dit verdacht veel leek op die smoesjes van Jeffrey:

heel doorzichtig. 'Nee, laat maar.' Ze veegde met de achterkant van haar handen over haar ogen in het besef dat ze dit eigenlijk helemaal niet wilde horen. Het huwelijk van haar ouders was het voetstuk waarop Sara al haar idealen over relaties en liefde had geplaatst.

Cathy leek echter vastbesloten haar verhaal te vertellen. 'Ik zei tegen je vader dat ik hem wilde verlaten voor een ander.'

Sara voelde zich heel stom toen haar mond openviel, maar het ging vanzelf. 'Voor wie dan?' wist ze er ten slotte uit te brengen.

'Gewoon een man. Het was een solide vent, met een baan op een van de fabrieken. Heel rustig. Heel serieus. Heel anders dan je vader.'

'En wat gebeurde er toen?'

'Ik zei tegen je vader dat ik bij hem weg wilde.'

'En?'

'Hij moest huilen en ik moest huilen. We zijn toen zo'n zes maanden uit elkaar geweest. Ten slotte besloten we om toch bij elkaar te blijven.'

'Wie was die andere man?'

'Dat doet er nu niet meer toe.'

'Woont hij nog steeds in de stad?'

Cathy schudde haar hoofd. 'Maakt niet uit. Hij is uit mijn leven verdwenen en ik ben nog steeds bij je vader.'

Sara concentreerde zich een tijdlang op haar ademhaling. Met enige moeite vroeg ze ten slotte: 'Wanneer was dit?'

'Voor jij en Tessie waren geboren.'

Sara slikte de brok in haar keel weg. 'Wat gebeurde er toen?'

'Hoe bedoel je?'

Sara trok een sok aan. Het was een hele klus om het verhaal uit haar moeder te trekken. 'Waardoor je van gedachten veranderde,' drong ze aan. 'Wat deed je besluiten toch bij papa te blijven?'

'O, daar waren wel duizend redenen voor,' antwoordde Cathy met een heimelijk glimlachje om haar lippen. 'Ik denk dat ik alleen maar wat afleiding zocht bij die andere man en niet besefte hoe belangrijk je vader voor me was.' Ze slaakte een diepe zucht. 'Ik herinner me nog dat ik op een ochtend wakker werd in mijn oude kamer bij mama, en dat ik alleen nog maar wilde dat Eddie bij me was. Ik verlangde zo verschrikkelijk naar hem.' Cathy fronste haar wenkbrauwen toen ze Sara's reactie zag. 'Je hoeft geen kleur te krijgen, er zijn ook andere manieren om naar iemand te verlangen.'

Sara kromp ineen toen ze zo terecht werd gewezen en ze trok haar andere sok aan. 'Dus toen heb je hem gebeld?'

'Ik ben naar het huis gegaan en op de veranda gaan zitten en ik heb hem bijna gesmeekt me weer terug te nemen. Nee, bij nader inzien heb ik echt gesmeekt. Ik heb tegen hem gezegd dat als we zonder elkaar allebei ongelukkig zouden worden, we net zo goed samen ongelukkig konden zijn, en dat het me speet en dat ik hem voor de rest van mijn leven nooit meer als vanzelfsprekend zou beschouwen.'

'Als vanzelfsprekend?'

Cathy legde haar hand op Sara's arm. 'Dat is nou juist het pijnlijke, vind je niet? Als je het gevoel hebt dat je niet meer zo belangrijk voor hem bent als vroeger.'

Sara knikte en ze probeerde te blijven ademen. Haar moeder had de spijker op de kop geslagen. 'Wat deed papa toen je dit had gezegd?' drong ze aan.

'Hij zei dat ik op moest staan van die veranda en naar binnen moest komen om te ontbijten.' Cathy legde haar hand op haar borst. 'Ik begrijp nog steeds niet hoe Eddie het opbracht me te vergeven, want hij is zo'n trotse man, maar ik ben blij dat hij het gedaan heeft. Ik ging nog meer van hem houden toen ik wist dat hij me zoiets verschrikkelijks kon vergeven, dat ik hem tot op het bot kon kwetsen en dat hij niettemin nog steeds van me hield. Ik denk dat ons huwelijk door een dergelijk begin alleen maar sterker is geworden.' Haar glimlach verbreedde zich. 'Natuurlijk had ik toen wel een geheim wapen.'

'Wat bedoel je?'

'Jou.'

'Mij?'

Cathy streelde Sara's wang. 'Ik was weer bij je vader, maar het was allemaal wat gespannen. Niets was meer zoals eerst. Toen raakte ik zwanger van jou en het leven nam het gewoon van ons over. Ik denk dat je vader toen we jou eenmaal hadden alles in een groter verband ging zien. Voor we het wisten, was Tessie er, en daarna gingen jullie naar school en groeiden op en gingen studeren.' Ze glimlachte. 'Het heeft gewoon tijd nodig. Liefde en tijd. En als je zo'n roodharig duveltje hebt waar je constant op moet letten, dan is dat een goede afleiding.'

'Nou, ik word in elk geval niet zwanger,' bracht Sara hiertegen in, en ze was zich bewust van de scherpe klank in haar stem.

Cathy leek over haar antwoord na te moeten denken. 'Soms moet je er eerst van overtuigd zijn dat je iets kwijt bent voor je beseft wat de werkelijke waarde ervan is,' zei ze. 'Niet aan Tessie vertellen, hoor.'

Met een knikje stemde Sara hiermee in. Ze ging staan en stopte haar T-shirt in haar broek. 'Ik heb het hem verteld, mama,' zei ze. 'Ik heb het verslag bij hem achtergelaten.'

Cathy vroeg: 'Het rechtbankverslag?'

'Ja,' zei Sara en ze ging tegen de ladekast aan staan. 'Ik weet dat hij het heeft gelezen. Ik heb het in zijn badkamer gelegd.'

'En?'

'En,' zei Sara, 'hij heeft niet eens gebeld. Hij heeft de hele dag nog niets van zich laten horen.'

'Nou,' zei Cathy, en het was duidelijk dat ze haar conclusie had getrokken. 'Dan kan hij oprotten. Dan is het een vent van niks.'

Tweeëntwintig

Het kostte Jeffrey niet veel moeite Ashton Street 633 te vinden. Het huis was vervallen, niet veel meer dan een vierkant van betonblokken. De ramen leken er later in te zijn gemaakt, en ze waren geen van alle van hetzelfde formaat. Op de veranda stond een aardewerken vuurpot met stapels kranten en tijdschriften ernaast, waarschijnlijk om het vuur mee aan te maken.

Hij liep eens om het huis heen en probeerde zich zo nonchalant mogelijk te gedragen. Met zijn pak en das en zijn witte Town Car was Jeffrey bepaald een opvallende verschijning in deze omgeving. Ashton Street, of in ieder geval het gedeelte waar Jack Wright woonde, zag er verwaarloosd en haveloos uit. De meeste huizen in deze buurt waren dichtgetimmerd en voorzien van gele aanplakbiljetten waarop werd gewaarschuwd dat ze onbewoonbaar waren verklaard. Kinderen speelden in de overvolle, smerige tuinen, maar hun ouders waren in geen velden of wegen te bekennen. Er hing een bepaalde geur, niet echt een rioollucht, maar wel van dezelfde orde. Het deed Jeffrey denken aan de keren dat hij voorbij de vuilstortplaats aan de rand van Madison was gereden. Op gunstige dagen kreeg je, zelfs met de wind van je af, nog de geur van rottend afval in je neus. Zelfs met de raampjes dicht en de airco aan.

In een poging alvast aan de geur te wennen, ademde Jeffrey een paar keer diep in, en daarna liep hij op het huis af. Voor de deur zat een zware hor, die met een hangslot aan het deurkozijn was bevestigd. De deur zelf had drie nachtsloten en een slot dat eruitzag alsof je het met een puzzelstukje in plaats van met een sleutel moest openen. Jack Wright had een groot deel van zijn leven in de gevangenis doorgebracht. Het was duidelijk dat het hier om een man ging die op zijn privacy was gesteld. Jeffrey keek nog eens goed rond voor hij naar een van de ramen liep. Ook hiervoor zat een hor met een zwaar slot, maar het kozijn was oud en kon moeiteloos worden ontzet. Een paar stevige duwen en het hele raamwerk lag eruit. Jeffrey wierp een blik om zich heen voor hij het raam met kozijn en al verwijderde en het huis binnenglipte.

De woonkamer was donker en groezelig, met overal stapels rotzooi en papieren. Op de vloer stond een oranje bank waarlangs donkere vlekken naar beneden lekten. Jeffrey kon niet zien of het tabakssap was of het een of andere lichaamsvocht. Wel stelde hij vast dat het vertrek doordrongen was van een overweldigende geur van zweet vermengd met lysol.

Langs de bovenkant van de muren van de woonkamer waren als een decoratieve rand alle mogelijke kruizen bevestigd. In afmeting varieerden ze van iets wat je uit een snoepautomaat haalt tot exemplaren met een lengte van wel vijfentwintig centimeter. Ze waren met de uiteinden tegen elkaar aan de muur gespijkerd, op één doorlopende, strakke lijn. Voortbordurend op hetzelfde thema hingen overal aan de muur posters die eruitzagen alsof ze afkomstig waren uit een zondagschoollokaal, met afbeeldingen van Jezus en de discipelen. Op een van de posters hield Hij een lam in zijn armen. Op een andere stak Hij zijn handen naar voren en liet de wonden in zijn handpalmen zien.

Jeffrey voelde zijn hartslag versnellen toen hij dit alles zag. Terwijl hij naar de voorkant van het huis liep om zich ervan te verzekeren dat niemand de oprit opkwam, reikte hij met zijn hand naar zijn pistool en maakte het riempje van de holster los.

In de keuken stonden aangekoekte, walgelijk vuile borden opgestapeld in de spoelbak. De vloer was plakkerig en het hele vertrek voelde nat aan, maar van iets anders dan water. In de slaapkamer was het niet veel beter, en een muskusachtige geur bleef als een vochtig vod aan Jeffreys gezicht kleven. Aan de muur achter de besmeurde matras hing een grote poster van Jezus Christus met een stralenkrans om zijn hoofd. Net als op de poster in de woonkamer hield Jezus zijn handpalmen naar voren om de wonden in zijn handen te tonen. Het kruismotief werd voortgezet langs de wanden van de slaapkamer, maar hier waren de kruizen groter. Toen hij op het bed ging staan, zag Jeffrey dat iemand, waarschijnlijk Wright zelf, rode verf had gebruikt om Jezus' wonden nog wat te benadrukken, het bloed langs zijn romp naar beneden te laten druppelen en de doornenkroon op zijn hoofd te vergroten. Bij elke Jezus die Jeffrey zag, waren zwarte kruizen op de ogen aangebracht. Het was alsof Wright wilde voorkomen dat zijn ogen hem konden zien. Jeffrey moest zien te ontdekken wat Wright uitspookte en liever verborgen wilde houden.

Hij stapte weer van het bed af. Hij keek een paar tijdschriften door, maar voor hij iets aanraakte, haalde hij eerst een paar rubberen handschoenen uit zijn zak en trok deze aan. Het merendeel van de tijdschriften betrof oudere edities van *People* en *Life*. De slaapkamerkast was gevuld met stapels pornografie. *Busty Babes* stonden zij aan zij met *Righteous Redheads*. Jeffrey dacht aan Sara en kreeg een brok in zijn keel.

Met zijn voet schopte Jeffrey de matras omhoog. Een 9 mm Sig Sauer lag op de springveren. Het wapen zag er nieuw en goed onderhouden uit. In een buurt zoals deze ging alleen een gek slapen zonder een wapen onder handbereik. Glimlachend duwde Jeffrey de matras weer op zijn plaats. Dit zou hem later nog weleens van pas kunnen komen.

Toen hij de ladekast opentrok, had Jeffrey geen idee wat hij kon verwachten. Nog meer porno misschien. Nog een pistool of een of ander geïmproviseerd wapen. In plaats daarvan zaten de twee bovenste lades boordevol damesondergoed. Niet zomaar ondergoed, maar van het zijden, sexy soort waar Jeffrey Sara zo graag in zag. Er waren teddy's en strings, en broekjes met brede pijpen en strikjes op de heupen. En het was allemaal buitengewoon groot, groot genoeg voor een man.

Jeffrey wist een huivering te onderdrukken. Hij pakte een pen uit zijn zak om de inhoud van de lades door te nemen, want hij wilde liever geen prik krijgen van een naald of een ander scherp voorwerp, of een geslachtsziekte oplopen. Hij stond op het punt een van de lades dicht te doen toen hij van gedachten veranderde. Hij miste iets. Nadat hij een donkergroen kanten broekje opzij had geschoven, zag hij waar hij naar zocht. Het stuk krant dat de bodem van de lade bedekte was uit het zondagkatern van de *Grant County Observer*.

Jeffrey duwde de kledingstukken opzij en haalde het stuk krant eruit. Uit de voorpagina maakte hij op dat er die dag niet veel bijzonders was gebeurd. De burgemeester keek hem stralend aan vanaf een foto waarop hij met een big in zijn armen stond afgebeeld. Naar de datum te oordelen, was de krant meer dan een jaar oud. Hij opende de andere lades, op zoek naar nog meer *Observers*. Hij vond er een paar, maar de meeste bevatten slechts onbenullige verhalen. Wel vond Jeffrey het interessant dat Jack Wright een abonnement op de *Grant County Observer* had.

Hij ging terug naar de woonkamer en nam de stapels kranten op de vloer met hernieuwde belangstelling door. Brenda Collins, een van Wrights slachtoffers na Sara, kwam uit Tennessee, herinnerde Jeffrey zich. Een exemplaar van de *Monthly Vols*, een nieuwsbrief voor afgestudeerden aan de University of Tennessee, zat tussen wat kranten uit Alexander City, in Alabama. In de volgende stapel vond Jeffrey nog meer kranten uit andere staten, allemaal uit kleine stadjes. Ernaast lagen ansichtkaarten, uitsluitend van Atlanta, met afbeeldingen van verschillende locaties in de stad. De achterkanten waren nog leeg, klaar om beschreven te worden. Jeffrey had geen idee wat een man als Wright met de ansichtkaarten van plan was. Hij leek Jeffrey niet iemand die vrienden heeft.

Jeffrey keek om zich heen om er zeker van te zijn dat hij in de overvolle kamer niets had overgeslagen. Een televisietoestel stond verscholen in de oude haard. Het zag er redelijk nieuw uit, van het soort dat je op straat voor vijftig dollar kon kopen als je niet al te nieuwsgierig was naar de herkomst. Boven op het toestel stond een kabeladapter.

Hij was op weg naar het raam aan de voorkant om weer naar buiten te gaan, maar bleef staan toen hij iets onder de bank zag. Met zijn voet duwde hij de bank om, en kakkerlakken schoten alle kanten op. Op de vloer stond een klein, zwart toetsenbord.

De adapter was een ontvanger voor het toetsenbord. Jeffrey zette het apparaat aan en drukte op de knoppen van het toetsenbord tot de ontvanger inlogde op het internet. Hij ging op de rand van de gekantelde bank zitten wachten tot het systeem contact maakte. Op het politiebureau was Brad Stephens de computerman, maar Jeffrey had voldoende van de jonge agent opgestoken om te weten hoe hij te werk moest gaan.

Het was niet zo moeilijk om bij Wrights e-mail te komen. Behalve een aanbieding van een handelaar in Chevroletonderdelen en de onvermijdelijke hete tieners die geld nodig hadden om hun studie te betalen, het soort e-mail dat iedereen ontving, was er een lange brief van een vrouw die Wrights moeder bleek te zijn. Bij een ander e-mailbericht zat een foto van een jonge vrouw die met haar benen wijd poseerde. Het e-mailadres van de afzender bestond uit een serie willekeurige getallen. Waarschijnlijk ging het om een gevangenismaatje van Wright. Niettemin schreef Jeffrey het adres op een stukje papier dat hij in zijn zak had zitten.

Met de pijltjestoetsen ging Jeffrey naar de bookmarks. Naast verschillende porno- en geweldsites trof Jeffrey een link aan naar de *Grant Observer* online. Hij kreeg de schrik van zijn leven. Daar, op het tv-scherm, verscheen de voorpagina van die dag met het nieuws over Julia Matthews' zelfmoord van de avond daarvoor. Jeffrey ging met het pijltje naar beneden en nam het artikel nog eens vluchtig door. Hij ging naar het archief en gaf een zoekopdracht naar Sibyl Adams. Binnen enkele seconden verscheen een artikel op het scherm over de beroepenvoorlichtingsdag van een jaar eerder. Een zoekopdracht naar Julia Matthews leverde de voorpagina van die dag op, maar verder niets. Toen hij Sara's naam intoetste, leverde dit meer dan zestig artikelen op.

Jeffrey logde uit en zette de bank weer recht. Eenmaal buiten drukte hij het raam in het gat dat hij had gemaakt. Het wilde niet blijven zitten en hij haalde een van de stoelen en zette deze ertegenaan. Vanuit zijn auto kon je niet zien dat er met het raam was geknoeid, maar zodra Jack Wright zijn veranda op kwam, zou hij doorhebben dat er iemand in zijn huis was geweest. Er was geen betere manier dan deze om iemand op stang te jagen die zo op zijn veiligheid was gespitst als deze man.

De straatlantaarn boven Jeffreys auto ging aan toen hij instapte. Zelfs in dit oord van verderf was de zon die wegzonk achter de skyline van Atlanta de moeite van het bekijken waard. Jeffrey kon zich voorstellen dat als de zon niet elke dag verscheen de bewoners van dit blok zich helemaal niet meer menselijk zouden voelen.

Nadat hij drie en een half uur had gewacht, reed de blauwe Chevy Nova eindelijk de oprit op. De auto was oud en smerig, en bij de kop- en achterlampen was roest zichtbaar. Wright had klaarblijkelijk geprobeerd hier en daar wat te repareren. Zilverkleurig plakband liep kruiselings over de achterkant, en aan één kant van de bumper zat een plakplaatje met de tekst GOD IS MIJN CO-PILOOT. Aan de andere kant zat een sticker met zebrastrepen en de tekst ATLANTA ZOO MAAKT HET BEEST IN ME LOS.

Jack Wright had lang genoeg meegedraaid om te weten hoe een smeris eruitzag. Hij schonk Jeffrey een achterdochtige blik toen hij uit de Nova stapte. Wright was een gedrongen man met een kalend hoofd. Hij droeg geen shirt en Jeffrey kon duidelijk zien dat hij over heuse borsten beschikte. Hij vermoedde dat dit het gevolg was van de Depo. Een van de belangrijkste redenen waarom verkrachters en pedofielen stopten met het medicijn betrof de akelige bijwerkingen waardoor sommigen van hen dikker werden en vrouwelijke trekken gingen vertonen.

Wright knikte naar Jeffrey toen deze de oprit opliep. Ook al was dit stadsdeel nog zo verwaarloosd, alle straatlantaarns deden het. Het huis stond erbij alsof het klaarlichte dag was. Toen Wright het woord nam, bleek hij een hoog stemmetje te hebben, ook een van de bijwerkingen van Depo. Hij vroeg: 'Zoek je mij soms?'

'Dat klopt,' antwoordde Jeffrey, en toen stond hij oog in oog met de man die Sara Linton had verkracht en neergestoken.

'Wel verdomd,' zei Wright en hij tuitte zijn lippen. 'Er zal wel weer een meissie gepakt zijn, hè? Jullie moeten mij ook altijd hebben als er weer zo'n jong ding pleite is.'

'Laten we maar naar binnen gaan,' zei Jeffrey.

'Dat dacht ik niet,' protesteerde Wright, en hij leunde met zijn rug tegen de auto. 'Is het een mooi meisje dat vermist wordt?' Hij zweeg, alsof hij een antwoord verwachtte. Langzaam ging hij met zijn tong langs zijn lippen. 'Ik kies alleen de mooie.'

'Het gaat om een oudere zaak,' zei Jeffrey, die zich niet uit zijn tent wilde laten lokken.

'Amy? Gaat het om mijn lieve kleine Amy?'

Jeffrey staarde hem aan. Hij herkende de naam uit het procesdossier. Amy Baxter had zich van het leven beroofd nadat ze door Jack Wright was verkracht. Ze was verpleegster en was vanuit Alexander City naar Atlanta verhuisd.

'Nee, niet Amy,' zei Wright, en hij legde zijn hand op zijn kin alsof hij in gedachten was verzonken. 'Was het die lieve kleine –' Hij maakte zijn zin niet af, maar richtte zijn blik op Jeffreys auto. 'Grant County, hè? Waarom heb je dat niet meteen gezegd?' Hij glimlachte, waarbij een van zijn half afgebroken voortanden zichtbaar werd. 'Hoe gaat het toch met die kleine Sara van me?'

Jeffrey zette een stap in zijn richting, maar Wright liet zich niet intimideren.

Hij zei: 'Toe dan, sla me dan. Een beetje ruig vind ik wel lekker.'

Jeffrey deed een stap terug, maar het kostte hem grote moeite de man geen dreun te verkopen.

Opeens duwde Wright met zijn handen zijn borsten omhoog. 'Vind je ze mooi, schat?' Hij glimlachte toen hij de walging op Jeffreys gezicht zag. 'Ik ben aan de Depo, maar dat wist je al, of niet soms, liefje? Je weet toch ook wat het met me doet?' Hij ging op een fluistertoon over. 'Ik word er net een meisje van. Zo krijgen de jongens het beste van twee werelden.'

'Bek houden,' zei Jeffrey, en hij wierp een blik om zich heen. Wrights buren waren naar buiten gekomen om mee te genieten van de show.

'Ik heb kloten zo groot als knikkers,' zei Wright, en hij legde zijn handen op de band van zijn spijkerbroek. 'Wil je ze zien?'

Met zachte stem gromde Jeffrey: 'Liever niet, tenzij je het woord "chemisch" uit je castratie wilt halen.'

Wright gniffelde. 'Je bent een grote, sterke man, weet je dat?' zei hij. 'Moet jij voor mijn Sara zorgen?'

Jeffrey kon alleen nog maar slikken.

'Ze willen allemaal weten waarom ik hen uitkoos. Waarom ik? Waarom ik?' piepte hij op hoge toon. 'Bij haar wilde ik zien of ze wel echt rood was.'

Jeffrey stond als aan de grond genageld.

'Ik neem aan dat jij dat wel weet, hè? Dat zie ik aan de blik in je ogen.' Wright kruiste zijn armen voor zijn borst en keek Jeffrey aan. 'Ze heeft ook een stel fantastische tieten. Wat kon je daar lekker aan zuigen.' Hij likte zijn lippen af. 'Ik wou dat je de angst op haar gezicht had gezien. Ik zag zo dat ze er niet aan gewend was. Ze had nog geen echte vent gehad, begrijp je wat ik bedoel?'

Jeffrey greep de man bij zijn nek en duwde hem tegen de auto. Het ging zo snel dat hij zelf niet eens goed wist wat hij deed tot hij Jack Wrights lange vingernagels in de huid op de rug van zijn hand voelde dringen.

Met moeite haalde Jeffrey zijn hand weg. Wright sputterde en probeerde al hoestend weer lucht te krijgen. Jeffrey liep in een cirkeltje om hem heen en wierp ondertussen een blik op de buren. Geen van hen had zich verroerd. Als in vervoering sloegen ze het spektakel gade.

'Denk je dat je me bang kunt maken?' vroeg Wright met krakende stem. 'Ik heb wel met grotere jongens dan jij gevochten, twee tegelijk, in de gevangenis.'

'Waar was je afgelopen maandag?' vroeg Jeffrey.

'Ik was aan het werk, makker. Vraag maar aan mijn reclasseringsambtenaar.'

'Misschien doe ik dat ook wel.'

'Ze is nog even bij me langs geweest om' – Wright deed alsof hij hierover na moest denken – 'volgens mij om een uur of twee, halfdrie. Is dat zo ongeveer de tijd?'

Jeffrey gaf geen antwoord. Het tijdstip van Sibyl Adams' dood had in de *Observer* gestaan.

'Ik was aan het vegen en dweilen en heb de vuilnis naar buiten gebracht,' vervolgde Wright.

Jeffrey wees op zijn tatoeage. 'Ik zie dat je een gelovig man bent.'

Wright keek naar zijn arm. 'Daardoor ben ik ook gepakt, die keer met Sara.'

'Je blijft graag een beetje op de hoogte wat je meisjes betreft, hè?' vroeg Jeffrey. 'Lees je de kranten soms? Of hou je het bij via internet?'

Voor het eerst werd Wright wat zenuwachtig. 'Ben je in mijn huis geweest?'

'Echt mooi wat je met de muren hebt gedaan,' zei hij. 'Al die kleine Jezusjes. Hun ogen volgen je de hele kamer door.'

Wrights blik veranderde. Nu toonde hij Jeffrey de kant die slechts een paar beklagenswaardige vrouwen hadden gezien, en hij schreeuwde: 'Dat is mijn persoonlijk bezit. Daár heb jij niks te zoeken.'

'Ik had daar wel iets te zoeken,' zei Jeffrey, weer rustig nu Wright alle kalmte had verloren. 'Ik heb alles doorzocht.'

'Klootzak die je bent,' krijste Wright en hij haalde naar

hem uit. Jeffrey deed een stap opzij en draaide de arm van de man op zijn rug. Wright schoot naar voren en viel met zijn gezicht op de grond. In een oogwenk zat Jeffrey boven op hem en drukte zijn knie in de rug van de man.

'Wat hou je achter?' wilde Jeffrey weten.

'Laat me los,' smeekte Wright. 'Alsjeblieft, laat me los.'

Jeffrey haalde zijn handboeien te voorschijn en dwong ze om Wrights polsen. Toen deze het geklik van de sloten hoorde, begon hij te hyperventileren.

'Ik heb er alleen maar over gelezen,' zei Wright. 'Alsjeblieft, alsjeblieft, laat me nou los.'

Jeffrey boog zich voorover en gaf een ruk aan de enkelband. Hij wist hoe goed de zaken in Atlanta georganiseerd waren, en dit zou sneller werken dan het alarmnummer bellen. Toen de band niet losschoot, trapte Jeffrey hem met de hak van zijn schoen kapot.

'Dat kun je niet maken,' schreeuwde Wright. 'Dat kun je niet maken. Ze hebben het allemaal gezien.'

Jeffrey herinnerde zich de buren weer en keek op. Sprakeloos zag hij hoe ze hem allemaal hun rug toekeerden en in hun huizen verdwenen.

'O god, stuur me alsjeblieft niet weer terug,' smeekte Wright. 'Alsjeblieft, ik wil alles voor je doen.'

'Ze zullen ook niet zo blij zijn met die negen millimeter onder je matras, Jack.'

'O god,' snikte de man, en zijn hele lichaam beefde.

Jeffrey leunde tegen de Nova en haalde het visitekaartje te voorschijn dat Keith hem eerder die dag had gegeven. De naam op het kaartje luidde Mary Ann Moon. Jeffrey wierp een blik op zijn horloge. Het was tien voor acht op vrijdagavond, en hij betwijfelde ten zeerste of ze blij zou zijn hem te zien.

Drieëntwintig

Lena sloot haar ogen en voelde de zon op haar gezicht branden. Het water was warm en uitnodigend, en een licht briesje streek over haar lichaam bij elke golf die zachtjes onder haar door rolde. Ze kon zich niet herinneren wanneer ze voor het laatst aan zee was geweest, maar het was in elk geval een welverdiende vakantie.

'Kijk eens,' zei Sibyl, en ze wees naar boven.

Met haar blik volgde Lena de vinger van haar zus en ze zag een zeemeeuw in de lucht boven de oceaan. Ze merkte dat ze zich in plaats van op de meeuw op de wolken concentreerde. Het leken net wattenbolletjes tegen een hemelsblauwe achtergrond.

'Wilde je deze nog terug?' vroeg Sibyl, en ze gaf Lena een rood skateboard.

Lena moest lachen. 'Hank zei dat je hem kwijt was geraakt.'

Sibyl glimlachte. 'Ik had hem ergens neergelegd waar hij hem niet kon zien.'

In een vlaag van helderheid besefte Lena dat het Hank was, en niet Sibyl, die blind was geworden. Ze begreep niet hoe ze die twee door elkaar had kunnen halen, maar daar had je Hank, op het strand, zijn ogen verscholen achter een donkere bril. Hij leunde achterover, en steunend op zijn handen liet hij de zon vol op zijn borst schijnen. Hij was bruiner dan Lena hem ooit had gezien. Al die keren daarvoor dat ze naar het strand waren gegaan, was Hank op de hotelkamer gebleven in plaats van met de meisjes mee te gaan. Lena had geen idee wat hij daar de hele dag uitspookte. Soms hield Sibyl hem gezelschap als de zon haar even te veel werd, maar Lena vond het heerlijk op het strand. Ze vond het heerlijk om in het water te spelen of op zoek te gaan naar geïmproviseerde volleybalwedstrijdjes waar ze dan na wat geflirt aan mee mocht doen.

Zo had Lena Greg Mitchell ontmoet, haar laatste echte vriendje. Greg had een partijtje volleybal gespeeld met een groep vrienden van hem. Hij was een jaar of achtentwintig, maar zijn vrienden waren een stuk jonger en keken liever naar de meisjes dan achter een bal aan te rennen. Lena was naar ze toe gelopen, in de wetenschap dat ze door de jongemannen werd gekeurd, een cijfer kreeg alsof ze een stuk vlees was, en had gevraagd of ze aan het spel mocht meedoen. Greg had haar de bal recht uit zijn borst toegeworpen en zo had Lena hem ook opgevangen.

Na een tijdje hielden de jongemannen het voor gezien en gingen op zoek naar alcohol of vrouwen of beide. Lena en Greg bleven naar hun idee urenlang doorspelen. Als hij had verwacht dat Lena het bijltje erbij neer zou gooien als eerbetoon aan zijn mannelijkheid, dan had hij het goed mis. Ze versloeg hem zo genadeloos dat hij na het derde spelletje opgaf en haar als prijs een etentje aanbood.

Hij nam haar mee naar een of andere goedkope Mexicaanse tent die Lena's grootvader een hartverlamming zou hebben bezorgd als hij niet al dood was geweest. Ze dronken suikerzoete margarita's, en gingen daarna dansen waarna Lena Greg een plagerig glimlachje schonk in plaats van hem welterusten te kussen. De volgende dag stond hij weer voor haar hotel, deze keer met een surfplank. Ze had altijd al willen leren surfen, en ze hoefde zich niet te bedenken toen hij aanbood het haar te leren.

Nu voelde ze de surfplank onder zich en de golven die haar lichaam optilden en het dan weer lieten vallen. Gregs hand lag tegen de onderkant van haar rug en ging steeds lager en lager tot hij haar kont vasthield. Langzaam draaide ze zich om en liet hem haar naakte lichaam zien en voelen. De zon brandde en haar huid voelde warm en levend.

Hij deed zonnebrandolie op zijn handen en begon haar voeten in te wrijven. Zijn handen omvatten haar enkels en duwden haar benen wijd uit elkaar. Ze dreven nog steeds op de oceaan, maar op de een of andere manier was het water vast en hield het haar lichaam voor Greg omhoog. Zijn handen bewogen zich al strelend en tastend langs haar dijen naar boven, voorbij haar intieme delen tot zijn handpalmen haar borsten omsloten. Hij gebruikte zijn tong en kuste haar tepels, haar borsten, beet erin en ging toen nog verder omhoog, naar haar mond. Gregs kussen waren ongekend krachtig en ruw, en Lena voelde haar lichaam reageren op een manier waarvan ze nooit had kunnen dromen.

De druk van zijn lichaam boven op het hare was onrustbarend sensueel. Zijn handen waren eeltig en ruw terwijl hij zijn gang met haar ging. Voor het eerst in haar leven was Lena de macht over zichzelf kwijt. Voor het eerst in haar leven was Lena volkomen hulpeloos zoals ze daar lag onder deze man. Ze voelde een leegte die slechts door hem gevuld kon worden. Alles wat hij wilde zou ze doen. Elke wens die hij uitte zou ze vervullen.

Zijn mond bewoog over haar lichaam naar beneden, zijn tong verkende het gebied tussen haar benen, en zijn tanden voelden ruw tegen haar huid. Ze probeerde haar handen naar hem uit te strekken, hem dichter naar zich toe te trekken, maar ze ontdekte dat ze zich niet kon verroeren. Plotseling lag hij boven op haar en duwde haar handen weg van haar lichaam, opzij, alsof hij haar tegen de grond wilde drukken terwijl hij bij haar binnendrong. Er ging een golf van genot door haar heen die uren leek te duren, gevolgd door een plotselinge, ondraaglijke ontlading. Haar hele lichaam opende zich voor hem, haar rug welfde zich in een poging haar vlees met het zijne te versmelten.

Toen was het voorbij. Lena voelde hoe haar lichaam het opgaf, hoe haar geest weer scherp werd. Nagenietend bewoog ze haar hoofd van de ene kant naar de andere. Ze likte haar lippen, opende haar ogen op een kiertje om de donkere kamer in te kunnen kijken. In de verte klonk een tinkelend geluid. Dichterbij en overal om haar heen klonk nog een geluid, een onregelmatig getik, als van een klok, alleen werd het veroorzaakt door water. Ze besefte dat ze niet meer wist wat het woord was voor water dat uit de wolken stroomt.

Lena probeerde zich te bewegen, maar haar handen weigerden dienst. Ze keek opzij en zag de topjes van haar vingers, ook al viel er geen licht op. Er zat iets om haar polsen, iets straks dat niet meegaf. Haar geest zond een signaal uit waarop haar vingers zich bewogen, en nu voelde ze een ruw, houten oppervlak tegen de rug van haar hand. Er zat ook iets rond haar enkels, iets wat haar voeten aan de vloer bevestigde. Ze kon haar armen en benen niet bewegen. Ze lag letterlijk wijd uitgespreid aan de vloer verankerd. Haar lichaam scheen met een schok tot zichzelf te komen toen ze besefte dat ze in de val zat.

Lena bevond zich weer in de donkere kamer, op de plek waar ze uren geleden naartoe was gebracht. Of waren het dagen? Weken? Het getinkel was er nog, het trage neerslaan van water dat als een marteling door haar hersenen dreunde. Het vertrek had geen ramen en er was geen licht. Er was alleen Lena en wat het dan ook was waarmee ze aan de vloer was vastgeketend.

Plotseling was er licht, een verblindend licht dat brandde in haar ogen. Weer probeerde Lena zich los te rukken van wat haar vasthield, maar ze was hulpeloos. Er was iemand, iemand die ze kende en die haar zou moeten helpen, maar het liet afweten. Kronkelend vocht ze tegen haar ketenen, ze verdraaide haar lichaam in een poging zich te bevrijden, maar het baatte niet. Haar mond ging open, maar er kwamen geen woorden uit. Ze dwong de woorden door haar geest naar buiten – Help me, alsjeblieft – maar werd niet beloond met de klank van haar eigen stem.

Net toen ze haar hoofd opzij draaide en met haar ogen knipperde om voorbij het licht te kunnen kijken, voelde ze iets heel licht tegen haar handpalm drukken. Het was een dof gevoel, maar in het licht van de lamp zag Lena dat de punt van een lange spijker in haar handpalm werd geduwd. In hetzelfde licht zag ze een hamer die werd opgeheven.

Lena sloot haar ogen en voelde geen pijn.

Ze bevond zich weer op het strand, maar niet in het water. Deze keer vloog ze.

Vierentwintig

Mary Ann Moon was geen aangenaam mens. Ze had een trek om haar mond die zei 'mij verneuk je niet', nog voor Jeffrey ook maar de kans had zich voor te stellen. Ze had één blik op Wrights kapotte enkelband geworpen en zich vervolgens tot Jeffrey gericht.

'Weet u hoeveel die dingen kosten?'

Vanaf dat punt was het alleen maar bergafwaarts gegaan.

Jeffreys grootste probleem met Moon, zoals ze graag genoemd wilde worden, was de taalbarrière. Moon kwam ergens uit het oosten, uit een oord waar klinkers een heel eigen leven gingen leiden. Bovendien sprak ze luid en afgemeten, twee dingen die in zuidelijke oren zeer onbeleefd klonken. Toen ze met de lift van de centrale registratieruimte naar de verhoorkamers gingen, stond ze te dicht bij hem, haar mond een strakke afkeurende streep, haar armen voor haar buik over elkaar geslagen. Moon was een jaar of veertig, maar dan wel het harde soort veertig dat het gevolg is van te veel sigaretten en te veel drank. Ze had donkerblond haar met lichtgrijze plukken. Rimpels verspreidden zich in diepe groeven vanaf haar lippen.

Haar nasale toon en het feit dat ze honderduit praatte, gaven Jeffrey het gevoel dat hij een gesprek met een hoorn voerde. Elk antwoord van Jeffrey kwam met vertraging omdat het enige tijd duurde voor zijn hersens haar woorden hadden vertaald. Vanaf het begin was het duidelijk dat Moon deze traagheid voor domheid aanzag, maar hij kon er niets aan doen.

Terwijl ze door het districtsbureau liepen, hoorde hij haar over haar schouder iets tegen hem zeggen. Vertraagd liet hij haar woorden nog eens de revue passeren en toen besefte hij dat ze had gezegd: 'Vertel me eens over die zaak van u, chef.'

Hij gaf haar een korte samenvatting van wat er was gebeurd sinds Sibyl Adams was gevonden, zonder zijn persoonlijke band met Sara te vermelden. Hij merkte dat hij niet opschoot met zijn verhaal, want Moon bleef hem maar onderbreken met vragen die hij zou hebben beantwoord als ze hem ook maar een seconde de tijd had gegund om zijn zin af te maken.

'Ik begrijp dat u het huis van die knaap van me bent binnengegaan?' vroeg ze. 'Hebt u al die Jezusshit gezien?' Ze rolde met haar ogen. 'Die negen millimeter is toch niet onder uw broekspijp binnen komen wandelen, of wel soms, meneer de sheriff?'

Jeffrey schonk haar een naar hij hoopte dreigende blik. Ze reageerde met een lachsalvo dat door zijn trommelvlies sneed. 'Die naam komt me bekend voor.'

'Wat bedoelt u?'

'Linton. Tolliver trouwens ook.' Ze zette haar kleine handjes op haar slanke heupen. 'Ik hou de betrokkenen altijd goed op de hoogte, chef. Ik heb Sara een aantal keren gebeld om haar te laten weten waar Jack Allen Wright zich ophoudt. Het is onderdeel van mijn werk om één keer per jaar contact op te nemen met de slachtoffers. Die zaak van haar was toch tien jaar geleden?'

'Twaalf.'

'Dan heb ik minstens twaalf keer met haar gesproken.'

Hij besloot open kaart te spelen, in de wetenschap dat ze hem had doorzien. 'Sara is mijn ex-vrouw. Ze was een van Wrights eerste slachtoffers.'

'Ze laten u aan die zaak werken terwijl ze weten wat uw relatie met haar is?'

'Ik leid het onderzoek, mevrouw Moon,' was zijn antwoord.

De strakke blik waarmee ze hem aankeek, had waarschijnlijk wel effect op haar reclasseringsklanten, maar Jeffrey raakte er alleen maar door geïrriteerd. Hij stak ruim een halve meter boven Mary Ann Moon uit en was niet van plan zich te laten intimideren door dit onderdeurtje vol Yankeevooroordelen.

'Wright is aan de Depo. U weet toch wat ik daarmee bedoel?'

'Het bevalt hem klaarblijkelijk goed.'

'Hij neemt het al vanaf het begin, meteen na Sara. Hebt u weleens foto's van hem gezien?'

Jeffrey schudde zijn hoofd.

'Kom maar mee,' zei Moon.

Hij volgde haar en deed zijn best niet op haar hielen te stappen. Lopen was het enige waar ze niet snel in was, en zijn passen waren ruim twee keer zo groot als de hare. Ze bleef staan voor een kantoortje dat helemaal was volgestouwd met dossierdozen. Ze stapte over een stapel handleidingen heen en pakte een dossier van haar bureau.

'Het is hier een troep,' zei ze, alsof dit feit niets met haar had te maken. 'Alstublieft.'

Jeffrey sloeg het dossier open, en op een foto die met een paperclip aan het eerste blad was bevestigd, zag hij een jongere, slankere, minder vrouwelijke uitvoering van Jack Wright. Hij had meer haar op zijn hoofd en zijn gezicht was mager. Hij had het lichaam van een man die drie uur per dag aan gewichtheffen doet, en zijn ogen waren staalblauw. Jeffrey zag Wrights waterige oogjes weer voor zich. Ook herinnerde hij zich dat Sara zijn identiteit gedeeltelijk had kunnen vaststellen dankzij zijn felblauwe ogen. Elk onderdeel van Wrights uiterlijk had een verandering ondergaan sinds hij Sara had aangerand. Dit was de man die Jeffrey in gedachten had toen hij Wrights huis doorzocht. Dit was de man die Sara had verkracht, die haar had beroofd van de mogelijkheid Jeffrey een kind te schenken.

Moon bladerde het dossier door. 'Deze is genomen bij zijn vrijlating,' zei ze, en ze trok een andere foto te voorschijn.

Jeffrey knikte toen hij een man zag in wie hij Wright herkende.

'Hij heeft het zwaar te verduren gehad in de gevangenis, weet u.'

Weer knikte Jeffrey.

'Heel veel mannen proberen te vechten. Sommigen geven zich gewoon gewonnen.'

'Het is hartverscheurend,' mompelde Jeffrey. 'Kreeg hij vaak bezoek in de gevangenis?'

'Alleen van zijn moeder.'

Jeffrey sloeg het dossier dicht en gaf het aan haar terug. 'En toen hij ontslagen werd? Hij is gestopt met de Depo, hè? Want hij heeft weer vrouwen verkracht.'

'Hij zegt dat dat niet zo was, maar hij kon hem godsonmogelijk overeind krijgen met de dosis die hij verondersteld werd te nemen.'

'Wie zag erop toe?'

'Hij zag er zelf op toe.' Ze legde hem het zwijgen op nog voor hij iets had kunnen zeggen. 'Hoor eens, ik weet dat het systeem niet volmaakt is, maar we moeten ze soms kunnen vertrouwen. Soms gaan we de fout in. Met Wright zijn we de fout in gegaan.' Ze gooide de map weer op haar bureau. 'Tegenwoordig gaat hij naar de kliniek, waar hij één keer per week Depo krijgt ingespoten. Allemaal heel netjes. Dankzij de enkelband die u zo vriendelijk was te vernielen, konden we hem nauwlettend in de gaten houden. We hadden hem onder controle.'

'Hij is de stad niet uit geweest?'

'Nee,' antwoordde ze. 'Ik ben afgelopen maandag nog bij hem langs geweest op zijn werk. Hij was toen in het Bank Building.'

'Goed idee om hem vlak bij al die studentes te plaatsen.'

'Nu gaat u te ver,' zei ze waarschuwend.

Hij stak zijn handen in de lucht, de handpalmen naar voren.

'Schrijft u alle vragen die u hem wilt stellen maar op,' zei ze. 'Ik ga met Wright praten.'

'Mijn vragen zijn afhankelijk van zijn antwoorden.'

'Technisch gezien hoef ik u hier niet eens toe te laten. U mag allang blij zijn dat ik u niet met een schop onder uw reet terugstuur naar Mayberry.'

Hij beet letterlijk in zijn tong om haar niet lik op stuk te geven. Ze had gelijk. Morgenochtend zou hij een paar van zijn politievriendjes in Atlanta bellen zodat hij een betere behandeling zou krijgen, maar voorlopig had Mary Ann Moon het voor het zeggen.

Jeffrey vroeg: 'Zou ik hier even gebruik van mogen maken?' Hij wees naar haar bureau. 'Ik moet contact opnemen met mijn mensen thuis.'

'Ik kan niet interlokaal bellen.'

Hij hield zijn mobiele telefoon omhoog. 'Het ging me eigenlijk meer om wat privacy.'

Ze knikte en draaide zich om.

'Bedankt,' zei Jeffrey, maar een reactie bleef uit. Hij wachtte tot ze de gang een eind was ingelopen en sloot toen de deur. Nadat hij over een verzameling dozen was gestapt, ging hij aan haar bureau zitten. De stoel stond heel laag en hij had het gevoel dat zijn knieën bijna tot aan zijn oren reikten. Voor hij Sara's nummer intoetste, keek Jeffrey op zijn horloge. Ze was het type dat er vroeg in lag, maar hij moest met haar praten. Een golf van opwinding spoelde over hem heen toen de telefoon overging.

Na de vierde keer nam ze op, met een stem die zwaar was van de slaap. 'Hallo?'

Hij besefte dat hij al die tijd zijn adem had ingehouden. 'Sara?'

Ze zweeg, en even dacht hij dat ze de verbinding had verbroken. Hij hoorde haar bewegen, geritsel van lakens; ze lag in bed. Hij hoorde hoe het buiten regende, en door de telefoon klonk het verre gerommel van donder. In een flits herinnerde Jeffrey zich een nacht die ze lang geleden samen hadden doorgebracht. Sara was nooit dol op onweer geweest, en ze had hem wakker gemaakt zodat hij haar kon afleiden van de donder en de bliksem.

'Wat wil je?' vroeg ze.

Hij zocht naar woorden, en opeens besefte hij dat hij te lang had gewacht voor hij contact met haar had gezocht. Aan de klank van haar stem hoorde hij dat er iets was veranderd in hun relatie. Het was hem niet helemaal duidelijk hoe en waarom.

'Ik heb je al eerder proberen te bellen,' zei hij, en hij had het gevoel dat hij loog, hoewel dat niet het geval was. 'Op de kliniek,' zei hij.

'O?'

'Ik kreeg Nelly,' zei hij.

'Heb je tegen haar gezegd dat het belangrijk was?'

Jeffrey voelde hoe het hart hem in de schoenen zonk. Hij antwoordde niet.

Sara liet een soort lachje horen.

Hij zei: 'Ik wilde pas met je praten als ik iets had.'

'Wat voor iets?'

'Ik zit in Atlanta.'

Ze zweeg, en vervolgens zei ze: 'Laat me raden: Ashton Street 633.'

'Ben ik geweest,' antwoordde hij. 'Nu ben ik op het politiebureau. Hij zit in een verhoorkamer.'

'Jack?' vroeg ze.

Het gemak waarmee ze zijn naam uitsprak, deed Jeffreys haren te berge rijzen.

'Moon belde me toen zijn alarm was afgegaan,' liet Sara hem op vlakke toon weten. 'Ik had al zo'n vermoeden dat jij daar was.'

'Ik wilde hem aan de tand voelen over wat er allemaal aan de hand was voor ik de cavalerie erbij riep.'

Ze slaakte een diepe zucht. 'Fantastisch, hoor.'

Weer was het stil aan de andere kant van de lijn en weer wist Jeffrey niet wat hij moest zeggen. Sara verbrak het zwijgen.

Ze vroeg: 'Heb je me daarom gebeld? Om me te vertellen dat je hem gearresteerd hebt?'

'Ik wilde weten of het goed met je ging.'

Ze lachte even. 'O, ja. Het gaat prima met me, Jeff. Bedankt voor het bellen.'

'Sara?' vroeg hij, bang dat ze op zou hangen. 'Ik heb je al eerder proberen te bellen.'

'Klaarblijkelijk heb je niet echt je best gedaan,' zei ze.

Jeffrey voelde haar woede door de telefoon heen. 'Ik wilde je iets kunnen vertellen als ik je belde. Iets concreets.'

Ze onderbrak hem en haar stem klonk kortaf en zacht. 'Je wist niet wat je zeggen moest, dus in plaats van die twee blokken naar de kliniek te lopen of ervoor te zorgen dat je doorverbonden werd, peerde je 'm naar Atlanta om Jack op te zoeken.' Ze zweeg even. 'Hoe voelde het toen je hem zag, Jeff?'

Hij was niet in staat te antwoorden.

'Wat heb je gedaan, hem een pak slaag gegeven?' Nu kreeg haar stem iets verwijtends. 'Twaalf jaar geleden had ik daar iets aan gehad. Maar nu wilde ik alleen maar dat je er voor mij was. Om me te steunen.'

'Ik probeer je ook te steunen, Sara,' zei Jeffrey, totaal overrompeld. 'Wat denk je dat ik hier aan het doen ben? Ik probeer erachter te komen of die vent nog steeds vrouwen aan het verkrachten is.'

'Moon zegt dat hij al twee jaar de stad niet uit is geweest.'

'Misschien heeft Wright iets te maken met wat er in Grant aan de hand is. Heb je daar al eens aan gedacht?'

'Om je de waarheid te zeggen niet, nee,' antwoordde ze op nonchalante toon. 'Het enige waaraan ik kon denken, was dat ik je vanochtend dat verslag heb laten zien, dat ik mijn ziel en zaligheid voor je heb blootgelegd en dat jij er vervolgens vandoor bent gegaan.'

'Ik wilde –'

'Je wilde weg van me. Je wist niet hoe je ermee om moest gaan, en daarom ging je er maar vandoor. Het zal wel minder ingewikkeld zijn dan wanneer ik thuiskom en je met een andere vrouw in ons bed betrap, maar het is wel een zelfde soort boodschap, vind je niet?'

Hij schudde zijn hoofd, niet in staat te begrijpen hoe het

zover was gekomen. 'Hoe bedoel je, dezelfde soort boodschap? Ik probeer je toch te helpen?'

Op dat moment veranderde er iets in haar stem, en zo te horen was ze niet boos meer, maar diep gekwetst. In al die tijd had ze nog maar één keer zo tegen hem gepraat, vlak nadat ze hem met die ander had betrapt. Toen had hij zich net zo gevoeld als nu, een egoïstische hufter.

Ze vroeg: 'Hoe kun je me nou helpen als je in Atlanta zit? Wat heb ik aan je als je vier uur rijden van me vandaan bent? Heb je enig idee hoe ik me de hele dag heb gevoeld, hoe ik telkens weer overeind sprong als de telefoon ging, in de hoop dat jij het was?' Ze vulde het antwoord voor hem in. 'Ik voelde me net een idioot. Weet je wel hoe moeilijk het voor me was om je dat te laten zien? Om je te laten weten wat er met me gebeurd was?'

'Ik wist niet –'

'Ik ben bijna veertig, Jeffrey. Ik wil graag een goede dochter voor mijn ouders zijn en voor Tessa een zus aan wie ze wat heeft. Ik heb ervoor gekozen hard te werken zodat ik als de beste van mijn jaar afstudeerde aan een van de topuniversiteiten van de Verenigde Staten. Ik heb ervoor gekozen kinderarts te worden zodat ik kinderen kon helpen. Ik heb ervoor gekozen weer terug te gaan naar Grant zodat ik in de buurt van mijn familie zou zijn. Ik heb ervoor gekozen zes jaar lang jouw vrouw te zijn omdat ik zo veel van je hield, Jeffrey. Ik hield zo veel van je.' Ze zweeg en hij besefte dat ze huilde. 'Ik heb er niet voor gekozen verkracht te worden.'

Hij probeerde iets te zeggen, maar ze snoerde hem de mond.

'Wat er met mij is gebeurd, duurde maar een kwartiertje. Eén kwartier en alles werd weggevaagd. Het is van geen enkel belang meer in het licht van dat ene kwartiertje.'

'Dat is niet waar.'

'O nee?' vroeg ze. 'Waarom heb je me vanochtend dan niet gebeld?'

'Ik heb geprobeerd –'

'Je hebt me niet gebeld omdat je me nu als een slachtoffer ziet. Net zoals Julia Matthews en Sibyl Adams.'

'Dat is niet waar, Sara,' protesteerde hij, verbijsterd omdat ze hem van iets dergelijks durfde betichten. 'Ik zie je niet –'

'Ik heb daar in dat ziekenhuistoilet twee uur lang op mijn knieën gezeten voor ze me losmaakten. Ik ben bijna doodgebloed,' zei ze. 'Toen hij met me klaar was, was er niets meer van me over. Helemaal niets. Ik moest mijn leven weer van voren af aan opbouwen. Ik moest leren aanvaarden dat ik dankzij die klootzak nooit kinderen zou krijgen. Niet dat ik ook maar aan seks wilde denken. Niet dat ik ook maar dacht dat er ooit weer een man zou zijn die me wilde aanraken na wat hij met me had gedaan.' Ze zweeg, en met heel zijn hart wilde hij iets tegen haar zeggen, maar de woorden weigerden te komen.

Haar stem klonk zacht toen ze zei: 'Jij hebt toch gezegd dat ik me nooit voor je openstelde? Nou, dat is dan hierom. Ik vertel je mijn diepste, zwartste geheim en wat doe jij? Je verdwijnt naar Atlanta om de man te pakken die het gedaan heeft in plaats van met mij te praten. In plaats van mij te troosten.'

'Ik dacht dat je wilde dat ik iets ondernam.'

'Ik wilde ook dat je iets ondernam,' antwoordde ze op een toon vol droefheid. 'Dat wilde ik ook.'

Er klonk een klik in zijn oor toen ze ophing. Weer toetste hij haar nummer in, maar de lijn was bezet. Hij drukte tot vijf keer toe op 'send', maar Sara had de hoorn van de haak gelegd.

Jeffrey stond achter de confrontatiespiegel in de observatieruimte en nam in gedachten zijn gesprek met Sara nog eens door. Een overweldigend verdriet maakte zich van hem meester. Hij wist dat ze gelijk had wat dat bellen betrof. Hij had er bij Nelly op moeten aandringen dat ze hem doorverbond. Hij had naar de kliniek moeten gaan en haar moeten vertellen dat hij nog steeds van haar hield, dat ze nog steeds de belangrijkste vrouw in zijn leven was. Hij had op zijn knieën moeten vallen en haar moeten smeken weer bij hem terug te komen. Hij had haar niet in de steek moeten laten. Niet weer.

Jeffrey dacht aan de wijze waarop Lena het woord 'slachtoffer' een paar dagen geleden had gebruikt toen ze het over vrouwen had gehad die ten prooi waren gevallen aan zedendelinquenten. Ze had een bepaalde draai aan het woord gegeven, alsof ze net zo goed 'zwak' of 'stom' had kunnen zeggen. Jeffrey had het niet prettig gevonden iets dergelijks uit Lena's mond te horen, en hij vond het al helemaal niet leuk om Sara hetzelfde te horen zeggen. Hij kende Sara waarschijnlijk beter dan welke andere man ook in haar leven, en hij wist dat Sara slechts het slachtoffer was van haar eigen vernietigende zelfkritiek. Hij zag haar niet als een slachtoffer in die andere betekenis van het woord. Hij zag haar juist als overwinnaar. Jeffrey voelde zich tot op het bot gekwetst omdat Sara zo'n lage dunk van hem had.

Moon onderbrak zijn gedachten met de vraag: 'Kunnen we beginnen?'

'Ja,' antwoordde Jeffrey en hij probeerde niet meer aan Sara te denken. Wat ze ook had gezegd, het was nog steeds niet uitgesloten dat Wright hun een aanknopingspunt kon verschaffen voor wat er in Grant County aan de hand was. Jeffrey was nu toch al in Atlanta. Er was geen enkele reden om terug te gaan tot die kerel hem alles had verteld wat hij wilde weten. Jeffrey klemde zijn kaken op elkaar en terwijl hij door het glas staarde, deed hij zijn uiterste best zich te concentreren op de taak die voor hem lag.

Moon kwam met veel lawaai de kamer binnen. Ze sloeg de deur achter zich dicht en rukte een stoel van onder de tafel vandaan, waarbij ze de poten over de tegelvloer liet krassen. Ook al beschikte de politie van Atlanta over nog zo veel geld en speciale fondsen, hun verhoorkamers waren bij lange na niet zo schoon als die in Grant County. Het vertrek waarin Jack Allen Wright zat, was groezelig en smerig. De betonnen muren waren ongeverfd en grauw. De sombere sfeer die er hing, zou iedereen tot een bekentenis aanzetten, al was het alleen maar om de kamer zo snel mogelijk weer te kunnen verlaten. Jeffrey nam dit alles in zich op terwijl hij toekeek hoe Mary Ann Moon met Wright aan de slag ging. Ze was niet half zo goed als Lena Adams, maar het viel niet te ontkennen dat Moon een goede verstandhouding met de verkrachter had opgebouwd. Ze sprak met hem alsof ze zijn grote zus was.

Ze vroeg: 'Die ouwe boerenlul heeft je toch niet te grazen genomen, hè?'

Jeffrey wist dat ze probeerde Wrights vertrouwen te winnen, maar hij kon haar karakterisering niet echt op prijs stellen, vooral niet omdat hij vermoedde dat Mary Ann Moon deze nog toepasselijk vond ook.

'Hij heeft mijn enkelband gemold,' zei Wright. 'Dat heb ik niet gedaan.'

'Jack.' Moon, die aan de andere kant van de tafel zat, slaakte een zucht. 'Dat weet ik, oké? We moeten zien uit te vinden hoe dat pistool onder jouw matras verzeild is geraakt. Dat is een duidelijke overtreding en je had er nog maar één te gaan. Dat klopt toch?'

Wright wierp een blik op de spiegel, en waarschijnlijk wist hij maar al te goed dat Jeffrey erachter stond. 'Ik heb geen idee hoe het daar is gekomen.'

'Heeft hij jouw vingerafdrukken er soms ook op aangebracht?' vroeg Moon, terwijl ze haar armen over elkaar sloeg.

Hier moest Wright klaarblijkelijk even over nadenken. Jeffrey wist dat het wapen van Wright was, maar hij wist ook dat het godsonmogelijk was dat Moon het pistool zo snel door de technische recherche op vingerafdrukken had kunnen laten onderzoeken.

'Ik was bang,' antwoordde Wright ten slotte. 'Mijn buren weten ervan, snap je? Ze weten wat voor vent ik ben.'

'Wat ben je dan voor vent?'

'Ze weten van mijn meisjes.'

Moon kwam van haar stoel overeind. Ze keerde Wright de rug toe en keek uit het raam. Voor het kozijn zat hetzelfde soort gaas als bij Wright thuis. Onthutst constateerde Jeffrey dat de man zijn eigen huis op een gevangenis had laten lijken.

'Vertel me eens over je meisjes,' zei Moon. 'En dan vooral over Sara.'

Jeffrey voelde hoe zijn vuisten zich balden toen hij Sara's naam hoorde.

Wright leunde achterover en likte zijn lippen. 'Dat was nog eens een strak poesje.' Hij gniffelde. 'Ze was heel lief voor me.'

Moons stem klonk verveeld. Ze deed dit al zo lang dat ze nergens meer van schrok. Ze vroeg: 'O ja?'

'Het was zo'n schatje.'

Moon draaide zich om en leunde met haar rug tegen het gaas. 'Ik neem aan dat je weet wat er aan de hand is in de stad waar ze woont. Je weet wat er met die meisjes is gebeurd.'

'Ik weet alleen maar wat ik in de krant lees,' zei Wright schouderophalend. 'Je laat me toch niet de bak in draaien vanwege dat pistool, hè, chef? Ik moest mezelf wel verdedigen. Ik was doodsbang.'

'Laten we het eens over Grant County hebben,' opperde Moon. 'Dan praten we daarna wel over dat pistool.'

Wright peuterde aan zijn gezicht terwijl hij haar onderzoekend opnam. 'Je belazert me toch niet, hè?'

'Natuurlijk niet, Jack. Heb ik je ooit weleens belazerd?'

Wright leek de alternatieven af te wegen. Voorzover Jeffrey kon zien hoefde hij er niet lang over na te denken: het was de bak in of meewerken. Niettemin kon hij zich voorstellen dat Wright het gevoel wilde hebben dat hij nog iets over zijn eigen leven te zeggen had.

'Dat geintje met haar auto,' zei Wright.

'Wat bedoel je?' vroeg Moon.

'Dat woord op haar auto,' verduidelijkte Wright. 'Dat heb ik niet gedaan.'

'O nee?'

'Ik heb het nog tegen mijn advocaat gezegd, maar hij zei dat het er niet toe deed.'

'Het doet er nu wel toe, Jack,' zei Moon, met net genoeg aandrang in haar stem.

'Dat zou ik nooit op iemands auto schrijven.'

'Kutwijf?' vroeg ze? 'Zo noemde je haar anders wel op het toilet.'

'Dat was iets anders,' zei hij. 'Dat was in het vuur van het moment.'

Hier reageerde Moon niet op. 'Wie heeft het dan wel geschreven?'

'Dat weet ik niet,' antwoordde Wright. 'Ik was toen de hele dag in het ziekenhuis aan het werk. Ik wist niet eens in wat voor soort auto ze reed. Ik had het trouwens wel kunnen raden. Ze had kapsones, weet je? Alsof ze beter was dan iedereen.'

'Daar gaan we nou niet weer over beginnen, Jack.'

'Ik weet het,' zei hij met neergeslagen blik. 'Het spijt me.'

'Wie heeft dat volgens jou op haar auto geschreven?' vroeg Moon. 'Iemand van het ziekenhuis?'

'Iemand die haar kende, die wist in wat voor auto ze reed.'

'Misschien een dokter?'

'Ik weet het niet.' Hij haalde zijn schouders op. 'Misschien.'

'Je zit me niet te belazeren, hè?'

Hij leek van haar vraag te schrikken. 'Jezus, nee, natuurlijk niet.'

'Dus jij denkt dat iemand van het ziekenhuis dat op haar auto heeft geschreven. Waarom?'

'Misschien was hij kwaad op haar.'

'Waren er veel mensen kwaad op haar?'

'Nee.' Heftig schudde hij zijn hoofd. 'Sara was oké. Ze praatte altijd met iedereen.' Hij scheen zijn eerdere opmerkingen over hoe verwaand Sara was alweer te zijn vergeten. Wright vervolgde: 'Ze zei altijd "hoi" tegen me op de gang. Je weet wel, niet echt "Hoe gaat het" of zo, maar meer "Hoi, ik weet dat je er bent." De meeste mensen zien je wel, maar eigenlijk zien ze je ook weer niet. Begrijp je wat ik bedoel?'

'Sara is een aardige meid,' zei Moon, om hem bij de les te

houden. 'Wie zou er nou zoiets doen met haar auto?'

'Misschien was iemand om de een of andere reden kwaad op haar.'

Jeffrey legde zijn hand tegen het glas en voelde hoe zijn nekharen overeind gingen staan. Ook Moon pikte het op.

'Om wat voor reden dan?' vroeg ze.

'Ik weet het niet,' antwoordde Wright. 'Ik zeg alleen maar dat ik dat niet op haar auto heb geschreven.'

'Dat weet je heel zeker?'

Wright slikte moeizaam. 'Je zei toch dat dit in ruil voor het pistool zou zijn, hè?'

Moon schonk hem een vuile blik. 'Stel me geen vragen, Jack. Ik heb je van tevoren gezegd dat dat de afspraak was. Wat heb je voor ons?'

Wright wierp een blik op de spiegel. 'Dat is alles wat ik weet, dat ik dat met haar auto niet heb gedaan.'

'Wie heeft het dan wel gedaan?'

Wright haalde zijn schouders op. 'Ik zei toch dat ik dat niet weet.'

'Denk je dat dezelfde vent die haar auto heeft bekrast nu ook in Grant County bezig is?'

Weer haalde hij zijn schouders op. 'Ik ben geen rechercheur. Ik vertel je alleen maar wat ik weet.'

Moon sloeg haar armen over elkaar. 'We houden je dit weekend nog even vast. Als we maandag weer gaan praten, zien we wel of je dan misschien weet wie die persoon zou kunnen zijn.'

Tranen sprongen Wright in de ogen. 'Ik heb je de waarheid verteld.'

'Dan zien we maandagochtend wel of het nog steeds dezelfde waarheid is.'

'Stuur me alsjeblieft niet weer terug.'

'Je zit alleen maar in hechtenis, Jack,' stelde Moon hem gerust. 'Ik zal ervoor zorgen dat je je eigen cel krijgt.'

'Laat me toch naar huis gaan.'

'Dat dacht ik niet,' bracht Moon hiertegen in. 'We laten je een paar dagen in je eigen vet gaarkoken. Dan heb je tijd om de zaken op een rijtje te zetten.'

'Ik heb ze al op een rijtje. Ik zweer het.'

Moon wachtte de rest niet af. Ze liet Wright in de kamer achter, huilend, zijn hoofd in zijn handen.

Zaterdag

Vijfentwintig

Sara schrok wakker en gedurende één vluchtig, radeloos moment wist ze niet waar ze was. Ze keek haar slaapkamer rond en haar blik klampte zich vast aan concrete dingen, dingen die haar troost boden. De oude ladekast die ooit van haar grootmoeder was geweest, de spiegel die ze op een rommelmarkt had gekocht, de klerenkast die zo breed was dat haar vader haar had moeten helpen de scharnieren van de deur te halen voor ze het ding naar binnen konden wurmen.

Ze ging overeind zitten en keek door de rij ramen naar het meer. Het was nog ruw van de storm van de vorige avond en schuimkoppen joegen over het wateroppervlak. De warmgrijze lucht buiten hield de zon tegen en drukte de mist laag tegen de grond. Het was koud in huis en Sara vermoedde dat het buiten nog kouder was. Met het dekbed om zich heen geslagen liep ze naar de badkamer, en met opgetrokken neus stapte ze over de koude vloer.

In de keuken zette ze het koffiezetapparaat aan en bleef ervoor staan wachten tot er voldoende voor één kop was. Ze ging terug naar de slaapkamer, waar ze een nylon gymbroekje aantrok met daaroverheen een oude trainingsbroek. De telefoon lag nog steeds van de haak sinds Jeffrey de vorige avond had gebeld, en Sara legde de hoorn er weer op. Bijna onmiddellijk ging het toestel over.

Sara haalde diep adem en zei toen: 'Hallo?'

'Hoi, schatje,' hoorde ze Eddie Linton zeggen. 'Waar was je nou?'

'Ik had de hoorn er per ongeluk afgestoten,' loog Sara.

Haar vader had niet door dat ze loog of hij liet het voor wat het was. Hij zei: 'We wilden net gaan ontbijten. Zin om te komen?'

'Nee, dank je,' antwoordde Sara en terwijl ze de woorden uitsprak, voelde ze haar maag protesteren. 'Ik was van plan een eindje te gaan hardlopen.'

'Kun je na afloop niet even langskomen?'

'Misschien,' zei Sara terwijl ze naar het bureautje op de gang liep. Ze trok de bovenste la open en haalde er twaalf ansichtkaarten uit. Er waren sinds de verkrachting twaalf jaar voorbijgegaan, één ansichtkaart voor ieder jaar. Op de achterkant, naast haar adres, stond altijd een bijbelvers getypt.

'Schatje?' vroeg Eddie.

'Ja, pap,' antwoordde Sara, en ze concentreerde zich weer op wat hij zei. Ze schoof de kaarten terug in de la, die ze vervolgens met haar heup dichtduwde.

Ze praatten nog wat na over de storm, en toen Eddie haar vertelde dat een grote boomtak het huis van de Lintons op een haartje na had geraakt, bood Sara aan later langs te komen om te helpen opruimen. Terwijl hij aan het woord was, ging Sara in gedachten terug naar de tijd vlak na de verkrachting. Ze lag in het ziekenhuisbed, het beademingsapparaat blies sissend in en uit en de hartmonitor liet haar weten dat ze niet was gestorven, hoewel Sara zich herinnerde dat ze daar geen troost uit had geput.

Ze had geslapen, en toen ze wakker werd, was Eddie er en hield met beide handen haar hand vast. Ze had haar vader nog nooit zien huilen, maar toen huilde hij, met zachte, zielige snikjes. Cathy stond achter hem, haar armen om zijn middel, haar hoofd tegen zijn rug. Sara had zich niet op haar gemak gevoeld en heel even had ze zich afgevraagd waardoor ze toch zo overstuur waren, tot ze zich weer herinnerde wat er met haar was gebeurd.

Nadat ze een week in het ziekenhuis had gelegen, reed Eddie haar terug naar Grant. De hele weg naar huis had Sara haar hoofd op zijn schouder laten rusten, en zo had ze daar op de voorbank van zijn oude truck gezeten, veilig tussen haar moeder en vader in, net zoals in de tijd voordat Tessa werd geboren. Haar moeder zong op onvaste toon een gezang dat Sara nog nooit eerder had gehoord. Het ging over verlossing. Over bevrijding. Over liefde.

'Schatje?'

'Ja, pappie,' antwoordde Sara terwijl ze een traan uit haar oog pinkte. 'Ik kom straks wel langs, oké?' Ze drukte een kus op de hoorn. 'Ik hou van je.'

Hij zei iets van dezelfde strekking, maar in zijn stem hoorde ze bezorgdheid. Sara hield haar hand aan de hoorn en zou hem wel willen dwingen het zich niet aan te trekken. Toen ze herstellende was van wat Jack Allen Wright haar had aangedaan, had ze vooral moeite met de wetenschap dat haar vader op de hoogte was van elk detail van de verkrachting. Nog heel lang daarna had ze zich naakt gevoeld in zijn aanwezigheid, en dit had hun relatie beïnvloed. Verdwenen was de Sara met wie hij had lopen dollen. Nooit zei Eddie meer bij wijze van grap dat hij graag had gezien dat ze gynaecologe was geworden zodat hij in ieder geval kon zeggen dat allebei zijn dochters in het loodgietersvak zaten. Hij zag haar niet langer als zijn onkwetsbare Sara. Hij zag haar als iemand die hij moest beschermen. Eigenlijk zag hij haar zoals Jeffrey haar nu zag.

Sara rukte aan de veters van haar tennisschoenen en trok ze veel te strak aan, maar het kon haar niet schelen. De vorige avond had ze medelijden in Jeffreys stem geproefd. Ogenblikkelijk had ze geweten dat alles onherstelbaar was veranderd. Hij zou haar van nu af aan alleen maar als een slachtoffer zien. Sara had een zware strijd geleverd om zich aan dit beeld van zichzelf te ontworstelen, en ze weigerde zich er nu weer aan over te geven.

Ze schoot een dun jasje aan en verliet het huis. Op een drafje liep ze over de oprit naar de straat en sloeg linksaf zodat ze niet langs het huis van haar ouders hoefde. Sara hield er niet van over de verharde weg te joggen; ze had te veel knieën gezien die waren bezweken onder het voortdurende geschok. Als ze wilde trainen, ging ze naar het YMCA van Grant, waar ze van de tredmolen gebruik maakte of een duik in het zwembad nam. In de zomer ging ze 's ochtends vroeg in het meer zwemmen om helder te worden en zich op de dag die voor haar lag te concentreren. Nu wilde ze zich echter tot het uiterste inspannen, ongeacht de gevolgen voor haar gewrichten. Sara was altijd heel sportief geweest, en al zwetend kwam ze weer tot zichzelf.

Toen ze zo'n drie kilometer van haar huis verwijderd was, verliet ze de hoofdweg en sloeg een zijpad in zodat ze langs het meer kon lopen. Het was onregelmatig terrein, maar het uitzicht was adembenemend. Tegen de tijd dat de donkere wolken boven haar hoofd eindelijk het loodje legden in hun strijd tegen de zon, besefte ze dat ze bij Jeb McGuires huis was aangekomen. Ze was stil blijven staan om naar de gestroomlijnde zwarte boot te kijken die aan zijn steiger lag afgemeerd. Met haar hand boven haar ogen staarde Sara naar de achterkant van Jebs huis.

Hij woonde in het oude huis van de Tanners, dat pas kort geleden was verkocht. De mensen aan het meer gaven niet graag hun land op, maar de kinderen Tanner, die jaren geleden uit Grant waren weggetrokken, wilden niets liever dan het geld opstrijken en vertrekken toen hun vader uiteindelijk bezweek aan longemfyseem. Russell Tanner was een aardige man geweest, maar hij had een paar rare trekjes, zoals de meeste oude mensen. Jeb had Russells medicijnen altijd persoonlijk bij hem bezorgd, iets wat er waarschijnlijk toe had bijgedragen dat hij het huis voor weinig geld had kunnen kopen toen de oude man was gestorven.

Sara liep het hellende gazon op in de richting van het huis. Een week nadat hij erin was getrokken, had Jeb het huis uitgebroken, de oude openslaande ramen vervangen door vensters met dubbel glas en de asbest platen van het dak en de zijkanten gehaald. Zolang Sara zich kon herinneren, was het huis donkergrijs geweest, maar Jeb had het in vrolijk geel overgeschilderd. Sara vond het te fel, maar Jeb was er zeer mee ingenomen.

'Sara?' vroeg Jeb, die op dat moment het huis uit kwam. Hij had een gereedschapsgordel om en aan een lus aan de zijkant hing een hamer.

'Hoi,' riep ze en ze liep op hem af. Hoe dichter ze het huis naderde, hoe scherper ze zich bewust werd van een druppelend geluid. 'Wat hoor ik nu?' vroeg ze.

Jeb wees naar een goot die los aan de onderkant van het dak hing. 'Ik kom er nu pas aan toe,' legde hij uit terwijl hij haar tegemoet liep. Hij liet zijn hand op de hamer rusten. 'Ik heb het zo druk gehad met mijn werk dat ik nauwelijks tijd heb gehad om te ademen.'

Ze had alle begrip voor de situatie en knikte. 'Zal ik je een handje helpen?'

'Goed,' antwoordde Jeb, en hij raapte een twee meter lange ladder op. Al pratend droeg hij hem naar de afhangende goot. 'Hoor je dat getik? Het water loopt zo langzaam weg uit dat stomme ding dat het als een drilboor tegen de onderkant van de regenpijp tikt.'

Toen ze achter hem aan naar het huis liep, werd het geluid steeds duidelijker. Het was een irritant, voortdurend getik, als van een kraan waaruit water in een smeedijzeren spoelbak druppelt. Ze vroeg: 'Hoe komt dat?'

'Oud hout, denk ik,' zei hij, en hij zette de ladder goed. 'Dit huis is een bodemloze geldput, moet ik tot mijn spijt bekennen. Ik laat het dak repareren en dan vallen de goten eraf. Ik maak de veranda dicht en dan beginnen de palen weg te zakken.'

Sara wierp een blik onder de veranda en zag water staan. 'Staat je kelder soms onder water?'

'Godzijdank heb ik geen kelder, anders zou het daar vloed zijn,' zei Jeb, terwijl hij zijn hand in een van de leren zakken aan zijn gordel stak. Hij haalde er een gootnagel uit terwijl hij met de andere hand naar de hamer tastte.

Sara staarde naar de spijker en opeens ging haar een lichtje op. 'Mag ik die eens bekijken?'

Hij schonk haar een merkwaardige blik, maar zei toen: 'Ga je gang.'

Ze nam de spijker van hem aan en woog hem in haar hand. Het ding was dertig centimeter lang, ongetwijfeld lang genoeg om een goot mee vast te spijkeren, maar zou iemand misschien ook iets dergelijks kunnen hebben gebruikt om Julia Matthews aan de vloer te verankeren?

'Sara?' vroeg Jeb. Hij stak zijn hand naar de spijker uit. 'Ik heb er nog wel een paar in het gereedschapshok,' zei hij, en hij wees naar het schuurtje van golfijzer. 'Je kunt er gerust eentje meenemen.'

'Nee,' antwoordde ze, en ze gaf de spijker aan hem terug. Ze moest naar huis en Frank Wallace bellen. Jeffrey zat waarschijnlijk nog in Atlanta, maar er moest in ieder geval iemand op uit worden gestuurd om te achterhalen wie de laatste tijd dit soort spijkers had gekocht. Het was een bruikbare aanwijzing.

Ze vroeg: 'Heb je deze bij de ijzerwinkel gekocht?'

'Ja,' antwoordde hij, en hij keek haar onderzoekend aan. 'Hoezo?'

Sara glimlachte in een poging hem gerust te stellen. Waarschijnlijk vond hij het vreemd dat ze zo in de gootnagel geïnteresseerd was. Maar ze kon hem de reden onmogelijk vertellen. Het voorraadje mannen waaruit Sara kon putten was zo klein dat ze zich niet kon veroorloven Jeb McGuire eruit te verwijderen door op te merken dat zijn gootnagels heel geschikt waren om vrouwen mee aan de vloer vast te timmeren en ze daarna te verkrachten.

Ze keek toe terwijl hij de losse goot weer aan het huis bevestigde. Weer moest ze aan Jeffrey denken, die zich met Jack Wright in een en dezelfde ruimte had bevonden. Moon had gezegd dat Wright zichzelf had verwaarloosd in de gevangenis, dat de geperfectioneerde dreiging die van zijn lichaam uitging had plaatsgemaakt voor blubberig vet, maar Sara zag hem nog steeds zoals hij er op die dag twaalf jaar geleden had uitgezien. Zijn huid spande strak om zijn botten, de aderen op zijn armen waren opgezwollen. Zijn blik was vol haat geweest, en hij had zijn tanden in een dreigende glimlach op elkaar geklemd terwijl hij haar verkrachtte.

Sara kon een huivering niet onderdrukken. De afgelopen twaalf jaar had ze haar uiterste best gedaan Wright uit haar geest te bannen, en nu hij was teruggekeerd, via Jeffrey of een stompzinnige ansichtkaart, voelde ze zich weer helemaal opnieuw geschonden. Ze kon er Jeffrey wel om haten, vooral omdat hij de enige was op wie haar haat enig effect had.

'Wacht eens,' zei Jeb, en ze schrok op uit haar overpeinzingen. Hij legde zijn hand achter zijn oor om beter te kunnen luisteren. Nog steeds klonk getik van water dat in de regenpijp druppelde.

'Ik word hier gek van,' zei hij boven het ting-ting-ting van het water uit.

'Dat snap ik,' zei ze, en ze bedacht dat zij na vijf minuten al hoofdpijn kreeg van het getik.

Jeffrey kwam de ladder af en stopte de hamer weer in zijn gordel. 'Is er iets aan de hand?'

'Nee,' antwoordde ze. 'Ik stond gewoon even na te denken.'

'Waarover?'

Ze ademde diep in en zei toen: 'Over dat afspraakje dat je nog van me te goed hebt.' Ze keek naar de hemel. 'Waarom kom je om een uur of twee niet naar mijn huis voor een late lunch? Dan haal ik ondertussen iets van de deli in Madison.'

Hij glimlachte, en zijn stem klonk onverwacht nerveus. 'Oké,' antwoordde hij. 'Dat lijkt me fantastisch.'

Zesentwintig

Jeffrey probeerde al zijn aandacht op het rijden te richten, maar zijn geest werd te zeer in beslag genomen om zich te kunnen concentreren. Hij had de hele nacht geen oog dichtgedaan, en werd overmand door uitputting. Zelfs nadat hij de auto aan de kant van de weg had gezet voor een dutje van een halfuur had hij nog steeds niet het gevoel dat hij alles helder zag. Er gebeurde te veel. Er waren te veel zaken die aan hem trokken.

Mary Ann Moon had beloofd dat ze beslag zou laten leggen op de personeelslijsten van het Grady Hospital vanaf de periode dat Sara er had gewerkt. Jeffrey bad dat de vrouw haar belofte zou nakomen. Volgens haar schatting zouden de lijsten in de loop van de zondagmiddag beschikbaar zijn, waarna Jeffrey ze kon doornemen. Zijn enige hoop was nu dat de naam van iemand die in het ziekenhuis had gewerkt bekend zou klinken. Sara had het nooit over mensen uit Grant gehad die daar gelijktijdig met haar hadden gewerkt, maar toch moest hij het haar vragen. Hij had drie keer naar haar huis gebeld en telkens het antwoordapparaat gekregen. Hij was zo verstandig geweest geen bericht in te spreken om te vragen of ze hem terug wilde bellen. De vorige avond had alleen de klank van haar stem hem er al van overtuigd dat ze waarschijnlijk nooit meer met hem zou willen praten.

Jeffrey reed de Town Car het parkeerterrein van het politiebureau op. Eigenlijk zou hij het liefst naar huis gaan om zich te douchen en schone kleren aan te trekken, maar hij moest zijn gezicht ook even op het werk laten zien. Zijn uitstapje naar Atlanta had langer geduurd dan hij had voorzien, en Jeffrey had de briefing van die ochtend gemist.

Frank Wallace kwam net de voordeur uit lopen toen Jeffrey de auto parkeerde. Frank zwaaide even naar hem voor hij om de auto heen liep en naast Jeffrey ging zitten.

Frank zei: 'Het meissie is zoek.'

'Lena?'

Frank knikte en op hetzelfde moment zette Jeffrey de auto in zijn achteruit.

Jeffrey vroeg: 'Wat is er gebeurd?'

'Haar oom Hank kwam langs op het bureau omdat hij haar zocht. Hij zei dat hij haar voor het laatst in haar keuken had gezien, vlak nadat Matthews de pijp uit ging.'

'Dat was twee dagen geleden,' viel Jeffrey naar hem uit. 'Hoe kon dit in godsnaam gebeuren?'

'Ik had een bericht op haar antwoordapparaat ingesproken. Ik dacht dat ze zich een tijdje gedeisd wilde houden. Je had haar toch vrijaf gegeven?'

'Ja,' antwoordde Jeffrey, door schuldgevoel overmand. 'Is Hank in haar huis?'

Weer knikte Frank en hij maakte zijn veiligheidsgordel vast terwijl Jeffrey de auto tot voorbij de honderddertig joeg. Naarmate ze Lena's huis naderden, werd de spanning in de auto steeds tastbaarder. Toen ze op hun bestemming aankwamen, zat Hank Norton op de veranda te wachten.

Hij kwam op een drafje naar de auto toe. 'Haar bed is onbeslapen,' zei hij bij wijze van groet. 'Ik was bij Nan Thomas. We hadden geen van beiden iets van haar gehoord. We gingen ervan uit dat ze bij jullie was.'

'Dat was ze dus niet,' zei Jeffrey ten overvloede. Hij liep Lena's huis binnen en liet zijn blik onderzoekend door de voorkamer gaan. Het huis had twee verdiepingen, zoals de meeste woningen in die buurt. De keuken, de eetkamer en de woonkamer bevonden zich op de benedenverdieping, en boven waren twee slaapkamers en een badkamer.

Jeffrey rende met twee treden tegelijk naar boven, en een

pijnscheut trok door zijn been. Hij liep een vertrek binnen waarvan hij aannam dat het Lena's slaapkamer was en zocht naar wat voor aanwijzingen dan ook die licht op dit alles zouden kunnen werpen. Een felle pijn stak achter zijn ogen en hij zag alles waarnaar hij keek door een rood waas. Hij nam haar lades door en verschoof de kleren in haar kast, maar had geen idee waarnaar hij zocht. Hij vond niets.

Beneden in de keuken stond Hank Norton tegen Frank te praten, zijn woorden een fel staccato van verwijt en ontkenning. 'Ze werkte toch met jou samen,' zei Hank. 'Je bent toch haar partner?'

In een flits hoorde Jeffrey Lena in de stem van haar oom. Hij was woedend, een en al beschuldiging. Uit zijn woorden klonk dezelfde onderhuidse vijandigheid die Jeffrey altijd in Lena's stem had bespeurd.

Hij nam het voor Frank op en zei: 'Ik had haar vrijgegeven, meneer Norton. We gingen ervan uit dat ze thuis was.'

'Een meisje schiet haar kop eraf waar mijn nichtje bij staat en jullie gaan ervan uit dat er niks met 'r aan de hand is?' siste hij. 'Jezus Christus, jullie geven haar een vrije dag en daar houdt jullie verantwoordelijkheid op?'

'Dat bedoelde ik niet, meneer Norton.'

'Allejezus, hou eens op met dat "meneer Norton",' schreeuwde hij, en hij wierp zijn handen in de lucht.

Jeffrey zweeg in afwachting van wat er komen zou, maar plotseling draaide de man zich om en liep de keuken uit. Met een klap sloeg hij de achterdeur dicht.

Frank, die zichtbaar aangeslagen was, zei op trage toon: 'Ik had bij haar langs moeten gaan.'

'Dat had ik moeten doen,' zei Jeffrey. 'Ik ben verantwoordelijk voor haar.'

'Iedereen is verantwoordelijk voor haar,' wierp Frank tegen. Hij begon de keuken te doorzoeken, trok lades open, duwde ze weer dicht en keek in de kastjes. Het was duidelijk dat hij zijn hoofd er niet echt bij had. Hij sloeg met de kastdeurtjes, meer om zijn woede af te reageren dan in de verwachting iets concreets te vinden. Jeffrey stond een tijdje toe te kijken en liep toen naar het raam. Hij zag Lena's zwarte Celica op de oprit staan.

Jeffrey zei: 'De auto staat er nog.'

Met een klap schoof Frank een lade dicht. 'Dat wist ik al.'

'Ik ga eens even een kijkje nemen,' antwoordde Jeffrey. Hij liep de achterdeur door en passeerde Hank Norton, die op het trapje naar de achtertuin zat. Hij rookte een sigaret, zijn gebaren onhandig en boos.

Jeffrey vroeg hem: 'Heeft de auto hier al die tijd dat u weg was gestaan?'

'Hoe moet ik dat goddorie nou weten?' snauwde Norton.

Jeffrey negeerde zijn woorden. Hij liep naar de auto en zag dat beide portieren afgesloten waren. De banden aan de rechterkant zagen er goed uit en de motorkap voelde koel aan toen hij eromheen liep.

'Chef?' riep Frank vanuit de deuropening. Hank Norton kwam overeind toen Jeffrey weer naar het huis liep.

'Wat is er?' vroeg Norton. 'Heb je iets gevonden?'

Jeffrey ging de keuken binnen en zag onmiddellijk wat Frank had gevonden. Op de binnenkant van het kastdeurtje boven het fornuis stond het woord KUTWIJF gekrast.

'Die hele officiële procedure interesseert me geen reet,' zei Jeffrey tegen Mary Ann Moon terwijl hij naar de hogeschool scheurde. Hij had de telefoon in de ene hand en stuurde met de andere.

'Een van mijn rechercheurs wordt op dit moment vermist en het enige aanknopingspunt dat ik heb is die lijst.' Hij haalde even adem, in een poging tot bedaren te komen. 'Ik moet toegang krijgen tot die personeelslijsten.'

Moon pakte het tactvol aan. 'Chef, we moeten het protocol wel volgen. Dit is Grant County niet. Als we op iemands tenen gaan staan, is het niet zo dat we op het volgende parochiefeestje weer leuk en aardig kunnen doen.'

'Hebt u enig idee wat die vent hier met vrouwen heeft uitgespookt?' vroeg hij. 'Bent u bereid de verantwoordelijkheid op u te nemen als mijn rechercheur op ditzelfde moment verkracht wordt? Want ik garandeer u dat dat nu met haar gebeurt.' Even hield hij zijn adem in en hij probeerde het beeld niet in zijn hoofd toe te laten.

Toen ze niet reageerde, zei hij: 'Iemand heeft iets in een van haar keukenkastjes gekrast.' Hij zweeg even om zijn woorden te laten bezinken. 'U mag raden om welk woord het gaat, mevrouw Moon.'

Moon antwoordde niet, maar het was duidelijk dat ze erover nadacht. 'Ik zou misschien een babbeltje kunnen maken met een meisje op het archief, dat ik toevallig ken. Twaalf jaar is wel heel lang geleden. Ik kan niet garanderen dat iets dergelijks nog voor het grijpen ligt. Waarschijnlijk staat het op microfiche in het staatsarchief.'

Voor hij de verbinding verbrak, gaf hij haar het nummer van zijn mobiele telefoon.

'Wat is het nummer van Julia's kamer?' vroeg Frank toen ze door de poort van de hogeschool reden.

Jeffrey haalde zijn aantekenboekje te voorschijn en sloeg een paar bladzijden terug. 'Twaalf,' zei hij. 'Ze woonde in Jefferson Hall.'

Met een zwaai kwam de Town Car voor de flat tot stilstand. In een oogwenk was Jeffrey de auto uit en rende de trap op. Hij sloeg met zijn vuist op de deur van nummer twaalf, en wierp deze open toen er geen reactie kwam.

'O, jezus,' zei Jenny Price, en ze greep een laken om zich te bedekken. Een jongen die Jeffrey nooit eerder had gezien, sprong van het bed en schoot met één geoefende beweging zijn broek aan.

'Wegwezen,' zei Jeffrey tegen hem, en hij liep naar Julia Matthews' kant van de kamer. Alles stond er nog precies zoals toen hij er de laatste keer was geweest. Hij kon zich voorstellen dat Matthews' ouders er nog niet aan toe waren de spullen van hun dode dochter door te nemen.

Jenny Price had zich inmiddels aangekleed. Ze maakte een brutalere indruk dan de vorige dag. 'Wat komt u hier doen?' wilde ze weten.

Jeffrey negeerde haar vraag en zocht tussen de kleren en de boeken.

Jenny herhaalde haar vraag, maar richtte zich deze keer tot Frank.

'Politiezaken,' mompelde hij vanaf de gang.

Binnen enkele seconden had Jeffrey de hele kamer ondersteboven gekeerd. Er was al niet veel om mee te beginnen, en net als bij het vorige onderzoek kwam er niets nieuws aan het licht. Hij bleef staan en keek de kamer rond, in een poging te ontdekken wat er ontbrak. Hij wilde zich net omkeren om de kast nog eens te doorzoeken toen zijn oog op een stapeltje boeken naast de deur viel. De ruggen waren bedekt met een dun laagje modder. De eerste keer dat Jeffrey de kamer had doorzocht, waren ze er niet geweest, anders had hij ze zich wel herinnerd.

Hij vroeg: 'Waar komen die vandaan?'

Jenny volgde zijn blik. 'Die heeft de campuspolitie afgeleverd,' legde ze uit. 'Ze waren van Julia.'

Jeffrey balde zijn vuist, en hij zou het liefst ergens een dreun tegenaan geven. 'Hebben ze die hier gebracht?' zei hij en hij vroeg zich af waarom dit hem verbaasde. Het beveiligingskorps op de campus van Grant Tech bestond grotendeels uit hulpsheriffs van middelbare leeftijd, die te dom waren om hun gat te krabben.

'Ze hebben ze in de buurt van de bibliotheek gevonden,' legde het meisje uit.

Met moeite ontspande Jeffrey zijn handen, en hij knielde neer om de boeken te onderzoeken. Hij overwoog nog handschoenen aan te trekken, maar van enige procedure was hier allang geen sprake meer.

De biologie van micro-organismen lag boven op de stapel, de voorkant bedekt met modderspatten. Jeffrey pakte het boek op en bladerde het door. Op pagina drieëntwintig vond hij wat hij zocht. Met een dikke rode viltstift was het woord KUTWIJF in blokletters over de hele pagina geschreven.

'O, jezus,' fluisterde Jenny, en ze sloeg haar hand voor haar mond.

Jeffrey liet het afzetten van de kamer aan Frank over. In plaats van de auto te nemen, rende hij op een drafje het campusterrein over, naar het natuurkundelaboratorium waar Sibyl had gewerkt, maar deze keer legde hij de route die hij een paar dagen daarvoor met Lena had genomen in tegengestelde richting af. Ook nu nam hij de trap met twee treden tegelijk; ook bij Sibyl Adams' lab wachtte hij het antwoord op zijn geklop niet af.

'O,' zei Richard Carter terwijl hij opkeek van een schrift. 'Wat kan ik voor u doen?'

Jeffrey liet zijn hand op het dichtstbijzijnde bureau rusten en probeerde weer op adem te komen. 'Is er misschien iets ongewoons voorgevallen,' begon hij, 'op de dag dat Sibyl Adams werd vermoord?'

Een geïrriteerde uitdrukking verscheen op Carters gezicht. Het liefst zou Jeffrey hem een mep verkopen, maar hij hield zich in.

Carter zei op zelfingenomen toon: 'Ik heb het u al eerder verteld: er is me niks abnormaals opgevallen. Ze is dood, commissaris Tolliver, denkt u niet dat ik het gezegd zou hebben als me iets ongewoons was opgevallen?'

'Misschien had iemand ergens een woord opgeschreven,' opperde Jeffrey, die niet te veel wilde prijsgeven. Het was verbazend wat mensen zich nog wisten te herinneren als je ze op de juiste manier ondervroeg. 'Hebt u misschien iets op een van haar schriften zien staan? Had iemand misschien zitten knoeien op iets wat ze altijd bij zich had?'

Carters gezicht betrok. Het was duidelijk dat hem iets te binnen schoot. 'Nu u het zegt,' begon hij. 'Net voor haar eerste college op maandag heb ik iets op het bord zien staan.' Hij kruiste zijn armen voor zijn brede borst. 'Die jongens vinden het soms leuk om geintjes uit te halen. Ze was blind, dus ze kon toch niet zien wat ze deden.'

'Wat hadden ze dan gedaan?'

'Nou, iemand, ik weet niet wie, had het woord "kutwijf" op het bord geschreven.'

'Dat was maandagochtend?'

'Ja.'

'Voor ze stierf?'

Hij had nog het fatsoen zijn blik af te wenden voor hij 'Ja' zei.

Jeffrey staarde een ogenblik naar de bovenkant van Richards hoofd en vocht tegen de aandrang hem een dreun te verkopen. Hij zei: 'Besef je wel dat als je me dit afgelopen maandag had verteld, Julia Matthews misschien nog zou leven?'

Hier had Richard Carter niet van terug.

Jeffrey liep het vertrek uit en sloeg de deur met een klap achter zich dicht. Terwijl hij de trap afliep, ging zijn mobiele telefoon over. Hij nam meteen op. 'Tolliver.'

Mary Ann Moon kwam onmiddellijk terzake. 'Ik ben nu op de archiefafdeling en heb de lijst in handen. Iedereen die op de eerstehulpafdeling heeft gewerkt staat erop, van de artsen tot de conciërges.'

'Laat maar horen,' zei Jeffrey. Hij sloot zijn ogen en sloeg geen acht op het nasale yankee-toontje waarmee ze de voornaam, de middelste naam en de achternaam opnoemde van alle mannen die tegelijkertijd met Sara in het ziekenhuis hadden gewerkt. Het duurde wel vijf minuten voor ze ze allemaal had opgelezen. Toen de laatste naam had geklonken, bleef Jeffrey zwijgen.

Moon vroeg: 'Is er een naam bij die u bekend in de oren klinkt?'

'Nee,' antwoordde Jeffrey. 'Fax die lijst maar naar mijn bureau, als u wilt.' Hij gaf haar het nummer en had het gevoel alsof iemand hem in zijn maag had gestompt. Weer zag hij het beeld van Lena voor zich, vastgespijkerd aan een keldervloer, doodsbang.

'Commissaris?' hoorde hij Moon zeggen.

'Ik laat hem door een paar van mijn jongens natrekken aan de hand van stemlijsten en het telefoonboek.' Hij zweeg even en overwoog of hij verder zou gaan. Uiteindelijk kreeg zijn goede opvoeding de overhand. 'Dank u,' zei hij, 'voor het opzoeken van die lijst.'

Deze keer maakte Moon niet op haar gebruikelijke wijze een einde aan het gesprek. Ze zei: 'Het spijt me dat geen enkele naam een belletje deed rinkelen.'

'Tja,' antwoordde hij en hij keek op zijn horloge. 'Hoor eens, ik kan over een uur of vier weer in Atlanta zijn. Denkt u dat ik onder vier ogen met Wright kan praten?'

Weer aarzelde ze even en toen zei ze: 'Hij is vanochtend aangevallen.'

'Wat?'

'Blijkbaar vonden de bewakers in het arrestantenverblijf dat hij geen eigen cel verdiende.'

'U had beloofd dat hij niet tussen de andere bajesklanten terecht zou komen.'

'Dat weet ik,' snauwde ze. 'Maar u moet niet denken dat ik er nog veel over te zeggen heb zodra hij weer achter de tralies zit. U zou toch moeten weten dat die jongens er hun eigen regels op na houden.'

In aanmerking genomen hoe Jeffrey de vorige dag Jack Wright had behandeld, had hij geen poot om op te staan.

'Hij is nog wel een tijdje uit de running,' zei Moon. 'Ze hebben hem behoorlijk te pakken gehad.'

Hij vloekte binnensmonds. 'Hij heeft u verder niets meer verteld sinds mijn vertrek?'

'Nee.'

'Weet hij zeker dat het iemand is die in het ziekenhuis werkte?'

'Om u de waarheid te zeggen, nee.'

'Het moet iemand zijn geweest die haar in het ziekenhuis heeft gezien,' zei Jeffrey. 'Wie zou haar in het ziekenhuis kunnen zien zonder daar te werken?' Hij legde zijn vrije hand voor zijn ogen en probeerde na te denken. 'Kunt u vanwaar u nu bent bij de patiëntendossiers komen?'

'Statussen en zo?' Ze klonk aarzelend. 'Dat gaat waarschijnlijk iets te ver.'

'Alleen maar namen,' zei hij. 'Alleen van die dag. Drieëntwintig april.'

'Ik weet zelf ook wel welke dag het was.'

'Zou u dat willen doen?'

Klaarblijkelijk had ze haar hand over de hoorn gelegd,

maar niettemin hoorde hij haar tegen iemand praten. Enkele tellen later richtte ze zich weer tot hem. 'Het kost me een uur, hooguit anderhalf.'

Jeffrey onderdrukte een opkomende kreun. Een uur duurde een eeuwigheid. Niettemin zei hij: 'Ik ben op dit nummer te bereiken.'

Zevenentwintig

Lena hoorde ergens een deur opengaan. Ze lag op de vloer en wachtte op hem, want dat was het enige wat ze kon doen. Toen Jeffrey haar had verteld dat Sibyl dood was, wilde Lena vóór alles uitvinden wie Sibyl had gedood, zodat hij zijn gerechte straf niet zou ontlopen. Het enige wat ze wilde, was de klootzak opsporen en ervoor zorgen dat hij de stoel kreeg. Die gedachten hadden haar vanaf het begin zo beziggehouden dat ze de tijd niet had gehad zich aan haar verdriet over te geven. Er was nog geen dag geweest waarop ze had gerouwd om het verlies van haar zus. Er was nog geen uur voorbijgegaan waarin ze zich de tijd had gegund over haar verlies na te denken.

Nu ze in dit huis gevangen zat, vastgespijkerd aan de vloer, had Lena geen andere keus dan eraan te denken. Ze wijdde al haar tijd aan herinneringen aan Sibyl. Zelfs als ze gedrogeerd werd, als een spons voor haar mond werd gehouden en het bittere water tegen de achterkant van haar keelholte spoelde zodat ze wel moest slikken, rouwde Lena om Sibyl. Ze herinnerde zich schooldagen zo levensecht dat ze de nerf kon voelen van het potlood dat ze in haar hand hield. Terwijl ze samen met Sibyl achter in de klas zat, kon ze de inkt van het stencilapparaat ruiken. Er waren autoritjes en vakanties, eindexamenfoto's en excursies. Ze beleefde alles opnieuw, met Sibyl aan haar zij, alsof ze elk moment nog eens meemaakte.

Weer werd het licht toen hij de kamer binnenkwam. Haar

pupillen waren zo verwijd dat ze alleen maar schaduwen waarnam, maar niettemin gebruikte hij de lamp om haar gezichtsvermogen uit te schakelen. De pijn was zo hevig dat ze onwillekeurig haar ogen sloot. Ze had geen idee waarom hij dit deed. Lena wist wie haar gevangen hield. Zelfs als ze zijn stem niet had herkend, zou ze weten wie hij was, want de dingen die hij zei konden slechts uit de mond van de plaatselijke apotheker komen.

Jeb ging aan haar voeten zitten en zette de lamp op de vloer. Het vertrek was volkomen donker, op dit ene lichtbundeltje na. Lena putte een beetje troost uit het feit dat ze iets kon zien nadat ze zo lang in het donker had gelegen.

Jeb vroeg: 'Voel je je al wat beter?'

'Ja,' antwoordde Lena, hoewel ze zich niet kon herinneren dat ze zich voor die tijd nog beroerder had gevoeld. Zo ongeveer om de vier uur spoot hij haar ergens mee in. Kort daarna ontspanden haar spieren zich en daaruit leidde ze af dat het een pijnstillend middel was. Het medicijn was krachtig genoeg om de pijn weg te nemen, maar niet zo sterk dat ze het bewustzijn verloor. Alleen 's nachts bedwelmde hij haar, met een goedje dat hij met water aanlengde. Dan hield hij een natte spons tegen haar mond en dwong haar het bittere vocht door te slikken. Ze smeekte God dat ze geen belladonna kreeg toegediend. Lena had Julia Matthews met eigen ogen gezien. Ze wist hoe dodelijk het middel was. Bovendien betwijfelde Lena of Sara Linton in de buurt zou zijn om haar te redden. Niet dat Lena met alle geweld gered wilde worden. Ergens in haar achterhoofd kwam ze tot de conclusie dat het maar het beste zou zijn als ze hier stierf.

'Ik heb geprobeerd iets aan dat gedruppel te doen,' zei Jeb bij wijze van verontschuldiging. 'Ik weet niet wat het probleem is.'

Lena likte haar lippen af en hield haar mond.

'Sara kwam nog langs,' zei hij. 'Weet je, ze heeft echt geen idee wie ik ben.'

Weer zweeg Lena. Zijn stem had iets eenzaams waarop ze niet wilde reageren. Het was alsof hij behoefte had aan troost.

'Wil je weten wat ik met je zus heb gedaan?' vroeg hij.

'Ja,' antwoordde Lena, en het was eruit voor ze er erg in had.

'Ze had keelpijn,' begon hij, en ondertussen trok hij zijn shirt uit. Terwijl hij zich verder uitkleedde, sloeg Lena hem vanuit haar ooghoek gade. Zijn stem klonk wat nonchalant, net zoals wanneer hij een huis-tuin-en-keukenmiddeltje tegen de hoest of een bepaald soort vitaminepreparaat aanbeval.

Hij zei: 'Ze nam liever geen medicijnen, zelfs geen aspirine. Ze vroeg me of ik een goed hoestdrankje wist, op basis van kruiden.' Hij was nu helemaal naakt en schoof dichter naar Lena toe. Ze probeerde met een ruk opzij te rollen toen hij naast haar ging liggen, maar het was zinloos. Haar handen en voeten zaten stevig aan de vloer vastgespijkerd. Bovendien was ze zo goed als verlamd door het spul dat hij haar had toegediend.

Jeb vervolgde: 'Sara had me verteld dat ze om twee uur naar het restaurant zou gaan. Ik wist dat Sibyl er dan ook zou zijn. Ik zag haar elke maandag voorbijlopen als ze ging lunchen. Ze was heel mooi, Lena. Maar niet zoals jij. Ze had niet jouw spirit.'

Er ging een schok door Lena heen toen hij zijn hand uitstrekte om haar buik te strelen. Zachtjes beroerden zijn vingers haar huid, en een huivering van angst trok door haar lichaam.

Hij liet zijn hoofd op haar schouder rusten en keek naar zijn hand terwijl hij sprak. 'Ik wist dat Sara er zou zijn, dat Sara haar kon redden, maar uiteindelijk ging het toch anders, hè? Sara was laat. Ze was laat en ze liet je zus doodgaan.'

Lena's lichaam begon onbedwingbaar te beven. Hij had haar tijdens de vorige verkrachtingen gedrogeerd, zodat het enigszins dragelijk was. Als hij haar nu zou verkrachten, zoals ze er nu aan toe was, dan zou ze het niet overleven. Lena herinnerde zich de laatste woorden van Julia Matthews. Ze had gezegd dat Jeb met haar had gevreeën; en dat had Julia de dood in gedreven. Lena wist dat er voor haar nooit meer een terugweg zou zijn als hij nu voorzichtig zou doen, als hij haar met zachtheid zou behandelen in plaats van vol wreedheid, als hij haar zou kussen en strelen als een minnaar. Wat hij ook met haar uitspookte, als ze na morgen nog in leven zou zijn, als ze deze beproeving zou doorstaan, dan zou een deel van haar toch dood zijn.

Jeb boog zich naar voren en met zijn tong trok hij een spoor over haar onderbuik, tot in haar navel. Hij lachte van genot. 'Je bent zo lief, Lena,' fluisterde hij, en nu ging hij met zijn tong naar haar tepel. Zachtjes zoog hij aan haar borst en met zijn handpalm bewerkte hij de andere borst. Zijn lichaam lag tegen het hare aangedrukt en ze voelde hoe stijf hij was tegen haar been.

Lena's mond beefde toen ze vroeg: 'Vertel me eens over Sibyl.'

Met zijn vingers kneep hij voorzichtig in haar tepel. In een andere omgeving, onder andere omstandigheden, zou je het bijna speels kunnen noemen. Zijn stem had een sussende klank, als van een minnaar, en een golf van afkeer raasde langs haar ruggengraat.

Jeb zei: 'Ik liep om, langs de achterkant van de gebouwen, en verstopte me op de wc. Ik wist dat ze van die thee naar het toilet zou moeten, dus...' Hij streek met zijn vingers over haar buik en stopte net boven haar schaamhaar. 'Ik sloot mezelf op in de andere cabine. Het gebeurde allemaal heel snel. Ik had kunnen weten dat ze nog maagd was.' Hij slaakte een tevreden zucht, als van een hond na een groot maal. 'Ze was zo warm en nat toen ik in haar zat.'

Lena huiverde toen hij zijn vinger tussen haar benen stak. Hij masseerde haar, zijn ogen strak op de hare gericht om haar reactie te peilen. Door de directe prikkel reageerde haar lichaam op een manier die tegengesteld was aan de ontzetting die ze ervoer. Hij boog zich over haar heen en kuste de zijkant van haar borsten. 'God, je hebt een prachtig lichaam,' kreunde hij, en met zijn vinger tegen haar lippen duwde hij haar mond open. Ze proefde zichzelf toen hij zijn vinger steeds dieper naar binnen duwde; erin en eruit, erin en eruit.

Hij zei: 'Julia was ook knap, maar niet zoals jij.' Weer legde hij zijn hand tussen haar benen en hij duwde zijn vinger diep bij haar naar binnen. Ze voelde hoe ze werd opgerekt toen hij nog een vinger naar binnen liet glijden.

'Ik kan je wel iets geven,' zei hij. 'Iets waardoor je wat oprekt. Dan zou ik mijn hele vuist in je kunnen stoppen.'

Een snik vulde het vertrek: hij was van Lena afkomstig. Ze had nog nooit eerder in haar leven zo'n groot verdriet gevoeld. Het geluid zelf was angstaanjagender dan wat Jeb met haar deed. Haar hele lichaam bewoog op en neer toen hij haar neukte, de ketenen waarmee ze vastgekluisterd was, schuurden over de vloer, en haar achterhoofd wreef tegen het harde hout.

Hij trok zijn vingers eruit en ging naast haar liggen, zijn lichaam dicht tegen haar zij gedrukt. Ze kon elk deel van hem voelen en merkte hoe dit alles hem opwond. Er hing een seksuele geur in de ruimte die haar de adem benam. Hij voerde iets uit, maar ze wist niet wat.

Hij drukte zijn lippen dicht tegen haar oor en fluisterde: '"Zie, Ik heb u macht gegeven om op slangen en schorpioenen te treden en tegen de gehele legermacht van den vijand; en niets zal u enig kwaad doen."'

Lena's tanden begonnen te klapperen. Ze voelde een prik in haar dij en wist dat hij haar weer een injectie had toegediend.

'"Een kort ogenblik heb Ik u verlaten, maar met groot erbarmen zal Ik u tot Mij nemen."'

'Alsjeblieft,' riep Lena, 'alsjeblieft, doe het niet.'

'Sara kon Julia nog redden. Maar jouw zus niet,' zei Jeb. Hij ging overeind zitten en kruiste zijn benen. Hij streelde zichzelf terwijl hij op bijna onderhoudende toon tegen haar sprak. 'Ik weet niet of ze jou zal kunnen redden, Lena. Wat denk je zelf?'

Het lukte Lena niet haar blik van hem af te wenden. Zelfs toen hij zijn broek van de vloer opraapte en iets uit zijn achterzak haalde, bleven haar ogen op hem gericht. Hij hield een tang omhoog zodat zij hem kon zien. Het ding was groot, bijna vijfentwintig centimeter lang, en het roestvrije staal glom in het licht.

'Ik heb een late lunch,' zei hij, 'en dan moet ik snel naar de stad om wat administratie weg te werken. Tegen die tijd is het bloeden wel gestopt. Ik heb een bloedstollende verbinding door de Percodan gemengd. Ik heb er ook iets tegen misselijkheid bijgedaan. Het doet een beetje pijn. Ik zal niet tegen je liegen.'

Lena liet haar hoofd van de ene kant naar de andere rollen, zonder te begrijpen wat er gebeurde. Ze voelde dat de medicijnen begonnen te werken. Het was alsof haar lichaam versmolt met de vloer.

'Bloed is een fantastisch glijmiddel. Wist je dat?'

Lena hield haar adem in en hoewel ze niet wist wat haar te wachten stond, voelde ze het gevaar.

Zijn penis streek langs haar borst toen hij schrijlings op haar lichaam ging zitten. Met krachtige hand hield hij haar hoofd stil en hij dwong haar mond open door zijn vingers in haar kaak te duwen. Haar gezichtsvermogen vervaagde, om vervolgens te verdubbelen toen hij de tang in haar mond stak.

Achtentwintig

Sara minderde vaart toen ze de steiger naderde. Jeb was er al. Hij was bezig zijn oranje reddingsvest uit te trekken en zag er even bespottelijk uit als de vorige keer. Net als Sara droeg hij een dikke trui en een spijkerbroek. Na het noodweer van de vorige avond was de temperatuur behoorlijk gedaald, en ze had geen idee wat iemand op een dag als deze op het meer te zoeken had, tenzij het echt niet anders kon.

'Ik zal je even helpen,' bood hij aan en hij strekte zijn hand uit naar haar boot. Hij greep een van de lijnen en terwijl hij over de steiger liep, trok hij de boot naar de winch.

'Leg hem hier maar vast,' zei Sara, en ze stapte uit de boot. 'Ik moet straks nog naar mijn ouders.'

'Er is toch niets aan de hand, hoop ik?'

'Nee,' antwoordde Sara, terwijl ze de andere lijn vastbond. Ze wierp een blik op Jebs touw en zag de klungelige knoop waarmee hij hem aan de meerpaal had bevestigd. De boot zou waarschijnlijk binnen tien minuten weer los zijn, maar Sara had het hart niet hem een knooplesje te geven.

Ze deed een greep in de boot en haalde er twee plastic boodschappentassen uit. 'Ik moest de auto van mijn zus lenen om naar de winkel te kunnen,' legde ze uit. 'Mijn auto is nog steeds geconfisqueerd.'

'Vanwege de –' Hij zweeg en richtte zijn blik op een punt achter Sara's schouder.

'Ja,' antwoordde ze en ze liep de steiger over. 'Heb je je goot al gerepareerd?'

Hij schudde ontkennend zijn hoofd terwijl hij haar inhaalde en de tassen van haar overnam. 'Ik weet niet waar het aan ligt.'

'Heb je er al over gedacht een spons of iets dergelijks onder in de regenpijp te stoppen?' opperde ze. 'Misschien dempt dat het geluid een beetje.'

'Dat is een goed idee,' zei hij. Ze waren bij het huis aangekomen en ze deed de achterdeur voor hem open.

Hij keek haar bezorgd aan toen hij de tassen samen met de sleutels van zijn boot op het aanrecht zette. 'Je moet echt je deur op slot doen, Sara.'

'Ik ben maar een paar minuten weg geweest.'

'Dat is zo,' zei Jeb. 'Maar je weet het nooit. Vooral niet na wat er de laatste tijd allemaal is gebeurd. Je weet wel, met die meisjes.'

Sara zuchtte. Ergens had hij gelijk. Ze kon alleen de link niet leggen tussen de dingen die in de stad gebeurden en haar eigen huis. Het was alsof Sara er op de een of andere manier van overtuigd was dat dit haar geen tweede keer zou overkomen. Natuurlijk had Jeb gelijk. Ze zou zich wat voorzichtiger moeten opstellen.

'Hoe gaat het met de boot?' vroeg ze terwijl ze naar het antwoordapparaat liep. Het lampje knipperde niet, maar toen ze naar de nummermelder keek, zag ze dat Jeffrey het afgelopen uur drie keer had gebeld. Wat hij ook te melden had, Sara wilde het niet horen. Ze overwoog zelfs om haar baan als lijkschouwer op te geven. Er moest toch een manier zijn om Jeffrey uit haar leven te bannen. Ze moest zich op het heden richten in plaats van naar het verleden te verlangen. En het moest gezegd worden dat het verleden echt niet zo fantastisch was als zij soms dacht.

'Sara?' vroeg Jeb, en hij reikte haar een glas wijn aan.

'O.' Ze nam het glas aan, hoewel ze het wat vroeg vond voor alcohol.

Jeb hief zijn glas. 'Proost.'

'Proost,' zei Sara op haar beurt en ze bracht het glas naar haar mond. Het eerste slokje deed haar kokhalzen. 'O, god,' zei ze en ze sloeg haar hand voor haar mond. De scherpe smaak lag als een nat vod op haar tong.

'Wat is er aan de hand?'

'Bah,' kreunde Sara terwijl ze haar hoofd onder de keukenkraan hield. Ze spoelde haar mond een aantal keren voor ze zich weer tot Jeb wendde. 'Hij is bedorven. Die wijn is bedorven.'

Hij zwaaide het glas onder zijn neus heen en weer en fronste zijn wenkbrauwen. 'Het ruikt naar azijn.'

'Ja,' zei ze, en ze nam nog een slok water.

'Jeetje, het spijt me. Ik zal hem wel iets te lang bewaard hebben.'

Terwijl ze de kraan dichtdraaide, ging de telefoon. Sara glimlachte verontschuldigend naar Jeb en liep de kamer door om naar de nummermelder te kijken. Weer was het Jeffrey. Ze nam niet op.

'Dit is Sara,' zei haar stem via het antwoordapparaat. Ze probeerde zich te herinneren welke knop ze moest indrukken toen het piepje al klonk en ze Jeffrey hoorde.

'Sara,' zei Jeffrey, 'ik krijg patiëntenlijsten van het Grady, dus we –'

Sara trok het snoer uit de achterkant van het apparaat en brak Jeffrey midden in een zin af. Ze wendde zich weer tot Jeb met een naar ze hoopte verontschuldigende glimlach. 'Sorry,' zei ze.

'Is er iets aan de hand?' vroeg hij. 'Heb jij vroeger niet in het Grady gewerkt?'

'In een ander leven,' antwoordde ze terwijl ze de hoorn van de haak nam. Ze wachtte op de kiestoon en legde de hoorn toen op de tafel.

'O,' zei Jeb.

Ze moest lachen om de vragende blik waarmee hij haar aankeek en vocht tegen de neiging de vieze smaak in haar mond uit te spuwen. Ze liep naar het aanrecht en begon de tassen uit te pakken. 'Ik heb de boodschappen maar bij de supermarkt gehaald,' liet ze hem weten. 'Rosbief, kip, kalkoen, aardappelsalade.' Ze stopte toen ze zag hoe hij haar aankeek. 'Wat is er?'

Hij schudde zijn hoofd. 'Je bent zo mooi.'

Het compliment deed Sara blozen. 'Bedankt,' mompelde ze terwijl ze een brood uit de tas haalde. 'Wil je er mayonaise bij?'

Nog steeds glimlachend gaf hij haar een knikje. De uitdrukking op zijn gezicht was bijna eerbiedig. Het gaf haar een onbehaaglijk gevoel.

'Waarom zet je geen muziekje op?' stelde ze voor om een einde aan de ongemakkelijke situatie te maken.

Ze wees hem waar de stereo-installatie stond en hij liep erop af. Sara maakte de sandwiches klaar terwijl hij zoekend met zijn vinger langs haar cd-verzameling ging.

Jeb zei: 'We hebben dezelfde smaak wat muziek betreft.'

Sara weerhield zich ervan 'Fantastisch' te zeggen terwijl ze de borden uit de kast nam. Toen ze de sandwiches doormidden wilde snijden, begon de muziek. Het was een oude cd van Robert Palmer, die ze al in een eeuwigheid niet had gehoord.

'Mooi geluidssysteem,' zei Jeb. 'Is dat dolby surround?'

'Ja,' antwoordde Sara. Het luidsprekersysteem was nog door Jeffrey geïnstalleerd en de muziek was in het hele huis te horen. Er was zelfs een luidspreker in de badkamer. Soms namen ze 's avonds een bad, met overal kaarsen en met zachte muziek aan.

'Sara?'

'Sorry,' zei ze, en ze besefte dat ze had staan dromen.

Sara zette de borden tegenover elkaar op de keukentafel. Ze wachtte tot Jeb terugkwam en ging toen zitten, één been onder zich gevouwen. 'Ik heb dit al heel lang niet gehoord.'

'Het is behoorlijk oud,' zei hij, terwijl hij een hap uit zijn sandwich nam. 'Mijn zusje luisterde er altijd naar.' Hij glimlachte. '"Sneakin' Sally Through the Alley". Zo heette ze namelijk, Sally.'

Sara likte wat mayonaise van haar vinger en hoopte dat de smaak die van de wijn zou verdrijven. 'Ik wist niet dat je een zusje had.'

Hij kwam overeind van zijn stoel en haalde zijn portefeuille uit zijn achterzak. 'Ze is een hele tijd geleden gestorven,' zei hij, terwijl hij de foto's voorin doornam. Hij trok er eentje uit het plastic hoesje en stak hem Sara toe. 'Zulke dingen gebeuren nou eenmaal.'

Sara vond het merkwaardig dat hij zo over de dood van zijn zusje sprak. Niettemin pakte ze de foto, waarop een jong meisje in een cheerleaderspakje stond afgebeeld. Ze hield haar pompons opzij van haar lichaam. Er lag een glimlach op haar gezicht. Het meisje leek sprekend op Jeb. 'Ze was heel mooi,' zei Sara, terwijl ze hem de foto teruggaf. 'Hoe oud is ze geworden?'

'Ze was pas dertien,' antwoordde hij, en een paar tellen lang hield hij zijn blik op de foto gericht. Hij schoof hem in het plastic hoesje en stopte de portefeuille weer in zijn achterzak. 'Ze was een grote verrassing voor mijn ouders. Ik was al vijftien toen ze werd geboren. Mijn vader had net zijn eerste benoeming als dominee.'

'Was hij dan dominee?' vroeg Sara, en ze verbaasde zich erover dat ze al een tijdje met Jeb omging en dit niet wist. Ze had durven zweren dat hij haar ooit had verteld dat zijn vader elektricien was.

'Hij was predikant bij de baptisten,' lichtte Jeb toe. 'Hij geloofde heel sterk in de macht van de Heer om de mensen van hun kwalen te genezen. Ik ben blij dat hij zijn geloof had om hem erdoorheen te slepen, maar...' Jeb haalde zijn schouders op. 'Sommige dingen kun je niet loslaten. Sommige dingen kun je niet vergeten.'

'Dat moet een zwaar verlies zijn geweest,' antwoordde Sara, die wist wat hij bedoelde toen hij zei dat je bepaalde dingen niet los kon laten. Ze keek naar haar sandwich en bedacht dat het waarschijnlijk niet zo'n geschikt moment was om een hapje te nemen. Haar maag knorde als om haar aan te sporen, maar ze probeerde het te negeren.

'Het is alweer heel lang geleden,' zei Jeb ten slotte. 'Ik moest vandaag toevallig aan haar denken, met alles wat er gebeurt.'

Sara wist niet zo goed wat ze moest zeggen. Ze had genoeg van de dood. Ze had geen zin om hem te troosten. Ze had dit afspraakje gemaakt om de gebeurtenissen van de laatste tijd even te vergeten, niet om eraan herinnerd te worden.

Ze stond van de tafel op en vroeg: 'Wil je misschien iets anders drinken?' Terwijl ze sprak, liep ze naar de koelkast. 'Ik heb cola, nog wat vruchtensap, sinaasappelsap.' Ze trok de deur open en het zuigende geluid deed haar ergens aan denken. Ze kon het eerst niet thuisbrengen. Plotseling wist ze het weer. De rubberen strips op de deuren naar de eerstehulpafdeling van het Grady hadden bij het opengaan hetzelfde zuigende geluid gemaakt. Ze had de link nog nooit eerder gelegd, maar opeens was het er.

Jeb zei: 'Geef mij maar een cola.'

Sara stak haar hand in de koelkast en schoof van alles opzij op zoek naar de frisdrank. Ze stopte en liet haar hand op het bekende rode blikje rusten. Ze voelde zich licht in het hoofd, alsof ze te veel lucht in haar longen had. In een poging haar evenwicht te bewaren sloot ze haar ogen. Sara bevond zich weer op de eerstehulp. De deuren gingen open met datzelfde zuigende geluid. Een jong meisje werd binnengereden op een brancard. De ambulancebroeder riep haar gegevens, infuuslijnen werden ingebracht en het meisje werd geïntubeerd. Ze verkeerde in shocktoestand, haar pupillen waren verwijd en haar lichaam voelde warm aan. Iemand noemde haar temperatuur, negenendertig vijf. Haar bloeddruk was huizenhoog. Ze bloedde hevig tussen haar benen.

Sara had de leiding, en ze probeerde allereerst het bloeden te stelpen. Het meisje kreeg stuipen, rukte de infusen uit en schopte het instrumentenblad aan haar voeten omver. Sara boog zich over haar heen om te voorkomen dat ze zichzelf nog meer schade toebracht. Van het ene moment op het andere hielden de stuiptrekkingen op en Sara vreesde het ergste. Het meisje had echter nog een krachtige pols. Haar reflexen waren zwak, maar wel aanwezig.

Bekkenonderzoek bracht aan het licht dat ze onlangs een abortus had ondergaan, hoewel er geen bevoegde arts aan te pas was gekomen. Van haar baarmoeder was niet veel over, de wanden van haar vagina waren afgeschraapt en aan flarden. Sara probeerde alles zo goed mogelijk te herstellen, maar het kwaad was al geschied. Verder herstel was afhankelijk van het meisje zelf.

Sara liep naar haar auto om een andere blouse aan te trekken voor ze met de ouders van het meisje ging praten. Ze trof hen aan in de wachtkamer en deelde de prognose aan hen mee. Ze gebruikte de juiste zinswendingen, zoals 'gematigd optimisme' en 'kritiek, maar stabiel'. De daaropvolgende drie uren werden het meisje echter fataal. Ze kreeg weer stuipen, die haar hersenen zo goed als uitschakelden.

Op dat punt in haar carrière was het dertienjarige meisje de jongste patiënt die Sara ooit had verloren. De andere patienten die waren gestorven terwijl ze aan Sara's zorgen waren toevertrouwd, waren ouder geweest, of zieker, en het was heel verdrietig om ze te zien gaan, maar hun dood kwam niet zo onverwacht. Aangeslagen door het drama liep Sara naar de wachtkamer. De ouders van het meisje waren eveneens diep geschokt. Ze hadden geen idee dat hun dochter zwanger was geweest. Voorzover ze wisten, had ze nog nooit een vriendje gehad. Ze begrepen niet hoe hun dochter zwanger had kunnen raken, laat staan dat ze nu dood was.

'Mijn baby,' fluisterde de vader. Hij herhaalde de woorden telkens weer, zijn stem stil van verdriet. 'Ze was mijn baby.'

'U moet zich vergissen,' zei de moeder. Ze zocht in haar tas en haalde een portefeuille te voorschijn. Voor Sara haar kon tegenhouden, pakte ze een foto – een schoolfoto van het jonge meisje in cheerleadersuniform. Sara wilde liever niet naar de foto kijken, maar er was geen andere manier om de vrouw te troosten. Ze wierp er een vluchtige blik op, en keek toen nog eens, deze keer aandachtiger. Op de foto stond een jong meisje in een cheerleaderspakje. Ze hield haar pompons opzij van haar lichaam. Er lag een glimlach op haar gezicht. Haar uitdrukking vormde een scherp contrast met die van het levenloze meisje dat op de brancard lag te wachten tot ze naar het mortuarium zou worden overgebracht.

De vader had Sara's handen vastgepakt. Hij boog zijn hoofd en mompelde een gebed dat eindeloos leek te duren en waarin hij om vergeving vroeg en opnieuw zijn geloof in God uitsprak. Sara was verre van godsdienstig, maar er was iets in zijn gebed wat haar ontroerde. Ze vond het verbazend dat iemand in staat was troost te vinden na zo'n verschrikkelijk verlies.

Na het gebed was Sara naar haar auto gegaan om haar gedachten te ordenen en misschien een ritje te maken zodat ze in haar geest plaats kon inruimen voor dit tragische, onnodige sterfgeval. Op dat moment had ze de schade ontdekt die aan haar auto was toegebracht. Vervolgens was ze teruggegaan naar het toilet. En toen had Jack Allen Wright haar verkracht.

De foto die Jeb haar net had getoond, was dezelfde foto die ze twaalf jaar geleden in de wachtkamer had gezien.

'Sara?'

Er kwam een nieuwe song uit de geluidsinstallatie. Sara voelde haar maag omdraaien toen de woorden 'Hey, hey, Julia' uit de luidsprekers klonken.

'Is er iets aan de hand?' vroeg Jeb om vervolgens de woorden van de song te citeren. '"You're acting so peculiar."'

Sara kwam overeind en terwijl ze de koelkast dichtdeed, hield ze het blikje omhoog. 'Dit is de laatste cola,' zei ze, en ze schuifelde in de richting van de garagedeur. 'Ik heb buiten nog wat staan.'

'Het is wel goed zo.' Hij haalde zijn schouders op. 'Ik heb net zo lief water.' Hij had zijn sandwich neergelegd en zat haar aan te staren.

Sara trok het colablikje open. Haar handen beefden lichtelijk, maar ze dacht dat Jeb het niet zag. Ze bracht het blikje naar haar mond en nam zo'n grote slok dat ze wat cola over haar trui morste.

'O,' zei ze, en ze deed alsof ze verbaasd was. 'Ik trek even iets anders aan. Ik ben zo terug.'

Met trillende lippen beantwoordde Sara de glimlach waarmee hij haar aankeek. Ze dwong zichzelf in actie te komen en liep langzaam de gang door om hem niet te alarmeren. Zodra ze in haar slaapkamer was, greep ze de telefoon en wierp een blik uit het raam, verbaasd dat het heldere zonlicht zomaar naar binnen viel. Het was zo onverenigbaar met de doodsangst die ze voelde. Ze koos Jeffreys nummer, maar er klonken geen piepjes toen ze de toetsen indrukte. Ze staarde naar de telefoon, alsof ze het ding wilde dwingen iets te doen.

'Je hebt hem van de haak gelegd,' zei Jeb. 'Weet je nog?'

Sara kwam met een sprong van het bed overeind. 'Ik wilde mijn vader even bellen. Hij komt zo langs.'

Jeb stond in de deuropening en leunde tegen het kozijn. 'Ik dacht dat je zei dat je straks langs hun huis zou gaan.'

'Dat klopt,' antwoordde Sara terwijl ze achteruit liep naar de andere kant van de kamer. Nu stond het bed tussen hen in, maar ze zat in de val, met haar rug tegen het raam. 'Hij komt me halen.'

'Dacht je dat?' vroeg Jeb. Hij liet dat bekende glimlachje van hem zien, een scheve halve grijns die je op het gezicht van een kind zou verwachten. Hij had zoiets nonchalants, zoiets ongevaarlijks dat Sara zich heel even afvroeg of ze de verkeerde conclusie had getrokken. Maar toen ze een blik op zijn hand wierp, kwam ze met een schok weer bij haar positieven. Hij hield een lang fileermes vast dat langs zijn zij naar beneden hing.

'Hoe heb je het ontdekt?' vroeg hij. 'De azijn, dat was het, hè? Het was een hele klus om dat spul door de kurk te krijgen. Gelukkig zijn er altijd nog injectiespuiten.'

Sara stak haar hand achter haar rug en voelde het koele glas van het raam tegen haar handpalm. 'Je wilde dat ik ze vond,' zei ze, en in gedachten doorleefde ze de laatste paar dagen weer. Jeb had geweten dat ze met Tessa ging lunchen. Jeb had geweten dat ze in het ziekenhuis was op de avond dat Jeffrey werd neergeschoten. 'Daarom was Sibyl op het toilet. Daarom lag Julia op mijn auto. Je wilde dat ik hun levens redde.'

Hij glimlachte en knikte traag. Zijn ogen hadden iets

droevigs, alsof hij het jammer vond dat het spel voorbij was. 'Ik wilde je in ieder geval een kans geven.'

'Heb je me daarom haar foto laten zien?' vroeg ze. 'Om te zien of ik me haar nog herinnerde?'

'Het verbaast me trouwens wel.'

'Waarom?' vroeg Sara. 'Denk je dat ik zoiets zou kunnen vergeten? Ze was nog een kind.'

Hij haalde zijn schouders op.

'Heb jij haar zo toegetakeld?' vroeg Sara, en ze herinnerde zich de wreedheid weer waarmee de achterkamerabortus was uitgevoerd. Derrick Lange, haar mentor, had het vermoeden geuit dat er een kleerhanger voor was gebruikt.

Ze vroeg: 'Heb jij dat gedaan?'

'Hoe wist je dat?' vroeg Jeb, en zijn toon kreeg iets verdedigends. 'Heeft ze je dat verteld?'

Zijn woorden hadden een bijklank, er ging een nog duisterder geheim achter schuil. Toen Sara weer begon te spreken, wist ze het antwoord al nog voor ze haar zin had afgemaakt. Als ze dacht aan de dingen waartoe Jeb in staat was en die ze met eigen ogen had gezien, dan klopte het hele verhaal.

Ze vroeg: 'Je hebt je eigen zusje verkracht, hè?'

'Ik hield van mijn zusje,' protesteerde hij, nog steeds op dat verdedigende toontje.

'Ze was nog maar een kind.'

'Ze kwam naar me toe,' zei hij, alsof het een soort excuus was. 'Ze wilde bij me zijn.'

'Ze was dertien.'

'"Een man die zijn zuster, de dochter van zijn vader, neemt en haar schaamte ziet en zij ziet zijn schaamte – een schande is het."' Te oordelen naar zijn glimlach was hij zeer met zichzelf ingenomen. 'Noem het maar een schande.'

'Ze was je zusje.'

'We zijn allemaal kinderen van God, zo is het toch? We hebben allemaal dezelfde ouders.'

'Kun je soms ook een vers citeren om verkrachting goed te praten? Kun je ook een vers citeren om moord goed te praten?'

'Het mooie van de bijbel, Sara, is dat het boek openstaat voor interpretatie. God geeft ons tekenen, biedt ons mogelijkheden waar we al of niet voor kunnen kiezen. Op die manier kiezen we zelf wat er met ons gebeurt. We staan er liever niet bij stil, maar we hebben ons eigen lot in handen. Wij nemen zelf de beslissingen die de richting van ons leven bepalen.' Hij staarde haar aan, en zweeg een aantal seconden. 'Ik had verwacht dat je dat lesje twaalf jaar geleden wel had geleerd.'

Sara voelde de grond onder haar voeten verschuiven toen een gedachte bij haar opkwam. 'Was jij het? Op het toilet?'

'Lieve hemel, nee,' zei Jeb, en hij wuifde dit terzijde. 'Dat was Jack Wright. Hij was me voor, zullen we maar zeggen. Maar hij bracht me wel op een idee.' Jeb leunde tegen het deurkozijn, en het zelfingenomen lachje krulde nog steeds om zijn lippen. 'We zijn beiden mannen van het Woord, zie je. We laten ons beiden leiden door de Geest.'

'Jullie zijn beiden beesten.'

'Ik heb het waarschijnlijk aan hem te danken dat we nu samen zijn,' zei Jeb. 'Wat hij met jou heeft gedaan, is een voorbeeld voor mij geweest, Sara. Daarvoor zou ik je willen bedanken. Namens de vele vrouwen die sindsdien tot me zijn gekomen, en dat bedoel ik dan in bijbelse zin, wil ik je oprecht bedanken.'

'O, god,' fluisterde Sara, en ze sloeg haar hand voor haar mond. Ze had gezien wat hij met zijn zusje had uitgespookt, met Sibyl Adams en met Julia Matthews. Sara's maag draaide om bij de gedachte dat dit alles was begonnen toen Jack Wright haar aanviel. 'Monster dat je bent,' siste ze. 'Moordenaar.'

Hij rechtte zijn rug en woede maakte zich meester van zijn gezicht. Van een rustige, bescheiden apotheker veranderde Jeb in een man die minstens drie vrouwen had verkracht en vermoord. Zijn hele houding straalde boosheid uit. 'Jij hebt haar laten doodgaan. Jij hebt haar vermoord.'

'Ze was al dood voor ze bij me werd gebracht,' wierp Sara tegen, en ze probeerde een kalme toon aan te slaan.' Ze had te veel bloed verloren.'

'Dat is niet waar.'

'Je kreeg het er niet allemaal uit. Ze rotte van binnenuit.'

'Je liegt.'

Sara schudde haar hoofd. Ze bewoog haar hand achter haar rug en zocht naar de sluiting van het raam. 'Jij hebt haar vermoord.'

'Dat is niet waar,' herhaalde hij, hoewel ze aan de verandering in zijn stem kon horen dat hij haar ergens wel geloofde.

Sara vond de sluiting en probeerde deze open te draaien. Er was geen beweging in te krijgen. 'Sibyl is ook door jouw toedoen doodgegaan.'

'Ze was er helemaal niet zo slecht aan toe toen ik bij haar wegging.'

'Ze kreeg een hartaanval,' zei Sara tegen hem, en ondertussen duwde ze tegen de sluiting. 'Ze stierf aan een overdosis. Ze kreeg stuipen, net als je zusje.'

Zijn stem klonk angstaanjagend luid in de slaapkamer, en het glas achter Sara trilde toen hij schreeuwde: 'Dat is niet waar.'

Hij zette een stap in haar richting en Sara liet de sluiting los. Hij hield het mes nog steeds naar beneden gericht, maar de dreiging was onmiskenbaar. 'Ik vraag me af of je kut nog even heerlijk is als toen voor Jack,' mompelde hij. 'Ik weet nog dat ik bij jouw rechtszaak aanwezig was en naar alle details luisterde. Ik wilde aantekeningen maken, maar na de allereerste dag ontdekte ik dat dat niet nodig was.' Hij stak zijn hand in zijn achterzak en haalde er een stel handboeien uit. 'Heb je dat sleuteltje nog dat ik voor je heb achtergelaten?'

Ze bracht hem tot staan met haar woorden. 'Ik wil dit niet weer meemaken,' zei ze vol overtuiging. 'Je zult me eerst moeten doden.'

Hij sloeg zijn blik neer en keek naar de vloer, zijn schouders ontspannen. Heel even ging er een gevoel van opluchting door haar heen, tot hij weer naar haar opkeek. Er speelde een glimlach om zijn lippen toen hij vroeg: 'Waarom denk je dat het me iets uitmaakt of je dood bent of niet?'

'Ga je een gat in mijn buik steken?'

Hij schrok zo dat hij de handboeien op de vloer liet vallen. 'Wat?' fluisterde hij.

'Je hebt haar niet anaal verkracht.'

Ze zag een zweetdruppeltje langs de zijkant van zijn hoofd naar beneden glijden toen hij vroeg: 'Over wie heb je het?'

'Over Sibyl,' liet Sara hem weten. 'Hoe kon er anders stront in haar vagina komen?'

'Dat is walgelijk.'

'Vind je?' vroeg Sara. 'Heb je haar gebeten toen je dat gat in haar buik neukte?'

Heftig schudde hij zijn hoofd. 'Dat heb ik niet gedaan.'

'De afdruk van jouw tanden staat in haar schouder, Jeb.'

'Niet waar.'

'Ik heb het zelf gezien,' zei Sara. 'Ik heb alles gezien wat je met ze gedaan hebt. Ik heb gezien hoe je ze allemaal gepijnigd hebt.'

'Ze hebben geen pijn geleden,' zei hij met klem. 'Ze hebben helemaal geen pijn geleden.'

Sara liep in zijn richting tot haar knieën tegen het bed drukten. Hij stond aan de andere kant en keek haar aan, een verslagen uitdrukking op zijn gezicht. 'Ze hebben geleden, Jeb. Ze hebben allebei geleden, net zoals je zusje. Net zoals Sally.'

'Ik heb ze niet op die manier pijn gedaan,' fluisterde hij. 'Ik heb ze helemaal geen pijn gedaan. Jij bent degene die ze heeft laten sterven.'

'Je hebt een dertienjarig kind, een blinde vrouw en een emotioneel onstabiel meisje van tweeëntwintig verkracht. Word je daar geil van, Jeb? Van hulpeloze vrouwen aanvallen? Van de macht die je over ze hebt?'

Hij klemde zijn kaken op elkaar. 'Je maakt het alleen maar moeilijker voor jezelf.'

'Fuck toch op, zieke klootzak.'

'Nee,' zei hij. 'Het gaat precies andersom.'

'Kom maar op,' daagde Sara hem uit, en ze balde haar vuisten. 'Probeer het dan.'

Jeb haalde naar haar uit, maar Sara was al in actie gekomen. Ze gooide haar hele gewicht tegen het grote raam en met ingetrokken hoofd knalde ze door het glas. Pijn overspoelde haar zintuigen toen glasscherven in haar lichaam sneden. Ze kwam in de achtertuin terecht en in elkaar gedoken rolde ze een eindje heuvelafwaarts.

Vlug kwam ze weer overeind en zonder achterom te kijken rende ze in de richting van het meer. Er liep een snee over haar biceps en ze had een jaap in haar voorhoofd, maar dat was wel het laatste waarover ze zich zorgen maakte. Tegen de tijd dat ze bij de steiger aankwam, zat Jeb haar op de hielen. Zonder nadenken dook ze het koude water in en zwom net zo lang onder water tot ze geen lucht meer had. Ten slotte kwam ze op zo'n tien meter afstand van de steiger weer boven. Sara zag Jeb in haar boot springen, en te laat bedacht ze dat ze de sleutel in het contact had laten zitten.

Sara dook onder water en met uiterste krachtsinspanning zwom ze zo ver mogelijk weg voor ze weer bovenkwam. Toen ze achteromkeek, zag ze de boot op zich af komen. Weer dook ze, en op het moment dat de boot over haar heen racete, raakte ze de bodem. Onder water keerde Sara om en zwom in de richting van het groepje rotsen dat aan deze kant van het meer langs de oever lag. Het was nog geen zeven meter verderop, maar ze voelde hoe haar armen tijdens het zwemmen steeds zwaarder werden. De kou van het water trof haar als een klap in het gezicht en ze besefte dat de lage temperatuur haar tempo zou vertragen.

Ze zwom weer naar het oppervlak en keek om zich heen op zoek naar de boot. Weer kwam Jeb in volle vaart op haar af. Weer dook ze onder water. Ze kwam net op tijd boven om te zien hoe de boot op de ondergelopen rotsen af scheerde. De neus klapte frontaal op de eerste rots en schoot omhoog, waarna de boot omsloeg. Sara zag hoe Jeb eruit werd geslingerd. Hij vloog door de lucht en kwam met een plons in het water terecht. Hulpeloos klauwde hij met zijn handen in het rond en vocht tegen de verdrinkingsdood. Met open mond en wijd opengesperde ogen van ontzetting sloeg hij om zich heen terwijl hij onder het wateroppervlak werd getrokken. Met ingehouden adem wachtte ze af, maar hij kwam niet meer boven.

Jeb was zo'n drie meter van de boot in het water terechtgekomen, op enige afstand van het groepje rotsen. Sara wist dat ze de oever alleen kon bereiken als ze tussen de rotsen door zwom. Ze kon maar een beperkte tijd watertrappelen tot ze door kou bevangen zou raken. De afstand tot de steiger was te groot. Ze zou het nooit halen. Als ze de veiligste route naar de oever nam, zou ze langs de omgeslagen boot moeten.

Eigenlijk wilde ze het liefst blijven waar ze was, maar Sara wist dat het koude water haar een vals gevoel van welbehagen bezorgde. De temperatuur van het water in het meer was weliswaar boven het vriespunt, maar het was koud genoeg om lichte onderkoeling te veroorzaken als ze er te lang in bleef.

Met een langzame crawl begon ze te zwemmen om haar lichaamstemperatuur op peil te houden, en met haar hoofd net boven water baande ze zich een weg tussen de rotsen door. Haar adem dreef als een wolk voor haar uit, maar ze probeerde aan iets warms te denken: dat ze voor een vuur zat en marshmallows roosterde. Het hete bad in de YMCA. De stoomkamer. Haar warme dekbed.

Ze veranderde van koers en zwom om de boot heen, aan de andere kant van de plek waar Jeb onder water was verdwenen. Ze had te veel films gezien. Ze was doodsbang dat hij uit de diepte zou opduiken, haar been zou grijpen en haar mee naar beneden zou sleuren. Toen ze de boot passeerde, zag ze een groot gat in de voorkant, waar de rots de boeg had opengereten. De boot was omgeslagen en lag met de onderkant naar de hemel gericht. Jeb bevond zich aan de andere kant en klampte zich vast aan de opengescheurde boeg. Zijn lippen waren donkerblauw en vormden een schril contrast met zijn witte gezicht. Hij rilde aan één stuk door en zijn adem kwam in scherpe witte wolkjes. Hij had geworsteld, al zijn energie verspild in een poging zijn hoofd boven water te houden. Door de kou daalde zijn lichaamstemperatuur waarschijnlijk met elke minuut die verstreek.

Sara bleef doorzwemmen, maar haar bewegingen werden steeds langzamer. De enige geluiden op het stille meer waren afkomstig van Jebs ademhaling en van haar handen die het water wegduwden.

'Ik k-k-kan niet zwemmen,' zei hij.

'Pech gehad,' antwoordde Sara met een stem die ze uit haar keel moest persen. Het was alsof ze om een gewond, maar gevaarlijk dier heen cirkelde.

'Je kunt me hier niet achterlaten,' zei hij al klappertandend.

Ze ging over op de zijslag en draaide zich om in het water zodat haar rug niet naar hem was toegekeerd. 'O ja hoor, dat kan ik wel.'

'Je bent arts.'

'Inderdaad,' zei ze en ze zwom steeds verder van hem weg.

'Dan zul je Lena nooit vinden.'

Sara had het gevoel alsof er een groot gewicht op haar neerviel. Ze ging watertrappelen, en hield haar blik op Jeb gericht. 'Wat is er met Lena?'

'Ik heb haar ge-ge-gepakt,' zei hij. 'Ze is op een veilige plek.'

'Ik geloof je niet.'

Het gebaar dat hij maakte leek nog het meest op een schouderophalen.

'En waar is die veilige plek dan?' wilde Sara weten. 'Wat heb je met haar gedaan?'

'Ik heb haar voor jou achtergelaten, Sara,' zei hij, en zijn stem haperde toen zijn lichaam begon te beven. Vanuit de krochten van haar geest herinnerde Sara zich dat het tweede stadium van onderkoeling gekenmerkt werd door een onbedwingbaar gebeef en irrationele gedachten.

Hij zei: 'Ik heb haar ergens achtergelaten.'

Ook al vertrouwde Sara hem voor geen cent, toch zwom ze iets dichter naar hem toe. 'Waar heb je haar dan achtergelaten?'

'Je m-m-moet haar redden,' mompelde hij en toen sloot hij zijn ogen. Zijn gezicht dook naar beneden en zijn mond verdween onder de waterspiegel. Hij snoof toen water zijn neus binnendrong en verstevigde zijn greep op de boot. Er klonk een krakend geluid toen de boot tegen de rots aan kwam.

Sara voelde een plotselinge golf van warmte door haar lichaam stromen. 'Waar is ze, Jeb?' Toen hij niet antwoordde, zei ze tegen hem: 'Voor mijn part ga je hier dood. Het water is koud genoeg. Je hart gaat steeds langzamer kloppen tot het stopt. Ik geef je nog twintig minuten, hooguit,' zei ze, hoewel ze wist dat het eerder een paar uur zou duren. 'Ik laat je echt doodgaan,' waarschuwde Sara, en nog nooit in haar leven was ze ergens zo zeker van geweest. 'Vertel me waar ze is.'

'Ik vertel het je op de-de-de kant,' mompelde hij.

'Vertel het me nu,' zei ze. 'Ik weet dat je haar niet zomaar ergens zou laten doodgaan.'

'Dat zou ik ook niet,' zei hij, een vonk van begrip in zijn ogen. 'Ik zou haar echt niet in de steek laten, Sara. Ik zou haar toch niet alleen laten sterven.'

Sara bewoog haar armen opzij en probeerde haar lichaam in beweging te houden om niet te verstijven. 'Waar is ze, Jeb?'

Hij beefde zo hevig dat de boot schudde in het water en er kleine golfjes op Sara afkwamen. Hij fluisterde: 'Je moet haar redden, Sara. Je moet haar redden.'

'Vertel of ik laat je doodgaan, Jeb, ik zweer bij God dat ik je hier laat verzuipen.'

Er leek een waas voor zijn ogen te trekken en een glimlachje speelde om zijn blauwe lippen. Hij fluisterde: 'Het is volbracht,' en weer zakte zijn hoofd naar beneden, maar deze keer hield hij het niet tegen. Sara keek toe toen hij de boot losliet en zijn hoofd onder water verdween.

'Nee,' schreeuwde Sara en ze schoot op hem af. Ze greep de achterkant van zijn shirt en probeerde hem naar boven te trekken. Instinctief begon hij zich tegen haar te verzetten en hij sleurde haar mee naar beneden in plaats van zich door haar naar boven te laten trekken. Zo vochten ze een tijdje met elkaar, waarbij Jeb zich aan haar broek of aan haar trui vastgreep in een poging haar als ladder te gebruiken waarlangs hij naar boven kon klimmen om adem te halen. Zijn vingernagels schraapten over de snee in haar arm en in een reflex trok Sara zich terug. Jeb werd van haar afgeduwd en, zoekend naar houvast, streken zijn vingertoppen langs de voorkant van haar trui.

Sara werd naar beneden gesleurd terwijl hij naar boven klom. Er klonk een doffe dreun toen zijn hoofd tegen de boot sloeg. Verbaasd opende hij zijn mond en vervolgens gleed hij geluidloos onder water. Achter hem markeerde een veeg helderrood bloed de boeg van de boot. Sara probeerde de druk op haar longen te negeren toen ze haar armen naar hem uitstrekte in een poging hem weer naar boven te trekken. Er was net genoeg zonlicht om hem naar de bodem te zien zinken. Zijn mond hing open, zijn handen waren naar haar uitgestrekt.

Ze kwam boven, hapte naar adem, en liet haar hoofd toen weer onder water verdwijnen. Dit deed ze een aantal keren, en telkens probeerde ze Jeb te vinden. Eindelijk zag ze hem, leunend tegen een grote kei, zijn armen voor zich uitgestrekt, terwijl hij haar met open ogen aanstaarde. Sara legde haar hand op zijn pols en voelde of hij nog leefde. Ze zwom weer naar boven om adem te halen en ging watertrappelen, haar armen zijwaarts. Haar tanden klapperden, maar niettemin begon ze hardop te tellen.

'Een – duizend,' zei ze met klikkende tanden. 'Twee – duizend.' Sara bleef maar tellen, en al die tijd was ze als een gek aan het watertrappelen. Ze moest denken aan het spelletje dat ze vroeger speelden, waarbij zij of Tessa met gesloten ogen watertrappelde en tot een afgesproken getal telde voor ze de ander probeerde te vinden.

Toen ze bij vijftig was aangekomen, haalde ze diep adem en dook weer naar beneden. Jeb zat er nog steeds, zijn hoofd achterover. Ze sloot zijn ogen en pakte hem toen onder zijn oksels. Zodra ze boven was, sloeg ze haar arm om zijn hals en begon met de andere arm te zwemmen. En terwijl ze hem zo vasthield, zette ze koers naar de oever.

Nadat er voor haar gevoel uren voorbij waren gegaan, terwijl het in werkelijkheid hooguit een minuut had geduurd, hield Sara stil en begon weer te watertrappelen om op adem te komen. De oever leek verder weg dan eerst. Het leek of haar benen niet meer aan haar lichaam vastzaten, zelfs als ze ze dwong tot watertrappelen. Jeb was letterlijk dood gewicht dat haar naar beneden trok. Haar hoofd dook even onder het oppervlak, maar vechtend tegen zichzelf hoestte ze het hele meer uit en probeerde haar geest weer helder te krijgen. Het was zo koud en ze was zo slaperig. Ze knipperde met haar ogen en probeerde ze niet te lang dicht te houden. Een kleine rustpauze zou haar goed doen. Ze zou hier even rusten en hem daarna naar de oever slepen.

Sara liet haar hoofd achterover hangen en probeerde op haar rug te drijven. Maar Jeb maakte dit onmogelijk, en weer begon ze weg te zinken. Ze zou Jeb moeten laten schieten, dat besefte ze wel. Ze kon zich er alleen niet toe zetten. Zelfs toen het gewicht van zijn lichaam haar weer naar beneden begon te trekken, kon Sara hem niet loslaten.

Een hand greep haar vast en vervolgens werd er een arm om haar middel geslagen. Sara was te zwak om zich te verzetten, haar hersenen waren te verstijfd om te begrijpen wat er gebeurde. Gedurende een fractie van een seconde dacht ze dat het Jeb was, maar daarvoor werd ze met te veel kracht naar het oppervlak getrokken. De greep waarmee ze Jeb vasthield verslapte en toen ze haar ogen opende, zag ze zijn lichaam terugzweven naar de bodem van het meer.

Haar hoofd kwam boven water en ze sperde haar mond wijdopen om naar lucht te happen. Telkens als ze inademde, ging er een steek door haar longen, en vocht stroomde uit haar neus. Sara begon te hoesten, die allesondermijnende hoest die het hart kon doen stoppen. Terwijl ze bijna stikte in de frisse lucht die ze binnenkreeg, kwam het water uit haar mond, gevolgd door gal. Ze voelde hoe iemand op haar rug beukte om het water uit haar te slaan. Haar hoofd zakte weer in het water, maar werd met een ruk aan haar haren naar achteren getrokken.

'Sara,' zei Jeffrey, en met één hand om haar kaak hield hij haar met de andere bij haar arm omhoog. 'Kijk me aan,' zei hij dwingend. 'Sara.'

Haar lichaam verslapte en ze besefte dat Jeffrey haar meetrok naar de oever. Hij had zijn arm om haar lichaam gehaakt, onder haar oksels door, en verplaatste zich met een onhandige, éénarmige rugslag.

Sara pakte met haar handen Jeffreys arm vast, legde haar hoofd op zijn borst en liet zich door hem meevoeren naar huis.

Negenentwintig

Lena verlangde naar Jeb. Hij moest haar van de pijn bevrijden. Hij moest haar naar die plek voeren waar Sibyl en hun vader en moeder waren. Ze wilde bij haar familie zijn. Het maakte haar niet uit welke prijs ze daarvoor moest betalen, ze wilde bij hen zijn.

Bloed sijpelde in een stroompje langs de achterkant van haar keel naar beneden, zodat ze af en toe moest hoesten. Hij had gelijk gehad wat die kloppende pijn in haar mond betrof, maar de Percodan maakte het dragelijk. Ze geloofde Jeb, die had gezegd dat het bloeden na een tijdje zou stoppen. Ze wist dat hij nog niet met haar klaar was. Hij zou haar niet in haar eigen bloed laten stikken na alle moeite die het hem had gekost haar hier vast te houden. Lena wist dat hij iets nog spectaculairders met haar van plan was.

Toen haar gedachten begonnen af te dwalen, verbeeldde ze zich dat ze voor het huis van Nan Thomas was achtergelaten. Om de een of andere reden vond ze dat prettig. Nu zou Hank zien wat Lena was aangedaan. Hij zou weten wat Sibyl was aangedaan. Hij zou zien wat Sibyl niet had kunnen zien. Het leek gepast.

Beneden klonk het vertrouwde geluid van voetstappen over de harde houten vloer. De stappen werden gedempt toen hij over het tapijt liep. Lena ging ervan uit dat het in de woonkamer lag. Ze kende de indeling van het huis niet, maar door naar de verschillende geluiden te luisteren, naar het holle getik van zijn schoenen als hij door het huis liep en naar de doffe bons als hij zijn schoenen uittrok voor hij naar haar toekwam, wist ze zo ongeveer waar hij zich bevond.

Alleen leek het deze keer wel alsof ze een tweede stel voetstappen hoorde.

'Lena?' Zijn stem drong amper tot haar door, maar instinctief wist ze dat het Jeffrey Tolliver was. Heel even vroeg ze zich af wat hij hier deed.

Haar mond ging open, maar ze zei niets. Ze lag boven, op zolder. Misschien zou hij hier niet kijken. Misschien zou hij haar met rust laten. Ze zou hier kunnen sterven en dan zou niemand ooit te weten komen wat haar was aangedaan.

'Lena?' riep een andere stem. Het was Sara Linton.

Haar mond stond nog steeds open, maar ze was niet in staat iets te zeggen.

Naar haar idee liepen ze urenlang beneden rond. Ze hoorde het zware geschraap en gebons van meubilair dat werd verschoven, van kasten die werden doorzocht. Het gedempte geluid van hun stemmen klonk haar als een onsamenhangende harmonie in de oren. Ze kon een glimlach niet onderdrukken toen ze bedacht dat het klonk of ze potten en pannen tegen elkaar sloegen. Alsof Jeb haar in de keuken had kunnen verbergen.

Deze gedachte vond ze erg grappig. Ze begon te lachen, een onbedwingbare reactie die haar borstkas deed schudden en waarvan ze moest hoesten. Algauw moest ze zo hard lachen dat de tranen in haar ogen stonden. Vervolgens begon ze te snikken en haar borst verkrampte van pijn toen haar geest haar alles liet zien wat er de afgelopen week was gebeurd. Ze zag Sibyl op de snijtafel in het mortuarium liggen. Ze zag Hank die rouwde om het verlies van zijn nichtje. Ze zag Nan Thomas, aangeslagen en met roodomrande ogen. Ze zag Jeb boven op haar liggen en met haar vrijen.

Haar vingers kromden zich om de lange spijkers waarmee ze aan de vloer zat verankerd, en een stuiptrekking ging door haar hele lichaam toen ze zich bewust werd van het geweld dat ze had ondergaan.

'Lena?' riep Jeffrey, en nu klonk zijn stem luider dan daarvoor. 'Lena?'

Ze hoorde hem dichterbij komen, ze hoorde geklop in een versneld staccato, vervolgens was het even stil en toen begon het geklop weer.

Sara zei: 'Die wandplaat is nep.'

Weer klonk er geklop, gevolgd door het geluid van hun voetstappen op de zoldertrap. De deur zwaaide open en licht sneed door het duister. Lena kneep haar ogen dicht, want het was alsof ze met naalden doorstoken werden.

'O, mijn god,' zei Sara met ingehouden adem. 'Pak wat handdoeken. Lakens. Wat dan ook.'

Lena deed haar ogen op een kiertje open toen Sara voor haar neerknielde. Er kwam kou van Sara's lichaam af, en ze was nat.

'Het komt goed,' fluisterde Sara terwijl ze haar hand op Lena's voorhoofd legde. 'Alles komt weer goed.'

Lena deed haar ogen nog verder open en liet haar pupillen wennen aan het licht. Ze keek achter zich, naar de deur, speurend naar Jeb.

'Hij is dood,' zei Sara. 'Hij kan je geen pijn meer doen, nooit –' Ze zweeg, maar Lena wist wat ze wilde zeggen. Niet met haar oren, maar in haar hoofd hoorde ze het laatste woord van Sara's zin. Hij kan je geen pijn meer doen, nooit meer, had ze willen zeggen.

Met haar blik zocht Lena die van Sara. Er flitste iets op in Sara's ogen, en Lena wist dat Sara het op de een of andere manier begreep. Jeb was nu een deel van Lena geworden. Hij zou haar pijn blijven doen, elke dag van de rest van haar leven.

Zondag

Dertig

Toen Jeffrey naar huis reed van het ziekenhuis in Augusta voelde hij zich als een soldaat die terugkeerde van de oorlog. Lena zou haar fysieke wonden weer te boven komen, maar hij had geen idee of ze ooit zou herstellen van de emotionele schade die Jeb McGuire haar had toegebracht. Net als Julia Matthews wilde Lena met niemand praten, zelfs niet met haar oom Hank. Jeffrey wist niet wat hij voor haar kon doen, behalve haar tijd gunnen.

Op de kop af één uur en twintig minuten nadat ze elkaar hadden gesproken, had Mary Ann Moon hem weer gebeld. De naam van Sara's patiënte luidde Sally Lee McGuire. Moon had de moeite genomen de achternaam in de computer in te voeren voor een algemene zoekopdracht onder het ziekenhuispersoneel. Nu ze een specifieke naam had, duurde het slechts enkele seconden voor Jeremy 'Jeb' McGuire opdook. In de periode dat Sara in het Grady werkzaam was geweest, had hij stage gelopen in de apotheek op de tweede verdieping van het ziekenhuis. Voor Sara was er waarschijnlijk geen enkele reden geweest om hem op te zoeken, maar Jeb had er ongetwijfeld voor kunnen zorgen dat hij haar ergens ontmoette.

Nooit zou Jeffrey de blik op Lena's gezicht vergeten toen hij de deur naar de zolder had geforceerd. Hij zag de foto's van Sara weer voor zich telkens als hij dacht aan hoe Lena daar had gelegen, vastgespijkerd aan de vloer van Jebs zolder. Het vertrek was zo ingericht dat het op een donkere kist leek. Alles was bedekt met een laag zwarte matverf, ook de triplex platen die voor de ramen waren gezet. Kettingen zaten met ooghaken vastgeschroefd aan de vloer, en twee stel spijkergaten aan de boven- en onderkant van de ketenen markeerden de plek waar de slachtoffers waren gekruisigd.

Al rijdend wreef Jeffrey in zijn ogen in een poging alles wat hij had gezien sinds de moord op Sibyl Adams uit zijn hoofd te zetten. Toen hij Grant County binnenreed, was zijn enige gedachte dat alles nu anders was. Hij zou de inwoners van de stad, de mensen die zijn vrienden en buren waren, nooit meer met dezelfde nietsvermoedende blik van een week daarvoor kunnen bekijken. Hij had het gevoel in shocktoestand te verkeren.

Toen hij Sara's oprit inreed, was Jeffrey zich ervan bewust dat haar huis er in zijn ogen ook anders uitzag. Dit was de plek waar Sara met Jeb had gevochten. Dit was de plek waar Jeb was verdronken. Ze hadden zijn lichaam uit het meer gehaald, maar de herinnering aan hem zou nooit verdwijnen.

Jeffrey zat in zijn auto en staarde naar het huis. Sara had hem verteld dat ze tijd nodig had, maar hij was niet van plan aan haar verzoek gehoor te geven. Hij moest haar uitleggen wat er door hem heen was gegaan. Hij moest zichzelf en haar ervan verzekeren dat het godsonmogelijk voor hem was uit haar leven te verdwijnen.

De voordeur stond open, maar Jeffrey klopte voor hij naar binnen ging. De geluidsinstallatie stond aan en hij hoorde Paul Simon 'Have a Good Time' zingen. Het huis was totaal ondersteboven gekeerd. Langs de muren van de gang stonden dozen en de boeken waren van de planken gehaald. Hij trof Sara in de keuken aan, een moersleutel in de hand. Ze was gekleed in een wit, mouwloos T-shirt en een morsige grijze trainingsbroek, en hij vond dat ze nog nooit in haar leven zo mooi was geweest. Ze stond in het afvoerputje te turen toen hij op de deurstijl klopte.

Ze draaide zich om, en het was duidelijk dat ze niet verbaasd was hem te zien. 'Is dit jouw manier om me wat tijd te gunnen?' vroeg ze.

Hij haalde zijn schouders op en stak zijn handen in zijn zakken. Er zat een felgroene pleister op de jaap in haar voorhoofd en een wit verband om haar arm, waar het glas zo'n diepe snee had veroorzaakt dat er hechtingen nodig waren geweest. Hoe had ze alles wat ze had gedaan overleefd? Jeffrey vond het een wonder. Haar geestkracht verbijsterde hem.

Er klonk een nieuw liedje : 'Fifty Ways to Leave Your Lover'. In een poging een grapje te maken zei hij: 'Dat is onze song.'

Sara wierp hem een argwanende blik toe en tastte vervolgens om zich heen op zoek naar de afstandsbediening. Abrupt hield de muziek op en de stilte die ervoor in de plaats kwam, vulde het huis. Het leek of ze beiden een paar seconden nodig hadden om zich aan de nieuwe situatie aan te passen.

Ze vroeg: 'Wat kom je hier doen?'

Jeffrey deed zijn mond open en bedacht dat hij eigenlijk iets romantisch zou moeten zeggen, iets wat haar volkomen zou overdonderen. Hij wilde tegen haar zeggen dat ze de mooiste vrouw was die hij ooit had gekend, dat hij nooit echt had geweten wat het betekende verliefd te zijn tot hij haar had ontmoet. Niets van dit alles wilde echter komen, en in plaats daarvan deelde hij haar wat feiten mee.

'Ik heb de verslagen van jouw rechtszaak, van Wrights rechtszaak, in Jebs huis gevonden.'

Ze sloeg haar armen over elkaar. 'O?'

'Hij had krantenknipsels, foto's. Dat soort dingen.' Hij zweeg en zei toen: 'Ik denk dat Jeb hiernaartoe is verhuisd om dicht bij jou te kunnen zijn.'

Op neerbuigende toon zei ze: 'Denk je dat?'

Hij sloeg geen acht op de waarschuwing in haar stem. 'Er zijn ook wat aanrandingen geweest in Pike County,' vervolgde Jeffrey. Hij bleef maar doorpraten, ook al zag hij aan de uitdrukking op haar gezicht dat hij zijn bek moest houden, dat ze deze dingen helemaal niet wilde weten. Het punt was dat het voor Jeffrey veel gemakkelijker was de feiten aan Sara mee te delen dan vanuit zijn gevoel te reageren.

'De sheriff daar heeft vier zaken die hij aan Jeb probeert te koppelen,' vervolgde hij. 'We hebben wat laboratoriummonsters nodig zodat hij die kan vergelijken met de DNA-monsters die ze op de plaats van de misdrijven hebben genomen. Plus wat we hebben van Julia Matthews.' Hij schraapte zijn keel. 'Zijn lichaam is in het mortuarium.'

'Ik doe het niet meer,' antwoordde Sara.

'We kunnen iemand uit Atlanta laten komen.'

'Nee,' verduidelijkte Sara. 'Je begrijpt het niet. Ik dien morgen mijn ontslag in.'

Het enige wat hij kon uitbrengen, was: 'Waarom?'

'Omdat ik dit niet langer aankan,' zei ze, en ze wees op de ruimte tussen hen in. 'Ik houd dit niet langer vol, Jeffrey. Dit is nou precies de reden waarom we zijn gescheiden.'

'We zijn gescheiden omdat ik een stomme fout heb begaan.'

'Nee,' zei ze, hem de mond snoerend. 'Ik heb geen zin deze discussie telkens opnieuw aan te gaan. Dat is ook de reden waarom ik ontslag neem. Ik wil dit niet telkens opnieuw meemaken. Ik wil je niet langer laten rondhangen aan de periferie van mijn leven. Ik moet verder.'

'Ik hou van je,' zei hij, alsof dat iets uitmaakte. 'Ik weet dat ik niet goed genoeg voor je ben. Ik weet dat ik je nooit zal begrijpen en dat ik de verkeerde dingen doe en de verkeerde dingen zeg en dat ik hier bij jou had moeten zijn in plaats van naar Atlanta te gaan na wat je me verteld had over – nadat ik had gelezen over – wat er gebeurd was.' Hij zweeg even en zei toen: 'Ik weet dat allemaal. En toch blijf ik van je houden.' Ze antwoordde niet en daarom zei hij: 'Sara, ik kan niet zonder jou. Ik heb je nodig.'

'Welke mij heb je nodig?' vroeg ze. 'Zoals ik eerst was of de persoon die verkracht werd?'

'Ze zijn één en dezelfde persoon,' wierp hij tegen. 'Ik heb ze beiden nodig. Ik hou van hen beiden.' Hij staarde haar aan en zocht naar de juiste woorden. 'Ik wil niet zonder jou verder.'

'Je hebt geen andere keus.'

'Ja, die heb ik wel,' antwoordde hij. 'Het kan me niet schelen wat je zegt, Sara. Het kan me niet schelen of je ontslag neemt of de stad verlaat of je naam verandert. Ik zal je altijd weten te vinden.'

'Net zoals Jeb?'

Haar woorden sneden door zijn ziel. Van alle dingen die ze had kunnen zeggen, was dit het wreedst. Ze scheen het te beseffen, want ze liet er snel een verontschuldiging op volgen. 'Dat was niet eerlijk,' zei ze. 'Het spijt me.'

'Vind je dat? Dat ik op hem lijk?'

'Nee.' Ze schudde haar hoofd. 'Natuurlijk lijk je niet op hem.'

Hij keek naar de vloer en voelde zich nog steeds gekwetst door haar woorden. Als ze had uitgeschreeuwd dat ze hem haatte, had ze hem minder pijn gedaan.

'Jeff,' zei ze, en ze liep op hem af. Ze legde haar hand tegen zijn wang en hij pakte deze en drukte een kus op de handpalm.

Hij zei: 'Ik wil je niet kwijt, Sara.'

'Je bent me al kwijt.'

'Nee,' zei hij, niet in staat dit te accepteren. 'Ik ben je niet kwijt. Dat weet ik omdat je hier anders niet zou staan. Dan zou je daar staan en me de deur wijzen.'

Sara sprak hem niet tegen, maar ze liep wel weg, terug naar het aanrecht. 'Ik moet weer aan de slag,' mompelde ze terwijl ze de moersleutel opraapte.

'Ben je aan het verhuizen?'

'Aan het schoonmaken,' zei ze. 'Ik ben er gisteravond aan begonnen. Ik kan niks terugvinden. Ik heb op de bank geslapen omdat er zoveel troep op mijn bed ligt.'

Hij probeerde er een vrolijke draai aan te geven. 'Dan maak je op z'n minst je moeder blij.'

Ze liet een vreugdeloos lachje horen en knielde voor het aanrecht neer. Ze legde een handdoek over de afvoerpijp en bevestigde vervolgens de moersleutel. Met haar volle gewicht begon ze te duwen. Jeffrey zag in één oogopslag dat er geen beweging in zat.

'Laat me eens helpen,' bood hij aan terwijl hij zijn jas uittrok. Voor ze hem kon tegenhouden, knielde hij naast haar neer en duwde tegen de moersleutel. De pijp was oud en de fitting zat vast. Hij gaf het op en zei: 'Je zult hem waarschijnlijk doormidden moeten zagen.'

'Nee, dat doe ik niet,' antwoordde ze en zachtjes duwde ze hem aan de kant. Ze zette haar voet schrap tegen het kastje achter zich en duwde weer met al haar kracht. Langzaam draaide de moersleutel rond en Sara bewoog mee.

Voldaan glimlachte ze even. 'Zie je wel?'

'Je bent fantastisch,' zei Jeffrey, en hij meende het. Hij ging op zijn hurken zitten en keek toe terwijl ze de pijp uit elkaar haalde. 'Is er eigenlijk iets wat je niet kunt?'

'Een hele waslijst,' mompelde ze.

Hij negeerde haar antwoord en vroeg: 'Zat hij verstopt?'

'Ik heb er iets in laten vallen,' antwoordde ze terwijl ze met haar vinger rondgroef in de zwanenhals. Ze haalde er iets uit en sloot haar hand eromheen voor hij kon zien wat het was.

'Wat dan?' vroeg hij, en hij strekte zijn hand uit naar de hare.

Ze schudde haar hoofd, haar hand nog steeds samengebald.

Hij glimlachte, nieuwsgieriger dan ooit. 'Wat is het?' herhaalde hij.

Ze ging op haar knieën zitten en hield haar handen achter haar rug. Even fronste ze geconcentreerd haar voorhoofd en toen stak ze haar tot vuisten gebalde handen naar voren.

'Kies maar,' zei ze.

Hij gehoorzaamde en tikte op haar rechterhand.

'Kies nog maar een keer,' zei ze.

Hij lachte en tikte op haar linkerhand.

Sara draaide haar pols om en opende haar vingers. Op haar handpalm lag een smalle gouden ring. De laatste keer dat hij de ring had gezien, was toen Sara hem van haar vinger had gerukt en in zijn gezicht had gesmeten.

Jeffrey was zo verbaasd de ring te zien dat hij niet wist

wat hij moest zeggen. 'En je zei dat je hem had weggegooid.'

'Ik kan beter liegen dan je denkt.'

Hij schonk haar een veelbetekenende blik en pakte de trouwring van haar aan. 'Waarom heb je hem al die tijd bewaard?'

'Ik raak hem maar niet kwijt,' zei ze. 'Hij duikt telkens weer op.'

Hij vatte dit op als een uitnodiging en vroeg: 'Wat doe je morgenavond?'

Met een zucht ging ze op haar hurken zitten. 'Ik weet het niet. Waarschijnlijk mijn achterstand op het werk inhalen.'

'En daarna?'

'Daarna ben ik thuis, neem ik aan. Hoezo?'

Hij liet de ring in zijn zak verdwijnen. 'Ik zou iets te eten mee kunnen nemen,'

Ze schudde haar hoofd, 'Jeffrey –'

'The Tasty Pig,' zei hij in een poging haar in de verleiding te brengen, want hij wist dat dit een van Sara's lievelingsrestaurants was. 'Hachee, geroosterd ribstuk, broodjes varkensvlees, witte bonen in bier.'

Ze staarde hem aan en antwoordde niet. Ten slotte zei ze: 'Je weet dat het toch niet werkt.'

'Wat hebben we te verliezen?'

Daar scheen ze over na te moeten denken. Hij wachtte en probeerde geduldig te zijn. Sara liet zijn handen los en steunend op zijn schouder kwam ze overeind.

Jeffrey ging ook staan en keek toe terwijl ze een van de vele lades vol troep doorzocht. Hij opende zijn mond om iets tegen haar te zeggen, maar wist dat er niets was wat hij kon zeggen. Hij wist dat Sara Linton als ze eenmaal een beslissing had genomen niet op haar schreden zou terugkeren.

Hij ging achter haar staan en drukte een kus op haar blote schouder. Er moest een betere manier zijn om afscheid te nemen, maar hij kon er niet één bedenken. Woorden waren nooit Jeffreys sterkste punt geweest. Hij was beter als het op daadkracht aankwam. Meestal tenminste.

Hij was al in de gang toen hij Sara hoorde roepen.

'Breng wat bestek mee,' zei ze.

Hij draaide zich om, ervan overtuigd dat hij het verkeerd had verstaan.

Met gebogen hoofd stond ze in de la te rommelen. 'Morgenavond,' verduidelijkte ze. 'Ik weet niet meer waar ik de vorken heb opgeborgen.'

Dankbetuiging

Victoria Sanders, mijn agente, is tijdens het hele proces mijn steun en toeverlaat geweest. Ik heb geen idee hoe ik dit alles zonder haar had kunnen klaarspelen. Mijn redactrice, Meaghan Dowling, heeft een grote rol gespeeld bij de totstandkoming van dit boek, en ik ben haar met heel mijn hart dankbaar omdat ik met haar steun de uitdaging heb aangedurfd. Commandant Jo Ann Cain, hoofd van de recherche in Forest Park, in Georgia, was zo vriendelijk haar ervaringen met me te delen. De familie Mitchell Cary heeft al mijn loodgietersvragen beantwoord en me een aantal interessante ideeën aan de hand gedaan. Dokter Michael A. Rolnick en Carol Barbier Rolnick verleenden Sara een zekere geloofwaardigheid. Tamara Kennedy gaf me al in een vroeg stadium fantastische adviezen. Als er met betrekking tot bovengenoemde vakgebieden fouten zijn gemaakt, dan zijn deze geheel voor mijn rekening.

Ook wil ik mijn collega-schrijfsters Ellen Conford, Jane Haddam, Eileen Moushey en Katy Munger bedanken; ze weten zelf wel waarvoor. Steve Hogan heeft zich van dag tot dag een weg gebaand door mijn neuroses, en daarvoor zou hij een medaille moeten ontvangen. De lezers Chris Cash, Cecile Dozier, Melanie Hammet, Judy Jordan en Leigh Vanderels zijn van onschatbare waarde geweest. Greg Pappas, beschermheilige van de bewegwijzering, heeft de dingen stukken makkelijker gemaakt. B.A. diende me van goed advies en bood me een rustige plek om te schrijven. S.S. was mijn rots in de branding. Ten slotte wil ik D.A. bedanken – je bent mijn kern.